Der Mönch aus Russland

D1923384

ANDREW M. GREELEY

Der Mönch aus Russland

Deutsch von Leo Strohm

Weltbild

Originaltitel: *The Bishop Goes To* The *University*
Originalverlag: Tor Books/Tom Doherty Associates, New York
© 2003 by Andrew M. Greeley

Besuchen Sie uns im Internet:
www.weltbild.de

Der Autor

Father Andrew M. Greeley ist katholischer Priester und Soziologe. Er lehrt an der University of Chicago und der University of Arizona in Tucson. Die University of Ireland in Dublin erkannte ihm den akademischen Ehrentitel eines Honorary Senior Fellow zu. Andrew M. Greeleys englischsprachige Internetseite findet sich unter www.agreeley.com. Als Weltbild Taschenbuch liegt von ihm der Blackie-Ryan-Krimi *Der Bischof und die Bettlerin* vor.

Weltbild Taschenbuch

Vorbemerkung des Autors

Die Universität in dieser Geschichte ist nicht etwa Gottes Schöpfung, sondern meine eigene. Daher ist sie rein äußerlich durchaus identisch mit derjenigen in Gottes Welt und teilt sich mit ihr auch etliche Skurrilitäten (in beiden Welten reden Wirtschaftswissenschaftler beim Mittagessen über ihr Golfhandicap, was ich sehr sympathisch finde), aber sämtliche Charaktere und die gesamte Handlung sind Produkte meiner Fantasie. In Gottes Welt bin ich, im Gegensatz zu Blackie, ein Mitglied des Visiting Committee der theologischen Fakultät der University of Chicago. Andererseits ist er in meiner Welt zum Gastdozenten an eben dieser Fakultät berufen worden, was mir in Gottes Welt nie widerfahren ist.

Jede Ähnlichkeit zwischen meinen Geschöpfen und denen Gottes liegt in der Tatsache begründet, dass *Sie* eine Komödiantin ist.

Oder, anders ausgedrückt: Im Gegensatz zu dem, was andere, sehr viel berühmtere Autoren darüber geschrieben haben, hat das, was ich über *die* Universität schreibe, nichts mit der Realität zu tun.

Allerdings ist das, was Blackie bei seiner Bewerbung erlebt hat, tatsächlich auch in Gottes Welt geschehen, wenn auch nicht mir selbst.

1

»*Ein* Kardinal müsste für Chicago doch eigentlich ausreichend sein, oder etwa nicht, Blackwood?«

Seine Eminenz Sean Cronin, Kardinal der Römisch-Katholischen Kirche, dräute über mir wie ein Außerirdischer aus purpurroter Moiréseide. Kardinäle, die mit körperlicher Größe (nur wenige) und einem attraktiven Äußeren (noch weniger) und einer mächtigen Ausstrahlung (noch einmal weniger) gesegnet sind, sind tatsächlich in der Lage, eine solche Illusion hervorzurufen. Kein Normalsterblicher würde am helllichten Tag mit einem Kardinalstalar bekleidet herumlaufen. Es sei denn, er wäre gerade einem Fellinifilm entsprungen oder spielte Richelieu in einem absurden Theaterstück an der North Lincoln Avenue. So oder so, seine Schlupflideraugen waren jedenfalls weit aufgerissen, die Stirn lag in tiefen Falten und die Lippen bildeten einen dünnen Strich, was auf intensives Nachdenken oder unterdrückten Ärger hindeutete.

»Zweifellos«, sagte ich und nahm den Blick von meinem Computerbildschirm. »Mehr als ausreichend.«

Ich war gerade von einem fruchtlosen Besuch in Rom zurückgekehrt. Ein gewisses Gremium der römischen Kurie hatte mich um eine Unterredung zu einem bestimmten Problem gebeten. Womit gemeint war, dass sie mir sagen wollten, was sie dachten, und es ihnen vollkommen gleichgültig war, was ich dachte. Was mir gerade recht war.

»Und doch haben wir anscheinend noch einen.«

»Wie bedauerlich.« Ich seufzte in westirischer Empörung. »Er ist tot.«

Seine Eminenz Cronin klappte mein Schnapsschränkchen

auf, holte sich von ganz hinten eine kostbare Flasche Bushmills Single Malt und kippte sich erheblich mehr als ein kleines Schlückchen in einen meiner frisch polierten Waterford-Schwenker.

»Damit wäre das Problem doch gelöst, oder etwa nicht?«

Ich sah von meinem Computer auf. Der Kardinal legte einen großen Stapel ausgedruckter Seiten auf den Boden und ließ sich auf meine Couch sinken. In vollem Ornat und mit einem Drink in der Hand – obwohl es erst früher Nachmittag an einem strahlend hellen Oktobertag war – hatte er gewisse Ähnlichkeit mit einer Kinoversion von Armand-Jean de Plessis, Herzog von Richelieu – wenn man sich diesen berühmten Würdenträger als Iren vorstellen konnte.

»Nein, dadurch entsteht das Problem überhaupt erst.«

Aha, der harmlose und eigentlich so gut wie unsichtbare kleine Hilfsbischof stand kurz davor, auf eine Ermittlungsexpedition geschickt zu werden.

»In dieser Stadt laufen immer ein paar Spinner herum«, sagte er und nahm einen vorsichtigen Schluck *uisce beatha*, wie die Iren diese Kreation zu nennen beliebten. »Gutes Zeug, Blackwood«, unterbrach er seinen Gedankengang. »Was meinen Sie, ob es das auch im Himmel gibt?«

»Allermindestens, plus Sex.«

Er seufzte, aber nicht ganz so laut, wie ich seufzen kann.

»Mein Schneider fertigt auch für sie Gewänder an, obwohl es ihm peinlich ist und er nicht will, dass ich davon erfahre. Es sind zwar keine authentischen, aber ich vermute, diese Leute finden es wahnsinnig aufregend im, wie sie glauben, vollen Ornat die 31st Street auf und ab zu paradieren.«

»Genau wie die verwirrten Gestalten, die sich unbedingt in päpstliches Weiß hüllen müssen. Wir leben schließlich in einer freien Stadt. Zumindest aus der Sicht derjenigen, die nicht dem Haus des Glaubens angehören. Wir sind allesamt Spinner.«

Ich hatte solche Menschen schon gelegentlich bitten müssen, vom Besuch eines Gottesdienstes in dem Dom, dessen Leitung ich zur Freude des erhabenen Kardinals innehabe, abzusehen. Leise und mit traurigen Augen schleichen sie sich davon, wenn ich ihnen sage, dass ihre Gegenwart Seine Eminenz Cronin in tiefe Sorge stürzen würde – was vielleicht eine klitzekleine Übertreibung ist.

»Dieser Russe jedenfalls, er hat eine komplette Garnitur Talare in seinem Schrank hinterlassen. Sie machen einen authentischen Eindruck ...«

»Russe?«

»Ach ja, Sie waren ja in Rom, nicht wahr? Ein gewisser Semjon Iwanowitsch Popow, der kürzlich in einem von innen verriegelten Büro in der theologischen Fakultät an *der* Universität umgebracht worden ist.«

Chicago hat viele Universitäten. Aber nur eine einzige ist als *die* Universität bekannt, hauptsächlich deshalb, weil ihre Angehörigen das kursiv gedruckte Wort immer wieder betonen.

Er drückte mir einen Stapel mit Zeitungsausschnitten in die Hand.

»Interessanter Name ...«

»Er war Russe. Die haben doch alle etwas seltsame Namen.«

»Simon, Sohn des Johannes, Priester? Oder, wenn Sie so wollen: Simon bar Jona, Papst?«

»Die Polizei hat gesagt, bei den Talaren sei auch ein Pallium gewesen. Mit so was geben sich die Spinner aber normalerweise nicht ab.«

Ein Pallium ist eine Art wollene Stola, die nur von den Erzbischöfen der lateinischen Kirche getragen werden darf.

Ich überflog die Zeitungsausschnitte.

»In der Presse steht aber nichts über das geweihte Purpur.«

»Die Bullen haben es unter den Tisch fallen lassen.«

»Aha«, sagte ich. »Hat der ehrwürdige Verstorbene nicht eine große Ähnlichkeit mit Grigori Jefimowitsch?«

»Mit wem?« Er hob den Blick von seinem Bushmills-Schwenker.

»Dem höchst geschätzten und legendären Rasputin.«

Kardinal Popow stand vor dem Gebäude der theologischen Fakultät, bekleidet mit den fließenden Gewändern eines russischen Mönchs, dazu die über der Stirn aufgekrempelte Kapuze, die seiner sowieso schon imposanten Figur noch etliche Zentimeter hinzufügte, und sein Stab. Mit seinen dunklen, blitzenden Augen, den breiten Schultern, dem langen, grauen Bart und dem für solche Bilder unabdingbaren Stirnrunzeln war er ein russischer Mönch wie aus dem Bilderbuch. Er musste an *der* Universität für ziemliches Aufsehen gesorgt haben.

»Er ist tot, oder etwa nicht?«

»Er wurde im Jahr 1916 in einen eiskalten Fluss geworfen, aber immer wieder wurde behauptet, er hätte überlebt und sei vielleicht noch jetzt am Leben.«

»Der Kerl auf dem Bild hat jedenfalls dort draußen an der theologischen Fakultät Vorlesungen gehalten, irgendwas über die geheimnisvolle Gemeinschaft der Altorthodoxen. Wer immer die sein mögen ... ich nehme an, Sie sind mit der Materie vertraut.«

»Ganz allgemein könnte man sagen, dass es sich dabei um fundamentalistische Orthodoxe handelt, die sich im 17. Jahrhundert gegen die Anpassung der russischen Liturgie an die griechische gewandt und sich von der russischen Orthodoxie abgespalten haben. Diverse Zaren, die etwas gegen jegliche Art von Dissidenten hatten, haben sie verfolgen und in großer Zahl ermorden lassen ... Haben unsere gemeinsamen Freunde jenseits des großen Teiches sich schon nach Bruder Semjons Tod erkundigt?«

Man brauchte diesen Bart nur schwarz zu färben, und schon sah er genau aus wie Rasputin. Ein Mann von über einhundertvierzig Jahren hatte ja wohl durchaus das Recht auf einen weißen Bart.

»Kein Sterbenswörtchen. Nach ein paar Tagen habe ich schließlich selber dort angerufen. Ziemlich weit oben sogar. Aber ich habe nur zu hören bekommen, was für ein wunderbarer Wissenschaftler Bruder Semjon gewesen und welche Tragödie sein Tod und wie schrecklich die amerikanische Verbrechensrate sei.«

»Haben die etwas zu verbergen?«

»Kann sein. Genau so hätten sie jedenfalls reagiert, wenn das der Fall wäre. Aber wer weiß, vielleicht wissen sie auch nicht mehr als wir ... Wie kommt es eigentlich, dass er an so vielen verschiedenen Fachbereichen gelehrt hat? Wird er auch von allen bezahlt?«

Ich warf einen Blick auf die Zeitungsartikel. Semjon Popow war Gastprofessor an der theologischen Fakultät, am Fachbereich für slawische Sprachen, beim interdisziplinären Committee on Social Thought, am Zentrum für Internationalismusstudien und am College.

»Nur eine Frage des Prestiges. Je mehr Fachbereiche einen auf ihrer Dozentenliste führen, desto wichtiger ist man.«

»Also war er ziemlich wichtig?«

»Ich glaube eher, dass es ziemlich schick war, einen russischen Mönch auf der Liste zu haben.«

»Blackwood, was zum Teufel ist in diesem Teil der Welt bloß los?«

»Im Vatikan oder an *der* Universität?«

»Ich meine dort, wo Russland und Polen zusammenstoßen.«

»Es ist vergleichbar mit dem Pecos River in Texas – westlich davon existiert kein Gesetz ... Zwischen Weichsel und Wolga gibt es keine nennenswerten natürlichen Barrieren. Also wurden diese Ebenen Jahrtausende lang von Invasoren überflutet – Goten, Hunnen, Teutonen, Slawen, Wenden, Magyaren, Wikinger, Mongolen. Und jedes Mal sind ein paar Angehörige des jeweiligen Volksstamms dort hängen geblieben. Vielleicht sogar ein paar Kelten, die nach dem

Ende der letzten Eiszeit in Richtung Westen unterwegs waren. Außerdem sind die Grenzen der einzelnen Länder permanent in Bewegung, sodass jederzeit fünfzig Prozent der Bevölkerung eines Landes eigentlich gar nicht zu diesem Land gehören wollen. Dann gibt es da noch sehr viele verschiedene Religionen: vier oder fünf unterschiedliche Ausprägungen der Orthodoxie, ein paar katholisch-byzantinische Gruppierungen und natürlich die lateinische Kirche Polens. Es ist Grenzgebiet, eine Region wie gemacht für konspirative Aktivitäten und Winkelzüge.«

Während meines Vortrages schweifte mein Blick kurz über die drei Johns, deren Porträts an der Wand meines Arbeitszimmers hingen. Drei Helden meiner Kindheit – der Papst, der Präsident und der Football-Quarterback. Mittlerweile waren alle drei gestorben, als letzter John Unitas. *O lente, lente currite noctis equi.*

»Ich nehme an, es gab dort auch Untergrundaktivitäten?«

»Natürlich. Wahrscheinlich bis heute. Manche dürften sich der Kontrolle des Vatikans genauso weit entzogen haben wie jene tschechischen Bischöfe, die Frauen ordiniert haben, als der Eiserne Vorhang noch in Betrieb war.«

»Und jeder Papst hat heimlich, still und leise ein paar Kardinäle ernannt und die Ernennung erst öffentlich gemacht, wenn er es für richtig hielt ... meistens waren es irgendwelche Osteuropäer ...«

»Gute Idee«, musste ich zugeben, »aber schwerlich im Einklang mit dem Prinzip der Transparenz, das heutzutage eigentlich unser besonderes Kennzeichen sein sollte.«

Er überging diese Bemerkung mit einer Handbewegung, und zwar mit seiner beringten Hand, nicht mit der anderen, die den Bushmills hielt.

»Okay, Blackwood, gehen wir einfach mal davon aus, dass Bruder Semjon tatsächlich ein katholischer Untergrundbischof in Osteuropa war und dass er seine Sache so gut gemacht hat, dass sie ihm heimlich auch noch den roten Hut dazugegeben haben. Wenn das Ganze so schrecklich geheim war, aus welchem Grund ist er dann mit seiner Talarensammlung durch die Gegend gereist?«

»Wieso hat er überhaupt welche besessen? Man müsste doch annehmen, dass der russische Geheimdienst FSB, ursprünglich KGB, das sehr beunruhigend finden würde ... Hier steht, dass ihm ein Schuss den Kopf in Stücke gerissen hat!«

Seine Eminenz Cronin verzog das Gesicht.

»Eine ziemliche Sauerei, aber schnell.«

Er leerte sein Glas.

»Aber wie ist es dann der überaus aufmerksamen Polizei von Chicago gelungen, ihn zu identifizieren?«

»Es waren sein Büro und seine Gewänder. Wer hätte es sonst sein sollen?«

Er sah sich nach einer Abstellfläche für den Waterford-Schwenker um und entschied sich schließlich für den Deckel meines Druckers.

»Hat man denn mithilfe von Fingerabdrücken oder DNA-Proben versucht, diesen ersten Eindruck zu bestätigen?«

»In seiner Wohnung waren sämtliche Spuren entfernt worden. Aber in seinem Büro hat man jede Menge Fingerabdrücke gefunden. Die Russen kennen keinen Bruder Semjon.«

»Wenn er es wirklich war.«

Er erhob sich von meiner Couch – deutlich schneller, als es mir selbst möglich gewesen wäre.

»Es besteht auch die Möglichkeit, dass er irgendwelche Verbindungen zu den Avignonleuten gehabt hat«, fügte ich hinzu.

Seine Eminenz, der gerade an meiner Bürotür angelangt war, erstarrte auf der Stelle zu Stein.

»Was?«

Ich unterließ es, ihn darauf aufmerksam zu machen, dass eigentlich das höflichere »Wie bitte?« angebracht gewesen wäre.

»Man munkelt, dass nach wie vor ein überlebender Zweig des Avignonpapsttums existiert. Immer noch gibt es ein paar ältere französische Kleriker, die die Beseitigung des großen abendländischen Schismas durch die Beschlüsse des Konzils von Konstanz ablehnen. Sie versammeln sich jedes Mal nach dem Tod ihres eigenen Papstes und wählen einen neuen, der daraufhin sofort seine Amtsgewalt an den falschen Gegenpapst in Rom abtritt – zum Wohle der Kirche. Anschließend ernennt er ein paar weitere ältere französische Kleriker, die im Falle eines Falles seinen Nachfolger bestimmen sollen.«

»Das ist doch schon fünfhundert Jahre her!«

»Ich würde eher sagen sechshundert!«

»Wieso machen die so was?«

»Sie wissen doch, wie die Franzosen sind ...«

Er wandte sich in der Tür noch einmal um und verzog das Gesicht.

»Das alles gefällt mir überhaupt nicht, Blackwood. Ein Papst ist genug. Genauso wie ein Kardinal – es sei denn, man macht aus Ihnen auch einen, als Strafe für Ihre Voreingenommenheit, die so typisch ist für euch Iren von der South Side. Ich kann nicht zulassen, dass irgendwelche Wanderkardinäle durch Chicago marschieren und sich als russische Mönche ausgeben. Oder umgekehrt. Oder französische Päpste oder sonst irgendwas. Ich will, dass dieses Durcheinander beseitigt wird ... Sorgen Sie dafür, Blackwood!«

Worauf er mit Donnerhall den Korridor entlang davonschritt, durchaus vergleichbar dem berühmten Superchief beim Verlassen des Bahnhofs, wenn er sich schnaubend auf den Weg ins Gelobte Land begab.

2

Ich überdachte das Problem, das zugegebenermaßen, wie Holmes es formuliert hätte, nicht ohne gewisse interessante Aspekte war.

Mein erster Anruf galt einer Person, die eine hohe Stellung im Dienst der Regierung bekleidete und mir so viele Gefallen schuldete, dass es für ein ganzes Leben gereicht hätte.

»Ich habe schon befürchtet, dass Sie sich bei mir melden würden, Blackie«, fing er an. »Ich nehme an, Sie wollen mich mal wieder daran erinnern, dass ich Ihnen einen Gefallen schulde.«

»Als Chicagoer wäre ich niemals so unhöflich, gleich damit herauszuplatzen.«

»Ich weiß nicht, was da draußen an *der* Universität passiert ist. Und wenn, dann glaube ich kaum, dass ich es Ihnen sagen könnte.«

»Ach«, sagte ich.

»Soweit ich es beurteilen kann, muss es etwas ziemlich Seltsames sein, aber die Leute in den Etagen über mir wollen es lieber für sich behalten.«

»Damit sie es alles in ihren Memoiren ausplaudern können, sobald sie den Dienst quittiert haben.«

»Kann sein, aber das glaube ich eigentlich nicht. Es muss etwas sein, das alle am liebsten ungeschehen machen würden. Also ein ziemlich dickes Ding.«

»Möglichweise ist ja die Regierung irgendwie in die Geschichte verwickelt.«

Nach meiner unverblümten Einleitung dachte ich, es wäre besser, keine Namen zu nennen.

»Das habe ich nicht gesagt.«

»Manche Leute befürchten, dass genau das der Fall sein könnte?«

»Manche Leute wissen, dass es Gangsterbanden gibt, die praktisch zu allem bereit sind.«

Das war alles. Mehr würde ich nicht bekommen. Es bestätigte nur, was sowieso schon offensichtlich war. Das hier war ein sehr dickes Ding.

Ich erkundigte mich nach seiner Frau und seinen Kindern. Eindeutig entspannter versicherte er mir, dass alle gesund und munter seien. Ich versprach ihm, dass ich mich wieder melden würde – eine Aussicht, die ihm nicht allzu viel Freude zu bereiten schien.

Dann rief ich die Reilly Gallery drüben in der Oak Street an, wo Michael Patrick Vincent Casey, der frühere Superintendent des Chicago Police Department und Ehemann von Annie Reilly, impressionistische Gemälde von Chicago anfertigte. Damit vertrieb er sich seit seiner Pensionierung die Zeit. In unserer Sippe hieß er nur Mike, der Cop, so, als hätten wir noch andere Mikes zu bieten – Mike, den Monsignore, Mike, den Politiker, oder Mike, den Friseur, zum Beispiel. Aber er war der einzige Mike in der erweiterten Verwandtschaft.

Ich plauderte mit der freundlichen Annie Reilly und versprach ihr, sie bald einmal zu besuchen und mich mit einer angemessenen Portion Apfel-Zimt-Tee und Rosinenhaferkeksen bewirten zu lassen. Einige literarisch Unbewanderte behaupten, Mike sei der Flambeau für meinen Pater Brown. Annie hingegen beteuert, dass ich in Wirklichkeit der Watson für seinen Holmes sei.

»Blackie! Was gibt es?«

»Aus deiner angestrengt fröhlichen Begrüßung schließe ich, dass du schon ganz genau weißt, was es gibt.«

»Ich war davon ausgegangen, dass du dich gleich nach deiner Rückkehr aus Rom bei mir meldest.«

»Und …?«

»Ich weiß überhaupt nichts, Blackie. Hauptsächlich, weil meine Freunde da draußen selbst nichts wissen oder weil sie Angst haben, darüber zu sprechen.«

»Ach.«

»Es hat an der theologischen Fakultät schon einmal einen Mord gegeben. Ein Rumäne ist in der Toilette regelrecht hingerichtet worden, vermutlich von der Geheimpolizei seines Heimatlandes.«

»Die Securitate.«

»Und den Fall haben die Kollegen auch nicht aufgeklärt. Wir haben hier in der Gegend nicht so viel Erfahrung mit solchen Mordanschlägen. Den Kollegen wurde gesagt, sie sollen den Fall so schnell wie möglich abschließen und die ganze Geschichte aus den Medien bekommen.«

»Ach.«

»Das mit dem purpurroten Talar weißt du schon?«

»Oh, ja.«

»Was schließt du daraus?«

»Gar nichts. Und du?«

»Wirklich merkwürdig ... Niemand wird doch die katholische Kirche in diesen Schlamassel mit reinziehen wollen.«

»Es sei denn, sie steckt bereits drin.«

»Was sagt denn Sean dazu?«

»Er will, dass ich mich darum kümmere. Was denn sonst?«

»Das heißt also, du fährst da raus und ziehst deine Unsichtbarkeitsnummer ab, siehst dich um und versuchst, so viel wie möglich aufzuschnappen.«

»Im Augenblick fällt mir keine andere Strategie ein.«

»Lass mich mal ein bisschen telefonieren, danach melde ich mich wieder bei dir.«

Er würde einen seiner Freunde anrufen und versuchen, ihn zu einem inoffiziellen Gespräch mit mir zu bewegen.

Nehmen wir einmal an, so sagte ich mir, dass Bruder Semjon tatsächlich ein Kardinal der Heiligen Römischen Kirche ist, wenn auch nur im Verborgenen. Nehmen wir außerdem an, dass er seinen Kardinalstalar immer im Gepäck hat, für den Fall, dass er ihn brauchen sollte. Nehmen wir darüber hinaus noch an, dass er eine Art Geheimagent ist, hauptsächlich, aber nicht ausschließlich im Auftrag des Heiligen Stuhls, und damit auch Kontakte zu diversen Schlapphut-Fraktionen hat. So wie zum Beispiel zu den CIA-Leuten drunten in Langley. Wer könnte dann an seinem Tod interessiert sein? Oder vielmehr: Wer nicht?

Angenommen, einer oder mehrere seiner Auftraggeber wollten ihn »extrahieren«, wie man in dem Gewerbe sagt, ihn also aus einer gefährlichen Situation herausholen. Kann es sein, dass sie sich zur Tarnung eines anderen entledigt hatten?

Zweifellos.

Aber wie konnte man so etwas beweisen und, vielleicht noch wichtiger, warum sollte man das versuchen?

Die Schlapphüte haben eine Tendenz, die Dinge zu verpfuschen – Berufsrisiko, da sie einfach nicht in der Lage sind, der linken Hand zu verraten, was die rechte gerade macht. Womöglich hatten sie auch in diesem Fall gepfuscht, was uns vielleicht eine Chance eröffnete, sie zu schnappen (wer immer »wir« auch sein mochten).

Eine Konsequenz, die ihnen nicht gefallen würde – ganz und gar und ganz und gar nicht, wie meine liebe Freundin Nuala Anne zu sagen pflegt.

Viel wichtiger aber ist die Frage, wieso man sich überhaupt darum kümmern sollte. Die Polizei von Chicago, die Regierung unserer Republik und der Heilige Stuhl waren sich allesamt und vielleicht sogar unabhängig voneinander darüber einig, dass die ganze Sache so schnell wie möglich der Vergessenheit anheim fallen sollte. Konnte ich Seiner Eminenz Cronin nicht einfach sagen, dass seine Neugier bezüglich des Erscheinens eines anderen, wenn auch mit Sicherheit keines alternativen Kardinals, nicht ratsam, ja, vielleicht nicht einmal klug war?

»Klug« war kein Wort, an dem er besonderen Gefallen gefunden hätte. Für gewöhnlich hatte es bei ihm den gleichen Effekt wie das berühmte rote Tuch, das dem Stier vor die Nase gehalten wird. Und doch würde er bestimmt verstehen, worauf ich hinauswollte.

Eine solche Politik ging mir gegen den Strich. Gewaltig gegen den Strich. Es gefiel mir nicht, dass diese Halunken auf Zehenspitzen in meiner Stadt und meiner Erzdiözese ihr Unwesen trieben. Ich würde der Sache weiter nachgehen.

Also wählte ich eine bestimmte Nummer in Paris. Das anschließende Gespräch wurde in einem Mischmasch aus Englisch und Französisch geführt, daher gebe ich es in einer allgemein verständlichen Übersetzung wieder.

»Ah, Blackie. Was gibt's?«

»Ich interessiere mich für das Avignonpapsttum.«

»*Bon!* Das hat mit dem Konzil von Konstanz geendet, wie Sie sehr wohl wissen.«

»Vierzehnfünfzehn. Vor beinahe sechs Jahrhunderten. Und hat nichts weiter hinterlassen als einen ausgezeichneten Rhônewein ...«

»Ich stimme voll und ganz zu.«

»Und ein schismatisches Papsttum.«

»Das sehr schnell marginalisiert und bedeutungslos geworden ist.«

»Aber nichtsdestoweniger immer noch existiert.«

»Das ist doch alles Unsinn«, beharrte Madame.

»Ein paar ältere französische Kleriker, womöglich irgendeiner dubiosen orthodoxen Richtung zugehörig, die purpurrote Talare tragen und sich vorgaukeln, sie hätten immer noch die Kontrolle über den Fischerthron.«

»Mag sein«, erwiderte sie.

»Im Alltag tragen sie kein Purpur, nur bei bestimmten Anlässen: bei einem Konsistorium zum Beispiel oder dann und wann bei einem notwendigen Konklave.«

»Der französische Staat würde eine solche Zurschaustellung nicht gutheißen.«

»Als Diskussionsgrundlage geht man von der Möglichkeit der Existenz einer solchen Sekte aus«, schlug ich vor. »Da sich das alles in Südfrankreich abspielt, würden sie sich wahrscheinlich aus alter Tradition mit einigen politischen, höchstwahrscheinlich rechtsradikalen Gruppierungen verbünden, zumal Philipp der Schöne und seine Sippschaft schon lange von der Bildfläche verschwunden sind.«

»Nur, wer wie ich in der Auvergne groß geworden ist, kann diese Dinge zumindest ansatzweise überhaupt verstehen. Vielleicht gibt es ja ein überzeugendes Argument für die Unzulässigkeit der Beschlüsse von Konstanz. Dennoch ist es unwahrscheinlich, dass der Heilige Geist sechs Jahrhunderte lang ein falsches Papsttum in Rom dulden würde, oder etwa nicht?«

»Ich würde nicht versuchen, mich in die Zeitplanung des Heiligen Geistes einzumischen«, antwortete ich.

Gelächter.

»Seien Sie versichert, Blackie, das ist nichts weiter als eine harmlose kleine Gruppe von – wie soll ich sagen – Spinnern. Der Vatikan weiß selbstverständlich Bescheid und unternimmt gar nichts – wie so oft, wenn er sich nicht so recht entscheiden kann. Es hat ein paar Gespräche zwischen dieser Gruppe und Marcel Lefebvre, dem Erzbischof von Dakar, gegeben, als dieser sich gegen die Reformen des Zweiten Vatikanischen Konzils gesperrt und seine Priesterbruderschaft gegründet hat. Aber er war ihnen viel zu modern.«

»All ihre Kardinäle sind selbstverständlich Franzosen.«

Totenstille.

»Man munkelt, dass die momentan gängigen universalistischen Theorien selbst auf sie nicht ohne Einfluss geblieben sind.«

»Der heilige Paulus wäre beglückt darüber.«

»Sie müssen verstehen, dass das alles ganz unheimlich, nein, ich meine heimlich abläuft. Sie haben keine Pressestelle. Sie suchen nicht die Öffentlichkeit. Sie sind ziemlich zufrieden damit, dass ihr einsames Grüppchen sich an eine Hoffnung klammern kann, die Hoffnung, dass Gott den Fehler, den er in Konstanz begangen hat, irgendwann wieder korrigieren wird.«

»Wohl wahr.«

»Eine gewisse Beharrlichkeit kann man ihnen nicht absprechen, Blackie.«

»Oh, ja ... Irgendwelche russischen Kardinäle?«

Die Antwort kam wie aus der Pistole geschossen.

»Nicht das geringste Anzeichen, aber das muss ja nichts heißen.«

Wir plauderten noch eine Zeit lang angeregt weiter und versprachen, uns bald gegenseitig zu besuchen.

»*Merci,* Madame«, sagte ich zum Abschluss des Gesprächs und bat sie, meine herzlichsten Grüße an Monsieur und *l'enfant* zu übermitteln.

Vielleicht hatte ich im Laufe meines vergeudeten Lebens zu viele sinnlose Informationen gesammelt. Wären mir nicht Gerüchte über dieses bis heute andauernde Rhône-Schisma zu Ohren gekommen, ich hätte niemals in eine solche Richtung gedacht. Der Anruf hatte sich allein schon aus dem Grund gelohnt, diese melodiöse, glockenhelle Stimme wieder zu hören, die aus irgendeinem Grund Erinnerungen an die Romane von François Mauriac und an ein katholisches Frankreich hervorrief, das immer noch fortbestand.

Madame hatte die Tür einen Spalt weit offen stehen lassen. Sie würde noch ein bisschen herumschnüffeln und, falls ich sie noch einmal anrufen sollte, weitere Informationen für mich bereithalten. Genau wie Monsieur, ein äußerst honoriger Rechtsanwalt aus der Vendee, der durchaus über den einen oder anderen Kontakt zu den *flics* verfügte. Aber dennoch: die Avignonspur erschien mir zu unwahrscheinlich. Bruder Semjon war ein orthodoxer Mönch, der sich auf die Altorthodoxen spezialisiert hatte.

Die außerdem eine renitente Sekte und fest davon überzeugt waren, den Heiligen Geist auf ihrer Seite zu haben – eine gefährliche Einschätzung angesichts der Tatsache, dass *Sie* weht, wo *Sie* will.

Und doch war den Altorthodoxen und den Anhängern des Avignonpapsttums zumindest diese Einschätzung gemeinsam.

Fast unmittelbar danach rief Mike Casey an.

»Blackie, es gibt da einen Captain Phil White, dem das alles überhaupt nicht gefällt. Er würde sich sehr gerne mal mit dir unterhalten. Er ist ehrlich und wird dir alles sagen, was er weiß oder vermutet ... na ja, fast alles.«

»Gehe ich recht in der Annahme, dass auch er, genau wie der Wide-Receiver der Chicago Bears oder der Staatssekretär des Staates Illinois, einen afroamerikanischen Hintergrund hat?«

Mike lachte.

»Ich kenne keinen einzigen weißen Polizisten, der White heißt, so viel steht fest ... Er erwartet dich im Windemere Hotel in Zimmer 314, morgen Früh um zehn. Er ist ein hochanständiger Polizist.«

Das war das größte Kompliment, das man von Mike bekommen konnte.

Ich dachte über die verschiedenen Möglichkeiten nach. Irgendwann würde ich tatsächlich genötigt sein, mich auf das Gelände *der* Universität zu begeben. Da konnte ich auch gleich versuchen, mit jemandem von der theologischen Fakultät einen Termin zu machen.

Mein Kontaktmann versicherte mir, dass *die* Universität von dem Mord an einem hoch geschätzten Gastprofessor tief betroffen war. Wir seien ja schließlich nicht in Cicero, wenn ich wisse, was er meine.

Cicero war der Amtsbezirk des ehrenwerten Republikanerführers von Illinois, Alphonse Capone, und einer langen Liste von Personen, mit denen man lieber nichts zu tun haben wollte. Gleichzeitig auch ein Bezirk mit einer stabilen Latinomittelschicht, mit denen man gerne etwas zu tun haben wollte. Ich ging nicht näher darauf ein.

Er rief mich ein paar Minuten später zurück und sagte mir, dass Ms Dorina Keane, die Dekanin der theologischen Fakultät, sich am morgigen Tag gerne im Quadrangle Club mit mir zum Mittagessen treffen würde.

Gut möglich, dass sie eine von uns war. Die Zeiten änderten sich, selbst an *der* Universität. Wahrscheinlich sehr klug. Auch, wenn *die* Universität im Lauf ihrer Geschichte so ihre Probleme mit uns Katholiken gehabt hat, hält sie uns – motiviert allerdings aus einem fast schon abergläubischen Respekt vor unserer Hierarchie – für sehr viel mächtiger, als wir in Wirklichkeit sind.

Ich würde sehr diskrete Kleidung wählen müssen, damit niemand ahnte, wer ich bin.

Ob ich wohl die Bischofsmütze und den Bischofsstab mitbringen sollte?

Eine reine Gedankenspielerei, zumal es nicht das Geringste bewirken würde. Selbst mit diesen eindeutigen Insignien meines Amtes wäre ich doch nur der kleine Mann, der schon wieder nicht da war. Ich bin ein Mensch, der selbst im Fahrstuhl einfach übersehen wird. Manche sehen darin so etwas wie eine Vorspiegelung falscher Tatsachen. Meine Geschwister behaupten, es hätte etwas damit zu tun, dass ich meine äußere Erscheinung meinem inneren Wesen anpasse.

Wie dem auch sei, am nächsten Morgen stieg ich in meinen (einzigen) guten schwarzen Anzug. Der war mir eines Tages von meinen gerade erwähnten Geschwistern aufgenötigt worden. Ich habe mich immer gegen die französischen Hemden mit den doppelten Manschetten und die Westen mit Stehkragen gewehrt, die von vielen Bischöfen getragen werden – vor allem von solchen, die allen Grund haben, mit einer Beförderung zu rechnen. Es fällt mir schon schwer genug, den kleinen römischen Kragen in den dafür vorgesehenen Schlitz eines ganz normalen schwarzen Klerikerhemdes zu stecken.

Um jedoch dem Anlass gerecht zu werden, legte ich die Halskette mit dem Brigidkreuz an, das meine Cousine Catherine Collins Curran mir gebastelt hat. Auch die dazu passenden rubinroten Manschettenknöpfe sowie der Bischofsring stammten von ihr. (Ihr Sohn John Blackwood Curran ist mittlerweile Student am Seminar und wird »Little Blackie« genannt, auch wenn er an die dreißig Zentimeter größer ist als ich.)

Solchermaßen vorbereitet und einem Bischof so ähnlich, wie es mir nur möglich war, machte ich mich auf den Weg ins Dompfarramt. Die einzige Mitarbeiterin, die den Unterschied bemerkte, war Crystal Lane, unsere mystisch begabte Jugendbeauftragte.

»Sie haben es wohl mit einem ziemlich dicken Ding zu tun, hmm, Herr Bischof?«

Wieso benutzten eigentlich alle diesen Ausdruck?

»Beten Sie für den Erfolg meiner Mission, Crystal.«

»Für Sie bete ich immer, Herr Bischof.«

Es ist immer hilfreich, jemanden zu haben, der für einen betet, besonders jemand wie Crystal, die, das ist meine feste Überzeugung, bei Gott Gehör findet.

Ich hatte mir für den ganzen Tag die Dienste meines persönlichen Taxifahrers, Mr Woods, gesichert. Er würde zumindest den Weg zur Universität finden.

Als Erstes ließ ich mich zum Windemere Hotel bringen, einem ehemaligen Luxushotel am Jackson Park, ganz in der Nähe des Lake Shore Drive. Jetzt, wo das Hyde-Park-Viertel, in dem auch *die* Universität lag, keine Luxusgegend mehr war – obwohl sich diese Tatsache nicht in den Immobilienpreisen niedergeschlagen hatte –, war das Windemere *der* Universität zugefallen und diente zur Unterbringung von Hochschulabsolventen, jüngeren Lehrkräften und gelegentlich auch einem Gastprofessor. Es sah zwar nicht mehr hochklassig aus, war aber immer noch recht ansehnlich.

Ich stellte mich beim Portier vor – er nahm mich nur mit

Mühe überhaupt wahr – und sagte ihm, dass Captain Philip White mich erwartete. Mit einem Ausdruck tiefsten Misstrauens, der für Portiers in der heutigen Zeit charakteristisch ist, griff er zum Telefon, wandte mir den Rücken zu und drückte auf ein paar Tasten.

»Sieht aber gar nich' aus wie'n Bischof«, sagte er zum Captain. »Behauptet, er sei … Mm-hmm … Okay, ich schick' ihn hoch.«

Der Tonfall der letzten Worte machte deutlich, dass dieser Fehler allein auf die Kappe des Captains ging.

»Tragen Sie sich hier ein, Sir.«

Ich trug mich mit den Worten ein, die ich in der Regel wähle, wenn ich so offensichtlich provoziert werde: BLACKIE WAR DA!

Es ist bisher noch niemandem aufgefallen, was meinen Verdacht bestätigt, dass diese Einträge ein leeres Ritual sind.

Der Mann, der in der geöffneten Tür von Zimmer 314 wartete, hätte auch Pass-Receiver bei den Chicago Bears sein können. Er war ungefähr so groß wie Seine Eminenz Cronin, rank und schlank und gut aussehend mit tiefschwarzer Haut und strahlend hellen Augen, makellos gekleidet mit einem tadellos sitzenden, maßgeschneiderten schwarzen Anzug, dazu ein winziger, symbolischer Schnurrbart und kurz geschnittenes, leicht silbriges Haar.

Ein zukünftiger Superintendent, dachte ich.

»Captain Phil White?«, sagte ich und sparte mir die nahe liegende, pseudo-witzige Bemerkung.

»Bischof Blackie Ryan?« Mit breitem Grinsen schüttelte er mir die Hand. »Was ist denn das für ein Idiot da unten? Wer, außer einem Bischof, würde ein Kreuz auf der Brust tragen? Noch dazu ein Brigidkreuz!«

Ich nahm den Hinweis auf und fragte: »Welche Gemeinde?«

»St. Thomas the Apostle, gleich hier um die Ecke!«

Das Zwei-Zimmer-Apartment war zwar ausreichend

groß, aber nur sehr spärlich eingerichtet. Draußen vor dem Fenster umrahmte herbstliche Farbenpracht das Museum of Science and Industry – einziges Überbleibsel der Weltausstellung von 1893 – und den See. Gelbe Schulbusse spuckten Horden von Schulkindern auf Klassenfahrt aus, beaufsichtigt von nervösen Erwachsenen, während einige wenige Autos auf dem Lake Shore Drive in Richtung Süden fuhren.

»Wollen Sie sich ein wenig umschauen, Herr Bischof?«

Viel gab es nicht zu sehen. Die Möbel konnte man noch nicht ganz als schäbig bezeichnen, der Fernseher im Wohnzimmer/Arbeitszimmer war klein und auf dem als Schreibtisch dienenden Esstisch stand eine alte Reiseschreibmaschine, neben der ein Stapel Papier lag, ganz so, als fragten sie sich, wieso eigentlich niemand arbeitete. Die Tasten trugen lateinische, keine kyrillischen Schriftzeichen. Ein leicht ramponierter Aktenschrank enthielt stapelweise russische Manuskripte. Die Regale waren voll gestopft mit Büchern, ebenfalls auf Russisch. Zigarrenrauch hing schwer in der Luft, trotz des laut brummenden Fensterventilators.

In der kleinen Einbauküche befanden sich ein lärmender Kühlschrank, eine altmodische Spüle und ein kleiner Tisch. Wie im Wohnzimmer war auch hier alles makellos sauber. Nur eine kleine Flasche Milch stand im Kühlschrank.

»Er hat immer drüben an *der* Universität gegessen, im Kasino für die Lehrkräfte«, erläuterte Captain White, »oder unten im Restaurant Piccolo Mondo. Aber werfen Sie mal einen Blick in diesen Schrank hier!«

Er machte eine Tür auf und gab den Blick auf eine riesige Sammlung noch ungeöffneter Wodkaflaschen frei.

»Zwei Dutzend«, meinte der Captain lakonisch. »Man hat mir gesagt, er hat jeden Tag eine Flasche davon getrunken und dazu Schwarzbrot gegessen.«

»Für einen Russen ein mäßiger Konsum. Irgendwelche Schwarzbrotspuren?«

»Keine.«

»Das sieht alles sehr sauber und aufgeräumt aus«, sagte ich, während wir das Schlafzimmer betraten. »Gutes Personal?«

»Er war allem Anschein nach ein ordentlicher Mensch, mit den Lebensgewohnheiten eines Mönchs. Die Putzfrauen sagen, er sei immer sehr gepflegt gewesen.«

»Mal abgesehen vom Zigarrenrauch, der zusammen mit dem Wodka nicht gerade einen klösterlichen Eindruck macht.«

»Er hat die leere Wodkaflasche jeden Morgen auf dem Weg zur Universität in den Müllschlucker geworfen. Übrigens ist er immer zu Fuß gegangen, auch im Winter.«

»Russen sind wahrscheinlich an die Kälte gewöhnt, vor allem, wenn sie sich mit Hilfe ihrer täglichen Wodkaration darauf einstimmen.«

»Seine Kollegen haben ausgesagt, dass sie ihn nie als starken Trinker eingeschätzt hätten. Er benahm sich eigentlich immer gleich.«

»Cholerisch?«

»So was in der Richtung.«

»Könnte sein, dass sie ihn nie wirklich nüchtern erlebt haben ... Fingerabdrücke?«

»Überall. Stimmen mit denen des Toten überein.«

»Sonst noch welche?«

»Nur von der Putzfrau. Sie hat, laut eigener Aussage, das ganze Apartment erst kürzlich gründlich gereinigt, als er verreist war.«

»Sonst von niemandem?«

»Weder Ihr spezieller Freund von unten noch eine der Putzfrauen hat irgendjemanden in die Wohnung gehen sehen.«

»Nun gut.«

Sein Bett bestand aus der einen Hälfte eines auseinander geschobenen Doppelbettes. Eine große Ikone dominierte die Wand. Sie zeigte Christos Pantokrator – Christus als Herrscher der Welt. In einer Ecke des Zimmers blätterte die weiße Wandfarbe ab.

Ich hätte niemals gewagt, einen Kollegen oder einen Priester auf der Durchreise in einem solchen Zimmer im Dompfarramt unterzubringen. Und doch war es wahrscheinlich besser als die Unterkunft im Kloster Zagorsk vor den Toren Moskaus – wahrscheinlich sogar besser als die meisten Unterkünfte in Moskau.

»Was wissen wir über ihn?«

Der Captain zuckte mit den Schultern.

»Sein Reisepass ist ebenfalls verschwunden ... Er war anscheinend um die fünfundfünfzig Jahre alt. Ist als junger Mann ins Kloster eingetreten. Hat sich sein ganzes Leben lang mit der russischen Mystik beschäftigt, Bücher in französischer Übersetzung veröffentlicht. Nach Gorbatschows Amtsantritt wurde er als Dozent an die Pariser Sorbonne eingeladen. Ist ständig zwischen Paris und Moskau gependelt. Kam dann letztes Jahr als Gastprofessor mit einem zweijährigen Lehrauftrag hierher. War am Anfang seines zweiten Jahres. Ein ziemlich auffälliger Charakter hier an der Uni. Hat sehr viel gebrüllt. Eigentlich hat er sogar immer gebrüllt. Es ist nicht besonders wahrscheinlich, dass man ihm eine Verlängerung seines Vertrages angeboten hätte. Man hat mir gesagt, dass er jede Woche Teile eines Manuskripts nach Paris geschickt hat.«

»Sie haben die Manuskripte im Aktenschrank und in seinem Arbeitszimmer natürlich unter die Lupe genommen.«

»Wir haben jemanden mit Russischkenntnissen gebeten, sie sich anzusehen. Er hat gesagt, es seien alles religiöse Schriften.«

»Und es gibt niemanden, der ein Motiv gehabt hätte, ihn umzubringen?«

»Wir haben jedenfalls nichts dergleichen in Erfahrung bringen können. Über seine Vergangenheit in Paris oder Moskau wissen wir nicht viel. Bei Interpol gibt es keine Akte über ihn.«

»Und das abgeschlossene Zimmer?«

»Er muss jemanden zu sich hereingelassen haben, der ihn dann umgebracht hat. Dann ist der Täter zur Tür hinaus geschlichen und hat es dabei irgendwie noch geschafft, die Tür von innen zu verriegeln.«

Das sagen sie immer in solch einem Fall.

»Und hat die abgesägte Schrotflinte einfach mitgenommen?«

»Ich habe nie gesagt, dass mir dieser Fall gefällt.«

»In der Tat.«

»Jedenfalls ...« Er zog die Tür eines schmalen Schrankes auf. »... haben wir hier die Spezialität des Hauses!«

Darin hingen auf altmodischen Drahtkleiderbügeln zwei abgetragene russische Mönchskutten und ein ausgefranster Büroanzug. Außerdem gab es einen kunstvoll gearbeiteten Koffer, ähnlich denen, die ich schon einmal in Seiner Eminenz Cronins weitaus geräumigerem Schrank gesehen habe.

Captain White zog den Reißverschluss auf.

Eindeutig. Purpurrote Moiréseide in einer Qualität, die über jeden Zweifel erhaben war.

Ich seufzte laut.

»Das ist doch das so genannte Pallium, nicht wahr, Herr Bischof?«

Es war tatsächlich der wollene Kragen, mit Kreuzen versehen und zweimal gefaltet.

»Es fühlt sich authentisch an«, musste ich zugeben.

»So eins kriegen Sie erst, wenn Sie Erzbischof werden, oder?«

»Ich kriege es überhaupt nicht, Captain, aber Sie haben Recht, es ist Bestandteil der Amtsinsignien eines Metropoliten oder Erzbischofs.«

»Gibt es diesen Brauch auch bei den Russen?«

»Ich glaube nicht ... hat das nicht bei den übrigen Kleidungsstücken gelegen?«

»Nein.«

»Wo dann?«

»Hing über einer der Wodkaflaschen im Küchenschrank.«

»Faszinierend.«

Irgendetwas an dieser ganzen Geschichte stimmte ganz und gar nicht. Leider hatte ich keine Ahnung, was es war.

»Captain White, wie groß sind Sie?«

»So um die eins neunzig. War Receiver auf dem College.«

»Wieso wundert mich das nicht? … Ich glaube, Sie würden in diesem Talar eine beeindruckende Figur abgeben. Wieso probieren Sie ihn nicht mal an?«

Er zeigte ein breites, lausbubenhaftes Grinsen, jene Art von Grinsen, das Afroamerikaner besser beherrschen als alle anderen.

»Aber nicht meiner Frau verraten, versprochen?«

»Pfadfinderehrenwort.«

Mir fiel auf, dass der Talar frisch gewaschen und gebügelt war – keine einfache Aufgabe bei Moiréseide.

Der Talar, der ungefähr dieselbe Größe wie der Seiner Eminenz Cronins zu haben schien, passte ihm wie angegossen.

»Schei-ei-ße!«

Es klang wie ein dreisilbiges Wort.

»Ich nehme an, der verschiedene Bruder Semjon, Gott hab' ihn selig, war kleiner als Sie?«

»Schwer zu sagen, um wie viel genau, wo sein Kopf in tausend Teile zersplittert war, aber er wird es höchstens auf knapp eins achtzig gebracht haben.«

»In der Tat.«

»Im Augenblick denke ich«, sagte er, als er den Talar wieder auszog, »dass ich sehr viel lieber Kardinal geworden wäre als Captain bei der Mordkommission.«

»Was werden Sie mit dieser neuen Erkenntnis anfangen?«

»Ich schreibe sie in meinen Abschlussbericht. Superintendent Casey hat Ihnen ja wahrscheinlich schon gesagt, dass die Chefs mit diesem Fall absolut nichts mehr zu tun haben wollen. Ausländische Attentäter, deren Motive noch aus dem Kalten Krieg stammen.«

»Die Frage ist doch, was Bruder Semjon mit dem gut erhaltenen Talar eines katholischen Kardinals zu tun hatte, der ihm etliche Nummern zu groß war.«

»Ja ... meine Chefs wollen das überhaupt nicht wissen. Und es ist nicht so, dass ich dafür kein Verständnis hätte.«

»Oder ob der Tote in Bruder Semjons Büro tatsächlich Bruder Semjon war«, fuhr ich fort.

»Das wollen sie schon gleich gar nicht wissen.«

»Oder ob der Talar am Tag des Mordes heimlich hier hereingeschafft worden ist?«

»Auch das ...«, sagte Captain White. »Was wollen Sie mit diesen neuen Erkenntnissen anfangen, Bischof Blackie?«

»Das wird sich zeigen«, erwiderte ich, obwohl ich in Wahrheit nicht den Schimmer einer Idee hatte. »Sagen Sie mal, Phil, gibt es vielleicht irgendwelche Hinweise darauf, dass unsere Freunde von der West Side darin verwickelt sein könnten?«

Ich begleitete diese Frage mit dem dazugehörigen Nicken in Richtung Taylor Street, auch wenn die Führungskräfte des Syndikats mittlerweile tendenziell weiter westlich in den Vororten wohnten.

»Das ist nicht mehr deren Stil. Ein einfacher Schuss in den Hinterkopf mit einer Zweiundzwanziger, keine abgesagte Schrotflinte. Und normalerweise sind sie viel zu ungeschickt, um sich so etwas Verzwicktes wie das hier auszudenken. Ein Killer von außerhalb kommt in die Stadt, erledigt seinen Job so schnell und sauber wie möglich und fährt wieder dahin zurück, wo er hergekommen ist. Aber bei denen kann man sich nie so richtig sicher sein. Ich glaube, sie finden es nicht besonders witzig, dass die Typen aus Moskau von vielen Leuten Russenmafia genannt werden.«

»Verständlich.«

Schweigend fuhren wir mit dem Fahrstuhl ins Erdgeschoss. Wir gaben uns die Hand, und ich stieg in Mr Woods' Taxi.

»Wir bleiben in Verbindung.« – »Auf jeden Fall«, pflichtete ich ihm bei.

Rufen Sie mich nicht an, ich rufe Sie an.

Ich saß im Taxi und wählte eine Telefonnummer. Die Nummer eines Freundes, der Freunde hatte. So langsam gingen mir die Quellen aus.

»Haben Sie schon gehört, was kürzlich draußen an *der* Universität passiert ist?«

»Hab's in der Zeitung gelesen.«

»Vielleicht haben Ihre Freunde ja von ihren Freunden irgendetwas darüber aufgeschnappt.«

»Ich hab nix gehört. Ein Typ hat gesagt, man darf keine Priester umnieten, auch, wenn's 'n Russe ist. Mehr nich'.«

»Kein Hinweis darauf, dass es vielleicht einer von ihnen war?«

»Nööóh ... So'n großes Ding müsste vom Rat abgenickt werden. Hätten sie wahrscheinlich gar nich' genehmigt ohne richtig guten Grund ... Man weiß natürlich nie, was so'n paar Wildgewordene auf eigene Faust anstellen, aber das wär ein ganz schönes Risiko, falls die Jungs irgendwann dahinterkommen.«

»Das habe ich mir schon gedacht.«

»Rufen Sie mich in ein paar Tagen noch mal an, dann sag ich Ihnen, ob ich was gehört hab. Aber ich glaub kaum. Die Jungs sind alles gute Katholiken, müssen Sie wissen. Wie gesagt, die würden keinen Priester umlegen, es sei denn, es gibt einen richtig guten Grund dafür.«

Ja, genau.

3

Vom Foyer des Kasinos führte eine Tür in einen Zeitungsleseraum. Ich ging hinein und wurde unsichtbar. Dadurch war ich in der Lage, zwei Gespräche gleichzeitig zu belauschen. Das erste wurde von zwei Männern Mitte vierzig geführt. Sie trugen Krawatten und verströmten großes Vertrauen in ihre eigene Intelligenz.

»Theodore, ich kann einfach nicht begreifen, weshalb Sie eine unbefristete Berufung von Ms Rogers an diese Universität befürworten. Die Zahl ihrer Veröffentlichungen ist dürftig. Angesichts unserer finanziellen Situation müssen wir mit Beförderungen sparsam umgehen. Vielleicht können sich andere Universitäten den Spaß einer solch zweifelhaften Wahl erlauben. Aber wir nicht.«

»Zugegeben, James, sie hat nur drei Artikel und ein einziges Manuskript eingereicht. Aber das, was sie geschrieben hat, ist von allererster Güte. In ihrem Fall gilt also tatsächlich: Qualität vor Quantität.«

»Ich kenne allerdings auch Leute, die mit ihren Arbeiten vertraut sind und sich zurückhaltend über die Qualität geäußert haben. Überall sonst käme sie bestimmt sehr gut zurecht, da bin ich mir sicher, aber für uns hier reicht es einfach nicht ganz. Außerdem ... sie hat doch zwei Kinder, nicht wahr? Das verheißt nicht gerade eine Ausweitung ihrer Produktivität.«

Die beiden anderen Diskutanten trugen ebenfalls Anzüge. Der Tweedstoff, aus dem sie gefertigt waren, weckte beim Betrachter unwillkürlich die Assoziation von zwischen den Zähnen klemmenden Pfeifen, obwohl Rauchen im Quadrangle Club ganz offensichtlich nicht gestattet war.

»Ich bin überzeugt, dass der Fachbereich mit der Berufung von Mr Swarz einen entscheidenden Fehler begangen hat, Stefan. Das, was er an Gehalt, Personal und Laborraum verlangt, ist für uns absolut nicht zu bezahlen. Und er macht überall Ärger. Unsere Universität kann es sich in der gegenwärtigen Situation einfach nicht erlauben, so viel Geld in jemanden zu investieren, der in Harvard abgelehnt worden ist.«

»Unsere jüngeren Kollegen sagen aber, dass er im Lauf der nächsten Jahre garantiert den Nobelpreis bekommen wird.«

»Das muss sich erst noch zeigen. Sie und Ihre Mitstreiter haben doch nur für ihn gestimmt, um die jüngeren Kollegen hier zu halten.«

»Die Abstimmung ist sechs zu fünf ausgegangen. Das ist mit Sicherheit ein Signal.«

»Für wen? Den Dekan? Hören Sie doch auf, Stefan, Sie machen wohl Witze!«

»Für den Rektor natürlich. Er wird Mr Swarz nicht ablehnen. Er wird das Ganze auf die lange Bank schieben, so lange, bis es zu spät ist und eine andere Uni ihn uns weggeschnappt hat.«

»Das kann er allerdings wirklich sehr gut, das muss ich zugeben.«

Solche Gespräche wurden mit Sicherheit an jeder größeren Universität im ganzen Land geführt. Ich war darüber jedoch nicht erbaut.

Dann schlug eine Glocke in der Nähe zwölf Mal – vielleicht die der Laura Spellman Rockefeller Chapel –, und eine Frau betrat das Foyer. Offensichtlich war das die Dekanin, mit der ich zu Mittag essen sollte. Schlank, attraktiv, um die dreißig, blasses Gesicht und das üppige rote Haar streng nach hinten gebunden. In einer anderen Zeit wäre sie vielleicht Nonne gewesen, höchstwahrscheinlich Anleiterin der Novizinnen. Ihr einfacher schwarzer Anzug mit einem Hauch von Weiß im Halsbereich konnte sogar als modernes Klosterhabit durchgehen.

Ich griff in meine Tasche und versicherte mich, dass ich meinen Rosenkranz dabeihatte.

Sie war eindeutig eine moderne Version der rechtgläubigen Nonnen vergangener Jahrhunderte, eine rechtgläubige Feministin unserer Tage, auch wenn das Zusammenspiel ihres Anzuges und ihrer harmonischen Körperformen die Frage nahe legte, ob sie vielleicht einer anderen, neueren Strömung des Feminismus zuzurechnen war.

Ihr Blick schweifte durch das Foyer des Quadrangle Club, einmal, zweimal. Strenges Stirnrunzeln. Der Bischof war offensichtlich unpünktlich und steckte daher genauso offensichtlich in Schwierigkeiten. So typisch Mann! So typisch Priester!

Beim dritten suchenden Blick tauchte ich schließlich aus meiner Unsichtbarkeit auf.

Ein strahlendes Lächeln breitete sich auf ihrem Gesicht aus, und sie kam mit ausgestreckter Hand durch das Foyer auf mich zu.

»Sie müssen Bischof Ryan sein!«, sagte sie in reinstem South-Boston-Akzent.

»Ich hatte nie eine andere Wahl.«

»Dorie Keane … Ich verwende Ihre Bücher ständig als Unterrichtsmaterial!«

Wer jemals selbst ein paar Wörter zu Papier gebracht hat, kann bezeugen, dass nichts das verhärtete Herz eines Bischofs besser zum Schmelzen bringt als ein paar anerkennende Worte für seine schriftstellerischen Bemühungen – zumal die Werke niemals auf der Bestsellerliste der *New York Times* aufgetaucht sind, von vergleichbaren Listen ganz zu schweigen.

Wenn die Anerkennung dazu noch von einer attraktiven Frau kommt, die sich allem Anschein nach aus tiefstem Herzen über eine persönliche Begegnung freut, ist das auch kein Schaden.

Wie war diese charmante junge Frau, die augenscheinlich

über guten Geschmack verfügte, bloß Dekanin an *der* Universität geworden?

Das ungute Gefühl in meinem Bauch hatte in dem Augenblick eingesetzt, als Mr Woods in die 59th Street – beziehungsweise in die Midway Plaisance, wie sie nach Ansicht des Bürgermeisters genannt werden soll – eingebogen war. Entlang des Midway – ein verschütteter Kanal, der Teil der Weltausstellung von 1893 gewesen war – war nach dem Willen des Kuratoriums ein erneuter Versuch unternommen worden, die Universität von Chicago zu errichten, einschließlich eines symbolischen Phönix, der aus der Asche zu neuem Leben emporsteigt. Dieses Bild sollte einerseits die Stadt Chicago symbolisieren, die sich aus der Asche des großen Feuers von 1871 erhebt, zum anderen auch die zweite Universität, die auf den Ruinen der ersten entstehen sollte. Diese hatte auf einem Stück Land zwischen dem Ufer des Michigansees und der 39th Street gestanden, das Senator Stephen A. Douglas gehört hatte – jenem Senator, der durch seine Wahlkampfdebatten mit Abraham Lincoln berühmt geworden ist. Während des Bürgerkriegs hatte das berühmt-berüchtigte Straflager *Camp Douglas* so dicht bei den Lehrgebäuden gelegen, dass man vom Dach des Observatoriums aus das gesamte Lager hatte überblicken können. Mit der Zeit waren aber sowohl das Straflager als auch die Universität wieder verschwunden, Ersteres wegen des Friedensschlusses, Letztere aufgrund von Geldmangel. Die neue Universität wurde dann gegen Ende des 19. Jahrhunderts von einer Gruppe von Nordstaatenbaptisten gegründet. Sie bestand überwiegend aus Geistlichen, die das Problem der Finanzierung lösten, indem sie John D. Rockefeller für den Stiftungsrat gewinnen konnten. Voll und ganz im Einklang mit dem für Chicago typischen »Klotzen, nicht kleckern«, schufen sie eine bedeutende Universität, indem sie sich schlicht und einfach mit Rockefellergeld einen bedeutenden Lehrkörper zusammenkauften.

Da sie viel zu neu war, um eine Atmosphäre wie Oxford oder Cambridge oder sogar Harvard auszustrahlen, entschied man sich für ein durchgehendes und noch vorsintflutlicheres Erscheinungsbild, indem man den Midway mit amerikanisch-gotischen Bauten von Ralph Adams Cram säumte, ebenfalls finanziert durch den Rockefellerclan.

Ironischerweise hatte ich schon immer den Eindruck gehabt, dass diese Ursprünge bei *der* Universität einen kleinen Minderwertigkeitskomplex hinterlassen haben. Als Nachzügleruniversität hatte sie sich lange nach Harvard, Yale oder Princeton in die Reihe der großen Ausbildungsstätten einreihen wollen, und das mit Hilfe von schmutzigem Geld aus Ölgeschäften. Wieso sollte man sonst die hier ausgebildeten Nobelpreisträger zählen und die Zahl sogar auf die Uni-T-Shirts drucken? Wieso sollte man sonst auf Distanz zu der Stadt gehen, mit der man sich den Namen und das Wappen teilte? Wieso sollte man sonst so tun, als bilde das Hyde-Park-Viertel eine Bastion der Zivilisation inmitten des barbarischen Chicagoer Großstadtdschungels? Wieso sollte man sonst die beiden größten ethnischen Gruppierungen in Chicago – nämlich die Katholiken und die Schwarzen – gedankenlos vor den Kopf stoßen, obwohl man eigentlich auf ihre Unterstützung angewiesen war?

Ich tadelte mich innerlich für solch unwürdige Gedanken, während Mr Woods den Midway entlang fuhr. Die gotischen Bauwerke links und rechts der Straße machten, umrahmt von einem strahlend blauen Himmel und herbstlich gefärbten Bäumen, einen imposanten Eindruck. Die vereinzelt eingestreuten moderneren Gebäude, mit denen *die* Universität immer wieder einmal versucht hatte, sich eine zeitgemäßere Fassade zuzulegen, wirkten dagegen wie Beispiele für geschmacklosen Humor.

Ich bin am anderen Ende der South Side aufgewachsen, so weit entfernt, dass wir nur selten durch Hyde Park oder den Midway entlang gefahren sind. Für uns war *die* Universität ein fremdes Land, das von merkwürdigen Gestalten bewohnt wurde – also von Gestalten, die nicht aussahen wie irische Katholiken –, deren moralische und politische Gesinnung uns suspekt war. Wir hegten den Verdacht, dass sie eine Brutstätte des Antikatholizismus und des Kommunismus war. Bei manchen der Älteren (nicht jedoch bei meinen Eltern, die linke Demokraten und Anhänger des von Franklin D. Roosevelt eingeleiteten »New Deal« waren) hieß sie sogar »Uni Moskau«. Ein Etikett, das nur unsere Unwissenheit entlarvte. Denn genau zu dieser Zeit veröffentlichte Milton Friedman seine Arbeiten zur Wiederbelebung der klassischen Wirtschaftslehre und zur Verteidigung der freien Marktwirtschaft, die bald schon den gesamten wirtschaftswissenschaftlichen Diskurs dominieren sollten. »Eine Brutstätte der Republikaner«, murmelte mein alter Herr manchmal hinter vorgehaltener Hand. »Herbert-Hoover-Uni«.

Wieso sollte man *die* Universität besuchen, wenn man auch an die University of Notre Dame gehen konnte?

Und antikatholisch? Dieses Etikett war alles in allem vielleicht doch nicht so falsch, wie ich aus eigener Erfahrung wusste.

Allerdings, mittlerweile hatte sich vieles verändert, sowohl in der Kirche wie auch an *der* Universität. Die Studenten, die um die Mittagszeit die University Avenue entlangpilgerten, sahen eigentlich ganz normal aus. Das heißt, sie sahen katholisch aus. Wenn man erst mal einen reingelassen hat ...

Meine Geschwister haben dort etliche Vorlesungen gehalten, manche meiner Nichten und Neffen haben dort studiert, es gab innerhalb der Dozentenschaft sehr viel mehr als nur ein paar Quotenkatholiken, Seine Eminenz Cronin hatte dort einen Ehrendoktortitel verliehen bekommen und bei der Feier zu diesem Anlass eine Aufsehen erregende und brillante Rede gehalten, wenn ich das so sagen darf. Zwei der mächtigsten Institutionen der Stadt – Erzdiözese und Universität – hatten ihren Frieden miteinander gemacht (sehr zur Freude der Regierungspartei, der viel am Wohl der beiden lag, weil sie nämlich sehr viele Wähler repräsentierten).

Trotzdem fühlte ich mich nach wie vor irgendwie wie ein Fremder in einem fernen Land.

»Was ist denn Ihr Fachgebiet, Ms Keane?«, fragte ich meine munter plaudernde Gastgeberin, als wir die Treppe zum Speisesaal hinaufstiegen.

Als William Rainey Harper mithilfe zahlreicher zusammengekaufter kluger Köpfe *die* Universität gegründet hatte, ordnete er an, dass auf die Anrede »Professor« oder »Doktor« verzichtet werden sollte, weil sowieso jeder einen Doktortitel besaß. »Mister« würde also völlig ausreichen, in einigen seltenen Fällen auch »Miss« oder noch seltener »Missus«. Die zusammenfassende Abkürzung »Ms« vor Frauennamen war an *der* Universität erst eingeführt worden, nachdem auch die *New York Times* sie pflichtgemäß ins Repertoire genommen hatte.

»Amerikanische Religionsgeschichte. Deshalb sind Ihre Bücher für meine Kurse so wichtig. Sie zeigen, welche Wirkung die Verbreitung des römischen Katholizismus als kulturell bedeutende Religion auf die religiöse Kultur in Amerika gehabt hat. Sie enthalten fast so viele soziologische Aspekte wie historische und philosophische.«

Tatsächlich. Das hätte ich gar nicht gedacht, aber es waren gute Neuigkeiten. Wenn auch höchst unwahrscheinliche.

»Sie hingegen haben Ihr Examen unter der goldenen Kuppel von Notre Dame in South Bend gemacht«, konterte ich.

Sie fragte nicht nach, woher ich das wusste.

»Die Hälfte der Studenten und fast die Hälfte der Dozenten an der theologischen Fakultät sind katholisch.«

»Die Gegend ist auch nicht mehr das, was sie mal war.«

Sie hielt das für sehr witzig.

»Wir haben hier übrigens mehr Doktoranden als sämtliche katholischen Institute im Großraum Chicago zusammen.«

»Ich werde Seine Eminenz Cronin bitten, dem Heiligen Stuhl diese Nachricht vorzuenthalten.«

Dann standen wir vor den geheiligten Toren zum Speisesaal des Quadrangle Club, der bezeichnenderweise deutlich eleganter wirkte als die Speisesäle in Harvard oder Yale. In der Vergangenheit war es üblich (wenn auch nicht Pflicht) gewesen, dass alle Jackett, Krawatte und weißes Hemd getragen hatten. Erst als der Universitätspräsident Edward Levi (ehemaliger Generalstaatsanwalt unserer unverwüstlichen Republik) einmal in einem blauen Hemd mit weißem Kragen erschienen war, hatten sich die Sitten etwas gelockert. Trotzdem waren die Männer und Frauen im Speisesaal mindestens so sorgfältig gekleidet wie eine Gruppe in der Kantine von, sagen wir, IBM.

Aus Respekt vor den Nordstaatenbaptisten (die längst schon unsichtbar geworden waren) wurde vor sechzehn Uhr kein Alkohol ausgeschenkt, obwohl ich glaube, dass man unten im Billardsaal mittlerweile schon um die Mittagszeit welchen bekommen konnte.

Beim Eintreten deutete die Dekanin auf einen runden Tisch in der Nähe der Tür zu unserer Rechten.

»Da sitzen immer die Wirtschaftswissenschaftler«, flüsterte sie ehrfürchtig. »Nobelpreisgewinner.«

»Worüber reden die da?«

»Oft über ihr Golfhandicap.«

Das fand ich irgendwie sympathisch.

Ich hatte immer den Eindruck gehabt, als ob dieser Saal mit seinen gotischen Fenstern und den Eichenpaneelen satte Selbstzufriedenheit verströmte. Es mochte viele Dinge auf der Welt geben, die falsch liefen, aber hier saßen Frauen und Männer beisammen, die auf ihrem jeweiligen Gebiet die Besten waren, die Allerbesten. Zusammengenommen wussten sie fast alles, was sich zu wissen lohnte. Diese Atmosphäre ist eine durchaus gängige Erscheinung an fast jeder Akademie, aber hier war sie besonders stark ausgeprägt. Und das nicht zu Unrecht. Nur, dass manche nicht so gut waren, wie sie dachten.

Ganz ähnlich wie bei einer Versammlung amerikanischer katholischer Bischöfe.

»Wie ich sehe, tragen die Nobelpreisgewinner keine speziellen Mützen mehr«, merkte ich an.

»Das liegt daran, dass wir so viele davon haben, dass wir denjenigen ohne Nobelpreis die Mützen verpassen müssten.«

»Eine weise Entscheidung.«

»Ich weiß genau, zu welcher Sorte Priester Sie gehören, Bischof Blackie«, gluckste sie. »Die gibt es auch in Southie, wo ich herkomme: Unruhestifter!«

Oh, ja.

»Hier entlang, Herr Bischof«, grinste der Ober. »Wir sind froh, dass Sie uns beehren. Wir haben Ihnen den Präsidententisch da hinten in der Ecke reserviert, weil er heute nicht in der Stadt ist.«

Fast wäre mir etwas herausgerutscht, aber dann bekam ich doch noch die Kurve. »Wir großzügig von ihm.«

Ich schlenderte hinter Ms Keane her zum hinteren Ende des Speisesaals.

Immer wieder hoben die Leute an den Tischen, an denen wir vorbeikamen, den Blick, lächelten und grüßten sie.

»Hallo, Dorie!«

Sie erwiderte diese Gesten mit einem Handschlag, einem Lächeln, einem kurzen Satz und bei einer Frau mit einem Kuss auf die Stirn.

Politikerfamilie, dachte ich mir. Die Königin schreitet ihre Truppen ab. War ihnen klar, dass ihr in ein paar Jahren die Universität gehören würde?

Niemand bemerkte mich, trotz des Kreuzes auf meiner Brust, trotz Bischofsring und rubinroter Manschettenknöpfe. Ich hätte zumindest den Bischofsstab mitbringen sollen. Aber selbst dann wäre ich in Dorina Keanes Kielwasser unsichtbar gewesen.

»Ich sage es gleich, bevor Sie es tun, Bischof Blackie«, sagte sie, nachdem wir an einen Tisch geführt worden waren. »Ich stamme aus einer Politikerfamilie.«

»Tun wir das nicht alle ... Hat Bruder Semjon, Gott hab' ihn selig, oft hier gegessen?«

Jetzt setzte sie wieder ihre ursprüngliche, fast nonnenhaft strenge Miene auf.

»Tagtäglich. Er hat immer für einen ziemlichen Aufruhr gesorgt, wenn er in seiner Mönchskutte hier hereingestapft kam. ›Einen Tisch!‹, hat er dann jedes Mal gebrüllt, so laut er nur konnte, und hat damit all die diskreten und leisen Gespräche im Saal zum Verstummen gebracht. Er hat den Leuten Angst gemacht – ein Besucher aus einer fremden Welt.«

»Ich wusste doch, ich hätte meinen Bischofsstab mitbringen sollen.«

Sie war Feministin, Dekanin, Professorin für amerikanische Religionsgeschichte und Notre-Dame-Absolventin, und trotzdem musste sie kichern.

Ein Punkt für Blackie Ryan.

»Sie könnten niemals so laut brüllen wie er.«

Wir bestellten unser Essen, eine Lasagne Bolognese für mich, einen Obstsalat für sie, Eistee für mich, koffeinfreien Kaffee für sie.

»Hat er alleine gegessen?«

»Für gewöhnlich ist er mit Kollegen gekommen. Wenn er alleine war, dann haben sich andere zu ihm gesetzt. Der bedauernswerte Kerl war eigentlich sehr liebenswürdig, wenn man einmal seine Bekanntschaft gemacht hatte. Sehr fromm auf seine ganz eigene Art und großzügig gegenüber den Studenten, auch wenn er ihnen eine Heidenangst eingejagt hat. Ich glaube, er hat ganz oft einfach eine Rolle gespielt. Sie wissen doch, wie die Russen sind.«

»Ich denke schon. Sie lieben die Show, genau wie die Iren. Und doch wollten Sie ihn keine weiteren zwei Jahre hier behalten.«

Sie zuckte mit den Schultern. »*Die* Universität ist noch nicht ganz reif für Bereicherungen dieser Art. Ich habe für eine Verlängerung gestimmt, wie die meisten Katholiken. Aber man kann nicht immer gewinnen.«

Dann, noch bevor ich mehr über die menschliche Seite von Bruder Semjon Iwanowitsch herausfinden konnte, begann sie eine ausführliche und, wie ich zugeben muss, äußerst schmeichelhafte Erörterung meines Werkes. Dabei zitierte sie regelmäßig einen gewissen »David«, allem Anschein nach Professor für Kirchengeschichte.

»War er ebenfalls auf der Notre Dame?«, unterbrach ich sie an einer Stelle.

»Evergreen Park«, erwiderte sie und wurde rot. »Er glaubt, wir seien verlobt. Aber da bin ich mir noch nicht so sicher.«

Eine gefährliche Mischung.

»Er kennt vermutlich *la famiglia* Ryan.«

»Mit Sicherheit. Vielleicht lernen Sie sich ja nachher noch kennen.«

»Zweifellos.«

Dann wandten wir uns der Frage zu, ob ich vielleicht eine Stunde in einem ihrer Kurse geben könnte.

Ich hatte meine Gründe, warum ich das nicht besonders gern wollte.

»Erst, wenn wir das Problem des toten Semjon Iwanowitsch Popow gelöst haben.«

»Also gut«, meinte sie traurig. »aber das werden wir nie lösen, Bischof Blackie. Es ist einfach zu grässlich.«

Ich meinte, in jedem ihrer blauen Augen eine Träne entdeckt zu haben.

»Meine Bilanz ist aber gar nicht so schlecht«, sagte ich.

Sie gab mir keine Antwort.

Meine Bilanz war, um genau zu sein, makellos. Bis jetzt hatte ich noch jedes Problem gelöst, das Seine Eminenz Cronin mir übertragen hatte. Damit wollte ich mich jedoch lieber nicht brüsten, denn Hochmut kommt vor dem Fall und der Herr könnte angesichts meiner Arroganz schlechte Laune bekommen und mir eine Bananenschale vor die Füße werfen. Ich weiß, so etwas macht *Er* eigentlich nicht, aber meine Mutter hat mich so oft davor gewarnt, dass ich die Angst einfach nicht abschütteln kann.

»Herr Bischof, darf ich Ihnen eine persönliche Frage stellen?«

»Als Priester ist das eigentlich mein Text. Aber da Sie einen solch guten Geschmack in Bezug auf Philosophiebücher bewiesen haben … schießen Sie los.«

»Wieso haben Sie Ihren Doktor am Seabury Theological Seminary gemacht?«

»Weil es als unbedingt notwendig erachtet wurde, dass ich den Doktortitel auch wirklich bekomme.«

»Aber warum nicht hier?«

Gefährliches Terrain.

»Dann wäre ich jetzt immer noch nicht fertig.«

Sie lachte.

»So schlimm ist es wirklich nicht … Haben Sie sich beworben?«

Jetzt bewegten wir uns wirklich auf dünnem Eis. Blackie Ryan musste seinen Groll im Zaum halten.

»Ja, das habe ich.«

»Und natürlich wurden Sie auch angenommen?«

»Wie es der Zufall wollte, nein.«

»Nein! Wieso nicht?«

»Ich hatte ein Gespräch mit einem Menschen aus der Verwaltung, der mir deutlich gemacht hat, dass die finanziellen Möglichkeiten der theologischen Fakultät sehr begrenzt seien, dass die meisten Bewerber abgelehnt werden müssten und dass sie eine moralische Verpflichtung hätten, bei der Zulassung die, Zitat: ›strengsten Maßstäbe‹ anzulegen. Ich hatte ein nicht besonders renommiertes College besucht und dabei auch noch eine ganze Reihe von Zweien gesammelt, sodass ich nicht mit einem Durchschnitt von eins Komma null aufwarten konnte. Die Fakultät hatte das Gefühl, ich würde mich in ihrem erbarmungslosen akademischen Umfeld nicht besonders wohl fühlen.«

»Wie furchtbar!«

»Das ist lange her«, sagte ich ergeben.

»Sie müssen am Boden zerstört gewesen sein!«

»Eigentlich in erster Linie erleichtert«, sagte ich, und das entsprach beinahe der Wahrheit.

Wir verließen den Speisesaal und den Club. Dories Grußrituale fielen jetzt weniger enthusiastisch aus als vorhin.

»Glauben Sie, dass ein gewisser Antikatholizismus dahintergesteckt hat?«

»Zweifellos. Später wurde mir berichtet, dass nur drei oder vier Dozenten der Fakultät überhaupt an einen Gott glaubten.«

»Das hat sich verändert. Alles hat sich verändert, Herr Bischof, wenn auch nicht vollkommen. Es gibt hier an der Universität immer noch Menschen, die uns nicht ausstehen können.«

Draußen zeigte sich der Altweibersommer weiterhin von seiner besten Seite, üppig und träge. Die Studenten – Asiaten, moslemische Frauen mit Kopftuch, Katholiken, Protestanten, Juden, jede Hautfarbe der ganzen Welt, ein wahrhaft allumfassender Haufen – schlenderten in schönem Müßiggang durch die mit Laub übersäten Straßen.

»Man hat mir gesagt«, erwiderte ich, »ich sei meiner Zeit weit hinterher.«

»Sie meinen Ihrer Zeit voraus?«

»Damit war gemeint, dass ich an die Sorbonne des 13. Jahrhunderts gepasst hätte, aber nicht an *die* Universität des 20. Jahrhunderts. Allerdings habe ich schon vor langer Zeit gemerkt, dass es sinnlos ist, sich den Plänen des Heiligen Geistes zu widersetzen, da *Sie* in der Tat *Ihren* eigenen Kopf hat.«

»Sie glauben also, dass alles, was geschieht, uns zum Besten dient?«

»In meinem Fall in der Regel schon.«

Jetzt kamen wir auf den zentralen Innenhof, der sich zwischen University Avenue und Woodlawn Avenue sowie zwischen der 57th und der 59th Street erstreckte. Er hätte ein Musterbeispiel an gotischer Vollkommenheit sein können (oder eher einer Kopie gotischer Vollkommenheit), wäre da nicht das Verwaltungsgebäude am hinteren Ende des Platzes gewesen – ein massiver Block aus der Zeit des »New Deal«. Links daneben befand sich – als ständiger Richter über dessen Hässlichkeit, so dachte ich – Swift Hall, der Sitz der theologischen Fakultät und das Zentrum der Unruhen in der Zeit der Studentenproteste Ende der Sechzigerjahre. Angeblich sollen sich damals sogar etliche zum Establishment zählende Fachbereiche (Wirtschaftswissenschaften, Betriebswirtschaft und Jura) für ihre Verbannung aus *der* Universität stark gemacht haben.

»Wollen wir der Bond Chapel noch schnell einen Besuch abstatten und ein Gebet sprechen?« Dorie klang ein wenig schüchtern.

»Obwohl Jesus dort gar nicht gegenwärtig ist?«, fragte ich zurück. Die Bond Chapel war eine überkonfessionelle Kapelle, in welcher das Heilige Sakrament nicht »reserviert« war, wie wir sagen. Allerdings habe ich nie wirklich begriffen, für wen es dann reserviert sein sollte.

»Wir feiern hier jeden Sonntag die Eucharistie«, sagte sie. »Als ob Sie das nicht wüssten. Schließlich hat Ihr Kardinal die Feier erst kürzlich geleitet.«

»Wie gesagt, die Gegend kommt ganz schön runter.«

Die Bond Chapel ist ein winziges gotisches Juwel mit wunderschönen Buntglasscheiben, auf denen nicht ein einziges Götzenbild zu sehen ist. Wenn wir sie eines Tages übernehmen, müssen wir wahrscheinlich nicht einmal die Fenster auswechseln.

Ich bat die Gottheit, *Sie* möge die Universität und alle, die in ihr lebten und arbeiteten, segnen und beschützen, all jenen, die in den Mauern von Swift Hall gestorben waren, Frieden und Freude schenken und über alle Dozenten und Studenten *Ihre* schützende Hand halten. Außerdem legte ich *Ihr* nahe, *Ihrem* weitgehend unnützen Diener John Blackwood Ryan die Gnade zu erweisen, ein klein wenig effektiver an seiner Fähigkeit zum Vergeben und Vergessen arbeiten zu können. Und schließlich erwähnte ich noch, dass jetzt wohl nicht der richtige Zeitpunkt sei, den eben erwähnten unnützen Diener mit einer ruinierten Problemlösungsbilanz zu bestrafen.

Ich bekam keine unmittelbare Reaktion auf meine Ersuchen. Allerdings hatte ich durchaus den Eindruck, dass man darüber nachdachte.

»Und außerdem«, fügte ich noch hinzu, »bitte segne und beschütze die Dekanin, auch, wenn sie aus South Boston kommt, sowie den jungen Mann an ihrer Seite, auch wenn er an der Evergreen Park war.«

Wir verließen die Bond Chapel, ohne die Knie zu beugen, wie es ihr gotisches Inneres eigentlich nahe gelegt hätte, und betraten Swift Hall durch die Hintertür.

»Es ist sicherer, den Bischof durch die Hintertür zu lotsen, um die Gläubigen nicht zu schockieren«, sagte ich.

Sie kicherte zum zweiten Mal.

»Haben Sie da drin für mich gebetet?«

»Ich habe gedacht, es kann nicht schaden.«

»Auch für David?«

»Ich habe gedacht, er könnte es gebrauchen.«

Drittes Kichern.

4

»Dekanin Keane«, sagte ein schwarzbärtiger Riese, der im Treppenhaus lehnte und einen Stapel Papiere korrigierte. Er war groß gewachsen und schlank und hatte stechend blaue Augen. Seine Haare waren genauso schwarz wie sein Bart. Er trug die üblichen Khakihosen, ein blaues Nadelstreifenjackett und ein weißes Hemd ohne Krawatte. Abgesehen von seinem irischen Grinsen hätte es sich durchaus um einen russischen Piraten handeln können. Aber so war es wahrscheinlicher, dass es sich um einen Agenten der Irisch-Republikanischen Armee handelte. Sein Grinsen galt jedoch nicht mir, sondern der Dekanin, die er mit Blicken verschlang, aus denen der amüsierte Hunger der Liebe sprach. Ich war noch unsichtbarer als sonst.

»Professor Dolan«, erwiderte die Adressatin seiner Gefühle sachlich. »Darf ich Ihnen den hoch verehrten Reverend John Blackwood Ryan vorstellen.«

»Doktor der Theologie«, fügte ich hinzu, als wir uns die Hand gaben.

Er hatte einen festen, aber nicht zu festen Händedruck. Ein junger Mann, der sich seiner persönlichen Ausstrahlung durchaus bewusst war.

»Der legendäre Blackie«, sagte er, lenkte sein Lächeln von Dorie auf mich und veränderte es entsprechend. »Der unaufdringliche und praktisch unsichtbare kleine Hilfsbischof, der auch heute wieder nicht zu sehen ist.«

»In Gesellschaft der wackeren Dekanin Keane schon gar nicht.«

»Man wird regelrecht geblendet von meiner Verlobten, nicht wahr?«

»Noch nicht ganz verlobt, David.« Die Spannung zwischen den beiden war enorm, doch zum Glück für ihre Arbeit und ihren Seelenfrieden überwiegend neckischer Natur.

Die Dekanin, so dachte ich, konnte diese Spannung nur zögerlich zulassen, weil sie befürchten musste, von seiner Energie verschlungen zu werden, wenn sie seine Gefühle akzeptierte.

Wie klug, dass Gott die Menschen so geschaffen hat, dass sie solche Energien füreinander entwickeln können und auf diese Weise die Energie sichtbar werden lassen, die *Ihn* mit *Seiner* Schöpfung verbindet.

»Früher, in Beverly, war ich Caddy für Ihre Schwester und Ihren Schwager«, teilte er mir mit.

»Dr. Ryan und Dr. Murphy.«

»Sehr nette Leute mit einem wunderbaren Charakter.«

»Um ehrlich zu sein, ich bin der Einzige in der Familie, der wirklich klar im Kopf ist.«

Er lachte. Meine Schwester und ihr Gatte hatten mich offensichtlich diffamiert.

»Ich hoffe, Sie können uns helfen herauszufinden, was Bruder Semjon Iwanowitsch zugestoßen ist.« Sein Gesichtsausdruck wurde grimmig. »Das war ein brutaler Mord an einem netten und harmlosen Mann.«

»David und Bruder Semjon waren gute Freunde. Sie haben jeden Nachmittag ein Glas Wodka zusammen getrunken – eigentlich ein klarer Verstoß gegen die Vorschriften unserer Universität.«

Unter ihrer Führung bogen wir um eine Ecke, hinter der sich eine ganze Reihe von Bürotüren befand.

»›Nur kleines Gläschen Wodka‹, hat er jedes Mal gesagt und gelacht. ›Gut für Gesundheit‹.«

»Er hat jeden Tag eine Flasche davon getrunken«, sagte Dekanin Keane missbilligend. »Deshalb haben russische Männer eine solch geringe Lebenserwartung.«

»Mindestens eine Flasche«, fügte David hinzu. »Er hatte

immer eine Flasche hier in seiner Schreibtischschublade, die in der Regel ziemlich leer war, wenn ich wieder gegangen bin, und angeblich soll er in seiner Wohnung einen großen Vorrat gehabt haben … Das hier ist mein Arbeitszimmer, Bischof Blackie. Bruder Semjon war direkt neben mir, und die Dekanin sitzt hinter der nächsten Ecke.«

»Wie praktisch«, murmelte ich.

»Sie haben mich öfter eingeladen, um ihnen bei ihrem kleinen Glas Wodka Gesellschaft zu leisten. Ich bin Feminist, hat er dann gesagt, und Frauen können auch Wodka trinken.«

»Sie haben natürlich abgelehnt.«

»Natürlich.«

»Ihre Freundin, die Dekanin«, David lachte, »ist eine kleine Paragrafenreiterin. Ich glaube, die ganzen Protestanten, die sich hier herumtreiben, haben einen schlechten Einfluss auf sie gehabt.«

Dorie sog hörbar die Luft ein.

»Das hier ist der Schlüssel zu Bruder Semjons Arbeitszimmer, Herr Bischof. Sie können sich sicher denken, dass wir hier sehr genau darauf achten, wer welchen Schlüssel bekommt. Es gibt für die Büros keinen Generalschlüssel, sondern jeweils nur zwei Exemplare. Eines bekommt der jeweilige Inhaber, das andere wird in einem Safe in meinem Büro verwahrt. Und hier unterhalb des eigentlichen Türschlosses haben wir auf Bruder Semjons Bitte noch einen zusätzlichen Riegel angebracht. ›Diebe stehlen wertvolle Sachen‹, hat er gesagt, ›immer‹. Allerdings kann man die Tür nur von innen verriegeln. Deshalb glaube ich, der Riegel diente eher dazu, dass er beim Arbeiten ungestört bleiben konnte. Oder beim Wodkatrinken mit irisch-katholischem Mannsvolk.«

»Er hat jedes Mal abgeschlossen, wenn ich ihn auf mein eines Glas besucht habe«, gestand David Dolan mit reuiger Miene. »›Was Protestant nicht weiß, macht ihm nicht heiß‹.«

Dorie öffnete die Tür. Der Riegel auf der Innenseite war nicht vorgelegt, sonst wären wir gar nicht hineingekommen.

Wir betraten das Arbeitszimmer. Dorie zog die Tür hinter sich ins Schloss und ließ den Riegel einschnappen.

»Jetzt lassen sich beide Schlösser nur von innen öffnen. Nur das obere kann man auch von außen aufschließen, und zwar ausschließlich mit diesem oder mit Bruder Semjons Schlüssel. Seiner hat in seiner Tasche gesteckt, und meiner lag im Safe. Wenn die Dozenten in ihrem Zimmer sind, lassen sie die Tür oft unverschlossen. Davids Tür zum Beispiel ist immer offen, vor allem für die Studentinnen, die ihn umschwirren.«

»Immer, wenn eine Frau in meinem Büro ist, lasse ich die Tür offen stehen!«, sagte David lammfromm. »Sogar, wenn es sich um die Dekanin handelt.«

Das Büro des Mönchs war genauso peinlich sauber und aufgeräumt wie seine Wohnung. Außerdem roch es nach Desinfektionsmittel, ohne Zweifel eine Folge der Säuberungsaktion, die durch seinen explodierten Schädel notwendig geworden war.

Dave Dolan zog eine der untersten Schubladen am Schreibtisch auf.

»Kein Wodka. Irgendjemand muss ihn gestohlen haben.«

»Haben Sie auch an jenem Nachmittag ein Gläschen mit ihm getrunken?«, wollte ich wissen.

»Nein. Aus irgendeinem Grund hatte er unsere kleine Angewohnheit in den letzten ein, zwei Wochen vor seinem Tod auf Eis gelegt.«

Ich ging zu den Fenstern hinüber.

»War es ein besonders warmer Tag?«

»Nein, es war kalt und regnerisch. Er hat die Fenster sowieso nicht oft aufgemacht. ›Frische Luft schlecht. Vertreiben Zigarrenrauch‹.«

»In jedem Fall«, fügte Dorie hinzu, »waren die Fenster ebenfalls verriegelt. Das war das Erste, was die Polizei nach ihrer Ankunft hier überprüft hat.«

»Also wurde derjenige, der dieses Büro hier betreten hat,

wahrscheinlich von Professor Popow eingelassen. Er hatte eine abgesägte Schrotflinte dabei, hat den Professor – Gott sei seiner Seele gnädig – erschossen, die Tür wieder abgeschlossen und sich verzogen. Woraufhin Professor Popow sich, ungeachtet des Verlustes seines Schädels, aus seinem Stuhl erhoben und den Innenriegel vorgeschoben hat, dann zu seinem Stuhl zurückgegangen und verschieden ist.«

»Genau diesen Eindruck muss man haben«, gestand Dorie ein. »Das Ganze ist so grässlich und furchtbar. Er war so ein netter Mensch.«

»Mr Dolan, Sie waren zu der Zeit in Ihrem Büro?«

»Ich habe noch bis spät abends gearbeitet ... mir steht ein Einstellungsgespräch bevor. Und habe mich gelegentlichen Fantasien über meine zukünftige Braut hingegeben.«

»David!«

»Ein verliebter Mann hat ein Recht auf Fantasien, oder etwa nicht, Herr Bischof?«

»Ohne sie könnte die Menschheit nicht überleben.«

»Jedenfalls ...«, Ms Keane überhörte meine Bemerkung, »... ist Mr Dolan Ihr erster Gesprächspartner, Herr Bischof. Ich werde versuchen, den nächsten Termin zwei Stunden später anzusetzen. Das wäre dann in etwa Viertel nach drei?«

»Sagen wir halb vier, Dorie. Du weißt doch, wie geschwätzig ich bin!«

Mr Dolan testete die Grenzen seiner großen Liebe aus, und zwar absichtlich, daran konnte es keinen Zweifel geben. Er war ein echter South-Side-Ire.

»Du solltest lieber deine beiden Artikel fertig machen. Das Besetzungskomitee ist bestimmt beeindruckt, wenn sie beim abschließenden Prüfungsgespräch schon im Druck sind.«

»Ach was.« Dave wischte ihre Besorgnis beiseite. »Kein Komitee an dieser Fakultät würde es wagen, das Schätzchen der Dekanin durchfallen zu lassen.«

Schon wieder hatte er sie herausgefordert, und wieder mit voller Absicht.

Dories Wangen wurden rot, ihre Lippen zu einem dünnen Strich und ihre Augen zu Flammenwerfern.

»Ich entschuldige mich für Davids Bemerkung, Herr Bischof, obwohl Ihnen wahrscheinlich bewusst ist, dass die männliche Population der South Side teilweise ziemlich primitiv ist. Ich habe im Übrigen mit niemandem über diesen Fall gesprochen und werde das auch in Zukunft nicht tun. Und mich hat auch niemand darauf angesprochen. Diese Fakultät wird schließlich nicht im Stil der Demokratischen Partei von Cook County geführt.«

»Zu schade«, murmelte ihr selbst erklärtes Schätzchen, als sie von dannen marschierte. Vollkommen unbeeindruckt von ihrem Tadel warf er ihr sehnsüchtige Blicke hinterher. Dann seufzte er vernehmlich und schloss seine Bürotür auf.

Es sah so aus, als hätte die Polizei sämtliche Papiere, Bücher und Computerausdrucke in seinem Zimmer durchwühlt. Ähnlich wie Seine Eminenz Cronin, wenn er mich in meinem Reich aufsuchte, ließ David Dolan einen Stapel Ausdrucke auf den Boden fallen und deutete auf einen Stuhl.

»Tee? Bewley's Afternoon?«, sagte er und legte sein Seersuckerjackett ab.

»Großartig.«

Er griff nach einem Wasserkocher, sah nach, ob noch genügend Wasser darin war, und trat auf den Flur hinaus. Einige Augenblicke später kam er wieder, steckte den Kocher ein und stieß ein halb offen stehendes Fenster noch ein Stückchen weiter auf, um frische Luft hereinzulassen.

»Mein Büro ist ein Saustall, Bischof Blackie. Ich würde es ja gerne auf den Stress mit meinem Einstellungsgespräch schieben, aber es wäre auch ein Saustall, wenn ich schon ordentlicher Professor wäre.«

»Ich glaube, es war der berühmte Professor Milton Friedman persönlich, der einmal gesagt hat, dass der Marginalwert einer Festanstellung bei nicht mehr als fünfundzwanzig Cent liegt.«

»Wenn ich sie heirate, dann muss ich wieder Ordnung halten, wie in meiner Jugend. Aber das ist ein kleiner Preis, meinen Sie nicht?«

Er lächelte zufrieden – nicht unbedingt eine direkte Andeutung der Freuden, die daraus resultierten, mit der Dekanin das Bett zu teilen, allerdings auch keine klare Absage an eventuelle Gedanken in diese freudige Richtung. Wie vorhin bereits angedeutet, würde die Menschheit nicht lange überleben, wenn es solche Fantasien nicht gäbe.

»Wie ernst muss man denn dieses Einstellungsgespräch nehmen?«, wollte ich wissen.

Er zuckte erneut mit den Schultern.

»Ich kriege die Stelle, kein Zweifel. Die arme Dorie weiß das genau und sie weiß auch, dass das Komitee ihren Verehrer niemals abblitzen lassen würde. Die ganze Fakultät bewundert sie. Sie ist unser kleiner Liebling, ein Maskottchen, das Nesthäkchen, ein leuchtendes Licht in dieser ach so düsteren Institution. Ihr das Herz brechen? Niemals! Ich will damit gar nicht sagen, dass sie Einfluss genommen hat oder nehmen will. Sie wird nach außen hin vollkommen unparteiisch wirken. Sie wird bei der Abstimmung durch das Besetzungskomitee sogar das Zimmer verlassen. So sind wir universalistischen Akademiker eben. Und trotzdem, der Southie in ihr weiß genau, was geschehen wird und warum, auch wenn sie es sich selbst noch nicht so recht eingestehen will.«

»Aha.«

Das war für mich absolut nachvollziehbar. So funktionieren Menschen eben, auch wenn manche so tun, als wäre es bei ihnen anders. Letztendlich sind wir alle prämoderne Wesen.

»Ehrlich gesagt, meine beiden Bücher sind schon mehr als genug. Selbst diese beiden Artikel hier würden dem Komitee reichen. Die Zeitschriften wollen nur noch ein paar unbedeutende Änderungen haben, dann nehmen sie sie an. Ich habe untadelige Referenzen. Aber gut, ich bin nicht unbedingt der ruhige Typ und manchmal sogar ein ziemlicher Klugscheißer. Wir haben hier ein paar Fieslinge, die mich am liebsten nie wieder zu Gesicht bekommen würden. Und die Beziehung zwischen mir und Dorie – die übrigens sehr viel körperloser ist, als manche von denen glauben wollen – beseitigt dieses Restrisiko. Ich würde wahrscheinlich so oder so gewinnen, aber es ist schön, noch einen Trumpf in der Hinterhand zu haben.«

»Ihre beiden Bücher?«

»Sind beide im Druck. Das erste ist eine überarbeitete Version meiner Dissertation. Der Titel lautet *Proto-Feministinnen: Die Theotokos-Frauen und das Papsttum*. Das zweite widmet sich der Frage, warum es seit dem Beginn des 18. Jahrhunderts keine schlechten Päpste mehr gegeben hat. Es heißt: *Der Abschied vom bösen Mann: Das tugendhafte Papsttum der vergangenen drei Jahrhunderte*. Sie sehen an diesen Titeln, wieso einige der Fieslinge hier mich nicht gerade mit Begeisterung betrachten.«

Er grinste selig.

»Tolle Titel, oder?«

»Echte Knaller.«

»Genau, na ja, ich war in Harvard, verstehen Sie? Deshalb bin ich nicht ganz so beeindruckt von dem wichtigen Getue hier an der Uni wie das schöne Mädchen, äh, die schöne Frau!«

Noch ein seliges Grinsen.

»Tja, wir machen uns wohl besser mal an die Arbeit. Ich habe an jenem Abend so gegen halb acht hier am Schreibtisch gesessen. Draußen ritt ein lärmender Herbststurm eine Attacke nach der anderen auf *die* Universität – und das ohne Genehmigung des Ratskomitees. Ich war gerade dabei, einem Artikel den letzten Schliff zu verleihen. Er beschäftigt sich mit der Frage, ob Marozia Theophylakt tatsächlich fünfzig Jahre lang von ihrem Sohn im Kastell San Angelo gefangen gehalten worden ist. Dabei geht es darum, dass man, wenn man sich mit der Geschichte des Papsttums befassen will, bereit sein muss, die offiziellen historischen Berichte beiseite zu lassen, da sie oft aus einer moralisch-revisionistischen Perspektive geschrieben wurden. Aber ich habe ein paar andere Berichte über ihr Leben gefunden, die die Schreiber der üblichen Geschichten nicht entdeckt haben ... Persönlich habe ich schon immer eine Schwäche für Frauen gehabt, die Päpstin werden wollten. Auch, wenn ich auf gar keinen Fall irgendwo in der Nähe sein wollte, wenn eine davon hier auftauchen würde.«

»In der Tat.«

Er liebte es zu reden, Wörter zu bilden, sich an ihrem Klang zu erfreuen, hatte seinen Spaß an Ironie und Widerspruch. Darin zeigte sich die Kultur der South Side und damit auch die Kultur Irlands.

»Jedenfalls sinnierte ich vor mich hin, war in Gedanken bei der schönen Dorina, war vielleicht sogar gerade unterwegs ins Land der süßen Träume, als ich diese schreckliche Explosion gehört habe, so, als hätte jemand neben meinem Schreibtisch eine Bombe in die Luft gejagt. Ich dachte sogar, ich hätte einen Lichtstrahl gesehen. Mein erster Gedanke war, dass die Fakultät von einem Blitz getroffen worden war. Wollte Gott mich etwa für mein lüsternes Sehnen nach meiner jungen Angebeteten bestrafen? Ich sprang auf und blickte mich um. In meinem Büro gab es keinerlei Anzeichen für eine Explosion. Nur ein böser Traum. Dann hatte ich den stechenden Geruch von Schießpulver in der Nase. Da musste jemand geschossen haben.

Also bin ich in den Flur hinausgestolpert. Nur in einem einzigen anderen Zimmer brannte noch Licht – bei Bruder Semjon. Ich schlug mit der Faust an die Tür und rief seinen Namen. Keine Reaktion. Ich rief immer und immer wieder. Immer noch keine Reaktion. Der Pulvergestank kam aus seinem Zimmer. Ich kenne den Geruch von Schießpulver, weil mein Vater Polizist war. Er hat mich gelegentlich mal auf den

Schießstand mitgenommen und schließlich die weise Entscheidung getroffen, dass ich nicht Polizist werden sollte, weil ich eine Gefahr für alle anderen Polizisten gewesen wäre.

Ich versuchte also nachzudenken, allerdings mit wenig Erfolg. Wir Akademiker sind in Krisensituationen keine große Hilfe, weil wir immer erst analysieren müssen, bevor wir reagieren können. Schließlich habe ich dann versucht, den Türknauf zu drehen. Es war abgeschlossen. Vielleicht lag Bruder Semjon ja da drin, verletzt, blutüberströmt. Aber ohne Schlüssel bekam ich die Tür nicht auf. Wer hatte einen Schlüssel? Meine große Liebe, natürlich! Und wie konnte ich sie erreichen?

Übers Telefon, Dummerchen. Also bin ich zurück in mein Zimmer gestolpert und habe versucht, sie anzurufen. Meine Hände haben so sehr gezittert, dass ich mich dreimal verwählt habe.

Schließlich war sie am Apparat, kalt wie der Winter in Chicago.

Dorie, hier ist Dave ... Ja, ich weiß, meine Stimme klingt furchtbar. In Bruder Semjons Zimmer hat es eine Explosion gegeben. Er hat von innen abgeschlossen. Ich brauche den Schlüssel, um reinzukommen ... Ja, ich weiß, dass er in deinem Büro ist, aber dafür habe ich auch keinen Schlüssel ... Okay. Ich schätze mal, du musst sowieso herkommen ... Nimm dir ein Taxi, bitte ...«

»Nicht gerade von der schnellen Truppe, hmm?«

Er hatte seine gesamte Erzählung mit dramatischen Gesten begleitet, einschließlich seiner Unfähigkeit, die richtige Telefonnummer einzutippen und sein stotterndes Gespräch mit Dekanin Keane. Der Mann war ein *Seanache*, ein irischer Geschichtenerzähler. Und zweifellos ein großartiger Lehrer.

»Ich also wieder raus aus meinem Zimmer, und da sehe ich schon drei meiner Kollegen vor Bruder Semjons Tür stehen: Doug Strong, Patrice Comerford und Israel Golden. Alle drei halten mich übrigens für verrückt, sind aber ganz vernarrt in Dorie. Sie sind vollkommen erschüttert, so wie ich noch vor wenigen Augenblicken. Also habe ich beschlossen, den Entschlossenen zu spielen, so wie mein alter Herr, wenn er an einen Tatort kommt, beziehungsweise kam.

Patrice ist am Schluchzen … Etwas Schreckliches ist geschehen. Wir können uns nicht noch ein Verbrechen hier an *der* Universität leisten. Israel rüttelt immer wieder tapfer an der Tür, aber natürlich geht sie nicht auf … Was taugt eine Tür, wenn man sie nicht aufkriegt, wenn es sein muss … Doug steht völlig erstarrt da, als käme er gerade frisch vom Nordpol, ganz bleich im Gesicht, so, als wäre er bereits erfroren.

Ich sage also zu den anderen, dass der Schlüssel in Dories Büro ist. Dass ich sie angerufen habe. Dass sie gesagt hat, sie kommt sofort her und dass wir dann die Tür aufmachen können.

Dann entspannen sie sich. Gott sei Dank sind Sie hier, sagt Doug, obwohl ich vermute, dass er in Wirklichkeit gar nicht an Gott glaubt. Wir erzählen uns gegenseitig, was wir zum Zeitpunkt des Knalls gemacht haben. Wir glauben nicht, dass außer uns noch jemand im Gebäude ist. Doug, der als Soldat in Vietnam gewesen ist, meint, es hätte wie eine Handgranate geklungen.

Dann hören wir plötzlich wütendes Klopfen am Haupteingang. Wissen Sie, wenn man von drinnen nach draußen will, drückt man einfach auf die Klinke und geht hinaus. Aber ab achtzehn Uhr lassen sich die Türen von außen nicht mehr öffnen, sodass man zwar jederzeit noch hinaus kann, aber nicht mehr herein …«

»Das heißt also, der mutmaßliche Verursacher dieser Explosion hätte sich im Männerklo verstecken können und hätte, so lange Sie wieder in Ihrem Büro waren, um mit der unbeschreiblichen Dorina zu telefonieren, und noch bevor Ihre Kollegen aufgetaucht sind, sich entweder durch die Vorder- oder durch die Hintertür aus dem Staub machen können.«

Er dachte einen Augenblick lang nach, fuhr sich mit den Fingern über das Gesicht und nickte.

»Das wäre zwar riskant gewesen, aber ja, schon möglich ... Jedenfalls frage ich mich schon die ganze Zeit, wo Dorie steckt und schaue auf meine Armbanduhr. Es sind noch keine fünf Minuten seit meinem Anruf bei ihr vergangen. Dann frage ich mich, wer da wohl gegen die Tür hämmert. Aber dann zähle ich zwei und zwei zusammen und mir wird klar, dass das wahrscheinlich sie ist.

Ich haste also hinunter zum Haupteingang und reiße die Tür auf. Da steht sie vor mir, in Laufschuhen und Sweatshirt, völlig durchnässt vom Regen. Sie zittert und keucht. Sie schiebt mich beiseite und rennt zu ihrem Büro. Ich folge ihr. Sie zittert so sehr, dass sie den Schlüssel nicht ins Schloss kriegt. Ich nehme ihr den Schlüssel ab und schließe auf ...

Sie müssen wissen, Bischof Blackie, dass sie unglaublich schön ist, absolut bezaubernd. Ich bin aber so durcheinander, dass ich nicht einmal das bemerke. Auch den Safe mit den Zweitschlüsseln kriegt sie nicht auf. Ich frage sie nach der Kombination, sie sagt sie mir, und ich öffne die Tür. Sie schnappt sich den Schlüssel und rennt den Flur entlang zu Bruder Semjons Arbeitszimmer. Jetzt zittert sie nicht mehr ganz so sehr, sodass sie den Schlüssel ins Schloss stecken kann. Sie dreht also den Schlüssel, und wir hören es klicken. Sie dreht am Türknauf, doch die Tür geht nicht auf.«

»Der Sicherungsriegel«, sagte ich.

»Wir könnten das Türfenster hier unten einschlagen. Ich deute auf die Scheibe, die dem Riegel am nächsten sein dürfte. Das Fenster besteht ja, wie Sie sehen können, aus einem fein gearbeiteten gotischen Gitterwerk mit vielen kleinen Scheiben. Sie ist immer noch so heftig am Keuchen und Zittern, dass sie kein Wort hervorbringt. Sie nickt nur. Ich renne in mein Arbeitszimmer, schnappe mir einen massiven

Briefbeschwerer, rase zurück und schlage die Scheibe ein. Eine Menge Glassplitter bleiben noch im Rahmen hängen. Ich schlage sie alle einzeln heraus und stecke meine Hand durch die Öffnung. Pass auf, sagt sie, wie eine Mutter zu ihrem leichtsinnigen kleinen Kind. Ich schiebe den Riegel zurück, die Tür springt auf, und wir können ins Zimmer sehen.

Patrice kreischt, mir dreht sich der Magen um. Großer Gott, sagt Doug neben mir. Israel schwankt, Dorie schluchzt zu Tode erschreckt, ich lege ihr den Arm um die Schulter, und sie lehnt sich an mich.

Ruf die Polizei an, Dave, sagt sie dann. Die Campuspolizei und das Chicago Police Department.

Ich rufe als Erstes meinen Dad an, erzähle ihm, was passiert ist, und bitte ihn, seine Leute zu alarmieren. Er erzählt mir später, dass ich mich angehört habe, als hätte ich die gesamte Verantwortung übernommen. Egal. Er ruft jedenfalls seine Leute an. Dann wühle ich mich durch das Telefonverzeichnis der Uni, bis ich schließlich die Nummer der Unipolizei finde. Ich wähle die Nummer.

Dave Dolan hier, theologische Fakultät, sage ich. Hier hat es einen grässlichen Mord gegeben. Schicken Sie jemanden vorbei. Aber die sind ja von der Universitätspolizei, also wollen sie das Universitätsspiel spielen. Wollen wissen, wer ich bin, welche Etage, wer das Opfer ist, die ganze Geschichte, bis in alle Einzelheiten. Ich sage, sie sollen doch einfach sofort herkommen und sich selbst ein Bild machen.«

Jetzt holte er tief Luft.

»Tut mir leid, wenn ich mich zu sehr habe mitreißen lassen, Herr Bischof. Aber so eine Erzählung bringt die ganzen Erinnerungen wieder zurück.«

»Verständlich.«

Ich kombiniere, dass dieser junge Polizistensohn, der für seine Arbeit über die Geschichte des Papsttums von der guten, alten Mutter Harvard einen Doktortitel bekommen hat, das Herz am rechten Fleck trägt und dass Dekanin Keane gut daran täte, sich so schnell wie möglich mit ihm zusammenzutun.

»Meine vier Kollegen stehen also immer noch vor der Tür von Bruder Semjons Zimmer – geschockt, schweigsam, zu Tode erschrocken. Noch hat sich niemand übergeben, obwohl sie so aussehen, als fehlte nicht mehr viel. So geht es jedenfalls mir selbst. Die Liebe meines Lebens lehnt am Türrahmen und bekämpft die Tränen mit einem völlig ungeeigneten Papiertuch. Außerdem zittert sie. Ich ziehe mein Jackett aus – das hier – und lege es ihr um die Schultern. Sie lehnt sich an mich, also lege ich auch noch meinen Arm um sie.

Die Polizei ist gleich da, sage ich zu ihr. Sie nickt und bedankt sich. Ist er wirklich tot?, will Patrice jetzt wissen. Haben sie ihn tatsächlich umgebracht?

Ich verstehe nicht, wie sie so etwas fragen kann. Sie sieht doch, dass das ganze Zimmer voller Blut und Knochensplitter und Hirnmasse ist.

Die Wucht der Ladung hat den armen Mann auf den Schreibtisch geschleudert, und jetzt baumelt er da dicht über dem Boden. Kopfüber würde ich eigentlich sagen, nur, dass er ja keinen Kopf mehr hat.

Sie haben ihm den Kopf weggepustet, Patrice, gebe ich ihr zur Antwort. Doppelläufige Schrotflinte, sagte Doug Strong. Wahrscheinlich abgesägt.

Aber ich sehe hier keine Schrotflinte, sagt Dorie und ihre Stimme klingt wie die eines kleinen Schulmädchens. Wo ist sie denn? Der Mörder hat sie mitgenommen, sage ich. Aber wie ist er rausgekommen, wenn die Tür verriegelt war?, will Israel wissen. Mir dämmert, dass das genau die Frage ist, die sich auch die Polizei stellen wird. Denn wenn Bruder Semjon tatsächlich zunächst seine Tür verriegelt und sich danach erschossen haben sollte, was hätte er dann mit der Waffe gemacht? Das hat bis jetzt noch niemand rausgekriegt, Bischof Blackie. Ich glaube jedenfalls, dass wir die Polizei schlussendlich davon überzeugt haben, dass wir uns die ganze Geschichte nicht ausgedacht haben.«

»Wohl wahr ... Haben Sie Ihre Zimmertür aufgemacht, unmittelbar nachdem Sie den Schuss gehört hatten?«

»So rechtzeitig, dass ich einen durch den Flur Flüchtenden noch hätte sehen müssen? Die Polizisten haben mir diese Frage wieder und wieder gestellt. Meine ehrliche Antwort lautet: Ich weiß es nicht. Ich war, wie gesagt, schon halb weggedämmert und habe mich meinen respektvoll-lasziven Träumen hingegeben ... ich glaube, ich habe nur langsam reagiert. Und ich war kurzfristig taub von dem lauten Knall. Kann sein, dass ich gar nicht gehört habe, wie jemand aus dem Gebäude gerannt ist. Ich habe aber auch nicht besonders darauf geachtet. Habe bloß versucht, in Semjons Zimmer zu kommen. Vielleicht ist es ja so, wie Sie sagen, dass sich jemand in der Toilette versteckt hat. Ich weiß es nicht ...«

»Sie haben gesagt, Sie hätten einen Lichtblitz gesehen?«

»Das habe ich jedenfalls gedacht. Auch wenn ich nicht weiß, wie so etwas durch die Wand hindurch möglich gewesen sein soll. Vielleicht war es auch ein Blitz von draußen.«

»Dann könnte es ja auch einige Zeit gedauert haben, bis Sie die Möglichkeit in Erwägung gezogen haben, dass Swift Hall nicht durch den Sturm, sondern durch etwas anderes erschüttert worden ist.«

»Nicht länger als ein, zwei Minuten. Ich habe nur noch an Dorie gedacht, auch wenn ich wusste, dass sie in ihre Wohnung in der 55th Street gegangen war. Vielleicht war sie ja wiedergekommen.«

»Aha ...«

»Dann ist die Polizei eingetroffen. Dorie war gerade in ihrem Büro, um den Universitätspräsidenten zu verständigen. Und natürlich haben die Polizisten gebrüllt, dass ihnen jemand die gottverdammte Tür aufmachen soll. Also habe ich das gemacht. Gleich, nachdem der erste Polizist, ein rotgesichtiger, abstoßender Ire, im Haus war, hat er die stereotype erste Frage vom Stapel gelassen: Was ist denn hier los, verflucht noch mal? Sie waren zu acht – vier Leute vom Chicago Police Department und vier Universitätsbeamte, wobei die Ersteren die Letzteren einfach beiseite geschoben haben, ganz selbstverständlich, als wären die so eine Art Hilfssheriffs oder irgendwelches armseliges Pack. Im Verlauf der folgenden Minuten war kein einziger Satz ohne mindestens einen obszönen Fluch zu hören. Sie wissen ja, wie Polizisten sind, Herr Bischof. Sie meinen es nicht so.«

»Genau wie die Iren.«

»Ja, genau, wahrscheinlich haben wir den Rest der Truppe infiziert. Jedenfalls will Dorie jetzt das Heft in die Hand nehmen. Sie stellt sich als Dekanin der theologischen Fakultät vor, was Chicagos Elite aber völlig kalt lässt, nicht zuletzt, weil ihr die nassen Joggingsachen am Körper kleben und sie ein zu großes Seersuckerjackett trägt. Ihre Versuche, auf die Frage, was denn verflucht noch mal hier los sei, zu antworten, hinterlassen nicht gerade einen großen Eindruck, zumal sie sie immer wieder fragen, ob sie eine Studentin sei.«

»Also haben Sie das Heft in die Hand genommen?«

»Na ja, was sonst? Ich brülle also los: Hört doch mal zu, Ihr gottverdammten Arschlöcher. Diese Frau hier ist Dr. Dorina Keane. Sie ist Dekanin der Theologischen Fakultät, die hier in diesem Gebäude residiert. Sie war zum Zeitpunkt des Mordes nicht hier. Sie ist durch den Regen hierher gelaufen um einen Schlüssel zu der Tür zu holen, hinter der der Mord geschehen ist. Und jetzt benehmt euch ein bisschen respektvoller, weil ich nämlich sonst irgendjemandem, Bulle oder nicht, ein paar Zähne rausschlage. In dem Stil habe ich noch ein bisschen weitergemacht. Genau so hätte mein alter Herr auch geredet, da bin ich mir sicher. Die Bullen haben dann für ein paar Sekunden die Klappe gehalten. Dann schiebt sich ein großer, gut aussehender Schwarzer durch die Menge auf mich zu. Er ist reingekommen, während ich herumgebrüllt habe. Ich bin Captain Flip White, sagt er. Sie müssen Davy

Dolan sein, der Sohn von Pete. Sie fluchen genauso schön wie er. Der Apfel fällt nicht weit vom Stamm, erwidere ich.«

Diese Geschichte würde immer und immer wieder erzählt werden, erst den Kindern und dann den Enkeln. Und kein einziges Wort würde im Lauf der Jahre verloren gehen.

»Ich mache ihn mit Dekanin Keane bekannt. Sie behandeln einander mit ausgesuchter Höflichkeit, und sie benimmt sich so, als wäre sie mindestens Großherzogin. Er sagt, es sei sehr tapfer von ihr gewesen, durch das Gewitter zu laufen und erkundigt sich, ob Professor Dolan bei seiner Tätigkeit an der Fakultät immer solche Ausdrücke benutzt. Sie sagt, genau so sei es. Das ist gelogen, aber das ist Flip sofort klar. Sie stellt ihm die drei anderen Mitglieder des Lehrkörpers vor. Er behandelt sie sehr höflich. Sie sagen, sie hätten die Explosion gehört und seien aus ihren Arbeitszimmern im zweiten Stock hierher gerannt. Er fragt sie, ob es ihnen etwas ausmachen würde, sich kurz mit Sergeant Gonzalez zu unterhalten. Anschließend könnten sie nach Hause gehen, wenn sie wollen. Dann fügt er noch hinzu, dass er davon ausgeht, dass niemand in den nächsten Tagen auf eine längere Reise gehen möchte, und versichert ihnen, dass sie Zeugen seien und keine Verdächtigen.

Anschließend bringen wir ihn an den eigentlichen Tatort. Dort hat ein Polizist die Türöffnung bereits mit so einem gelben Band abgesperrt. Flip wirft einen Blick hinein und reißt den Mund auf. Wer ist denn das arme Opfer? Wir sagen, es handele sich um Bruder Semjon Iwanowitsch Popow, einen russisch-orthodoxen Mönch und Gastprofessor. Er pfeift leise durch die Zähne. Dann will er wissen, was es mit dem zerbrochenen Türfenster auf sich hat. Ich sage, dass ich es kaputtgemacht habe, weil das die einzige Möglichkeit gewesen sei, wie wir den Sicherungsriegel zurückschieben konnten. Er sagt, er hätte gedacht, Dekanin Keane hätte den Schlüssel mitgebracht. Der war für das normale Schloss, sagt sie, nicht für den zusätzlichen Sicherungsriegel, den Bruder

Semjon hat einbauen lassen. Darüber denkt er sorgfältig nach. Dann hätte der Täter also nach dem Verlassen des Büros den Sicherungsriegel vorschieben müssen? Aber wie war das möglich? Und die Flinte mitnehmen, füge ich noch hinzu.«

»Er hat den Knackpunkt schnell gefunden«, sagte ich.

»Ja, genau, er hat begriffen, worum es geht, aber er konnte es nicht glauben. Er geht also unter dem gelben Absperrband hindurch zu den Fenstern. Verschlossen, sagt er. Das ist unmöglich. Es ist doch unmöglich, oder etwa nicht, Bischof Blackie?«

Ich war mir ziemlich sicher, dass ich wusste, wie das Ganze abgelaufen war, allerdings wusste ich nicht, wieso oder wer dahintersteckte. Doch jetzt war nicht der richtige Zeitpunkt, um das Rätsel zu lösen.

»Zweifellos.«

»Also werden die Polizisten angewiesen, das zu machen, was sie am Schauplatz eines Mordes eben so machen. Diverse Techniker werden hereingerufen. Die üblichen Maßnahmen und Untersuchungen am Tatort. Wir gehen an diesem Zimmer hier vorbei. Die Tür steht offen, und er will mit strenger Miene wissen, wessen Büro das ist. Ich sage, das sei mein Zimmer und erzähle ihm, wie das Ganze aus meiner Sicht abgelaufen ist. Dabei verschweige ich ihm aber, dass ich zum Zeitpunkt des Knalls gerade über diverse eheliche Vergnügungen für Fortgeschrittene fantasierte.

Hmm ... ziemlich wüstes Arbeitszimmer, Davy. Ihre Mutter wäre aber gar nicht zufrieden damit. Ich erwidere, dass ich nach meiner Hochzeit wieder zu den Gewohnheiten zurückkehren muss, die meine Mum mich gelehrt hat. Ich sehe Dorie nicht an. Er denkt kurz nach und sagt dann: Es macht Ihnen doch nichts aus, wenn wir ein bisschen in Ihren Sachen herumstochern, oder? Die Dekanin sagt, dass sie einen Haufen Fingerabdrücke von mir in Bruder Semjons Zimmer finden werden und umgekehrt genauso, weil wir uns angewöhnt hatten, immer spätnachmittags gegen die Vorschriften der Universität zu verstoßen und entweder bei ihm oder bei mir Wodka zu trinken. Er überlegt, wieso diese Information für ihn keine große Überraschung darstellt. Ich erinnere sie daran, dass die Angewohnheit während der vergangenen Wochen, seit dem Beginn des letzten Quartals, irgendwie zum Erliegen gekommen war. Wieso, will er wissen. Ich erzähle ihm, dass Bruder Semjon über ein paar wichtigen Arbeiten gesessen hat und ich selbst noch vor dem Einstellungsgespräch ein paar Artikeln den letzten Schliff verpassen musste, sodass wir beide wenig Zeit gehabt haben. Dann bewegen wir uns langsam auf ihr Büro zu, das sich in der Nordostecke befindet, im Erdgeschoss.

Bekommt er denn seine Festanstellung?, fragt er die Dekanin. Sie gibt ihm eine aufrichtige Antwort: Er hätte es verdient, mehr als ich, mehr als die meisten von uns. Ein paar Leute stört seine irische South-Side-Persönlichkeit, aber auch die werden wahrscheinlich für ihn stimmen.

Also, wenn das keine Zusage ist, dann habe ich noch nie eine zu hören bekommen.

Genau in diesem Augenblick klingelt das Telefon. Der Universitätspräsident Reed Alan ist dran, ganz offensichtlich sehr aufgeregt und in Sorge. Dorie fasst die Ereignisse kurz und bündig zusammen. An ihrem Gesichtsausdruck lässt sich erkennen, dass er sich nicht beruhigen lässt. Ob der Lehrbetrieb morgen Früh wieder anlaufen kann? Sie fragt Flip. Im Augenblick sehe ich keinen Hinderungsgrund. Wir müssen nur diesen Flur hier absperren. Außerdem möchten wir in den Toiletten Fingerabdrücke nehmen, auch wenn das überhaupt nichts bringt.

Das gibt sie an den Präsidenten weiter. Er stellt ihr noch viele weitere Fragen, die sie allesamt klar beantwortet. Professor Dolan war in seinem Arbeitszimmer und hat die Explosion gehört. Er hat mich angerufen und ich bin hergelaufen. Professor Dolan im Verdacht? Sie lacht. Er kann keiner

Fliege etwas zu Leide tun. Und auf die letzte Frage antwortet sie: Ich habe keine Ahnung, wer der Täter sein könnte. Schließlich sagt sie: Danke, Reed, und legt auf. Dann sagt sie: Captain White, ich habe es ihm gegenüber nicht erwähnt, aber ich glaube, wir stecken in einer Sackgasse, genau wie beim letzten Mal. Er sagt, er hofft nicht.

Dann will er alles hören, was wir über Bruder Semjon wissen. Ja, er war ein bisschen seltsam. Nein, er schien keine Feinde zu haben, obwohl etliche ihn nicht leiden konnten, wegen seiner Kutten und seinem Mönchsstab und seines irgendwie lärmenden Auftretens. Aber in Akademikerkreisen sind das alles keine Mordmotive. Er hat die Studenten gefordert, war gleichzeitig aber auch großzügig ihnen gegenüber. Wir hätten seinen Lehrauftrag voraussichtlich nicht verlängert und hätten ihm bestimmt keine Festanstellung angeboten. Dazu haben sich einfach zu wenige Studenten für sein Spezialgebiet interessiert. Andererseits – völlig ausschließen lässt sich das auch nicht. Dann gehen wir meine Geschichte von der Explosion noch einmal durch. Mit anderen Worten, sagt Captain White, als ich fertig bin: Es gab keinen Augenblick, an dem nicht irgendjemand vor der Tür zum Tatort gestanden hat? Richtig? Und niemand hat das Zimmer betreten? Korrekt. Dann schickt er uns nach Hause. Es regnet immer noch, also sage ich, ich gehe rüber zum Midway, wo ich geparkt habe, und hole mein Auto und nehme sie mit. Sie zögert erst, dann ist sie einverstanden. Sie hat da so einen Tick, dass sie keine Gefälligkeiten bekommen will, nur, weil sie eine Frau ist. Also fahre ich mit ihr um die Ecke in die Ellis Avenue und schlage vor, sie könnte doch mit zu meinen Eltern kommen und dort im Zimmer meiner verheirateten Schwester übernachten. Ohne jeden Hintergedanken – sie hat schon öfter dort geschlafen, aus dem einen oder anderen Grund. Sie hat sich bereits mit meiner Mutter verbündet, was ein schlechtes Omen für die Zeit nach unserer Hochzeit ist. Meine Fantasien werden auch nicht heftiger, wenn sie mit im

Haus ist. Aber sie sagt nein, danke für das Angebot, aber sie will lieber zurück in ihre Wohnung und die Kleider für den morgigen Tag vorbereiten. Das war eine gute Idee, denn als ich am nächsten Morgen durch den Hintereingang hineinschlüpfe – durch die Bond Chapel – stehen sämtliche Reporter Chicagos vor der Swift. Außerdem der Unipräsident, der für PR verantwortliche Vizepräsident, der Großteil des Lehrkörpers, Dutzende Dozenten anderer Fakultäten, ein Haufen Studenten sowie das Licht meines Lebens, in genau dem Anzug, den sie auch heute trägt. Selbstverständlich sind alle Kameras auf sie gerichtet. Es stellt sich heraus, dass sie in der vergangenen Nacht der Dienst habende Offizier gewesen war. Irgendein Idiot von Reporter fragt sie, ob sie eine Ahnung hat, wer Bruder Semjon Iwanowitsch Popow getötet haben könnte. Sie sagt, er sei ein lieber und liebenswerter Mann gewesen und dass wir ihn alle sehr vermissen werden. Klasse Antwort, habe ich gedacht. Aber ich bin schließlich auch voreingenommen.«

»Und sie hat Ihnen für Ihren unerschütterlichen Beistand am vorangegangenen Abend nicht persönlich gedankt?«

»Doch, das hat sie. Als die Pressekonferenz zu Ende war, hat sie den Kopf in mein Zimmer gesteckt und sich bedankt. Das Wort *unerschütterlich* hat sie dabei allerdings nicht gebraucht. Ich meine mich eher an so etwas wie *wundervoll* zu erinnern.«

»Wie großzügig«, lautete mein Kommentar.

Sein Bericht war klar verständlich und detailliert gewesen. Er hatte nur eine einzige offensichtliche Lücke, der er sich vermutlich nicht einmal bewusst war, weil sie so unbedeutend schien. Und doch war sie entscheidend.

»Dorinas Problem besteht im Grunde genommen darin«, fuhr er fort, »dass sie die Rolle der soliden Wissenschaftlerin im akademischen Betrieb mit ihrer überschäumenden South-Boston-Persönlichkeit unter einen Hut bekommen muss. Verdammt, wenn sie locker wird und mit meiner Familie zusammen tanzt und singt, dann passt sie besser dazu als ich. Sie würden mir nie verzeihen, wenn ich sie verlieren würde.«

»Aha«, sagte ich. Zusätzlich gab es da auch das Problem, dass David Dolan, trotz seiner Attraktivität, eine dominante maskuline Persönlichkeit war, die für Frauen dadurch, dass er ihnen mit Sensibilität und Respekt begegnete, nur noch bedrohlicher wurde. Eine Frau, besonders eine nachdenkliche und klare Frau, konnte angesichts der Perspektive, für den Rest ihres Lebens mit einem solchen Mann das Leben und das Bett zu teilen, durchaus einen Riesenschrecken bekommen. Er war ein sympathischer und Furcht erregender Kerl, vielleicht einen kleinen Tick zu unwiderstehlich. Die wackere Dorina würde selbst eine Entscheidung treffen müssen.

»Außerdem«, so fügte er noch hinzu, »glaube ich, dass die Bostoner Iren sich immer irgendwie unterlegen fühlen – eine Mehrheit mit der Attitüde einer Minderheit. Also fühlt sie sich durch die Fakultät hier eingeschüchtert. Wir Iren von der South Side fühlen uns niemandem unterlegen. Wir sind eine Minderheit mit der Attitüde einer Mehrheit. Also lassen wir uns auch weder von Harvard noch von dem hier einschüchtern. Verstehen Sie, was ich meine?«

»Ich nehme an, Sie haben diese Einsicht noch nicht mit dem Objekt Ihrer Zuneigung geteilt.«

»Noch nicht ...«, gab er zu.

In diesem Augenblick stand das Objekt seiner Begierde in der Tür. Seine Augen leuchteten vor Freude.

»Frau Dekanin«, sagte er. »Genau in dem Augenblick, wo du kommst, um mich an die Arbeit zurückzuzwingen, sind der hoch geschätzte Herr Bischof und ich dabei, das Geheimnis der Bostoner Southies und der Chicagoer South-Siders zu ergründen.«

Sie verzog das Gesicht. »Das ist doch kein Geheimnis. Wir haben einen Minderwertigkeitskomplex und Ihr habt einen Überlegenheitskomplex ... Bischof Blackie, Israel Golden ist jederzeit bereit, einen Spaziergang mit Ihnen zu machen. Er meint, ein Spätsommertag in Chicago sei viel zu schön, um mit dem Herumsitzen in einem staubigen Büro vergeudet zu werden.«

»Ich hoffe doch, dass dieses tragische Ereignis keinen negativen Einfluss auf Davids Suche nach akademischer Unsterblichkeit haben wird«, sagte ich, während wir die Treppe zu Rabbi Goldens Arbeitszimmer hinaufstiegen.

»Im Gegenteil. Die Geschichte, wie er gestern Abend mit der Polizei umgesprungen ist, ist bereits zur Legende, ja, zum Mythos geworden. Endlich haben ein paar Leute hier begriffen, dass David über beeindruckende Führungsqualitäten verfügt.«

»In der Tat.«

5

»Ich konnte den Menschen nicht leiden«, sagte Rabbi Golden, als wir mit der Umrundung des zentralen Innenhofs begannen. »Die orthodoxe Kirche war immer schon der Feind meines Volkes, im Gegensatz zu Ihrer, die uns tausend Jahre lang nicht das Geringste zu Leide getan hat, auch wenn die meisten Angehörigen meines Volkes das nicht wissen. Die Orthodoxen haben uns schon immer gehasst.«

»Obwohl Katharina die Große in ihrem Reich sowohl für Sie als auch für die Jesuiten einen Platz gefunden hat.«

Er lachte. Vielleicht dachte er ja, es könnte sich zwischen uns ein schönes kleines Streitgespräch nach Art des Talmuds entwickeln.

»Diese Frau hatte zwar ein paar Probleme mit der Moral, aber auf den Kopf gefallen war sie nicht.«

»Unsere Teresa von Avila hat einmal gesagt, dass ihr ein gebildeter Beichtvater lieber sei als ein frommer.«

»Genau das meine ich ... Jedenfalls habe ich gegen ihn gestimmt. Ich habe argumentiert, dass wir uns durch unsere Begeisterung für eine Vielfalt der Kulturen nicht dazu hinreißen lassen dürfen, Dozenten zu engagieren, deren Forschungsgebiet bei unseren Studenten auf wenig Interesse stößt. Solange sich diese gute protestantische Fakultät Katholiken und Juden, Moslems und Hindus heranholt, bitte sehr. Aber jetzt sollen wir auch noch Animisten bekommen und welche, die an Menschenopfer glauben, und dann noch einen Vertreter der Altorthodoxie?«

»Die, wie wir alle wissen, bösartige Antisemiten waren?«

Er zuckte mit den Schultern – eine Geste, der er sich sehr viel häufiger bediente als David Dolan. Bei David hieß das

»Zum Teufel, was soll's«, bei Israel Golden »Was soll ich dazu sagen?«

»Sie waren eben russische Bauern, sonst nichts. Aber dieser Kerl war kein Bauer, obwohl ich gelegentlich den Verdacht hatte, dass er zu den Kosaken gehört, was noch schlimmer gewesen wäre, denn die Kosaken hatten Pferde und Säbel.

Aber eigentlich finde ich, dass wir das Thema nicht weiter vertiefen müssen, da seine Forschungen zwar zweifellos auf einem hohen Niveau angesiedelt waren, aber nicht auf einem Gebiet, das an dieser theologischen Fakultät aus irgendeinem Grund auf Interesse stoßen muss. So sehe ich das immer noch. Ich vermute, dass viele meiner Kollegen meine Sichtweise mittlerweile teilen und das auch vertreten hätten, wenn sich die Frage einer Verlängerung seiner Gastprofessur oder gar einer Festanstellung gestellt hätte. Eine Universität kann sich nicht beliebig viele Berufungen auf Lebenszeit leisten, also muss sie sehr sorgfältig damit umgehen. Und das gilt für diese Universität in besonderem Maß, da sie nicht über die Reserven vergleichbarer Universitäten verfügt. Wir müssen uns absolut sicher sein, dass wir jede Stelle vernünftig besetzen.«

Das klang genau wie das Argument, mit dem mir als Student die Zulassung verweigert worden war. Es war im Grunde genommen ein sehr konservatives Argument. Wir dürfen unsere kostbaren Lebenszeitstellen nicht an Modeerscheinungen und den Zeitgeist und an das Risiko und die Begeisterung verschwenden. Klang ganz nach einer gezielten Strategie, um zu verdorren und letztendlich abzusterben, passte aber perfekt zu der Atmosphäre im Speisesaal des Quadrangle Club.

Im Übrigen, wer wollte schon beurteilen, wer eine vernünftige Besetzung war? Paul Tillich? Mircea Eliade? Yves Simon? Jacques Maritain? Saul Bellow?

Unsinn!

»Wenn wir hingegen einem jungen Mann wie zum Beispiel David Dolan eine solche Stelle anbieten, dann gehen wir kein Risiko ein. Er ist offensichtlich ein brillanter Kopf, vielleicht manchmal etwas überschäumend und oftmals unverschämt, aber immerhin ist er Ire, nicht wahr?«

»Das hat man mir gesagt.«

»Die junge Frau sollte endlich zu Verstand kommen und ihn heiraten. Damit hätten wir uns gleich zwei hervorragende und junge Leute für immer gesichert. Und es sind beides angenehme Kollegen.«

»Sie lassen eine Handvoll Iren zur Tür herein«, sagte ich, weil ich der Versuchung einfach nicht widerstehen konnte, »und bald schon ist die Gegend nicht mehr das, was sie mal war.«

Er lachte so laut, dass er diesen Ausspruch zum ersten Mal gehört haben musste.

»Trotzdem wissen Sie, was ich meine, Bischof Ryan. Junge Männer und Frauen aus dieser Stadt werden in ihre Vorlesungen strömen. Sie werden eine vollkommen neue Chicagoer Schule für Religionsgeschichtsschreibung begründen, und auch ihre Studenten werden uns viel Beachtung einbringen. Ich konnte und kann bis heute nicht erkennen, wie jemand vom Schlage Bruder Semjons Ähnliches hätte erreichen können.«

»Aha.«

Wir gelangten zur University Avenue und wandten uns nach Norden, am Reynolds Club vorbei, wo gerade zahlreiche Studenten zu Mittag aßen, über die 57th Street hinweg an der Regenstein Library vorbei, die zwar nicht in das gotische Erscheinungsbild der Umgebung passte, bei der es sich aber dennoch um ein beeindruckendes Gebäude handelte.

»Ich muss außerdem gestehen, dass ich den Mann persönlich einfach nicht mochte. Er hatte sich durchaus nennenswerte Kenntnisse des Jiddischen angeeignet, das ja, wie Sie wissen, im Grunde genommen nichts weiter ist als eine germanische Sprache mit hebräischen Schriftzeichen, vergleichbar dem Ladino als romanischer Sprache mit arabischen Buchstaben. Also hat er mich jedes Mal auf Jiddisch angesprochen und dabei automatisch vorausgesetzt, dass ich ihn verstehen kann, was selbstverständlich der Fall war. Nichtsdestoweniger habe ich ihn gebeten, auf Englisch mit mir zu reden, was er dann auch getan hat, allerdings zugegebenermaßen nicht besonders elegant.«

»In der Tat.«

»Überdies hat mich sein selbstgefälliges Auftreten geärgert. Ich glaube, er wollte einem bestimmten Stereotyp des Russen entsprechen. Ich kenne viele gebildete russische Wissenschaftler, und die halten so etwas für überflüssig. Sie sind ein lautes Volk, zugegeben, genau wie die Iren. Aber wenn sie sich in einen anderen Kulturkreis begeben, dann sollten sie sich diesem auch anpassen. Die Mönchskutte, die Halskette mit dem Kreuz, der Stab, mit dem er immer wieder auf den Boden geklopft hat, hauptsächlich aus Effekthascherei, wie ich glaube, sein überlautes Organ – das alles diente nur einem Zweck, nämlich uns mitzuteilen, dass er Russe war und dass wir diese Tatsache doch bitteschön angemessen würdigen sollten. Ich habe das als geschmacklos und unangenehm empfunden.«

Es war wohl eine weise Entscheidung gewesen, das Brustkreuz zu Hause zu lassen, das die gute Catherine Collins Curran nach dem Vorbild eines Keltenkreuzes für mich angefertigt hatte.

»Aber alles das war lediglich ein etwas ausführliches Vorwort für die Trauer, die ich angesichts seines Todes empfinde. Niemand von uns hat den Tod verdient. Niemand hat einen gewaltsamen Tod verdient. Möge der Höchste uns alle beschützen.«

»Amen«, pflichtete ich ihm bei.

»Ich kenne unsere Tradition gut genug, um zu wissen, dass wir an eine zukünftige Welt glauben sollten. Und ich glaube, dass Ihre Tradition dieses Element aufgegriffen und ihm eine sehr viel umfassendere Bedeutung gegeben hat als wir. Es ist meine ausdrückliche Hoffnung, dass wir Bruder Semjon in jener Welt einmal wiedersehen werden, wann immer und wo immer es auch sein mag.«

»Amen«, pflichtete ich ihm abermals bei.

Wir gingen jetzt die Ellis Avenue hinunter, vorbei an einem kleinen Platz an der Stelle des ehemaligen Stagg Field Stadium mit Henry Moores Skulptur »Nuclear Energy«, die an die weltweit erste kontrollierte atomare Kettenreaktion erinnert. Es ist ein ausgesprochen düsteres und sehr beängstigendes Werk.

»Ich selbst habe zum Zeitpunkt seiner Ermordung an meinem Schreibtisch gesessen und mich mit einer neu entdeckten Handschrift des babylonischen Talmud beschäftigt. Sie haben sicherlich schon gehört, dass draußen ein fürchterliches Unwetter getobt hat. Zuerst habe ich gedacht, die Explosion sei auf einen Blitzeinschlag in Swift Hall zurückzuführen. Vermutlich war ich nicht der Einzige, der darin einen göttlichen Racheakt vermutet hat. Dann dachte ich, ich sollte lieber einmal nach unten gehen und nachsehen. Ich bin niemandem begegnet. Ich habe nichts gehört. Mein Arbeitszimmer liegt im zweiten Stock. Im ersten Stock bin ich dann auf Mr Strong und Ms Comerford gestoßen. Sie haben sich, genau wie ich, gefragt, was eigentlich passiert war. Mittlerweile konnte man den Pulvergestank auch deutlich wahrnehmen. Vor Bruder Semjons Zimmer sind wir mit David und Dorina zusammengetroffen. Wie gesagt, manche von uns konnten ihn nicht besonders gut leiden, aber niemand an der ganzen Fakultät hat ihn so sehr gehasst, dass er zu so etwas fähig gewesen wäre.«

»In der Tat.«

»Und warum befassen Sie sich mit dieser Sache, wenn ich fragen darf, Bischof Ryan?«

»Kardinal Cronin traut mir ein paar bescheidene Fähigkeiten im Hinblick auf die Lösung geheimnisvoller Rätsel zu. Er hat gedacht, ich könnte unter Umständen nützlich sein.«

»Ich glaube nicht, dass Sie das hier lösen können.« Er seufzte und zuckte mit den Schultern. »So wie beim letzten Mord hier an der Fakultät gibt es auch in diesem Fall keine natürliche Erklärung.«

»Übernatürlich?«

»Wir glauben doch von unserem theologischen Hintergrund her beide an Dämonen, oder nicht?«

»Im Prinzip, ja.«

»Ich habe Angst um die Zukunft dieser Institution, der ich so viel zu verdanken habe. Diesen Vorfall werden wir nur mit viel Glück überstehen. Ich wünsche Ihnen viel Glück bei der Suche, aber vielleicht ließe sich mit einem exorzistischen Ritual mehr erreichen.«

Wieder im Inneren von Swift Hall angekommen, registrierte ich, dass Davids Bürotür offen stand und dass er nicht im Zimmer war. Daraufhin ging ich um die Ecke zu ihrem Büro, das ebenfalls offen stand. Weder er noch sie sahen besonders glücklich aus, aber ich hatte nicht den Eindruck, als hätten sie sich gestritten.

»Die Trauerfeier für Bruder Semjon findet morgen statt«, sagte Dorie, »und zwar in der Holy Virgin Protection Cathedral in der Lee Street in Des Plaines. Der russisch-orthodoxe Erzbischof für Nordamerika kommt. Wir glauben, dass wir hingehen sollten, auch wenn wir hier ebenfalls noch einen Gedenkgottesdienst veranstalten.«

»In Chicago sagen wir Desspleeinss, Liebes. Dieses gekünstelte Französisch kannst du dir schenken. Blöd ist nur, dass ich nicht weiß, wo das ist. Sie vielleicht, Herr Bischof?«

»Sie brauchen nur über den Kennedy Expressway auf den Northwest Tollway zu fahren. Dann nehmen Sie die Abfahrt Lee Street, die erste Ausfahrt nach der Mautstelle. Für einen Bewohner der South Side wie Sie, David, wird das eine befreiende Erfahrung werden.«

»Was haben Sie von Israel erfahren?«, wollte Dorie wissen.

»Er glaubt, wir sollten einen Exorzisten auf Swift Hall loslassen!«

»Könnte nichts schaden«, meinte David. »Ein Hochamt? Mit dem Kardinal in voller Montur?«

»Bevor wir uns zu diesem Schritt entschließen, sollten wir uns aber mit dem merkwürdigen Zwischenfall mit Bruder Semjons Stab beschäftigen, finden Sie nicht?«

»Aber es hat doch gar keinen Zwischenfall mit seinem Stab gegeben!«

»Das ist ja gerade das Seltsame.«

6

»Ich nehme an, Sie haben das Rätsel des abgeschlossenen Zimmers gelöst.« Seine Eminenz Cronin lehnte am Türpfosten, wie üblich, wenn er nachsehen wollte, was ich gerade machte. Er trug eine perfekt gebügelte schwarze Hose und ein schneeweißes Hemd ohne Kragen, aber mit doppelten Manschetten – seine übliche Arbeitskleidung.

»Zweifellos«, seufzte ich und beendete mein E-Mail-Programm. »Ich weiß, wie es sich zugetragen hat, aber nicht, weshalb oder wer der Täter war. Außerdem halte ich es für einen verlockenden Gedanken, dass wir es hier nur mit einem kleinen Ausschnitt eines sehr viel größeren Rätsels zu tun haben, womöglich sogar mit einem bloßen Versehen.«

»Das klingt aber gar nicht gut«, sagte er missbilligend. »Wir brauchen eine Lösung.«

»In der Tat.«

»Ich fahre morgen zu der Trauerfeier nach Des Plaines.«

»Aha.«

»Der russische Erzbischof von Nordamerika kommt auch, also muss ich mich schon sehen lassen, selbst wenn unser verstorbener Freund kein Bruder Kardinal gewesen sein sollte ... Glauben Sie, dass er einer war?«

Ich dachte darüber nach. Bruder Semjon Iwanowitsch Popow mochte ein Kardinal der römischen Kirche gewesen sein oder auch nicht. In jedem Fall aber schien es wahrscheinlich, dass derjenige, dem die purpurrote Moiréseide aus dem Windemere gehörte, nicht mit dem Ermordeten aus Swift Hall identisch war.

»Vielleicht. Aber selbst, wenn nicht, würde Ihre Anwesenheit keinen großen Schaden anrichten.«

Die meisten Menschen hätten eine solche Bemerkung einfach überhört. Doch Seine Eminenz Cronin registrierte sie, so, wie er das meiste registrierte, was um ihn herum gesagt wurde. Ein Gehirn ohne jede Spur von Alzheimer.

»Na ja, ich habe bei denen da draußen angerufen und gefragt, ob mein Erscheinen angemessen sei. Sie wirkten durchaus erfreut.«

»Was sollen sie auch sagen? Wir sind ja schließlich in Chicago.«

»Die Beerdigungsfeiern bei denen dauern lange, nicht wahr?«

»Jeder russische Gottesdienst dauert lange. Unsere Leute würden dagegen Sturm laufen. Es werden viele Choräle gesungen, die für unsere ungeübten Ohren allesamt nach Chören aus *Boris Godunov* klingen. Aber noch wichtiger: Der römisch-katholische Kardinal von Chicago sollte sich von den orthodoxen Gläubigen auf keinen Fall bei einem Nickerchen erwischen lassen.«

»Ja, schon, aber ich kann ziemlich gut einnicken und trotzdem einen hellwachen Eindruck machen.«

»Das habe ich gelegentlich schon einmal bemerkt.«

»Ach, übrigens«, sagte er und wandte sich dabei bereits zum Gehen. »Ihr Freund aus dem Syndikat hat angerufen. Er hat auf die Megan einen solch geheimnisvollen Eindruck gemacht, dass sie ihn zu mir durchgestellt hat.«

Wir beschäftigen vier Teenager im Dompfarramt – eine Asiatischstämmige, eine Schwarze, eine Latina und natürlich eine Irin. Sie heißen alle Megan und nehmen nach der Schule die Aufgaben der Empfangsdame wahr. Während ihrer Dienstzeiten obliegt ihnen aus sämtlichen praktischen und vielen unpraktischen Gründen die Leitung der Gemeinde.

Ich habe Seiner Eminenz Cronin nie erzählt, dass ich Kontakte zur West Side besitze (eigentlich wohnt der Kontaktmann ja in River Forest, aber in diesem Fall ist »West Side« keine geografische Bezeichnung, sondern meint eher gewisse

»Beziehungen«), aber er hatte schon aus dem schleimigen Klang der Stimme des Anrufers auf seine Rolle geschlossen.

»Er hat das gesagt, was man in so einem Fall erwarten kann: Richten Sie dem Bischof aus, dass ein Freund seiner Freunde angerufen hat.«

»Aha.«

Als der Kardinal aus meinem Büro verschwunden war, tippte ich die Nummer meines Freundes ein.

»Blackie«, sagte ich.

»Oh, ach ja ... He, es wäre nicht nötig gewesen, dass dieses Mädchen den Kardinal belästigt. Er ist schließlich ein viel beschäftigter Mann.«

»Zweifellos.«

»Ich rufe an wegen diesem Zwischenfall draußen an *der* Universität.«

»In der Tat.«

»Tja, also, es hat sich rausgestellt, dass die Freunde meiner Freunde, die hohen Tiere, wenn Sie verstehen, was ich meine, sich wegen der ganzen Sache mächtig aufgeregt haben. Man nietet in Chicago ohne ihre Erlaubnis keinen Priester um, verstehen Sie?«

»Sie sind ja schließlich gute Katholiken.«

»Ja, na ja. Also, sie haben rausgekriegt, dass es ein russischer Auftragskiller war.«

»Das überrascht mich nicht.«

»Also, wissen Sie, was sie von den Russen halten?«

»Ich kann es mir gut vorstellen.«

»Ich meine, meine Freunde haben mir erzählt, dass es deren Freunden überhaupt nicht gefällt, dass sich diese Fremden so einfach in unser Territorium drängeln, verstehen Sie?«

Das konnte ich verstehen. Aber ich fragte mich, ob die alternden Paten tatsächlich das Durchhaltevermögen und die Entschlossenheit besaßen, den Ansturm des russischen Syndikats abzuwehren. Als es um den Drogenhandel gegangen war, da hatten sie das Latinosyndikat auch in Ruhe gelassen, allerdings vielleicht deshalb, weil sie ihren Anteil schon auf einer höheren Ebene abschöpften.

»Also, sie werden den Verantwortlichen jedenfalls zum Schweigen bringen. Mit derselben Methode, verstehen Sie?«

»Indem sie ihm den Kopf wegballern?«

Ich saß plötzlich kerzengerade auf meinem Stuhl.

»Das wäre aber gar nicht gut«, sagte ich.

»Die Sache läuft bereits.«

»Ist es jemand hier aus der Gegend?«

»Ja, diese Zugereisten haben ja nicht genug Grips, um einen Killer von außerhalb ranzuholen ... ich dachte bloß, das wollen Sie vielleicht wissen.«

Ich wollte es nicht wissen. Die Paten hatten – aus Gründen, die nur ihnen selbst bekannt waren, beschlossen, der Kirche einen Tipp zu geben, dass sie im Begriff waren, den russischen Killer zur Strecke zu bringen, der Bruder Semjon auf dem Gewissen hatte. Da wir nicht im mittelalterlichen Sizilien lebten (das nach wie vor existiert), konnte ich ein solches Verbrechen nicht dulden. Ich hastete hinunter ins Foyer des Pfarrhauses und rief von der dort befindlichen Telefonzelle, die einer meiner Vorgänger hatte installieren lassen, in der Reilly Gallery an. Mike ging ans Telefon.

»Mike, ruf mich an. Aus der Telefonzelle vor der Galerie. Dringend.«

Ich hatte Glück, dass er die Nummer der Telefonzelle im Pfarrhaus noch von anderen Gelegenheiten her kannte, wo wir sie als preisgünstige, abhörsichere Verbindung genutzt hatten.

»Was gibt's?«

»Kannst du deinen Freund Flip White anrufen und ihm sagen, dass ich gehört habe, dass die Bosse einen Killer auf den Russen angesetzt haben, der Bruder Semjon ermordet hat?«

»Ich glaube kaum, dass wir das verhindern können. Ist er aus der Gegend hier?«

»Das nehme ich an.«

»Vielleicht gibt es ja bei uns jemanden, der was über ihn weiß. Gehört er zu den Russen?«

»Das glauben die Jungs.«

»Ich muss mal sehen, was wir da tun können. Wir haben alle Angst davor, dass es einen Bandenkrieg zwischen den Jungs und den Russen geben könnte. Wie Al Capones Valentinstagsmassaker, bloß noch sehr viel schlimmer ... ich rufe am besten gleich Flip an.«

In der Portiersloge befanden sich im Augenblick etliche Megans, Crystal Lane im Trainingsanzug und ein paar ähnlich gekleidete Flegel. Eine schwitzende Teenagerhorde im Dompfarramt. Sie hätten sich auch einen schlechteren Ort für ihre Zusammenkunft aussuchen können.

»Sind wir zu laut, Herr Bischof?«, wollte ein Flegel namens Justin höflich wissen.

»Hat der Herr uns nicht befohlen, wir sollen die Kindlein zu ihm kommen lassen?«

Spöttisches Gelächter.

Crystal ließ nicht zu, dass der Lärmpegel eine Grenze überschritt, die sie noch für akzeptabel hielt. Pingelige Gemeindemitglieder, denen das nicht gefiel, konnten sich bei Seiner Eminenz Cronin beschweren – was oft und aus den unterschiedlichsten Gründen vorkam. Er hörte ihnen dann jedes Mal sehr freundlich zu, um die Beschwerden anschließend zu ignorieren, besonders, wenn sie gegen Crystal gerichtet waren. Auch er war ihrem Zauber verfallen.

Im Fahrstuhl auf dem Weg in meine Gemächer fragte ich mich, wie die Jungs den Auftragskiller wohl identifiziert haben mochten. Das Ganze gefiel mir immer weniger.

Ich setzte mich wieder an meine E-Mails. In der Zwischenzeit waren es noch mehr geworden. Die Hälfte löschte ich sofort – irgendwelche Nachrichten von Leuten, die ich nicht kannte, Pornografisches, Ihr Weg zum schnellen Reichtum, Garantielösungen für meine finanziellen Probleme und Bekehrungsaufrufe wohlmeinender Evangelisten. Dann gab es da noch ein paar idiotische Fragen wie zum Beispiel, ob man einen Erzbischof auch heute noch als »Euer Gnaden« als Alternative zu »Euer Exzellenz« ansprechen dürfe, oder zu irgendwelchen Problemen im Zusammenhang mit Scheidung und Wiederverheiratung (oft genug verursacht von dummen und unsensiblen Priestern). Dann gab es da noch die Beschwerden darüber, was ein Pastor (Religionslehrer, Diakon, Gemeindesekretärin) getan oder gesagt hatte, und schließlich auch noch die Menschen, die tatsächlich priesterlichen Beistand benötigten.

Diese tagtägliche Lawine geschah mir recht, schließlich hatte ich meine E-Mail-Adresse im wöchentlichen Domrundbrief abdrucken lassen (frblackie@aol.com).

Entschlossen schaltete ich den Computer aus, schenkte mir ein winziges Schlückchen Bushmills Green ein und lehnte mich zurück, um die Ereignisse des Tages noch einmal Revue passieren zu lassen.

Die Sache mit dem verschlossenen Zimmer war ein vertracktes und ausgefallenes Rätsel. Ich war mir sicher, dass ein Mitglied des Lehrkörpers der theologischen Fakultät bei dem Attentat auf den mutmaßlichen Bruder Semjon mitgeholfen und so das ganze Durcheinander überhaupt erst möglich gemacht hatte. Aber für den Größenunterschied zwischen dem Mordopfer und dem Mann, dem der purpurrote Talar aus Moiréseide gehört haben könnte, hatte ich keine Erklärung. Wie schwierig konnte es wohl sein, einen anderen (angeblichen) Mönch in die Fakultät einzuschleusen? Sahen sich alle bärtigen Russen in Mönchsgewändern so ähnlich? Der Lehrbetrieb in Chicago fing im Oktober an, sogar genau in dieser Woche. Hatte der mutmaßliche Bruder Semjon schon Termine mit Studenten gehabt? Oder war er im kommenden Quartal gar nicht als Lehrkraft vorgesehen gewesen?

Ich nahm mir vor, diese Frage irgendwann einmal diskret zu stellen.

Darüber hinaus hatte er offensichtlich auf sein nachmittägliches »Glas Wodka« mit dem einzigartigen David Dolan verzichtet. Hatte er auch den Kontakt zu anderen Mitgliedern des Lehrkörpers reduziert?

Aber auch, wenn ein solches Verhalten die Vermutung nahe legte, dass er ein heimlicher Ersatz für Bruder Semjon gewesen war, so stellte sich doch die Frage: Wer hatte diesen Austausch veranlasst? Wussten diejenigen, die für den Mordanschlag verantwortlich waren, dass sie den falschen Mann erwischt hatten, falls er tatsächlich der Falsche gewesen sein sollte? Und falls der Getötete nicht Bruder Semjon war, war dieser dann immer noch am Leben? Und wo?

Auf keine dieser Fragen hatte ich eine Antwort. Und es gab auch keinen Grund anzunehmen, dass ich die Antworten finden würde. Die Kräfte hinter den Kulissen wirkten im Verborgenen.

Dennoch war es sicherlich möglich, einen Mann mit Bruder Semjons Aussehen – oder dem man dieses Aussehen verpasst hatte – unter gewissen Umständen auszutauschen. Man hätte dazu einen Schauspieler gebraucht oder zumindest jemanden mit einem gewissen schauspielerischen Talent. Man hätte ihn eine gewisse Zeit lang aus nächster Nähe beobachten müssen. Man bräuchte einen Unterstützer aus den Reihen des Lehrkörpers, mit dem der falsche Bruder Semjon sich austauschen konnte. Es war durchaus denkbar, dass sich all diese Voraussetzungen während des Sommers in Paris erfüllen ließen, dachte ich. Aber wozu das Ganze?

Am wahrscheinlichsten war es, dass Bruder Semjons verstorbener und beweinter Doppelgänger nur für eine kurze Zeit in dessen Rolle schlüpfen sollte, um in den Akten des echten Semjon nach irgendeinem oder mehreren Dokumenten von großem Wert zu suchen. Hatte ihn jemand erschossen, um diese Dokumente zu schützen? Vielleicht war es auch jemand, der den Doppelgänger für den echten Bruder Semjon gehalten und ihn erschossen hatte, um die Veröffentlichung dieser Dokumente zu verhindern?

Was konnte ein russischer Mönch, der sich auf die altorthodoxe Mystik spezialisiert hatte, besitzen, womit er solch heftige Reaktionen hervorrief?

Dann war da noch die Sache mit dem Stab, auf die ich die beiden nicht so ganz glücklich Verliebten gestoßen hatte, bevor Mr Woods mich vom Tatort weggebracht hatte. Hatte der echte Bruder Semjon – immer vorausgesetzt, es war nicht seine Leiche, die da morgen zu Grabe getragen werden sollte – den Stab mitgenommen? Zum Zeichen dafür, dass er noch am Leben war?

Und schließlich, was war mit der Lücke in David Dolans Aussage? Wollte er jemanden decken? Oder, was wahrscheinlicher war, hatte er diese kleine, aber doch so wichtige Einzelheit einfach vergessen?

Außerdem stand die Frage im Raum, ob meine Freunde von der West Side tatsächlich aus den nahe liegenden Gründen einen Killer auf den in ihren Augen mutmaßlichen Mörder Bruder Semjons angesetzt hatten – nämlich, um den Russen ein bisschen Respekt beizubringen.

Oder waren sie vielleicht tiefer in die ganze Sache verstrickt? Und wieso hatten sie so betont darauf hingewiesen, dass sie gute Katholiken waren? Das war doch eigentlich unnötig. Vielleicht war ich auch nur einer falschen Fährte auf den sprichwörtlichen Leim gegangen. Ich war bar jeder Antwort. Im Gegensatz zu vielen anderen Fällen lauerten die Antworten nicht einmal irgendwo hinter einer verschlossenen Tür in meinem Gedächtnis, die ich nur zu öffnen bräuchte, um an die Erklärung zu kommen.

Auch gab es keine Quellen mehr, die ich noch anzapfen konnte. Vielleicht würde ich morgen noch einmal versuchen, Kontakt zu meinem Bekannten innerhalb des Beltway – der Ringstraße, die die Innenstadt Chicagos umschließt – aufzunehmen.

Dann erreichte mich ein Anruf aus dem Northwestern Hospital. An einem Tag wie heute hätte die Megan ihn normalerweise gar nicht zu mir durchgestellt, aber die anderen beiden Priester waren nicht erreichbar, sicherlich ebenfalls im Krankenhaus unterwegs.

Also sammelte ich meine Sachen, die ich für die diversen Sakramente brauchte, zusammen, flitzte hinüber ins Krankenhaus – zumindest aus meiner Sicht war es ein Flitzen – und nahm einen Mann auf dem Totenbett wieder in die Kirche auf, einen Mann, der vierzig Jahre lang »abtrünnig« gewesen war, weil ein Priester ihm gesagt hatte, er lebe mit seiner Ehefrau in Sünde. Tatsache war aber, dass es weder damals noch heute auch nur den geringsten Grund gegen eine katholische Ehe gegeben hätte. Also war ich ihnen auch bei der Erteilung dieses Sakramentes behilflich. Und über den Priester, der sie so falsch beraten hatte, sagte ich milde: »Ich fürchte, der Pater hatte Unrecht.«

Ich wollte keine frommen Ohren beleidigen und sagte daher nicht, dass der Pater ein Arschloch war.

Ich versprach ihnen, dass am nächsten Morgen jemand vorbeikommen und mit ihnen die Eucharistie feiern würde, zum zweiten Mal innerhalb von vierzig Jahren.

Ich glaubte zwar nicht, dass er es noch so lange machen würde, aber ich würde persönlich vorbeikommen, so besänftigend wirkte die Freude, die sich in dem Krankenzimmer ausgebreitet hatte. Als Priester muss man gelegentlich diese Freude erfahren. Ich machte dem Herrn auch nicht den Vorschlag, dem verantwortlichen Priester einen kräftigen Tritt auf die dafür vorgesehene Stelle zu geben. Ich gab mich damit zufrieden, demütig um seine Erleuchtung zu bitten.

Beim Abendessen berichtete Seine Eminenz Cronin, dass sich zwei ältere Gemeindemitglieder bei ihm darüber beschwert hätten, dass die Jugendlichen in den Büroräumen des Pfarramtes einen solchen Lärm veranstalteten. Und auch den Schweißgeruch der jugendlichen Körper hätten sie abstoßend gefunden.

»Natürlich habe ich ihnen mein Bedauern ausgedrückt

und meiner Abscheu Ausdruck verliehen. Dann habe ich mich persönlich hinunter ins Büro begeben, konnte aber keinerlei Anzeichen von Teenagerschweiß wahrnehmen.«

»Crystal versprüht jedes Mal Desinfektionsmittel, wenn sie wieder gegangen sind«, merkte einer der jungen Priester an.

»Das hoffe ich doch«, bemerkte Seine Eminenz.

Wie gesagt: Crystal konnte in der Erzdiözese Chicago nichts falsch machen.

Nach dem Essen wandte ich mich an den Priester, der im Seminar die Theologie der Mystiker unterrichtete.

»Fritz«, sagte ich, »was weißt du über den kürzlich verstorbenen Bruder Semjon?«

»Ich weiß, dass ich morgen zu der Trauerfeier gehen werde.«

»Es wird noch ein Priester anwesend sein, einer mit einem Talar aus purpurroter Moiréseide.«

»Sean kommt auch? Hey, das ist toll! Er wird uns allen die Show stehlen!«

»Gut möglich, dass er daran auch schon gedacht hat ... Aber egal, erzähl mir etwas über Bruder Semjon.«

»Er ist nach Gorbis Amtsübernahme mehr oder weniger aus dem Nichts aufgetaucht. Anscheinend war er vorher als Dozent an irgendeinem Seminar im Ural. Sobald man als Orthodoxer nicht mehr in akuter Lebensgefahr war, haben sie ihn nach Zagorsk versetzt. Er hat dann angefangen, seine älteren Arbeiten in Frankreich zu veröffentlichen und seine Forschungsarbeiten fortgesetzt, die von den meisten Rezensenten sehr positiv beurteilt wird. Wir haben ihn auch mal zu einer Vorlesung hier bei uns draußen gehabt. Niemand hat etwas von seinem Vortrag kapiert, aber die ganze Fakultät war sehr angetan von ihm.«

»Und worum ging es nun in seiner Vorlesung?«

»Er ist wohl eine Art Schüler seines Namensvetters, des griechischen Mystikers Sankt Semjon, auch ›Der Neue Theologe‹ genannt, ein Mann, mit dessen Werk Sie sicherlich vertraut sind.«

Das war eine Falle, in die der arme kleine Hilfsbischof hineintappen sollte.

»Apofaktisches Zeug, so ähnlich wie bei Meister Eckhart, hmm?«

Ich tappe nur sehr selten in eine Falle. Zum Glück hatte ich das Wort schon vorhin einmal gehört, aus dem Mund von Dekanin Keane.

»Ja, genau. Als Menschen können wir über Gott keine Aussagen machen, daher können wir nur in negativer, also apofaktischer Form sagen, was er alles *nicht* ist.«

»Und das sagt ja auch etwas aus, nicht wahr?«

»Diese Mystiker gehen aber in der Regel noch weiter. Eckharts Nichts ist zum Beispiel nach Ansicht von Pater Tracy ein gütiges Nichts. Und Sankt Semjon hat im 10. Jahrhundert das Licht beschrieben, über dessen Leuchten man nichts sagen könne und so dessen Sanftheit betont. Aber das sagt einem Empiriker wie Ihnen wahrscheinlich nicht besonders viel, oder, Blackie?«

Schon wieder verloren, Fritz.

»Aber habe ich in meinem Buch über Willy James nicht festgestellt, dass man nichts über das Unaussprechliche sagen kann, aber gleichzeitig doch alles sagen muss? Schlagen Sie doch mal bei Ihrem engen Vertrauten Juan de la Cruz nach!«

»Sie haben schon wieder gewonnen«, gestand er lachend ein.

»Er ist also authentisch ... Auf den Bildern erinnert er mich ein bisschen an Grigori Jefimowitsch Rasputin.«

»Rasputin ist 1916 gestorben!«

»So heißt es.«

»Er war kein Rasputin, Blackie. Er war ein dicker, großer Teddybär mit einem weißen Bart und einem ansteckenden Lachen. Ein russischer Weihnachtsmann.«

»Womöglich gar so groß wie Kardinal Sean Cronin?« – »Mindestens so groß wie Sean Cronin, Blackie.«

Nachdem wir den neuesten innerkirchlichen Klatsch ausgetauscht hatten, überlegte ich mir, welche neuen Erkenntnisse ich gewonnen hatte. Bis auf die Bedeutung des Wortes »apofaktisch« fiel mir nichts ein.

Der Mann mit dem zerschossenen Schädel war in der Tat kleiner gewesen als Bruder Semjon. Obwohl, vielleicht hatte ihn seine russische Mönchskapuze größer erscheinen lassen. Der purpurrote Talar aus dem Windemere hätte Seiner Eminenz Cronin jedoch ziemlich gut gepasst.

Ich musste mehr über Bruder Semjons Aktivitäten vor seiner Ankunft in Zagorsk in Erfahrung bringen. Aber wie?

Nach wie vor hegte ich den Verdacht, dass die Antwort zumindest teilweise in Swift Hall zu finden war. Es gab keinen logischen Grund für diesen Verdacht. Nur so ein Gefühl in der Magengegend.

Ich setzte mich wieder an meinen Computer, um die letzten Nachzügler-E-Mails zu bearbeiten und mein Programm für den Veranstaltungskalender der Dompfarrei zu aktualisieren – eine benutzerfreundliche, absolut leicht zu durchschauende Software, mit der meine sämtlichen Mitarbeiter angeblich nicht zurechtkamen. Nicht einmal Crystal.

Am nächsten Morgen ging ich nach dem Frühstück noch einmal ins Northwestern Hospital und erfuhr, dass mein reuiger Sünder von gestern Abend über dem Berg war und dass man das allein auf mein Handeln zurückführte.

Nachdem ich wieder zurück war, rief ich meinen Kontaktmann innerhalb des Beltway an.

»Was zieht Ihr da eigentlich für eine Show mit uns ab?«, wollte ich wissen. »Wieso haben Sie mir nicht gesagt, dass der Kerl mit dem zerschossenen Schädel gar nicht Bruder Semjon war?«

Totenstille am anderen Ende der Leitung.

Volltreffer!

»Wer hat Ihnen das verraten?«, flüsterte er, und seine kultivierte protestantische Ostküstenstimme klang verunsichert.

»Das sieht doch ein Blinder, dass er an die zehn Zentimeter kleiner war als Semjon Iwanowitsch Popow. Und Sie hätten dafür sorgen müssen, dass er auch seinen Stab hier lässt.«

Noch mehr Schweigen.

Zweiter Volltreffer.

»Ich kann dazu nichts sagen, Blackie. Sie sollten sich nicht in solche Sachen einmischen. Das könnte gefährlich werden.«

»Hören Sie zu. Sein Doppelgänger wird heute Vormittag in der Holy Virgin Protection Cathedral beerdigt. Sean Kardinal Cronin ist auf dem Weg dahin. Das Syndikat hat einen Killer auf den Killer angesetzt. Ich gehe davon aus, dass das einer von Ihren Leuten …«

»Nein, ist es nicht!«

Dritter Volltreffer. Vielleicht.

»Na ja, jetzt ist es wahrscheinlich sowieso zu spät. Die Jungs waren ziemlich aufgebracht, das können Sie sich ja denken. Mit Ihren komischen Tricks hätten Sie beinahe einen Bandenkrieg zwischen der italienischen und der Russenmafia ausgelöst.«

»Dazu sage ich gar nichts mehr«, sagte er und legte auf.

Ich verspürte eine gewisse Befriedigung. Ich hatte meinen normalerweise eiskalten Kontaktmann in Panik versetzt. Ich hatte mit an Sicherheit grenzender Wahrscheinlichkeit in ein Wespennest gestochen, sodass die Tierchen den ganzen Morgen lang durch die so genannte amerikanische Geheimdienstszene summen würden. Mein Verdacht hatte sich bestätigt: Bei dem Mordopfer handelte es sich nicht um Bruder Semjon. Wer es war und warum er seinen Platz eingenommen hatte, blieb zwar weiterhin unklar, aber meine Freunde aus Washington waren in diesen Austausch verwickelt. Ob er aber einer von ihnen gewesen und als Held gestorben war oder ob er in eine Falle gelockt werden sollte oder ob sie überhaupt gewusst hatten, wer er war ... diese Fragen blieben nach wie vor ein großes Geheimnis.

Wenn das FBI ihn ausgelöscht hatte, dann würde ich das aller Wahrscheinlichkeit nach nie erfahren, es sei denn, einer der ihren wagte sich aus der Deckung und machte das Ganze öffentlich. Gut möglich, dass ich es besser dabei belassen sollte. Der wirkliche Mörder war bereits tot oder würde es bald sein. Unter dieser Voraussetzung sprach vieles dafür, dass Bruder Semjon noch am Leben war und an einem »sicheren Ort« festgehalten wurde – zu seiner eigenen Sicherheit, so würden sie es wohl ausdrücken. Die Chicagoer Polizei würde die Akte in den Schrank mit den ungelösten, aber theoretisch immer noch in Bearbeitung befindlichen Fällen legen. *Die* Universität würde versuchen, den zweiten Mord an der theologischen Fakultät aus den Köpfen ihrer Spender zu vertreiben. Die theologische Fakultät selbst würde weiter kämpfen und hoffen, dass das Ereignis in Vergessenheit geriet, außer vielleicht bei denen, die die Leiche mit eigenen Augen gesehen hatten.

Falls der Tote ein ausländischer Agent gewesen sein sollte, dann würde das FBI versuchen, seine Mörder zu eliminieren. Vielleicht hatten sie ja sogar die Freunde aus der West Side mit der Ermordung des Mörders beauftragt. Und all diese geheimnisvollen und unsichtbaren Aktivitäten würden mit Hilfe einer vielschichtigen Verteidigungstechnik, dem so genannten »Abstreiten«, vertuscht werden.

Was konnte ein praktisch unsichtbarer Hilfsbischof unternehmen, um diese dichten Nebelschwaden zu durchdringen? Und falls er dabei auf die Wahrheit stoßen sollte? Was dann?

Ja, was dann?

Als Erstes musste ich mit Mike, dem Cop, über unsere »abhörsichere Leitung« Kontakt aufnehmen.

»Ich weiß nicht, ob du schon eine Gelegenheit gehabt hast, einen Blick in die Morgenzeitungen zu werfen, aber dort gibt es einen kleinen Artikel über die Leiche eines illegalen russischen Einwanderers, die die Polizei von Des Plaines mit zerschossenem Schädel in einem Unkrautgestrüpp in der Lee Street gefunden hat, nur ein paar Querstraßen von der Holy Virgin Protection Cathedral entfernt. Das gleiche Tatmuster wie draußen in Swift Hall. Und dein Freund Flip White ist sich ziemlich sicher, dass auch dieselbe Tatwaffe benutzt worden ist.«

»Woher wissen sie denn, dass das ein Russe ist? Hat er einen Personalausweis in der Tasche gehabt?«

»Richtig. Sie versuchen, noch mehr über ihn herauszukriegen. Wollen wir wetten, dass sie das nicht schaffen?«

»Kaum ... Kann der bewundernswerte Captain White seinen Verdacht bezüglich der Waffe irgendwie untermauern?«

»Nein.«

»Oder eine verlässliche Querverbindung zum Russensyndikat herstellen?«

»Nein ... Aber aus seiner Sicht wäre das eine saubere Lösung.«

»Abgesehen von dem purpurroten Talar, den man drunten im Windemere gefunden hat.«

»Den hat er gar nicht erwähnt.«

»Verstehe ... Das, was ich dir jetzt sage, ist nur für deine Ohren bestimmt. Unser Federal Bureau of Investigation ist in die Sache verwickelt. Ich weiß nicht wie oder wieso, aber sie sind es.«

»Hört sich übel an.«

»Und nicht nur das. Es wurden auch gewisse Drohungen ausgesprochen.«

»Dir gegenüber?«

»In der Tat.«

»Ich veranlasse, dass du ab sofort Personenschutz bekommst, zwei Mann, rund um die Uhr. Ohne Gewähr. Du solltest lieber die Finger davon lassen.«

»Ich überleg's mir«, sagte ich.

»Bischof Blackie«, murmelte Crystal Lane beruhigend.

»Machen Sie doch nicht so ein grimmiges Gesicht. Kein Grund, sich Sorgen zu machen.«

Sie war während des Telefonats in mein Büro gekommen. Wie üblich strahlte sie eine Aura der Güte, der Freude und des Friedens aus.

»Ganz allgemein oder nur bezogen auf meinen augenblicklich grimmigen Gesichtsausdruck?«

Sie hielt kurz inne und dachte nach.

»Bestimmt beides.«

»Der Kardinal findet, es ist eine umsichtige Maßnahme, dass Sie jedes Mal das Büro ausräuchern, wenn Sie die Teenager wieder losgeworden sind.«

Sie lächelte zufrieden.

»Ich glaube auch, dass das eine gute Idee ist.«

Oberflächlich betrachtet schien es absurd, dass der Allmächtige, der offensichtlich alle Hände voll zu tun hatte, den Urknall in unserem Kosmos und in Gott weiß wie vielen anderen noch am Laufen zu halten, sich tatsächlich die Mühe machen sollte, mir durch unsere Hausmystikerin eine direkte Botschaft zukommen zu lassen.

Andererseits ... Gott ging oft genug unergründliche Wege. Wer wollte darüber Buch führen?

Wieder zurück in meinem Arbeitszimmer fasste ich den Entschluss, zumindest noch ein bisschen länger herumzustochern. Ich verfasste einen Bericht über den neuesten Stand der Dinge, steckte ihn in einen Briefumschlag und adressierte ihn an Sean Kardinal Cronin. Dabei nannte ich auch etliche Namen.

Es war wieder einmal ein typischer Tag in unserem unterbesetzten Pfarramt – Krankenhäuser, Seelsorge, Ehevorbereitungen, Telefonate, anonyme Beschwerdemails und Denunziationen, Ehen retten, Annullierungen vorbereiten, Zweiflern zuhören, verlorene Schafe wieder aufnehmen, Mitleid mit denen haben, die glaubten ihren Glauben verloren zu haben, sich bei denjenigen entschuldigen, die vor langer Zeit unter einem idiotischen Priester oder einer ebensolchen Nonne gelitten hatten, Eltern beruhigen, die sich um ihre aufmüpfigen Teenager oder vom Glauben abgefallenen jungen Erwachsenen sorgten. Nichts, was besonders neu oder aufregend gewesen wäre, lediglich die ganz normalen Leiden des Menschseins.

Ich bearbeitete gerade meine E-Mails, als Seine Eminenz Cronin zurückkam. Er trug einen tadellos sitzenden Anzug mit einer Andeutung von purpurrot, dort, wo Priesterkragen und die Klerikerweste aufeinander stießen. Er ließ sich auf meine Couch fallen, genau auf die Stelle, die er vor ein paar Tagen eigenhändig leer geräumt hatte.

»Auch, wenn sie ihren Priestern erlauben zu heiraten«, teilte er mir mit einem gewaltigen Gähnen mit, »verspüre ich keine Berufung zum orthodoxen Priestertum.«

»Das Bischofsamt bleibt ja sowieso den zölibatär lebenden Mönchen vorbehalten.«

»Trotz Ihres unentwegt vorgetragenen Arguments, dass Bischöfe zum Heiraten gezwungen werden sollten ...«

»Das würde sie Demut und Sensibilität lehren.«

»Zweifellos.« Er gähnte erneut. »Dreieinhalb Stunden, Blackwood. Und die Kirchenlieder klingen alle haargenau gleich ...«

»Das denke ich auch manchmal, wenn ich mexikanische Kirchenlieder höre.«

»Nach dem ersten Vers kann man alles mitsingen. Die Russen scheinen Gott einfach anzubrüllen. Immer und immer wieder, als wollten sie *Ihn* an etwas erinnern.«

»Vielleicht wollen sie *Ihn* ja auch aufwecken.«

»Ich hoffe bloß, dass es im Himmel nicht auch so zugeht.«

»Sie haben doch schon öfter an einem orthodoxen Gottesdienst teilgenommen.«

»Hatte ich vergessen ... Und dann dieses Versteckspiel hinter diesem Wandschirm ...«

»Der so genannten Ikonostase ...«

»Na ja, unsere Gottesdienste müssen denen ähnlich albern vorkommen – Fastfood-Liturgie«.

»Und erbärmlich wenig Geheimniskrämerei … Haben Sie mit ihrem Erzbischof gesprochen?«

»Ja, er hat einen New-Jersey-Akzent. Er hat gesagt, der Verstorbene sei ein großartiger Wissenschaftler gewesen. Stimmt das?«

»Wenn es sich dabei um den echten Bruder Semjon gehandelt hätte, schon.«

»Er war es gar nicht?«

Ich zuckte mit den Schultern. »Zweifellos.«

»Und das sagt er mir jetzt … Oh, ich habe übrigens Ihre Freundin dort getroffen.«

Mit war klar, wen er damit meinte, aber ich war nicht bereit, sein Spielchen mitzuspielen. »Aha.«

»Ich weiß nicht, wie Sie das machen, Blackwood, aber schöne Frauen sind anscheinend ganz vernarrt in Sie.«

»Tugendhaftigkeit.«

»Ihre Dekanin hat gesagt, Sie seien süß.«

»In der Tat.«

»Sie ist aus Boston, wenn ich das richtig sehe?«

»Südboston.«

»Und dieser große irische Gorilla, der ihr wie ein Schäferhund hinterherdackelt, ist der eine Art Professor?«

»Neben seiner Tätigkeit als Agent der Irisch-Republikanischen Armee.«

Er tat diese absurde Bemerkung mit leichtem Grinsen ab.

»Heutzutage geben sie wirklich jedem eine Professur, nicht wahr? Wo ist er her?«

»Most Holy Redeemer«, sagte ich und ordnete David Dolan damit seiner Kirchengemeinde zu, so, wie wir das in Chicago machen müssen.

»*Unsere* Most Holy Redeemer?«

»In der Tat. Er wohnt dort bei seinen Eltern. Sein Vater ist ein pensionierter Polizist.«

»Ich habe gar nicht gewusst, dass wir da draußen auch Intellektuelle heranzüchten.«

»Die Welt verändert sich.«

»Ja, genau.« Er gähnte noch einmal und erhob sich von der Couch. »Ich glaube, ich muss meinen Augen ein Päuschen gönnen.«

Ich überlegte einen Augenblick lang, ob ich ihm den zugeklebten Briefumschlag in die Hand drücken sollte.

»Vorbildliches Verhalten.«

Wenn ich ihm jetzt den Umschlag gegeben hätte, hätten seine Augen nicht die notwendige Ruhepause bekommen. Ich würde etwas später noch Gelegenheit bekommen, über diese Entscheidung nachzugrübeln.

Eine Megan war am Telefon.

»Hier hat gerade eine echt nette Frau angerufen, die Dorie heißt. Sie sagt, dass Sie morgen um zwölf mit dem Präsidenten *der* Universität zum Mittagessen verabredet sind und dass sie Sie anschließend für ein paar Gespräche eingeplant hat.«

Der Tonfall, mit dem die Megan mir diese Information mitgeteilt hatte, besagte, dass die Angelegenheit damit erledigt war und dass ich mich gefälligst nach den Wünschen dieser »echt netten Frau, die Dorie heißt« richten sollte.

»Finden Sie, ich sollte das machen, Megan?«

»Aber total«, gab sie mir zur Antwort, voller Empörung darüber, dass ich es überhaupt in Erwägung gezogen hatte, den Anweisungen der Dekanin nicht Folge zu leisten.

»Okay«, sagte ich. »Dann mache ich's.«

»Hey, Bischof Blackie, Crystal will Ihnen noch was sagen.«

»Wie ich schon heute Morgen gesagt habe, Bischof Blackie, machen Sie sich keine Sorgen.«

Ich stellte fest, dass ich mir gewaltige Sorgen machte. Tagsüber hatte ich keine Zeit dazu.

»Ich bin sehr froh, das zu hören, Crystal.«

»Komm schon«, sagte ich anschließend zur Gottheit. »Sie überbringt mir doch keine Botschaften von dir, oder? Wie soll man sich denn angesichts all der Dummheit, Arroganz, Unfähigkeit, Gehässigkeit, Idiotie und Verrücktheit in der Welt keine Sorgen machen?«

Nach dem Abendessen warteten noch mehr Amtsgeschäfte auf mich, darunter auch ein Paar, beides Katholiken, die sechzehn Jahre lang eine katholische Erziehung genossen hatten. Sie lebten jetzt seit zwei Jahren zusammen und dachten, es wäre vielleicht Zeit zu heiraten, waren sich aber unsicher, welchen Sinn eine kirchliche Trauung haben sollte, abgesehen davon, dass sie den Eltern damit eine Freude machen würden. Sie waren selbstverständlich Katholiken, hatten aber für die institutionelle Kirche nichts übrig, weil sie so verlogen war.

»Wem sagen Sie das«, sagte ich und wir begannen ein langes Gespräch darüber, was alles schief lief in der Kirche. Im Verlauf dieses Gesprächs schob ich Jesus die ganze Schuld daran zu, weil er seine Kirche in die Hände der Menschen und nicht in die der Engel gelegt hatte.

Plötzlich mussten sie feststellen, dass sie die Kirche gegen die Angriffe eines ihrer Bischöfe verteidigten. Schon wenige Minuten nach dem Beginn dieses Gesprächs wurde ihnen klar, was ich getan hatte, und sie fingen an zu lachen. Trotzdem debattierten wir weiter. Schließlich bestanden sie darauf, einen Hochzeitstermin festzulegen und versprachen, zu weiteren »Gesprächen« wiederzukommen.

Die Diskussion hatte Spaß gemacht. Es waren zwei kluge junge Menschen gewesen, die nicht wissen konnten, dass ich meine Antworttechnik bereits in unzähligen solcher oder ähnlicher Gespräche perfektioniert hatte. Sie wollen, dass man sie mit Argumenten zum Wiedereintritt bewegt und man gibt stattdessen vor, sie zum Draußenbleiben überreden zu wollen. Natürlich zieht man dabei den Kürzeren.

Ich ging in meine Gemächer zurück, sprach ein Gebet,

schaute die nächtlichen E-Mails durch und beschloss, dass es Zeit war, ins Bett zu gehen. Auf meinen winzigen spätabendlichen Nachttrunk verzichtete ich – ich war bereits müde genug.

Mein Blick ging zum Fenster hinaus auf die Wabash Avenue, die, seitdem die »Action« sich nach Norden in Richtung Division und Rush und in die Vororte verlagert hatte, um diese Zeit still und fast völlig unbelebt war.

Ich zögerte. Waren Mikes Leute schon da draußen? Ich konnte sie nicht entdecken, aber das war ja gerade der Sinn der Sache. Da schoss mir eine Idee durch den Kopf, nur um sofort wieder zu verschwinden. Eine alberne Idee, aber was war es noch mal gewesen? Ich grub in den Tiefen meiner Erinnerung und förderte sie wieder zu Tage.

Vielleicht sollte ich die heutige Nacht nicht in meinem Bett verbringen. Vielleicht sollte ich in meinen beiden Zimmern das Licht anlassen und mich in einen der leeren Räume am Ende des Gangs zurückziehen.

Warum?

Warum nicht?

Darum geht es nicht.

Ich sammelte alles ein, was ich zum Schlafen brauchte, schlüpfte den Gang entlang in eine leer stehende Suite (die noch aus der Zeit vor dem Priestermangel stammte, als das Dompfarramt ein Hotel gewesen war) und bereitete mich im Dunkeln auf meine wohlverdiente Nachtruhe vor.

Und wenn einer der Angestellten nach mir suchen sollte, mich in meinen beiden Zimmern nicht vorfand und mich hier entdeckte, zusammengekauert in einer unbenutzten Suite?

Das war dann deren Problem, dachte ich, während ich aus der Realität in das Segensreich des Schlafes hinüberglitt.

7

Irgendwann wachte ich auf. Ich hörte Schüsse und splitterndes Glas. Wir standen unter Beschuss. Das war natürlich ein Traum, deshalb gab es auch keinen Grund, sich irgendwelche Sorgen zu machen. Ich kroch ans Fenster, hob vorsichtig die Jalousie und linste hinaus.

Töricht von mir, sicherlich, aber ich wusste ja, dass alles nur ein Traum war.

Ein älteres Auto unbestimmter Bauart hatte mitten auf der Straße angehalten. Vor der geöffneten Fahrertür stand eine dunkle Gestalt. Die unregelmäßigen Feuerstöße aus einer automatischen Waffe ließen die Fenster des Dompfarramtes in tausend Scherben zersplittern.

Ich wusste ganz genau, welche Zimmer der Mann ins Visier genommen hatte.

Auf dem Boden liegend angelte ich mir das Haustelefon und rief die Kardinalssuite an.

»Nicht aufstehen, kein Licht machen, wälzen Sie sich aus dem Bett und gehen Sie hinter der Wand in Deckung. Keine Diskussion.«

Ich legte auf und rief im Apartment und Liebesnest der Reillys im John Hancock Building an.

Mike nahm nach dem ersten Klingeln ab.

»Wir wissen Bescheid, Blackie. Wir haben in der Chicago Avenue Bescheid gesagt. Sie sind unterwegs. Geh nicht aus dem Haus.«

»Wohl kaum.«

Dann rief ich sämtliche Hausbewohner an und gab ihnen dieselben Anweisungen wie dem Kardinal, auch Crystal, die unten in der ehemaligen Hausmädchenwohnung wohnte.

Anschließend trieb ich meine Torheit auf die Spitze, kroch zurück zum Fenster und lugte hinaus.

Zwei schwarze Autos, dieses Mal neueren Baujahrs, waren in die Wabash Avenue eingebogen, eines von der Chicago Avenue her, das andere kam aus der Superior Street. Der Mann mit dem Schießeisen saß in der Falle. Er drehte sich um und jagte ein paar halbherzige Schüsse in Richtung Superior. Die Reaktion bestand in einer ganzen Salve explodierender Feuerwerkskörper – Revolverschüsse. Er sprang in sein Auto und fuhr auf die Straßensperre zu. Ein Schwarm Streifenwagen mit wütend blinkenden Blaulichtern und heulenden Sirenen tauchte zu beiden Seiten der Wabash auf. Der Wagen des »Übeltäters« hielt mit quietschenden Reifen an. Eine männliche Stimme befahl ihm über Lautsprecher, mit erhobenen Händen auszusteigen, anderenfalls würden sie erneut das Feuer eröffnen. Es folgte ein Augenblick der Stille. Dann ging die Tür auf und der »Übeltäter« tauchte auf. Er hielt die Hände nach oben, an einem Arm lief Blut hinunter. Ein Dutzend Chicagoer Polizeibeamte warfen sich auf ihn.

»Mike Caseys Leute reagieren schnell«, sagte Kardinal Cronin hinter mir.

Offensichtlich hatte er meine Anweisungen ignoriert.

»Es hat ganz den Anschein.«

»Beschützen die Sie oder mich?«

»Zweifellos Sie.«

»Aber warum haben Sie sich dann hier versteckt?«

»Ein Schutzengel hat mich gewarnt.«

Und daraufhin schickte ich dem örtlichen Seraphim ein geflüstertes Dankgebet.

»Hier ist Mary Jane Mulhern. Ich stehe vor dem Pfarramt der Holy Name Cathedral. Neben mir steht der Dompriester, Bischof John Blackwood Ryan. Herr Bischof Ryan, haben Sie Angst gehabt, als gestern Nacht so plötzlich Schüsse gefallen sind?«

»Keineswegs. Ich war fest überzeugt davon, dass es sich um einen Traum handelt. Allerdings habe ich in meinen Träumen auch eine automatische Waffe, mit der ich die Schüsse erwidern kann.«

»Lediglich in Ihrer Suite wurden die Fenster zerschossen. Wie erklären Sie sich das?«

»Ich glaube, der Schütze hat meine Fenster mit denen Kardinal Cronins verwechselt, der eigentlich das nahe liegendste Ziel eines solchen Attentatsversuchs sein müsste. Wieso sollte jemand seine Munition an einen harmlosen kleinen Hilfsbischof verschwenden, wenn auch ein Kardinal als potenzielles Opfer zur Verfügung steht.«

»Sie sind bei dem Angriff unverletzt geblieben?«

»Ich glaube, ja. Mein persönlicher Schutzengel hat sich einen Bonus verdient.«

»Ist in Ihren Wohnräumen ein ernsthafter Schaden entstanden?«

»Nun ja, die Schüsse haben weder meinen Computer noch meinen Fernseher zerstört.«

»Plant die Kirche jetzt eine Verschärfung der Sicherheitsmaßnahmen in der Umgebung des Doms?«

»Wir haben vor, einen Schlachtpanzer vor den Haupteingang zu stellen. Ansonsten könnte sich vielleicht noch eine Einheit Elitesoldaten als hilfreich erweisen.«

»Die Polizei hat sehr schnell reagiert, nicht wahr?«

»Ja, das stimmt, und dafür sind wir ihr sehr dankbar.«

»Die Polizei hat bekannt gegeben, dass es sich bei dem Schützen um ein Mitglied eines Drogen-Dealer-Rings aus dem Süden Chicagos handelt.«

»Vielleicht ja ein Schlafwandler?«

»Wissen Sie, ob Kardinal Cronin Angst hatte?«

»Als Seine Eminenz das letzte Mal Angst hatte, da war er dreizehn Jahre alt.«

»Wie Sie hören, Belinda, ist Bischof Ryan auch weiterhin durch nichts aus der Ruhe zu bringen. Das war Mary Jane

Mulhern für die Channel Six News in der Wabash Avenue vor dem Pfarramt der Holy Name Cathedral.«

Am Frühstückstisch des Dompfarramtes war Gelächter zu hören, gefolgt von Jubelschreien.

»Mary Jane weiß aber, dass Sie sie auf den Arm nehmen, nicht wahr, Herr Bischof?«, sagte ein junger vietnamesischer Priester, der hier bei uns seine erste Stelle angetreten hatte.

»Oh, ja.«

»Sie haben auf jeden Fall den Eindruck vermittelt, als seien Sie durch nichts aus der Ruhe zu bringen«, fügte er hinzu.

»Gestern Abend war es auch wirklich so«, erwiderte ich und kam damit der Wahrheit recht nahe. »Wie gesagt, ich dachte, das Ganze wäre ein Traum. Aber jetzt bin ich doch ziemlich nervös.«

Später suchte mich Kardinal Cronin in meinem Büro auf.

»Das Schnapsschränkchen ist intakt geblieben, so hoffe ich?«

»Es sieht ganz danach aus.«

»Die Statue ebenfalls?«

Er untersuchte die mittelalterliche Elfenbeinschnitzerei, die, so hieß es, meiner Mutter Kate Collins Ryan (Gott sei ihrer Seele gnädig, und das war ernst gemeint, sonst wird *Er* nämlich was zu hören bekommen) ähnlich sah.

»Alles andere lässt sich ersetzen?«

»Wir sind sehr gut versichert, auch wenn ich mir nicht sicher bin, ob terroristische Anschläge wirklich abgedeckt sind.«

»Ihre Freunde aus Washington?«

»Oh, ich denke schon. Sie haben mich gestern gewarnt.«

»Und dann haben Sie Mike Casey alarmiert.«

»In der Tat.«

»Blackwood, ich will, dass Sie diesen Fall nicht weiter verfolgen.«

»Doch«, sagte ich bestimmt. »Diese Arschlöcher haben auf mein Haus geschossen. Die will ich kriegen.«

Er überlegte kurz, ob er eine dienstliche Anordnung erlassen sollte, besann sich dann aber eines Besseren.

»Es sei denn, die kriegen Sie zuerst.«

»Das wagen sie nicht.«

Ich reichte ihm den Umschlag, den ich am gestrigen Abend vorbereitet hatte.

»Legen Sie das hier in den Safe. Sollte mir irgendetwas zustoßen, bestellen Sie die charmante Ms Mulhern zu sich und lesen ihr die ganze Geschichte vor.«

»Aber Sie sind dann tot!«

»Ich rufe die Kerle demnächst an und sage ihnen, dass ich einen verschlossenen Umschlag mit einer detaillierten Auflistung sämtlicher Ereignisse im Zusammenhang mit Bruder Semjon an einem sicheren Ort deponiert habe und dass der Inhalt dieses Umschlags, falls es irgendwelche weiteren Anschläge geben sollte, der Öffentlichkeit zugänglich gemacht wird.«

»Wer steckt denn dahinter?«

»Vielleicht Justizminister John Ashcroft.«

»Sie belieben zu scherzen.«

»In der Tat. Aber es muss jemand auf seiner oder zumindest einer ähnlich hohen Ebene sein, der die Verfassung genauso mit Füßen tritt wie er.«

»Rufen Sie jetzt gleich an, solange ich noch hier bin.«

Auf die Couch konnte er sich nicht setzen, da sie von Kugeln durchlöchert worden war. Also setzte er sich auf meinen Schreibtischstuhl.

Ich schaltete den Lautsprecher am Telefon ein und wählte. Die wohlbekannte Stimme meldete sich.

»Was habt ihr Arschlöcher eigentlich vor, verfluchte Scheiße noch mal?«, sagte ich und vergaß für einen Augenblick meine gute Erziehung.

»Ich weiß nicht, was Sie meinen«, lautete die nervöse Antwort.

»Ihr solltet euch schämen. Dieser drittklassige Amateur

von gestern Nacht ist eine Beleidigung für die gesamte Regierung. Irgendjemand in eurem Laden gehört gefeuert.«

»Ich habe sowieso erst heute Morgen davon gehört.«

Sean Cronin grinste mich an. Ich hatte ihn entlarvt.

»Ach ja? Sie können denen da oben sagen, dass ich gründlich in Rage bin, und dass ich die Absicht habe, mich zu revanchieren. Ich weiß, dass Sie Bruder Semjon in Ihrer Gewalt haben ...«

»Haben wir nicht!«

»Zumindest wissen Sie, wer ihn hat. Ich will ihn wiederhaben.«

»Ich weiß von nichts!«

»Das hier ist mein Haus, in meinem Viertel, in meiner Stadt. Ihr Drecksäcke habt nicht die geringste Ahnung von Chicago, wenn Ihr glaubt, dass ihr ungestraft so eine Scheiße bauen könnt.«

Seine Eminenz Cronin grinste gebührend bei jedem ungebührenden Wort.

»Blackie, hören Sie jetzt auf damit.«

»Im Übrigen warne ich Sie: Ich habe einen umfassenden Bericht über den gesamten Fall von Bruder Semjon angefertigt und ihn an einem sicheren Ort verwahrt. Sollte ich noch einmal in irgendeiner Weise bedroht werden, geht dieser Bericht an die Medien. Ist das klar?«

»Ja«, sagte er kleinlaut.

»Also richten Sie Ihren dämlichen Bossen aus: Keine weiteren Attentate mehr.«

»Es wird keine mehr geben.«

»Und sagen Sie Ihnen, dass Sie ja gut auf Bruder Semjon aufpassen sollen.«

»Er ist gestern beerdigt worden, Blackie. Mit einem Gottesdienst in der Holy Virgin Protection Cathedral draußen in Des Plaines.«

»Und die Erde ist eine Scheibe«, erwiderte ich. »Außerdem haben Sie das Leben eines weiteren Kardinals aufs Spiel gesetzt, der zufälligerweise mein Chef ist. Stellen Sie sich mal die Schlagzeilen vor: ›FBI-Killer schießt auf Cronin‹.«

Und mit diesen Worten legte ich auf.

»Sehr beeindruckend«, sagte Seine Eminenz Cronin mit einem Nicken. »Ich vermute, Ihr Freund wird sich sofort mit seinen Bossen in Verbindung setzen und sie warnen. Legt euch nicht mit Blackie Ryan an, wird er sagen, er ist ein fieser, kleiner Hundesohn.«

»Er ist einer von denen, die genau wissen, wie man jemandem etwas heimzahlt.«

»Wir wissen also, dass Bruder Semjon immer noch am Leben ist und dass das FBI zumindest weiß, wer ihn in seiner Gewalt hat? Das haben Sie sehr elegant hinbekommen, Blackwood. Ich habe es ja schon gelegentlich einmal gesagt: Ich bin froh, dass Sie auf meiner Seite stehen.«

Ich versuchte, mich nach meinem Wutausbruch wieder zu beruhigen. Es geschieht nicht oft, dass ich so in Rage gerate. Aber wenn doch, dann ist es in der Regel ein recht hilfreiches Mittel, um jemandem Informationen zu entlocken.

Mein Telefon klingelte. Die Gemeindesekretärin, die bis zum Eintreffen der Megans Telefondienst hat, teilte mir mit, dass ein Mann in der Leitung sei, der seinen Namen nicht nennen wollte, der aber schon einmal angerufen hatte.

Mein Kontaktmann aus der West Side.

»Ryan«, bellte ich in den Hörer.

»Hey, schön zu hören, dass bei Ihnen alles in Ordnung ist.«

»Es geht so gerade.«

»Von meinen Freunden habe ich gehört, dass das, was gestern Nacht passiert ist, deren Freunden sehr unangenehm ist. Sie legen großen Wert darauf, Ihnen ihr ausdrückliches Bedauern auszusprechen. Es sind gute Katholiken. Sie würden so etwas niemals zulassen. Das müssen diese Latinodrogengangster sein. Die haben einfach keinen Respekt.«

Eine der negativen Auswirkungen von Fernsehserien wie

Die Sopranos ist, dass heutzutage jeder, der irgendwie Kontakte zum »Milieu« hat, glaubt, er müsste reden wie ein Schauspieler.

»Ich weiß, dass sie nichts damit zu tun haben. Ich nehme aber an, sie wissen, wer es war?«

»Leute von außerhalb.«

»Vom Stadtrand«, sagte ich. Es war keine Frage, sondern eine Feststellung.

»Diese Leute sind eine Schande für unsere Gesellschaft. Man müsste etwas gegen sie unternehmen.«

»Da stimme ich zu.«

Nachdem ich aufgelegt hatte, schüttelte der Kardinal den Kopf.

»Blackwood, ich will doch hoffen, dass Sie diese Liste da vernichten, wenn Sie meine Nachfolge angetreten haben. Ein Erzbischof sollte nicht über solche Kontakte verfügen.«

»Falls unser gemeinsamer Freund immer noch Präsident wäre«, erwiderte ich, »dann würde ein einfacher Anruf genügen.«

»Eines Tages«, er stand auf, »werden ein paar von diesen Typen merken, dass Sie alles andere als harmlos sind ... Hat Crystal Ihnen gesagt, Sie sollen in ein anderes Zimmer ziehen?«

»Nein, sie hat mir lediglich versichert, dass alles gut gehen würde.«

»Hätte ich mir denken können.«

8

Da Dekanin Keane mich mit einem Ausweis ausgestattet hatte, der es mir erlaubte, auf dem Parkplatz des Unipräsidenten direkt hinter seinem Haus an der Ecke 59th Street/University Avenue zu parken, nahm ich Mr Woods' Dienste nicht länger in Anspruch und fuhr selbst hinaus. So kompliziert war der Weg den Lake Shore Drive entlang bis zur Abzweigung vor dem Museum of Science and Industry und zur Abfahrt Midway Pleasance gar nicht.

Meine Geschwister und ihre Sprösslinge sind allesamt Autonarren. Sie teilen mir regelmäßig mit, was ihrer Vorstellung nach ein angemessener Wagen für einen unbeholfenen Hilfsbischof wäre.

Zum Beispiel: »Punk, der da ist doch wie gemacht für dich.«

»Punk« ist ein Spitzname, den ich schon mein ganzes Leben lang trage und der in aller Regel liebevoll gemeint ist, es sei denn, sie sind gerade sauer auf mich.

Also haben sie mir mein türkisfarbenes Ford-Thunderbird-Cabrio, Baujahr 1955, weggenommen und durch einen fast neuen Mercedes G-500-Geländewagen ersetzt. Was ein Bischof mit solch einem Fahrzeug anfangen sollte, entzog sich komplett meiner Vorstellung, aber sie hatten allem Anschein nach den Eindruck, er sei »perfekt«.

Na klar.

Ich glaube, der G-500 ist der schlagende Beweis für den zersetzenden Einfluss, den die Fusion mit Chrysler auf Daimler-Benz ausübt. Es ist ein quadratisches, schachtelförmiges Auto – immer schwarz –, das aussieht wie ein Jeep aus dem Zweiten Weltkrieg mit Seitentüren. Vielleicht auch wie ein

Panzer aus dem Ersten Weltkrieg. Aber immerhin fährt er genau so, wie man es von einem Produkt aus dem Hause Benz erwartet.

Ich stieß einen lauten Protestseufzer aus, für den Fall, dass immer noch ein paar lokale Schutzengel auf meinen Fall angesetzt waren und zufälligerweise mithörten. Ich ging davon aus, dass sie Unterstützung von Mike Caseys Leuten bekamen, auch wenn ich keine Bewacher ausmachen konnte.

Die entscheidende Frage war jedoch, warum der besagte unbeholfene und harmlose Hilfsbischof überhaupt zum Ziel irgendwelcher FBI-Killer hatte werden können. Womöglich, weil er sich in eine Angelegenheit eingemischt hatte, die aus deren Sicht von größter nationaler Bedeutung war?

Also gut, *datum non concessum*, dann blieb immer noch die Frage, weshalb die scheinbare Ermordung eines auf die Mystik einer häretischen Sekte spezialisierten russischen Mönchs negative Auswirkungen auf die nationalen Interessen haben sollte. Darüber hinaus könnte man sich fragen, weshalb der Mönch ausgerechnet kurz vor dem Beginn der Vorlesungszeit an *der* Universität ausgetauscht worden war. Und wer steckte eigentlich hinter dem so sorgfältig eingefädelten Rätsel des verschlossenen Zimmers? Ich wusste zwar, wie es bewerkstelligt worden war, hatte aber nicht die leiseste Ahnung, wieso.

Genügend Stoff jedenfalls, um akute Kopfschmerzen zu bekommen.

Ich bog vom Lake Shore Drive ab, durchquerte den Jackson Park, wich unzähligen Schulbussen aus und gelangte nach kaum nennenswerten Schwierigkeiten auf den Midway. Hinter mir gab es etliche Fahrer, die mit den Feinheiten dieser Strecke vertrauter waren als ich und daher auf die Hupe drückten. Die robuste Stärke des G-500 machte ihnen offensichtlich keine Angst.

Ich umkurvte etliche Einbahnstraßen und gelangte schließlich von der 58th Street in die University Avenue, wo ich auf dem Parkplatz zwischen dem Haus des Präsidenten und dem Orientalischen Institut Zuflucht fand. Die Schutzengel hatten viel Könnerschaft und Geduld aufbringen müssen, um mich dorthin zu geleiten.

Ich schaffte es bis kurz vor zwölf in das Foyer des Quadrangle Clubs und konnte so die Ankunft des Präsidenten erwarten, der um Punkt zwölf Uhr erschien.

»Meiner Erfahrung nach«, sagte Reed Alan mit breitem Lächeln, »sind Kirchenmänner nicht besonders pünktlich.«

»Das liegt daran, dass in meiner Familie eine vollkommene Gleichgültigkeit gegenüber der Zeit praktiziert wird. Ich bin sozusagen das weiße Schaf.«

Mit dieser Bemerkung ernte ich jedes Mal einen Lacher. Der Präsident meinte jedoch lediglich: »Ich weiß nicht besonders viel über Psychologie, aber ich glaube, die Literatur zieht solche Dynamiken in Betracht.«

Meine Güte.

Andererseits äußerte er sich lobend über Dekanin Keanes Arbeit und wohlwollend über »ihren, ähm, ist ›Partner‹ das richtige Wort?«

»›Galan‹ wäre besser.«

»Ja, das nehme ich an ... Sie sind beide herausragende Bereicherungen der Fakultät. Als Dorie die Stelle der Dekanin angeboten wurde, da hat sie sofort eine vorgezogene Verlängerung ihres Arbeitsvertrages beantragt. Sie hat es natürlich verdient, aber etliche Leute waren verblüfft angesichts ihrer, ähm ...«

»Dreistigkeit.«

»Nun ja, vielleicht.«

»Man braucht nur ein paar Iren zur Tür hereinzulassen«, sagte ich, »und schon ist die Gegend nicht mehr das, was sie mal war.«

Er lachte lediglich laut und ausgedehnt, ohne irgendeine Bemerkung über Literatur zu machen.

Ich gab ihm eine Vorlage. »Die Literatur über den politischen Stil der Iren zeigt, dass man sich über Dekanin Keanes Verhalten nicht zu wundern braucht. Denn selbstverständlich werden die Stimmen immer von uns ausgezählt.«

»Nun, ich für mein Teil hätte gerne noch mehr Iren an der Fakultät. Sie bringen Enthusiasmus und ein überraschendes Element mit – das haben sie in praktisch jeder entlegenen Ecke der Welt bereits unter Beweis gestellt ... Deshalb bin ich ja so erfreut über die Aussicht, Sie unter Umständen als Gastdozent hier begrüßen zu dürfen.«

Dieses eine Mal blieb der harmlose Hilfsbischof stumm.

»Nicht auf Basis einer Festanstellung, auch wenn Ihre Veröffentlichungen so etwas durchaus nahe legen. Aber wenn ich es richtig sehe, dann haben Sie ja bereits eine Stellung auf Lebenszeit.«

»So könnte man sagen«, erwiderte ich und griff nach meinem Glas mit Eistee.

»Wir würden auch keine besonderen Ansprüche in Bezug auf den Stoff stellen. Ein, zwei Vorlesungen pro Jahr über Ihre Arbeit, das wäre mehr als genug. Wir würden der Verbindung zwischen *der* Universität und der Erzdiözese gerne eine konkrete Gestalt verleihen. Das hätten wir schon vor langer Zeit tun sollen.«

»Ich fürchte, so etwas müsste ich zuerst mit Kardinal Cronin besprechen ...«

»Bei unserer Begegnung gestern auf der Bestattungsfeier habe ich den Eindruck gewonnen, als wäre er über solch ein Arrangement hoch erfreut. Er hat sogar angedeutet, dass er, sollte sich die Gelegenheit ergeben, eine Ihrer Vorlesungen persönlich besuchen würde.«

Ich steckte in der Falle. Die Frau Dekanin hatte gute Arbeit geleistet.

Ich durfte nicht zu begierig erscheinen.

»Das ist ein interessanter Vorschlag. Ich werde ihn mit dem Kardinal besprechen und mich anschließend wieder bei Ihnen melden.«

Nicht, dass ich auch nur die geringste Chance gehabt hätte, abzulehnen.

Ich warf einen Blick zu einem Tisch in der Nähe, drüben, in der Ecke des Speisesaals. Die Dekanin, im Kollegenkreis und ohne ihren Galan, lächelte mich an.

Die kleine Hexe.

Der Präsident und ich streiften eine Vielzahl von Themen. Erst gegen Ende des Essens, typisch irisch, sprach er die wichtigste aller Fragen an. »Ich hoffe, wir können diese bedauerliche Affäre in Swift Hall aufklären. Sie wissen, dass das schon der zweite Mord ist, den wir hier hatten.«

»Der unglückselige Rumäne.«

»In der Tat, und ähnlich mysteriöse Umstände.«

»Das Rätsel des verschlossenen Zimmers ist nicht schwierig«, sagte ich. »Allerdings sind hier noch andere, verborgenere Kräfte am Wirken.«

»Glauben Sie, dass der Anschlag auf Ihr Pfarramt von gestern Nacht damit zusammenhängt?«

Es war das erste Mal, dass er das erwähnte.

»Zweifellos.«

»Wer würde denn zuerst Bruder Semjon umbringen wollen, um anschließend das Haus eines Priesters zu beschießen?«

»Was hat der Regierungsbeamte denn genau gesagt, nachdem Sie Bruder Semjon als Lehrkraft angenommen hatten?«

Er legte seine Gabel beiseite und starrte mich an.

»Dorie hatte Recht.«

»Ich befürchte, das hat sie meistens.«

»Ich war der Einzige, der von diesem Anruf gewusst hat.«

»Mit Ausnahme der Person, die angerufen hat, sowie deren Vorgesetzten.«

»Offensichtlich. Und Ihnen.«

Ich sagte nichts. In Wirklichkeit hatte ich einfach nur geraten.

»Es war ein etwas verwirrender Anruf«, fuhr er fort. »Der Mann hat gesagt, Bruder Semjon sei ein ausgezeichneter Wissenschaftler und ein sehr wertvoller Mensch. Das war mir beides bekannt. Dann hat er hinzugefügt, dass wir behutsam und vorsichtig mit ihm umgehen sollten, da er bereits etliche traumatische Erfahrungen gemacht habe. Ich habe erwidert, dass ich mir dessen durchaus bewusst sei. Dann hat er gesagt, dass es möglicherweise Menschen gibt, die ihm nach dem Leben trachteten.«

»Das hätten die Ihnen aber auch gleich sagen können.«

»Ganz genau. Sie können sich vorstellen, Bischof Blackie, wie mir das Blut in den Adern gefror. Was sollen wir mit dieser Information anfangen?, habe ich ihn gefragt. ›Passen Sie einfach gut auf ihn auf. Aber reden Sie mit niemandem über diesen Anruf.‹«

»Machen Sie Backsteine ohne Stroh.«

Er lächelte schwach.

»Ganz genau. Ich habe unsere Wachleute angewiesen, gut auf ihn aufzupassen und das Windemere ebenfalls darum gebeten. Nichts ist passiert. Ich weiß nicht, ob wir das, was letzte Woche geschehen ist, hätten verhindern können ...«

»Sie hätten es nicht verhindern können. Hat Ihr Freund sich noch einmal gemeldet?«

»Noch nicht.«

Also hatte das FBI seine eigenen Vorsichtsmaßnahmen getroffen und machte sich über die Sicherheit an der Universität keine Gedanken. Ich beschloss, ihn ins Vertrauen zu ziehen, um ihm auf diese Weise vielleicht noch ein bisschen mehr zu entlocken.

»Was ich Ihnen jetzt sage, Sir, ist strikt vertraulich. Aber ich denke, Sie sollten es trotzdem erfahren. In einem Schrank drüben im Windemere hängt ein vollständiges und authentisches purpurrotes Ornat eines Kardinals der römisch-katholischen Kirche.«

»Bruder Semjon war ein Kardinal!«

»Zweifellos. Sie können also verstehen, weshalb wir an dieser Affäre interessiert sind.«

»Hat der Vatikan Sie in irgendeiner Weise vorgewarnt?«

»Überhaupt nicht. Für die sind wir Einheimischen nur die Laufburschen. Sie sagen uns nur das, was wir unbedingt wissen müssen ... nur, dass es nie etwas gibt, was wir unbedingt wissen müssen.«

»Und haben Sie sich seit Bruder Semjons Tod einmal bei denen gemeldet?«

»Sie haben so getan, als könnten sie meine Frage gar nicht verstehen, woraus ich schließe, dass sie irgendetwas zu verbergen hatten, genau wie das FBI.«

»Wir hatten also bereits eine Verbindung zur Kirche, allerdings ohne etwas davon zu wissen«, sagte er mit bitterem Lächeln. »Ich fürchte, unser Freund Bruder Semjon war eine Art Spion. Oder, was wahrscheinlicher ist, war früher mal einer. Allerdings würde ich Swift Hall nicht gerade als ›sicheren Ort‹ bezeichnen.«

»Hat Ihr Anrufer Andeutungen in diese Richtung gemacht?«

»Seine genaue Formulierung – an die ich mich wortwörtlich erinnern kann – lautete: Bruder Semjon hat der Sache der Freiheit eine Menge guter Dienste geleistet. Allerdings gibt es etliche Geheimdienstorganisationen, denen das nicht gefällt und die ein gutes Gedächtnis haben.« Er schüttelte bestürzt den Kopf.

»Noch nie im Verlauf meiner langjährigen Tätigkeit in der Universitätsverwaltung hatte ich einen solchen Anruf bekommen. Ich hatte ihn auch schon beinahe vergessen, bis Dorie mich an jenem Abend zu Hause angerufen und mir erzählt hat, was passiert war.«

Sie hatte ihn also tatsächlich angerufen. Das war ein wichtiges Puzzleteil in einem weniger wichtigen Rätsel.

»Verfügt der Vatikan über einen eigenen Geheimdienst?«

»Nein, eigentlich nicht. Er schnappt das Eine oder Andere auf und kann sich manchmal sogar einen Reim darauf machen. Es gibt auf der ganzen Welt keine einzige wirklich gute

Schlapphutorganisation, aber wenn wir eine hätten, dann wäre sie noch schlechter als all die anderen.«

»Nicht einmal die Jesuiten?«

Ich verdrehte die Augen. »Gute Leute, sicherlich. Aber was immer in der Vergangenheit gewesen sein mag, heutzutage sind sie nicht einmal mehr besonders gut, wenn es darum geht, sich gegenseitig zu bespitzeln.«

»Nach diesem Anruf habe ich, wie Sie sich sicher denken können, die ganze Angelegenheit gründlich überdacht. Bruder Semjons Ankunft hier ist jetzt fast auf den Tag genau ein Jahr her. Ich konnte ihn nicht zurückschicken. Und es wäre unzulässig gewesen, ihn zu befragen. Ich habe ein paar meiner Kollegen in Europa angerufen. Einer von ihnen – er sitzt übrigens in Krakau – hat gesagt, der Bruder sei ein hervorragender Mann, aber nicht immer das, was er zu sein scheine. Ein anderer, in Budapest, meinte, er sei ein hervorragender Wissenschaftler, der allerdings manchmal plötzlich verschwand und später ohne jede Erklärung wieder auftauchte. Aber er ist doch die meiste Zeit in Zagorsk, erwiderte ich darauf. Er lachte nur und sagte, das sei erst nach dem ›gesellschaftlichen Wandel‹ gewesen.«

»Womit er sagen wollte, dass er vor 1991 vielfältige Dinge getrieben hatte.«

»Ganz genau. An den westlichen Universitäten hatte eigentlich niemand viel über ihn zu sagen. Nur ein Einziger meinte, er habe den Eindruck gehabt, als sei Bruder Semjon zur Zeit des Mauerfalls in Berlin gewesen.«

»In der Tat.«

»Das sind alles nur Zufälle.«

»Natürlich.«

»Ich frage mich, ob Ihnen das alles irgendwie weiterhelfen kann.«

»Ein paar Puzzleteile passen tatsächlich«, gestand ich ihm. »Aber nach wie vor fehlt noch eine ganze Menge.«

»Nun, wie ich sehe, sind Dekanin Keanes Kollegen bereits

gegangen, und sie wartet zweifellos nur auf uns. Darf ich ihr sagen, dass Sie sich unseren Vorschlag überlegen?«

»Was würde es nützen, wenn ich ablehnen wollte?«

Lachend standen wir auf und setzten uns an den leeren Tisch zur Frau Dekanin. Sie trug eine beige Bluse, beige Baumwollhosen und ein beiges Haarband, das auch heute ihr rotes Haar auf strenge Weise bändigte. Alles andere hätte womöglich zu ihrer sofortigen Verhaftung als irische Zigeunerin geführt.

»Was meinen Sie, wird es irgendwann zu einer Vereinigung zwischen ihr und ihrem, ähm, Galan kommen?«

»Wohl eher früher als später. Im Augenblick sieht es ja so aus, als ob er möglichst bald heiraten möchte und sie eher die Zögerliche sei. Wenn dieses Spielchen jedoch ein Ende hat und sie einen Termin festlegen will, dann wird er mit einem Mal zögern.«

Der Präsident kicherte. »Zumindest, wenn er schlau ist.«

»In der Tat.«

»Bischof Blackie und ich hatten ein faszinierendes Gespräch«, sagte er zu ihr. »Ich glaube sagen zu können, dass er bereit ist, an der Universität zu sprechen.«

»An *der* Universität«, pflichtete ich ihm bei.

Hätte sie nicht gerade im Speisesaal des Quadrangle Club gesessen, sie hätte womöglich den einen oder anderen von uns geküsst. Zweifellos beide.

»Ich bin hoch erfreut, das zu hören«, sagte sie mit einem strahlenden Lächeln. »Das wird bestimmt sehr interessant werden.«

»Bauen Sie nicht zu sehr darauf. Sie wären wahrscheinlich besser beraten gewesen, den tapferen Tyrone Willingham zu engagieren.«

»Ich habe mich zu Tode erschrocken, als ich von der Schießerei in Ihrem Pfarramt gehört habe, Bischof Blackie.« Sie seufzte. »Das hat doch nichts mit diesem Durcheinander hier zu tun, oder?«

»Absolut nichts«, sagte ich. Das war keine Lüge, sondern ein Verstecken der Wahrheit, wie es nach den Worten der Jesuiten aus dem Priesterseminar in manchen Fällen gestattet war. »Irgendein mit Drogen voll gepumpter Kerl, der sich einen Spaß gemacht hat. Die Engel haben uns beschützt.«

»Aber warum haben sie den guten Bruder Semjon nicht beschützt?«

»Vielleicht haben sie das ja«, sagte ich geheimnisvoll.

Das Gespräch mit dem Präsidenten war äußerst aufschlussreich gewesen. Bruder Semjon war ein Spion gewesen, und wahrscheinlich ein katholischer Spion. Vielleicht war er in Osteuropa herumgereist und hatte Priester ordiniert und Bischöfe geweiht – ein riskantes Unterfangen. Aber warum war er nicht aus der Kälte ins Warme gekommen, nachdem die Mauern gefallen waren? Vielleicht hatte er sich ja in Zagorsk einfach wohl gefühlt?

War er jetzt außer Gefahr? Oder war es denkbar, dass meine Schnüffelei für ihn ein erneutes Risiko bedeutete?

Mein Kontaktmann in Washington, D.C., hatte nichts dergleichen erwähnt. Er musste gewusst haben, dass ich ansonsten meine Ermittlungen eingestellt hätte.

»Ich nehme an, es hat keinen Zweck, mit Gott zu streiten«, sagte sie.

Sie war äußerst aufgewühlt, was nur zu verständlich war angesichts des grässlichen Todes, der sich nur eine Ecke von ihrem Büro entfernt ereignet hatte.

»Es hat sehr wohl einen Zweck, solange man nicht erwartet, den Streit zu gewinnen, zumindest nicht auf lange Sicht. Gott hat genauso viel Spaß am Streiten wie jeder andere Liebende.«

»Wie gehen Sie denn mit dem Problem des Bösen um, Herr Bischof?«

»Meistens, indem ich auf das entgegengesetzte Problem des Guten zurück verweise.«

»Als da wäre?«

Ich gab meine Standardargumentation zu diesem Thema zum Besten.

»Wie kommt es, dass es in der Welt auch das Gute gibt? Wie kommt es, dass es überhaupt etwas gibt? Die Beschwerden gegenüber Gott lassen sich allesamt auf die Frage zurückführen, wie ein mutmaßlich liebender Gott es zulassen kann, dass *seine* angeblich geliebten Geschöpfe überhaupt sterben müssen. Zeitpunkt, Ort, Art und Weise sowie Ursache des Todes vergrößern das Problem möglicherweise noch. Aber im Zentrum der Frage steht der Tod selbst. Wie kann Gott ein Wesen erschaffen, das leben möchte, und es gleichzeitig unabwendbar zum Tod verurteilen? Ist diese Tatsache nicht ein Beweis dafür, dass es entweder gar keinen Gott gibt oder dass er ein Ungeheuer ist?

Folgt man dieser Argumentation, dann hätte Gott uns als Unsterbliche erschaffen müssen. Alles andere wäre zu wenig. Ein Argument, das für alle diejenigen, die es anwenden, vollkommen überzeugend klingt. So einfach ist es, sich Gott vom Hals zu schaffen. Allerdings wird dabei, so schlüssig und logisch es sich auch anhören mag, missverstanden, dass der Glaube sich auf einen Handel mit Gott einlässt. Der Gläubige erwartet von Gott keinen kurzfristigen Schutz. Der Gläubige weiß, dass schlimme Dinge unausweichlich sind, manchmal sogar sehr schlimme Dinge. Die guten Menschen widerfahren. Alles, woran der Gläubige sich klammern kann, ist, dass Gott ganz zum Schluss, wenn all das Schlimme geschehen ist, *sein* Volk nicht im Stich lässt. Dieses Argument ist genauso schlüssig wie das andere und gibt zumindest eine Antwort auf die Frage, wieso überhaupt etwas existiert, wieso die Welt sich in mathematischer Ordnung dreht, wieso die Menschen Gerechtigkeit erwarten, wieso sie hoffen.

Ein sehr weiser Mann namens John Horgan hat in seinem Buch *Rational Mysticism* einmal gesagt: ›So, wie diejenigen, die an eine gütige Gottheit glauben, unter dem Bösen in der Welt leiden müssten, so müssten die Agnostiker, Atheisten,

Pessimisten und Nihilisten eigentlich unter Freundschaft, Liebe, Schönheit, Wahrheit, Humor, Leidenschaft und Spaß leiden. Man sollte niemals das Problem des Spaßes außer Acht lassen.‹

Der Atheist findet Befriedigung in seiner Härte, seiner Dickköpfigkeit, seinem Realismus, seiner Immunität gegenüber sentimentalen Gefühlen und entdeckt genau darin eine Bestätigung für seinen Glauben an den Unglauben. Für ihn besteht die einzig mögliche Antwort darin, dass es eben bestimmte nicht erklärbare Phänomene gibt – das Leben an sich zum Beispiel, die Schönheit oder die Liebe.«

»Ich bin mir sicher, dass Sie heute Nachmittag genau diese Frage zu hören bekommen werden.«

»Oh?«

»Wenn Sie meinen Kurs kennen lernen. Die Teilnehmer haben Ihre Bücher gelesen und möchten Sie für ihr Leben gern – bitte entschuldigen Sie die Formulierung – kennen lernen.«

»Aha.«

Ich besaß keinerlei Erinnerung daran, mich zu solch einem Unternehmen verpflichtet zu haben.

»Sie müssen natürlich nicht, wenn Sie nicht wollen.«

Sie hatte mich erst informiert, nachdem sie sich vergewissert hatte, wie ich die Frage nach dem Problem des Bösen beantworten würde.

Was für ein misstrauisches Mädchen!

»Es wird bestimmt interessant sein zu sehen, ob ich es mit begabten jungen Menschen aufnehmen kann«, sagte ich mit gespielter Demut.

»Sie werden das schon schaffen.«

»Vielleicht.«

Ich bemerkte, dass der Spätsommertag sich langsam seinem Ende entgegen neigte. Ein dunkler Wolkenstreifen war am westlichen Horizont aufgezogen und kam direkt auf uns zu. Die Wettervorhersage hatte schwere Regenfälle angekündigt. Sie sollte offensichtlich Recht behalten.

»Noch etwas zum Thema Liebe?«, sagte sie, als wir uns der Eingangstür von Swift Hall näherten.

»Seltsam, dass Gott ausgerechnet dieses Wort verwendet, um sich selbst zu beschreiben, nicht wahr?«

»Sehr seltsam … Ich meine, ich glaube, dass ich David liebe, auch wenn er ein Furcht einflößender Mensch ist. Aber ich könnte auch Unrecht haben. Viele Paare glauben, sie seien von tiefer Liebe zueinander erfüllt, und doch endet es irgendwann in tiefem gegenseitigem Hass. Wie kann man so etwas denn vorher wissen?«

»Das kann man nicht. Man überlegt sich die ganze Sache, bespricht sich mit seiner Familie und seinen Freunden und springt dann von der Brücke hinab ins kalte Wasser.«

»Meine Familie und meine Freunde halten ihn für einen wunderbaren Mann, aber er ist ein solcher Schmeichler und Wortakrobat, dass das überhaupt nichts zu sagen hat.«

»Sie können es nicht leiden, wenn er den Wortgewaltigen mimt?«

»Nein, ich liebe es, weil er es so gut kann. Aber vielleicht habe ich ja irgendwann genug davon.«

»Das kann schon sein.«

»Ist ja auch egal. Sie haben um 13.15 Uhr einen Termin mit Ms Comerford. Mein Kurs beginnt um 14.20 Uhr. Und Mr Strong haben wir auf 15.30 Uhr gelegt.«

Wir betraten das Gebäude. Fast noch auf der Türschwelle blieb sie stehen.

»Sie haben beide eine unglückliche Liebe hinter sich. Patrice ist eine radikale Feministin aus den Sechzigerjahren des vergangenen Jahrhunderts. Hat vor dem Conrad Hilton demonstriert. Ist immer noch zornig. Eine leidenschaftliche Frauenrechtlerin. Arbeitet im Bereich feministisch-theologische Theorie. Kann bei dem Thema manchmal sehr ruppig werden. Ich wüsste nicht, dass sie einer bestimmten Konfession angehört. Doug ist Anglikaner, sehr konservativ und formell, auch wenn ich nicht glaube, dass er selbst oft in die

Kirche geht. Er ist Experte für neutestamentliche Wissenschaft. Verwendet einen Großteil seiner Energie darauf, sich über die Mitglieder des Jesus-Seminars lustig zu machen, die versuchen, aus den vier Evangelien die wirklichen, authentischen Jesus-Worte herauszufiltern. Sie haben beide erst ihre Ehepartner, dann ihre Lebenspartner verloren. Momentan sind beide ungebunden und zeigen wenig Interesse daran, das zu ändern. Patrice hat bei der Besetzung des Dekanates nicht für mich gestimmt, da bin ich mir sicher, und wahrt nur mit Mühe die notwendigsten Formen der Höflichkeit. Sie findet, ich hätte den Feminismus zugunsten akademischer Macht verraten. Doug mag mich, glaube ich, auf eine platonische Art und Weise. Kann sein, dass er eine Spur zu viel trinkt. Er wird David ganz bestimmt seine Stimme geben. Im Gegensatz zu Patrice, aber die Leute werden sich nicht von ihr beeinflussen lassen. Keines dieser Gespräche wird besonders einfach für Sie werden.«

»Vielleicht überlebe ich diesen Nachmittag gar nicht.«

»Das bezweifle ich.« Sie lachte.

Wir gingen den Flur entlang zu ihrem Büro. Mir fiel auf, dass eine Tür sperrangelweit offen stand – natürlich Professor Dolans Tür. Der hoffnungsvolle junge Theologe schielte immer mit einem Auge auf den Flur hinaus, um die wohlbehaltene Ankunft seiner Märchenprinzessin und Geliebten nicht zu verpassen.

»Hey!«, brüllte er. »Schau mal, was ich hier habe!«

Sie hörte sein Bellen und zuckte zusammen.

»Einen schönen Nachmittag, David. Was hast du denn da?«

Er sprang auf und schwenkte ein Blatt Papier in ihre Richtung.

»Einen Brief von der *Cambridge Historical Review*, in dem sie meine Schlussbearbeitung des Artikels über Reginald Poe akzeptieren. Er soll in drei Monaten veröffentlicht werden.«

»Gratuliere«, sagte sie eine Spur zu förmlich.

Er ignorierte ihren Mangel an Enthusiasmus und umarmte sie.

»Und ich habe beim *Journal of Church History* angerufen. Sie haben gesagt, die Zusage geht Anfang nächster Woche raus. Damit dürfte doch eigentlich alles klar sein!«

»Wunderbar«, sagte sie wiederum sehr förmlich.

Und dann – zu jedermanns und vielleicht sogar zu ihrer eigenen Verwunderung – stellte sie sich auf die Zehenspitzen und strich mit ihren Lippen über die seinen. Mit, wenn ich das so sagen darf, nicht gerade wenig Leidenschaft.

»Jetzt zeigst du's ihnen«, flüsterte sie.

David Dolan wurde rot.

»Meine Güte, vielleicht sollte ich noch ein paar Artikel fertig machen!«

»Diese beiden dürften für den Augenblick genügen«, sagte sie, erneut in förmlichem Tonfall, aber mit einem Grinsen im Gesicht.

Wie du mir, so ich dir. Was dem einen recht ist, ist dem anderen billig. Und was es an allgemein gültigen Weisheiten sonst noch so gibt.

»Ich spiele nur sehr ungern die Rolle des Spielverderbers«, sagte ich, »aber ich würde mich gerne kurz mit Ihnen beiden unterhalten.«

Ich machte die Tür des Arbeitszimmers zu, setzte mich auf den Stuhl, den ich vor Kurzem von ausgedruckten Papieren geräumt hatte, und nahm die »Jetzt aber mal zum Geschäftlichen«-Haltung ein, die ich manchmal hinkriege. Wenn die beiden ihren Ringkampf mit einer etwas amouröseren Variante fortsetzen wollten, dann mussten sie das tun, wenn sie alleine waren.

Sie bemühten sich mit redlichem Erfolg, die Röte aus ihren Gesichtern zu vertreiben. Ich dachte kurz daran, dass ich keine Wetten gegen einen Hochzeitstermin um die Weihnachtszeit eingehen würde.

»Da wäre zunächst einmal die Sache mit Bruder Semjons

Stab. Ich kann mir nicht vorstellen, dass ein orthodoxer Mönch ihn einfach verliert. Und doch ist er weder in seiner Wohnung noch in seinem Arbeitszimmer zu finden. Wo könnte er sein?«

Sie schauten sich an. Dorie unterbrach das Schweigen.

»Gestern, auf der Fahrt zu der Beerdigung, haben wir darüber gesprochen ... ach, übrigens, Ihr Kardinal ist ein sehr liebenswerter Mensch.«

Diesen Begriff hatte sie doch freiwillig gewählt, oder etwa nicht?

»Das empfinden viele Frauen so.«

»Er hat gesagt, wir hätten die Wahl, ob wir die Eucharistie empfangen wollen oder nicht, aber er glaubte nicht, dass das Abendmahl bei orthodoxen Beerdigungen überhaupt gefeiert wird.«

Ihre Wangen waren immer noch gerötet. Eine Frau, die einen irischen Clananführer auf diese Art und Weise küsst, läuft Gefahr, in sein Schlafzimmer geschleppt zu werden. Irgendwo in David Dolans Genen verbarg sich ein Clananführer, aber wir haben diesen Typus gezähmt. Im Lauf etlicher tausend Jahre. Ein bisschen.

»Die Sache ist die«, nahm Professor Dolan elegant den Faden wieder auf, »dass wir nicht mehr wissen, wann wir ihn zuletzt mit dem Stab gesehen haben. Wir haben schon überlegt, ob er ihn vielleicht in Paris gelassen hat.«

»In Paris?«

»Er hat im Sommer an der Sorbonne in Paris Vorlesungen gehalten, so, wie jedes Jahr«, fuhr Professor Dolan fort. »Vor zwei Wochen ist er wiedergekommen, genau rechtzeitig zum Beginn des Herbstquartals.«

In diesem Augenblick erfahre ich also, dass Bruder Semjon den Sommer über in Paris gewesen war. Das lässt die Geschichte gleich in einem interessanten neuen Licht erscheinen.

»Seitdem war er irgendwie anders als vorher. Er hat gesagt, er habe sehr viel Arbeit mit einem Manuskript, das fertig werden sollte. Wir haben, sehr zu Dories Erleichterung, keinen Spätnachmittagswodka mehr getrunken. Er war stiller, zurückhaltender. Ich glaube nicht, dass es uns überhaupt aufgefallen wäre, wenn Sie sich nicht gezielt nach dem Stab erkundigt hätten.«

»Er war über und über mit Schnitzereien verziert«, erläuterte die Dekanin. »Er hat mir einmal erzählt, dass ein Schnitzer ihn aus dem Holz einer äußerst heiligen Eiche gemacht hätte, die eintausend Jahre lang in den Bergen gestanden hatte.«

»Also nichts, was man in Paris zurücklassen würde«, stellte ich fest. »Und auch nichts, was ein Dieb in der Metro stehlen würde.«

»Stimmt«, flüsterte Dorie leise. »Was hat das zu bedeuten, Bischof Blackie?«

Ich gab mich mit einer zurückhaltenden Antwort zufrieden.

»Das nächste Mysterium innerhalb des großen Rätsels.«

»Er war immer noch Bruder Semjon«, sagte David Dolan. »Aber trotzdem war er irgendwie anders, als wäre während seiner Abwesenheit irgendetwas mit ihm passiert.«

»Waren Sie hier, als er weggefahren ist?«

»Nein«, sagte Dorie. »Wir haben Anfang Juli zwei Wochen Ferien gemacht, erst eine Woche bei meiner Familie auf dem Cape und dann eine bei Davids Familie in Sheridan Beach in den Indiana Dunes.«

»Ich habe mich von meiner braven Seite gezeigt«, gestand ihr Galan, »sodass wir uns nicht zu oft gestritten haben.«

Dorie kicherte.

»Aber hier, hier zeigt er sich nicht immer von seiner braven Seite.«

»Meine zweite Frage«, unterbrach ich sie, um jedes weitere Geplänkel im Keim zu ersticken, »dreht sich um einen winzigen Fehler, den ich in Davids Bericht über die Ereignisse jenes Abends entdeckt habe. Dort steht, dass immer mindestens einer von Ihnen am Tatort gewesen ist, nachdem Sie die Tür Ihres Arbeitszimmers geöffnet hatten.«

»Das ist richtig«, stimmte Dorie zu.

»Und dass niemand das Zimmer betreten hat.«

»Wir hatten das Gefühl, als wäre das nicht richtig«, sagte Dave und strich sich über das bärtige Kinn.

»Und doch ist genau das geschehen.«

»Ich wüsste nicht, wie ... Moment mal, Dorie, weißt du noch? Du bist zum Telefon gegangen, weil du den Unipräsidenten anrufen wolltest, und zwar genau in dem Moment, als ich der Polizei die Tür aufgemacht habe ...«

»Ja, ich erinnere mich ... Aber das waren nur wenige Augenblicke, Herr Bischof.«

»Aber trotzdem: Es könnte jemand schnell in das Zimmer hinein- und wieder hinausgeschlüpft sein.«

»Sie hätten sehr schnell sein müssen«, meinte David, »vor allem, wenn sie gewusst haben, dass am anderen Ende des Gangs gerade die Polizei ins Haus kommt.«

»Das, was zu erledigen war, ließ sich sehr schnell bewerkstelligen«, sagte ich.

Israel Golden hatte mir versichert, dass niemand das Zimmer betreten hatte. Und doch war es offensichtlich, dass irgendjemand genau das getan hatte.

Es bestand auch die Möglichkeit, dass sie alle gemeinsam, einschließlich Davids und Dorinas, den Tatort betreten hatten, und dass sie in einem konspirativen Kartell des Schweigens versuchten, diese Tatsache zu vertuschen.

Aber weshalb?

Ich hielt es für wahrscheinlicher, dass es während der wenigen Augenblicke geschehen war, in denen die Dekanin und ihr junger Mann nicht dabei gewesen waren. Die Frage nach dem Warum blieb aber bestehen. Nur, dass ich die Antwort kannte.

Einen Augenblick lang saßen wir schweigend da.

»Einen Moment bitte«, sagte Dave und durchsuchte eine seiner Schreibtischschubladen.

Mit spitzen Fingern holte er einen benutzten Waterford-Schwenker hervor.

»Dieses Glas habe ich für unsere Ein-Gläschen-Wodka-Partys aufbewahrt. Bruder Semjon hat es immer benutzt. Wahrscheinlich sind seine Fingerabdrücke und seine DNA darauf zu finden. Vielleicht sollte ich es mit nach Hause nehmen und meinen Dad bitten, es untersuchen zu lassen.«

»Sie haben es seit seiner Rückkehr aus Paris noch nicht wieder benutzt?«

»Nein ... wenn die Spuren sich von denen des Toten unterscheiden ...«

»Dann hat der Ermordete vielleicht so ausgesehen wie Bruder Semjon, aber er war es nicht«, beendete die Dekanin seinen Satz.

»Die Freunde Ihres Vaters bei der Polizei werden über die neuen Indizien nicht besonders erfreut sein«, sagte ich.

»Dad wird es ihnen liebend gerne unter die Nase reiben.«

»Und vielleicht denkt er ja, dass du trotz alledem ein guter Polizist geworden wärst«, fügte Dekanin Dorina hinzu. »Auch, wenn du nicht geradeaus schießen kannst.«

David trug sein Fundstück vorsichtig zurück zum Schreibtisch.

»Ich bringe Sie jetzt am besten zu Patrice.« Dorie brach das Schweigen. »Sie ist eine Pünktlichkeitsfanatikerin ... David, ich nehme an, du hast die endgültigen Fassungen deiner Artikel noch nicht in deinem Bewerbungsordner in meinem Büro abgelegt, oder? Leg sie mir doch bitte auf den Schreibtisch, vielleicht zusammen mit diesem Bestätigungsschreiben? Ich werde dann die notwendigen Änderungen in deinem Lebenslauf veranlassen. Wann soll der zweite Aufsatz veröffentlicht werden?«

»Im Frühjahr. Wie gesagt, die schriftliche Bestätigung kommt wahrscheinlich nächste Woche.«

»Und du versuchst daran zu denken, sie mir auch zu geben?«

Er zeigte wieder sein wildes, irisches Grinsen.

»Ich werde mein Bestes tun.«

»Ich hoffe, ich habe Sie nicht schockiert, Bischof Blackie«, sagte sie, während wir die Treppe in den zweiten Stock hinauf stiegen – kein Aufzug für die im Herzen jung Gebliebenen.

»Allem Anschein nach nicht so sehr wie den armen Dave.«

»Er ist sehr liebenswert«, murmelte sie.

Damit wären wir schon zu dritt, dachte ich, obwohl ich den Verdacht hege, dass dieses Wort analog für Seine Eminenz Cronin, seinen unsichtbaren kleinen Hilfsbischof sowie für einen Mann gebraucht worden war, den man soeben beschlossen hatte zu heiraten, und zwar eher früher als später. Der bedauernswerte Dave Dolan hatte nicht den Hauch einer Chance.

Ich hatte eine Menge interessanter Informationen ausgegraben – und keine Zeit, um darüber nachzudenken.

9

Ms Comerford war nicht gerade erfreut, mich zu sehen. Sie war eine gut aussehende Frau, sehr gut aussehend sogar – groß gewachsen, eine Juno mit langen Haaren, einer Brille, hinter deren dicken Gläsern gefährlich blitzende Lichter lauerten, und schmalen, zusammengepressten Lippen. Sie trug ein langes, graues Kleid, das einerseits schlicht wirkte und gleichzeitig geschickt ihre üppigen Körperformen betonte. Sie trug zwar keine Spur von Make-up, aber einen Hauch von Chanel. Sie präsentierte sich auf eine Art und Weise, die sagte: Ich bin nicht stolz darauf, dass ich attraktiv, ja, sogar sexy bin. Was soll ich machen?

Und doch – die tugendhafte Dekanin Dorina hatte gesagt, dass es irgendwo in ihrer Vergangenheit eine traurige Liebesgeschichte gab und vermutlich sogar noch größere Schönheit, deren elegante Überreste sie nun vorgab zu hassen, die sie aber in aller Heimlichkeit doch genoss.

Ihr Arbeitszimmer sah genau so aus wie das von Crystal Lane im Dompfarramt: untadelig aufgeräumt. Keine losen Blätter, keine Bücher, kein Computerbildschirm. Nur ein leerer Schreibtisch, zwei Stühle und leere Bücherkisten. Ms Comerford gestattete nicht einmal dem kleinsten Staubkörnchen, die Vollkommenheit ihrer Ordnung zu stören.

Nicht gerade das, was man von einer Spezialistin für feministische Theorie erwartete.

»Ich sehe dieser Stunde mit Ihnen mit gemischten Gefühlen entgegen, Mr Ryan«, sagte sie.

»Dr. Ryan«, verbesserte ich sie.

»Ich spreche nur dann jemanden mit diesem Titel an, wenn er tatsächlich einen akademischen Abschluss hat.«

»Seabury Western«, sagte ich artig. »Über William James.«

»Also gut, *Doktor* Ryan. Jedenfalls erkenne ich keine institutionalisierten Religionen an. Die institutionalisierte Religion hat in der Geschichte der Menschheit zum großen Teil den Missbrauch von Frauen gefördert, wenn nicht sogar aktiv verursacht. Ich verachte sie, ebenso wie diejenigen, die sie ausüben.«

»Und doch lehren Sie an einer Universität, die zumindest teilweise die Aufgabe hat, solche Ausübenden auszubilden.«

»Das gibt mir die Möglichkeit, solchen Männern zu sagen, was ich von ihnen halte. Die katholische Kirche verachte ich in ganz besonderem Maße.«

»Wem sagen Sie das«, sagte ich mit lautem Seufzen. »Aber wir sind nicht hier, um über meine heruntergekommene Kirche zu sprechen, sondern über den verschiedenen und bedauernswerten Bruder Semjon Iwanowitsch Popow.«

»Ich bedauere seinen Tod nicht im Geringsten. Er war ein roher, ungehobelter Mann, schlimmer noch als die meisten anderen Männer. Für mich war seine bloße Anwesenheit in diesem Gebäude ein persönlicher Affront.«

»Und doch scheint er ein bedeutender Wissenschaftler gewesen zu sein.«

»Nur, wenn man dieses fundamentalistisch-orthodoxe Gestammel ernst nimmt. Ich glaube nicht an mystische Erfahrungen. Sie sind das Produkt verwirrter Gehirne. Die Wissenschaft ist mittlerweile in der Lage, solche Erscheinungen durch bloße Veränderungen im Chemiehaushalt des Gehirns herbeizuführen.«

»Lassen Sie uns doch bitte nicht darüber streiten, dass die Fähigkeit der Wissenschaft zur Herbeiführung eines veränderten Bewusstseinszustandes keineswegs die Authentizität all derjenigen veränderten Bewusstheitszustände in Zweifel zieht, die *nicht* durch exogene Faktoren verursacht wurden.«

Exogene Faktoren. Das gefiel mir. Es klang so schrecklich akademisch.

»Ich möchte viel lieber eine Erklärung dafür finden, wieso es jemand für nötig befunden hat, Bruder Semjons Kopf in Stücke zu schießen.«

»Ich weiß, dass ich das nicht weiß, und es ist mir auch egal«, sagte sie. »Ich war zufälligerweise im Gebäude, als der Schuss abgefeuert wurde. Ich habe einen Knall gehört. Sein Arbeitszimmer liegt schließlich genau zwei Stockwerke unter meinem. Ich ging hinunter ins Erdgeschoss, um nachzusehen, ob wir angegriffen werden. Ich habe mich zu den anderen vor die Tür gestellt. Mehr weiß ich nicht.«

»Sie haben keinen Lichtblitz wahrgenommen?«

Sie zögerte einen Sekundenbruchteil zu lange.

»Ganz bestimmt nicht.«

»Haben Sie gedacht, dass es Donner sei?«

»Ein Gedanke, der mir niemals in den Sinn gekommen ist. Es war eindeutig eine Explosion, vielleicht der Beginn revolutionärer Aktivitäten.«

Wozu es verheimlichen?

»Ein paar der anderen haben einen Lichtblitz gesehen.«

»Ich weigere mich, für die Schweine des Chicago Police Department die Arbeit zu machen.«

Ich wies sie nicht darauf hin, dass sie wegen Beihilfe zu einem Kapitalverbrechen belangt werden konnte, wenn sie der Polizei nicht die Wahrheit sagte. Das wusste sie zweifelsohne bereits und sehnte sich nach genau dem Martyrium, das sie bei ihrer Verhaftung nach den Friedensdemonstrationen vor über dreißig Jahren schon einmal erlebt hatte.

»Und die Kollegen, die bei Ihnen waren?«

»Diese Bezeichnung möchte ich lieber nicht in den Mund nehmen. Sie sind doch wirklich kaum Kollegen zu nennen, sondern eher Leute, die zufälligerweise in diesem Gebäude Lehrstoff vermitteln.«

»In der Tat.«

»Dieser griesgrämige alte Jude Golden, der sich durch den Holocaust mildernde Umstände für seine professionelle Inkompetenz erhofft. Douglas Strong setzt die hegemoniale, durch und durch männliche Interpretation der Bibel fort, trinkt zu viel und belästigt Frauen. Dieses kleine Dummerchen Keane hat sich an die Macht verkauft, und ihr Macho-Kerl Dolan ist ein typischer Vergewaltiger.«

In diesem Ausbruch steckte eine ganze Menge Hass. Und doch stellte er ein beeindruckendes Beispiel für die Rhetorik der Siebzigerjahre dar. Was mochten wohl die wenigen Studenten von ihr halten, die ihre Kurse überhaupt besuchten? Es waren vermutlich junge Linke auf der Suche nach einer Mentorin, die sie aber in ihr nicht finden konnten, weil sie sie ebenfalls hasste. Die jungen Männer würden sie vielleicht sogar gierig begaffen, allerdings mit äußerster Vorsicht, um ja nicht dabei ertappt zu werden, wie sie sie mit hungrigen Augen entkleideten.

Ich habe die schlechte Angewohnheit, im Umgang mit solchen Leuten ein kleines Duell zu veranstalten und innerlich Punkte zu vergeben. Das ist ein amüsanter Zeitvertreib, weil die anderen niemals mitbekommen, wenn ich selbst gepunktet habe. Überdies lässt es den schrecklichen Schmerz außer Acht, der das Leben von Frauen wie Patrice Comerford durchzieht. Ein Duell kann kein Ersatz für Mitgefühl sein. Aber Mitgefühl hätte absolut keine Chance, den dicken Wutpanzer zu durchdringen, mit dem sie sich umgeben hatte.

»Sie haben also alle gemeinsam das Zimmer betreten, in dem der Mord begangen worden ist?«

»Wer behauptet das?«, explodierte sie.

»Niemand behauptet das. Das war eine Frage.«

»Ich habe das Zimmer nicht betreten«, sagte sie nur.

»Andere aber schon.«

»Überlassen wir die Arbeit den Schweinen.«

»Ich kann mir vorstellen, dass es schrecklich gestunken haben muss.«

»Der Tod riecht immer schrecklich.«

»Und das bei geschlossenem Fenster.«

»Diese kleine Hure, diese Keane, hat nicht einmal gemerkt, dass der Wind seine Papiere quer durch das Zimmer geweht hat. Sie hat vor den Toten auch nicht mehr Respekt als vor den Lebenden.«

»So, so.«

»Sie müssen mir einmal erklären, wie Ihr Gott etwas so Grässliches wie einen solchen Tod zulassen kann.«

»Wie den Tod überhaupt«, sagte ich und gab meinem Hang zum Duellspiel nach.

»Falls einer von denen, die mit Ihnen vor der Tür gestanden haben, in irgendeiner Weise für Bruder Semjons Tod verantwortlich war, wer könnte es gewesen sein?«

»Natürlich Strong. Er ist der typische Verbrecher. Ein absoluter Macho. Würde jede Frau vergewaltigen, die er in die Finger bekommt. Erfreut sich an Gewalttätigkeiten aller Art. Er würde einen Mord genießen.«

»Bei einer Anzeige wegen sexueller Belästigung dürfte er wahrscheinlich nicht mit einer Verurteilung wegen versuchter Vergewaltigung davonkommen, oder?«

»Sie wären überrascht, womit ein Mann wie er alles davonkommen kann. Er gehört eigentlich aus der Fakultät und dem gesamten akademischen Betrieb ausgeschlossen! Aber er besitzt mächtige Freunde, die schützend die Hand über ihn halten. Wenn Sie mich fragen, dann hätte er eigentlich ermordet werden müssen.«

»Man hat mir gesagt, dass Bruder Semjon den Sommer über in Paris gewesen ist.«

»Dr. Ryan, meine Zeit ist zu kostbar, als dass ich mich mit dem Kommen und Gehen der anderen Mitglieder dieser Fakultät beschäftigen könnte. Ich weiß nicht, was sie machen, und es ist mir auch egal.«

»Verstehe ... Ist er Ihnen während der letzten Wochen irgendwie verändert vorgekommen?«

»Er war genauso unverschämt wie immer, laut, hemmungslos, widerwärtig. Für gewöhnlich hat er sich jedes

Mal, wenn wir uns begegnet sind, tief verbeugt und mich in falschem Respekt ›Madam‹ genannt.«

»Machen das nicht alle osteuropäischen Intellektuellen so?«

»Falls es Ihnen noch nicht aufgefallen sein sollte: Wir sind hier nicht in Osteuropa.«

»Noch nicht«, gab ich zu.

»Zumindest hat er diesen grässlichen Stab nicht mehr überallhin mitgeschleppt. Es hat mich jedes Mal angewidert, wenn er ihn auf den Boden gestoßen hat. Eindeutig ein Phallussymbol, mit dem er sich unsittlichem Verhalten hingab.«

»Ach?«

»Eine simulierte Vergewaltigung natürlich. Eine symbolische Darstellung seines Phallus, dessen Stöße in den Körper einer wehrlosen Frau eindringen. Ich habe mich sehr darüber gewundert, dass die Frauen des Lehrkörpers nicht in lautes Wutgeschrei ausgebrochen sind.«

»Haben Sie ihnen gegenüber einen entsprechenden Vorschlag geäußert?«

»Sie haben mich einfach ausgelacht. Eine hat gesagt, manchmal sei ein Mönchsstab eben nichts weiter als ein Mönchsstab. Jede Handlung eines Mannes hat eine degradierende Bedeutung für die Frauen. Jede, die ihm in die Augen geblickt und die Glut darin gesehen hat, wusste, dass er sich daran erfreute, seine Opfer zu erniedrigen.«

»Wissen Sie, ob er versucht hat, sich irgendjemandem aus der Studentenschaft oder aus dem Lehrkörper zu nähern?«

»Aber natürlich. Männer können ihren sexuellen Trieben einfach nicht widerstehen. Mönche sind da auch nicht anders als die anderen ... Sie haben doch auch so einen Stab, oder etwa nicht?«

Blackie in Defensivhaltung.

»Der Bischofsstab symbolisiert den Hirtenstab«, erwiderte ich, »mit dem der Hirte die Schafe leitet und die Wölfe verjagt.«

»Wollen Sie damit etwa behaupten, dass Sie sich noch nie vorgestellt haben, ihn in die Vagina einer jungen Frau aus Ihrer Gemeinde zu stoßen?«

»Genau das will ich behaupten, ja.«

»Und die Mutterschafe aus Ihrer Gemeinde wollen Sie damit auch nicht verprügeln?«

»Bei Gelegenheit habe ich aufmüpfigen Teenagern damit gedroht. Die lachen mich aus.«

»Also würden Sie ihn lieber in ein Knabenrektum rammen, als in eine weibliche Vagina?«

»Das glaube ich nicht.«

»Dann haben Sie entweder keinerlei Zugang zu Ihren Fantasien oder Sie sind nicht ehrlich. Alle Männer sind durch das Testosteron dazu bestimmt, Schwächeren Gewalt anzutun.«

»Vielleicht.« Ich versuchte, das Gespräch wieder unter Kontrolle zu bekommen. »Hat Bruder Semjon Ihnen jemals sexuelle Avancen gemacht?«

»Sein gesamtes Dasein war eine sexuelle Avance. Aber ich habe mich ihm nicht an den Hals geworfen, im Gegensatz zu einigen Studentinnen, da bin ich mir sicher. Seine glühenden mysteriösen Blicke waren bei mir absolut wirkungslos. Ich wusste, was er war und was er wollte, und ich habe ihn abgewiesen.«

»Verstehe ... Ist Ihnen die Glut in seinen Blicken auch in den Wochen unmittelbar vor seinem Tod aufgefallen?«

Sie dachte tatsächlich einen Augenblick lang über diese Frage nach.

»Um die Wahrheit zu sagen, nein. Allerdings hatte ich auch keinen Grund, danach Ausschau zu halten.«

Ich bedankte mich für ihre Mitarbeit und Offenheit und trat den Rückzug an. Dekanin Keane erwartete mich am oberen Ende der Treppe.

»Schwer gelitten, Bischof Blackie?«

»Nicht besonders ... Aber sie ist eine sehr, sehr zornige Frau.«

»Zornig und sexuell frustriert«, ergänzte Dekanin Keane.
»Ich glaube, das bemerkt zu haben.«
»Hat sie gesagt, dass Bruder Semjon sie lüstern angeschaut hat?«
»Sie hat etwas in der Richtung angedeutet.«
»Er hat bei niemandem irgendwelche Annäherungsversuche gemacht, Herr Bischof. Die Glut in seinen Augen war ein Teil seines geheimnisvollen Wesens. Er war ein guter Mönch.«
Und noch vieles andere mehr, unter anderem und keineswegs an letzter Stelle ein Kardinal der Heiligen Römischen Kirche.
»Als Sie die Tür zum Mordzimmer aufgemacht haben«, wechselte ich das Thema, »haben Sie da auf dem Fußboden ein Durcheinander aus Bruder Semjons Papieren bemerkt?«
»Das habe ich in der Tat ... Er ist über seinen Schreibtisch gestürzt und durch den Aufprall müssen sich die Papiere in alle Richtungen verteilt haben. Genau wie durch die Explosion des Schusses, nehme ich an. Ich dachte eigentlich, ich hätte einen Luftzug von einem geöffneten Fenster her gespürt, aber die Polizei hat später gesagt, sie seien alle geschlossen gewesen.«
»Aha.«
»Patrice hätte so etwas bestimmt bemerkt. Sie ist absolut besessen von Männern, so wie von Ordnung und Sauberkeit.«
»Wäre sie zufrieden mit Ihrem Galan?«
»Das ist er also? ... Kein schlechter Begriff.«
»Oder lieber ritterlicher Beschützer?«
Ein Hauch von Farbe legte sich auf ihr blasses Gesicht.
»Das vielleicht auch ... Wissen Sie, was er jetzt gemacht hat? Er droht mir damit, mich wegen sexueller Belästigung anzuzeigen und Sie als Zeugen zu benennen, wenn ich nicht in die Hochzeit einwillige und einen Termin festlege.«
»Ich werde bezeugen, dass die Umarmung von ihm ausgegangen ist.«
»Das ist aber nicht wahr.«

»Genauso wenig wie Ihre keusche Zuneigung sexuelle Belästigung war.«

Sie kicherte.

»Vielleicht ja ein kleines bisschen ... Er würde das selbstverständlich nie machen. David ist ein ganz Süßer. Er würde nie jemanden verletzen.«

»Und doch fürchten Sie sich vor ihm, Dorina?«

»Die Süßen sind viel furchterregender als die Raubtiere.« Die Färbung auf ihren Wangen war dieses Mal etwas stärker.

»In der Tat.«

»Sie würden es nicht glauben, aber Patrice war früher einmal eine wunderschöne Frau. Auf alten Bildern aus der Zeit vor zwanzig Jahren ist sie ein echter Hammer.«

»Es fällt mir nicht im Geringsten schwer, das zu glauben.«

»Angeblich soll sie mal etwas mit Doug gehabt haben. Es hat aber nicht geklappt. Doug hat eine andere geheiratet. Die dann wenige Jahre später an einem Aneurysma gestorben ist. Er hat einen neuen Anlauf bei Patrice genommen. Sie hat ihn abgewiesen und sich danach – absichtlich, so heißt es – gehen lassen ... Es gibt doch wirklich keinen Mann, der das wert wäre, oder, Herr Bischof?«

»Auf gar keinen Fall.«

Sie wies mir den Weg in ihren Seminarraum. Das übliche Gemurmel der Studenten erstarb sofort. Alle setzten sich auf. Mutter Oberin hatte den Saal betreten.

Offensichtlich regierte Dorina mit eiserner Hand. Eine liebreizende junge Frau mit feuerroten Haaren hatte gar keine andere Wahl. Die Studentinnen würden sich sonst mit ihr identifizieren und die Studenten sie begaffen. Dem konnte sie nur den sprichwörtlichen Riegel vorschieben, indem sie nicht die geringste menschliche Schwäche zeigte.

»Angesichts der Tatsache, dass Bischof John Blackwood Ryan ein paar Tage lang bei uns ist, und da Sie zur Vorbereitung auf diesen Kurs sein Buch gelesen haben, habe ich ihn gefragt, ob er sich nicht für ein paar Minuten mit Ihnen unterhalten und Ihre Fragen beantworten kann. Ich verlange, dass Sie Ihre Fragen korrekt und respektvoll formulieren. Bischof Ryan wird im kommenden Quartal womöglich einen Lehrauftrag bekommen. Ich möchte nicht, dass er heute mit einem schlechten Eindruck von der Studentenschaft dieser Fakultät nach Hause gehen muss.«

Selbst, wenn ich gewollt hätte, ich hätte unmöglich die Rolle des seriösen Akademikers spielen können. Ich würde Frau Dekanins Ansprüchen an korrekte Umgangsformen garantiert nicht gerecht werden. Aber das war ihr Problem. Sie hatte mich schließlich in diese Situation gebracht.

»Die Mutter Oberin hat mir erst um die Mittagszeit von meiner Verpflichtung erzählt«, fing ich an, »daher habe ich kein Skript vorbereitet. Also müssen Sie mir Fragen stellen.«

»Wie sollen wir Sie denn ansprechen, Herr Bischof?«, wollte eine junge Latina wissen.

Eine bessere Einstiegsfrage hätte ich mir gar nicht denken können.

»Wie lautet der erste Satz von *Moby Dick?*«

»Nennt mich Ismael«, antwortete sie zögerlich.

»Nennt mich Blackie«, sagte ich, »schwarz wie die Nacht, wie der Schwarze Ritter, der Schwarze Prinz, das Schwarze Loch, der Schwarze Freitag oder der Kosakenchor der russischen Schwarzmeerflotte.«

Die gesamte Ordnung und Disziplin des Kurses brach zusammen. Sogar die Mutter Oberin lachte.

»*Bischof* Blackie«, sagte sie.

»Ich nehme alles zurück.«

»Bischof Blackie, empfinden Sie das Zölibat als große Last?«

»Nur an Sonntagnachmittagen. Ich finde, das Zölibat sollte für wenige Stunden am Sonntag freiwillig sein.«

Nachdem sich das Gelächter gelegt hatte, fügte ich erläuternd hinzu, dass das Zölibat vielleicht manchmal eine Last sein mochte, aber das galt für Ehe und Elternschaft ganz genauso – fragen Sie mal Ihre eigenen Eltern –, und dass Männer, die mit dem Priesteramt glücklich waren, nur selten aus diesem Amt ausschieden, um zu heiraten. Sonntags nach der Messe, da wurde es ruhiger. Das war die Zeit, wo es vielleicht für ein paar Stunden nichts zu tun gab.

Dann kam die Frage nach dem Problem des Bösen.

»Die Mutter Oberin hat mich schon auf dem Weg hierher danach gefragt. Ich glaube, sie wollte prüfen, ob ich die richtige Antwort weiß. Und so weit ich mich noch erinnern kann, habe ich ihr mit folgenden Worten geantwortet ... Warum essen die Katholiken ihren Gott auf?«

Applaus. Oh je.

»Die Eucharistiemetapher hat eine andere Bedeutung. Wir nehmen Gott in uns auf, weil wir bereits in *Ihm* aufgenommen sind. Es ist eine Vereinigung aus Liebe, genau wie die zwischen Mann und Frau in der Hochzeitsnacht. Wenn sie sich gegenseitig aufnehmen, dann verkörpern sie sowohl die Eucharistie wie auch die Liebe Gottes und *Seines* Volkes.«

»Das höre ich zum ersten Mal«, meinte einer der jungen Menschen.

»Vielleicht liegt das daran, dass wir, die wir Lehrende sind, uns fürchten, das zu lehren.«

»Wieso sollten Sie sich davor fürchten?«

»Mancher könnte beim Besuch der Messe auf schmutzige Gedanken kommen, vor allem, wenn er oder sie zusammen mit der Gattin oder dem Gatten in der Kirchenbank sitzt.«

»Wäre das schlimm?«

»Aus meiner Sicht nicht, solange sie meiner Predigt zuhören.«

»Was ist das Wesen Gottes?«

»In der Schrift behauptet *Er* von sich, *Er* sei die Liebe, was eigentlich eine ziemlich merkwürdige Beschreibung ist, wenn man bedenkt, wie chaotisch die Liebe sein kann – ein leidenschaftlicher Trieb, der die Vereinigung sucht.«

»Heißt das, dass Gott uns braucht?«

»Wie kann *Er*, der die Zündschnur an den Urknall gelegt hat, uns brauchen? Und doch erinnert mich das an die Worte des irischen Dominikaners und Dichters Paul Murray: ›Er, der uns alles schenkt, was wir verschenken, der nichts von dem benötigt, was wir haben, er würde sterben vor Trauer, sollte nur einer von uns nicht mehr länger existieren‹.«

Stille. Sie ließen es sich durch den Kopf gehen.

»Und doch schickt er einige von uns in die Hölle.«

»Ich habe daran so meine Zweifel, obwohl wir diese Möglichkeit nicht leichtfertig abtun sollten. Allerdings ist Gott sehr raffiniert. Da *Er* die niemals ermüdende, vergebende Liebe ist, wird *Er* wohl kaum irgendjemanden aussparen.«

»Hat es in der Geschichte viele schlechte Päpste gegeben?«

»Ein Dozent aus Oxford, der nicht unserer Kirche angehört, behauptet, dass es seit 1700 keine mehr gegeben hat, aber das bedeutet nicht, dass sie alle automatisch weise oder mit administrativen Fähigkeiten ausgestattet waren.«

Dann wollte jemand wissen, warum die Kirche so viel dummes Zeug machte. Wie gewöhnlich schob ich die Schuld dafür Jesus in die Schuhe, weil er seine Kirche in die Hände der Menschen und nicht der Engel gelegt hatte.

Gegen Ende der fünfundvierzig Minuten wollte eine Afroamerikanerin wissen, ob mein Name etwas damit zu tun hätte, dass ich ein schwarzer Ire sei und ich verneinte. Dann fragte sie, was die schwarzen Iren eigentlich seien.

»Das sind die Bewohner des westlichen Teils Irlands, mit blasser Haut, dichten schwarzen Haaren, niedriger Stirn, schweren Bärten und tiefblauen Augen. Kennen Sie vielleicht Nuala Anne, die Sängerin? Sie ist eine schwarze Irin.«

»Woher stammen die schwarzen Iren ursprünglich?«

»Ich glaube, in ihnen leben die Überreste der Neandertalergene weiter, die der *homo sapiens* sich einst einverleibt hat, wobei allerdings die Frage bleibt, ob das Verhalten unserer Rasse ihre Bezeichnung überhaupt rechtfertigt. Die Neandertaler sind bis ans Ende der Welt geflohen, was der Westen Irlands ganz gewiss war. Wenn Sie sich die Männer dort einmal anschauen, dann werden Sie feststellen, dass es sich um große, affenartige Kerle mit schlurfendem Schritt, träumerischen Augen und – ganz im Gegensatz zu ihrer äußeren Erscheinung – liebenswertem Wesen handelt, ähnlich den Silberrückengorillas in den Regenwäldern des Kongo. Sie verfassen Gedichte, sind oftmals gewaltige Trinker, zwei Gläser Guinness pro Abend sind keine Seltenheit, und manchmal ist ihr Gesang bis in die frühen Morgenstunden zu hören. Es wurde auch schon beobachtet, wie sie Gebrüll ausgestoßen und sich gelegentlich mit den Fäusten auf die Brust gehauen haben, aber im Grunde genommen sind es sehr sanftmütige, verletzliche Geschöpfe. Ich glaube, Sie haben einen umfassenden Artenschutz verdient, zum Wohle der Nachwelt.«

Alle kicherten, einschließlich der Dekanin, die außerdem mächtig rot geworden war.

»Kennen Sie eigentlich Professor Dolan, Bischof Blackie?«, wollte eine Asiatin mit glücklich-unschuldiger Miene wissen.

»Ist das dieser magere Silberrücken unten im Erdgeschoss?«

Es läutete. »Vom Gong gerettet!«, verkundete Dorina.

»Ich gehe davon aus, dass niemand diese Geschichte Professor Dolan erzählt«, ermahnte ich die Kursteilnehmer, die sich auch ohne Aufforderung bereits in alle Richtungen zerstreuten.

»Also gut, Bischof Blackie«, gestand die immer noch errötete Dekanin Dorie zu, während wir die Treppe ins Erdgeschoss hinunterstiegen. »Sie haben gewonnen. Ich trickse Sie nie wieder so aus ... Ich wette, das haben Sie sich alles während der Stunde ausgedacht.«

Da hatte sie natürlich Recht.

»Das hatte ich seit Jahren vorbereitet, für den Fall, dass ich es einmal gebrauchen könnte.«

Professor Dolan erwartete uns im Erdgeschoss. Er trommelte sich auf die Brust und jaulte. Er hörte sich in Wirklichkeit überhaupt nicht wie ein Silberrücken an.

»Bischof Blackie«, donnerte er, »mit Ihren Geschichten über die schwarzen Iren verderben Sie die Jugend!«

»Und bringe auch noch die Dekanin in Verlegenheit«, sagte ich. »Ich kann mir überhaupt nicht denken, wieso.«

Dorie wechselte das Thema und schlug vor, eine Tasse Tee zu trinken. In Daves Arbeitszimmer, damit es nicht so aussah, als würde die Dekanin nicht arbeiten. Sie goss aber den Tee auf, wie es das Vorrecht der Frauen ist.

»Bleibt eigentlich niemand von den Lehrkräften den Sommer über an der Universität?«, wollte ich wissen.

»Fast niemand«, erwiderte Dorie. »Manche reisen sogar gleich nach dem letzten Kurs ab, noch vor der traditionellen Studienwoche und den Examensarbeiten.«

»Man hat elf Wochen lang gearbeitet«, stimmte Dave sarkastisch zu, »also hat man auch das Recht, sich in die Berge oder an den Strand oder an die Küste oder von mir aus sogar in die Dunes zurückzuziehen, wo man wieder anfangen kann zu denken. Das ist unser Geschäft, Bischof Blackie. Wir sind Denker. Manche reisen zu irgendwelchen Kongressen in merkwürdigen Ecken der Welt wie Triest oder Bilbao oder Umeya oder Straßburg oder vergleichbaren Zentren der Weisheit. Wir armen Assistenzprofessoren ohne Festanstellung hingegen müssen uns mit einer Woche Sheridan Beach zufrieden geben, wo wir unser Möglichstes tun, um die Illusion zu schaffen, dass wir tatsächlich nachdenken und uns nicht einfach nur Sorgen machen.«

»Wenn man jeden Tag mit dem Segelboot unterwegs ist, fällt das Denken nicht so leicht«, fügte Dorina hinzu.

Ich seufzte vernehmlich. »Das habe ich schon einmal irgendwo gehört. Aber ich frage mich gerade, wo Ihre Kollegen, die mit Ihnen vor der Tür zum Tatort gestanden haben, wohl den Sommer verbracht haben.«

Es entstand ein kurzer Augenblick des Schweigens, während sie über diese merkwürdige Frage nachdachten.

»Doug Strong geht immer nach Oxford ...«, machte Dorie den Anfang.

»Er würde eher sagen ›zurück nach Oxford‹«, fuhr ihr Galan fort. »Dort frischt er seinen englischen Akzent wieder auf.«

»Israel Golden fährt nach Israel, wohin denn sonst? Dort lehrt er an der Universität von Tel Aviv und streitet sich mit den anderen Rabbis.«

»Das ist die Aufgabe eines Rabbis«, meinte ich. »Und Ms Comerford?«

Sie tauschten einen Blick aus.

»Sie sagt eigentlich nie genau, was sie macht«, meinte Dorie dann. »Hinterlässt auch keine Adresse. Ich meine aber, dass sie immer nach Paris fährt, zumindest war das früher so. Weißt du etwas davon, Dave?«

»Mir würde sie so etwas zuletzt verraten. Sie spricht aber fließend französisch.«

Das hieße also, *La Patrice* wäre zeitgleich mit Bruder Semjon in Paris gewesen. Vielleicht. Aber was würde das beweisen?

»Ist das wichtig, Bischof Blackie?«

»Nichts weiter als eine müßige Frage.«

»Sie machen mir Angst, Bischof Ryan«, sagte Dave Dolan und versuchte dabei, ernst zu klingen. Das kommt bei Silberrücken gelegentlich vor.

»Tatsächlich?«

»Die Studenten haben mir erzählt, dass sie während Ihrer Stunde heute Nachmittag die ganze Zeit gelacht hätten.«

»Da könnte etwas Wahres dran sein.«

»Ich weiß nicht, ob wir ein solches Verhalten an dieser Universität dulden können. Ich denke, die Dekanin steht in diesem Fall ganz auf meiner Seite. Es stehen uns hier nur begrenzte Ressourcen zur Verfügung. Daher müssen wir das

Beste aus jeder Stunde machen, die wir mit den Studenten verbringen, damit sie auch wirklich in der Lage sind, im Wettbewerb gegen die Absolventen der anderen Universitäten zu bestehen.«

»Ich glaube, so etwas Ähnliches habe ich schon einmal gehört.«

»Die universitäre Ausbildung ist, ganz besonders auf dem Niveau der Eliten, ein sehr ernstes Unterfangen, für den Dozenten wie für die Studierenden gleichermaßen. Wir können uns nicht erlauben, Zeit und Geld mit Banalitäten zu verschwenden.«

»David!«, protestierte die Dekanin, die es eigentlich hätte besser wissen müssen.

»Das sehe ich ein«, erwiderte ich. »Was würde John D. Rockefeller dazu sagen, wenn er wüsste, dass ausgerechnet hier, in diesem Gebäude, banales irisch-katholisches Gelächter ertönt.«

»Wir können es einfach nicht zulassen«, fuhr David fort. »Ich gestehe zu, dass die Iren ein komödiantisches Völkchen sind …«

»Sie weinen, wenn sie glücklich sind und lachen, wenn sie traurig sind«, beendete ich den Satz. »Das mag man bewundern, aber ausgerechnet an einer baptistischen Institution? Was würde William Rainey Harper dazu sagen?«

»Ganz genau! Daher fordere ich die Dekanin hiermit auf, das Angebot der Berufung eines Mannes, der ernsthafte Studierende auf bloßes Gelächter reduziert, noch einmal zu überdenken – auch, wenn es sich dabei nicht um eine Festanstellung handelt.«

»Wollt Ihr wohl aufhören!«, rief Dekanin Keane in lautem Protest. »Ihr seid doch beide verrückt geworden!«

»Oh, ja«, pflichtete ich ihr bei.

»Zumindest habe ich schon gelernt, wie ein Vollmitglied des Lehrkörpers zu reden«, sagte David.

»Sie haben den Begriff ›Anstellung auf Lebenszeit‹ nicht

erwähnt«, sagte ich zu Professor Dolan. »Auch, wenn das in meinem Fall nicht von Bedeutung ist.«

»Herr Bischof, Sie sind noch schlimmer als so ein Silberrückenaffe!«

»Ich fühle mich geschmeichelt.«

»Wir schaffen Sie jetzt lieber mal hinauf zu Doug Strong.« Dorie erhob sich von ihrem Sitzplatz auf Dave Dolans Schreibtischkante. »Das Teegeschirr räume ich nachher weg.«

»Ganz bestimmt nicht, Weib«, erwiderte Dave bestimmt. »Ich möchte schließlich in aller Deutlichkeit meinen feministischen Standpunkt vertreten.«

»Dann sieh zu, dass du es auch abtrocknest«, sagte sie, als wir schon auf dem Weg zum Fahrstuhl waren.

Und fügte im Flüsterton hinzu: »Ist er nicht süß, wenn er den werbenden Freier spielt?«

»Falls ich seine Mutter gut genug kenne«, gab ich zurück, »und davon gehe ich aus, dann hat er gelernt, auch dann aufzuräumen, wenn er nicht den werbenden Freier spielt.«

»Vermutlich haben Sie Recht ... Finden Sie, dass ich ihn heiraten sollte?«

»Woher soll ich das wissen?«

Douglas Armitage Strong war ein groß gewachsener, energiegeladener »WASP«, ein weißer, angelsächsischer Protestant, mit tiefer Stimme und lebhaften braunen Augen. Er sah gut aus, obwohl er nur noch wenige Haare auf dem Kopf hatte, und wenn er einen Punkt, der ihm wichtig war, unterstreichen wollte, dann hieb er mit der Faust auf den Tisch. Er hätte einen prima Ausbildungsoffizier in der Royal Army abgegeben oder einen hervorragenden Erzdiakon der Anglikanischen Kirche. Noch bevor wir unser Gespräch überhaupt begonnen hatten, hatte ich fast schon wieder genug von ihm.

»Einen kleinen Schluck vielleicht, jetzt, wo es auf den Abend zugeht, Euer Gnaden?«, sagte er und holte eine Flasche Scotch – igitt – aus seinem Schreibtisch. »Das ist nach der Hausordnung *der* Universität zwar verboten, natürlich, aber wir sind ja beide keine Nordstaatenbaptisten, nicht wahr?«

»Ich muss in der Hauptverkehrszeit wieder zurück zum Dom fahren«, behauptete ich und lehnte sein Angebot ab, auch wenn es nett gemeint war. Aber ich verabscheue nachgemachten Whiskey. »Allerdings muss ich feststellen, dass die Nordstaatenbaptisten sich hier eindeutig auf dem Rückzug befinden. Es scheint so etwas wie eine papistische Invasion im Gang zu sein.«

Er warf den Kopf in den Nacken und lachte laut – was er im Lauf unseres Gesprächs noch oft tun sollte.

»Ich glaube, es sind überhaupt keine mehr übrig. Gott sei Dank sind die Iren über uns gekommen. Wir brauchen mehr junge Leute wie Dorie und David. Sie bringen einen frischen Wind in diesen muffigen alten Laden.«

»Am Anfang lässt man ein paar von ihnen zur Tür herein«, ich seufzte laut, »... und ehe man sich's versieht, ist die Gegend nicht mehr das, was sie mal war.«

Er lachte, bis ihm die Tränen über die Wangen liefen. Noch einer, der meinem dummen Scherz zum Opfer gefallen war.

Zögerlich stellte er den Glenlivet wieder zurück in seinen Schreibtisch.

»Ihr Arbeitsgebiet ist die philosophische Theologie, genau wie Pater Tracys auch.«

»Mein Arbeitsgebiet ist die Rolle des Hilfsbischofs, vergleichbar Ihren Weihbischöfen.«

»Was genau sind eigentlich die Aufgaben eines Hilfsbischofs der römisch-katholischen Kirche?«

»Haben Sie vielleicht den Film *Pulp Fiction* gesehen?«

»Ja, habe ich, auch wenn er für meinen Geschmack ein bisschen zu blutrünstig war.«

»Dann wissen Sie bestimmt noch, welche Rolle der wunderbare Harvey Keitel gespielt hat.«

»Er hat die Schweinereien beseitigt, die die Gangster angerichtet haben.«

»Genau meine Aufgabe gegenüber dem Kardinal.«

Noch ein Lachanfall.

Dann, ernsthafter: »Ich nehme an, Sie wissen, was das ›Jesus-Seminar‹ ist?«

»Mir kommt es seltsam vor, dass man per Mehrheitsentscheid festlegen will, an welchem Ort Jesus was genau gesagt hat.«

»Sehr richtig«, sagte er, beugte sich nach vorne und hieb mit der Faust auf den Tisch. »Und wo landet man, wenn man schließlich per Mehrheitsentscheid genau und unumstößlich festgelegt hat, welches die wahren, unverfälschten Worte Jesu sind?«

»Bei einer Sammlung interessanter Ereignisse und Sprüche von einem Mann, der so außergewöhnlich war, dass er gut der hätte sein können, der er zu sein behauptete.«

»Mag sein«, meinte er zustimmend. »Aber bis man so weit ist, hat man alles zerstört, was die Autoren dieses Buches beabsichtigt hatten, die sowieso nur als unbedeutende Zeugen der frühkirchlichen Tradition betrachtet werden.«

»Jesus für *Reader's-Digest*-Leser.«

Noch mehr Gelächter.

»Aber sie sind sehr geschickt, was die Öffentlichkeitsarbeit angeht, und bekommen jede Menge Aufmerksamkeit, was manchen Gläubigen Sorge bereitet.«

»Nach meiner Erfahrung«, erwiderte ich vorsichtig, »nur denjenigen, die sich in Sorge versetzen lassen wollen.«

»Irgendwie schon.« Er seufzte und ließ sich in die dicken Polster seines Sessels sinken. »Ich bin froh, dass es sie gibt. Noch eine Windmühle, gegen die ich kämpfen kann ... Aber Sie möchten ja eigentlich mit mir über unseren bedauernswerten Freund Bruder Semjon Iwanowitsch sprechen.«

»Ich schließe daraus, dass Sie ihn gern gehabt haben.«

»Er war ein Genuss. Dazu müssen Sie wissen, Euer Gnaden, dass die meisten meiner Kollegen ziemlich trockene und steife Zeitgenossen sind. Sie leben für ihre Arbeit, aber für nicht viel anderes. Sie haben keinerlei Sinn für Humor oder die ganz normalen zwischenmenschlichen Gepflogenheiten. Sie sind sogar noch unhöflicher als die grässlichen Männer und Frauen drüben bei den Humanwissenschaften.«

»In der Tat.«

»Semjon Iwanowitsch hat das sofort begriffen. Er hatte ein waches Auge und war ein gebildeter, weltläufiger Mensch. Er ist sehr gerne am frühen Nachmittag zu mir hier hoch gekommen und wir haben ein, zwei Schlückchen Glenlivet zusammen getrunken.«

Und später dann einen Kübel Wodka mit David Dolan. In der Tat ein starker Mann.

»Dabei hat er mir immer lustige Geschichten über einige unserer dämlichen Kollegen erzählt ... Aber unsere irischen Freunde, die mochte er natürlich. Wer tut das nicht? Er war der Meinung, dass die Phase des Werbens schon zu lange gedauert hatte.«

»Ich habe den Eindruck gewonnen, als würden die beiden das ebenso sehen, allerdings immer zu unterschiedlichen Zeiten.«

Das löste einen weiteren Lacher aus.

»Er hat sich große Mühe gegeben, um zu allen hier ein gutes Verhältnis zu haben – ein unmögliches Unterfangen. Israel Golden hat ihn für den Holocaust verantwortlich gemacht und Patti Comerford hat einen Vergewaltiger in ihm gesehen. Obwohl, in ihren Augen ist eigentlich jeder Mann ein Vergewaltiger. Patti hat ihm die Schuld für die zweimillionenfache Vergewaltigung deutscher Frauen durch russische Soldaten gegen Ende des Zweiten Weltkrieges gegeben.«

Patti, hmm?

»Patti ist sehr merkwürdig. Wir waren sogar einmal ineinander verliebt. Zweimal, um genau zu sein.«

»In der Tat!«

»Ja.« Er seufzte. »Damals war sie eine wunderschöne Frau. Das könnte sie heute noch sein, hätte sie sich nicht absichtlich so gehen lassen.«

Ich ließ ihn reden.

Er versank immer tiefer in den Polstern seines Sessels, als träumte er von den Tagen vor der Großen Eiszeit.

»Vor dreißig Jahren haben wir in Harvard unser Examen gemacht. Aufregende Zeiten. Protestkundgebungen, Sex, Drogen, Rock'n'Roll, Woodstock. Wir waren der Nabel der Geschichte, so in der Art. Make love, not war. Die ganze Welt verändern. Im Rückblick waren wir nichts als Narren, mehr als die meisten jungen Leute sogar. Illusionen. Haben Nixon wiedergewählt. Ich wollte sie heiraten. Und ich hatte das Gefühl, als sei sie bereit dazu, ja, sogar richtig scharf darauf, auch wenn unsere Generation damals der Meinung war, dass man keinen Behördenwisch braucht, um sich die Liebe amtlich bestätigen zu lassen. Dann, eines Tages, hat sie zu mir gesagt, ich sei ein Vergewaltiger, so wie alle Männer, und dass sie mich nie mehr wieder sehen wollte. Ich wollte sie überzeugen, aber sie hat jedes weitere Gespräch verweigert. Es brach mir das Herz und es dauerte eine ganze Weile, bis ich das verkraftet hatte. Für unsere Generation wäre sie die perfekte Ehefrau gewesen. Dann habe ich mich in meine erste Frau verliebt. Wir sind an die Vanderbilt University gegangen und haben ein Kind bekommen. Ein Junge, bin immer noch stolz auf ihn. Sie ist an einem Aneurysma gestorben. Ich war glücklich gewesen an der Vanderbilt. Aber nachdem Sue mich verlassen hatte, da habe ich alles dort gehasst. Also habe ich das Angebot hier angenommen.«

Er zuckte mit den Schultern.

»Keine besonders gute Universität, wenn Sie mich fragen. Voller Leute, deren Unsicherheit noch größer ist als ihr gewaltiges Ego. Aber egal, ich mache meine Arbeit. Sam ist mittlerweile ein netter junger Mann geworden. Marinecaptain. Ich habe gewusst, dass Patti hier ist, aber ich dachte, wir könnten einander aus dem Weg gehen. Vielleicht wollte ich auch eine zweite Chance bei ihr bekommen. Ich fand sie noch schöner als zuvor. Wir haben sofort zusammengefunden und haben viele schöne Dinge erlebt. Dann ist genau das Gleiche wieder passiert. Ich kann es mir immer noch nicht erklären. Sie hat sich, im Gegensatz zu uns anderen, nie von ihrer knallharten ideologischen Linie verabschiedet. Sie nennt sich eine marxistische Feministin, was immer das sein soll. Wie gesagt, sie hat sich mit voller Absicht gehen lassen. Ignoriert mich. Und alle anderen auch. In den Besetzungssitzungen ist sie ein echtes Problem. Kann gar nicht anders, als sich verächtlich zu äußern, nicht nur den Kandidaten, sondern auch uns gegenüber. Wenn wir sie irgendwie loswerden könnten, wir würden die Gelegenheit nutzen, da bin ich mir sicher.«

»Aber sie ist nicht so zornig, dass sie Bruder Semjon hätte ermorden können, oder?«

»Patti würde niemals jemanden umbringen, Euer Gnaden. Sie würde nicht einmal eine Ameise zertreten. Das ist alles nur Gerede. Das Problem ist, dass sie ihr eigenes Gerede immer noch glaubt. Das haben wir ja alle mal. Nur sind die meisten irgendwann erwachsen geworden. Sie nicht.«

»Wer dann?«

»Sie glauben, es war jemand von hier? Das bezweifle ich. In diesem Gebäude arbeiten viele niederträchtige Menschen. Aber sie gehören alle zu der Sorte, die mit Worten tötet, nicht mit dem Schwert. Der Täter war wahrscheinlich jemand von außerhalb, wie bei diesem armen Rumänen, der vor ein paar Jahren auf der Toilette umgebracht worden ist.«

Ich überhörte die Anspielung auf Oscar Wildes »Ballade vom Zuchthaus zu Reading«.

»Mit Unterstützung von innen her, vielleicht?«

»Euer Gnaden, vor langer Zeit einmal haben wir irgendwelche Spinnereien über die Stürmung der Barrikaden im Kopf gehabt. Alles, was davon übrig geblieben ist, sind biologisches Essen und die Jeans. Wir waren Revolutionäre! Es mag hier im Haus ein paar vereinzelte Russenhasser geben, aber die haben alle so viel Angst davor, ertappt und ins Gefängnis gesteckt zu werden, wo sie für die Homosexuellen ein gefundenes Fressen wären, dass sie nicht einmal an Mord zu denken wagen würden. Nicht einmal Patti würde sich gerne von schwarzen Kampflesben begrapschen lassen.«

Diese letzte Bemerkung war eigentlich überflüssig gewesen. Doug Strong war immer noch verletzt, weil sie ihn zweifach zurückgewiesen hatte.

»Sie, Israel Golden und Ms Comerford waren am Abend des Mordes im Gebäude.«

»Dolan auch. Sogar direkt nebenan. Wir sind alle drei nach unten gerannt und haben gesehen, wie er gegen die Tür gehämmert hat. ›Holen Sie den Schlüssel und schließen Sie auf, Sie Idiot‹, sagt Patti zu ihm. Er ist in sein Arbeitszimmer gegangen und hat die Dekanin angerufen, die die Schlüssel in ihrem Büro verwahrt. Wir haben hier alle ziemlich Angst davor, dass uns unsere Gelehrsamkeit gestohlen werden könnte. Sie kommt also buchstäblich herübergerannt und schießt in ihr Büro, um den Schlüssel zu holen. Patti macht irgendeine bösartige Bemerkung über eine dumme kleine Hure. Niemand beachtet sie, wenn sie so etwas sagt. Dorina macht die Tür auf. Es war grässlich, überall zerfetztes Hirngewebe. Schrecklicher Gestank. Wir wenden uns ab. Dorina geht in ihr Büro zurück, um den Präsidenten der Universität anzurufen. Endlich tauchen auch die Bullen auf und rütteln am Haupteingang. Dolan geht nach vorne und macht ihnen auf. Und wir drei – Patti, Israel und ich – stehen da herum und starren vor uns hin.«

»Und einer oder mehrere von Ihnen betreten das Zimmer.«

»Wer sagt das?«, fragte er mit scharfer Stimme. »Kein vernünftiger Mensch hätte dieses Zimmer betreten wollen. Ich hätte mich auf der Stelle übergeben, wenn ich da hineingegangen wäre.«

Überreaktion, dachte ich sofort. Man müsste den Druck noch ein bisschen erhöhen.

»Irgendjemand hat es aber getan.«

»Ich nicht!«

Aber jemand anders. Es hatte keinen Zweck, noch mehr Druck auszuüben.

»Hat Bruder Semjon nach seinem Urlaub vielleicht einen irgendwie bedrückten Eindruck gemacht?«

Doug Strong entspannte sich und ließ sich in seine bequemen Polster zurücksinken.

»Ich habe ihn seitdem kaum gesprochen. Bin selbst erst zwei Tage vor Vorlesungsbeginn aus Harvard zurückgekommen. Hat ja keinen Sinn, hier herumzuhängen, solange man nicht muss. Ich bin ihm ein, zweimal auf dem Flur begegnet und habe gesagt, dass ich etliche Fläschchen Glenlivet auf Lager habe. Aber er ist kein einziges Mal hier hoch gekommen. Ich nehme an, er hatte viel zu tun. Jedenfalls musste er in diesem Quartal keine Lehrveranstaltungen geben.«

»In der Tat.«

»Daher fürchte ich, Euer Gnaden, ich kann Ihnen keine große Hilfe sein. Das Ganze ist ein verdammter Skandal. Die Verwaltung dieser Universität sieht sich anscheinend außer Stande, die Mitglieder ihres Lehrkörpers vor Spinnern und Kriminellen zu beschützen. Ich werde diesen Punkt bei der nächsten Sitzung des Ratskomitees ansprechen und auf eine Untersuchung drängen.«

»Vor Spinnern«, sagte ich, »oder vor Agenten der Geheimpolizei.«

Er winkte ab.

»Das wäre doch höchstens Stoff für einen Spionageroman, Euer Gnaden.«

10

»Bischof Blackie«, sagte eine Megan, »hier unten steht ein sehr liebenswürdiger Mann und möchte Sie gerne sprechen. Er trägt gute Kleidung, sieht aus wie ein Profiwrestler und hat einen komischen ausländischen Akzent. Ich glaube, er ist Russe.«

Die Megan musste Megan Kim sein. Ihre Beschreibungen sind kurz und knapp und sie hat ein Ohr für Akzente.

Ich warf einen Blick auf meine Armbanduhr. Die hatte mein alter Herr schon getragen, damals, auf dem Deck seines Zerstörers während der Schlacht im Golf von Lingayen.

»Es ist jetzt halb zehn, Megan. Wird es nicht langsam Zeit, dass Sie sich auf den Heimweg machen?«

»Im Krankenhaus haben sie noch einen Notfall hereinbekommen und deshalb hat mein Dad sich verspätet. Er holt mich so in fünfzehn, zwanzig Minuten hier ab.«

Megan Kims Vater war natürlich Doktor der Medizin. Genau wie ihre Mutter.

Ich wollte nichts mit einem Russen zu tun haben. Oder mit sonst irgendjemandem. Schon gar nicht an einem Tag, an dem ich sowieso schon mehr als genug Kontakt mit Russen gehabt hatte.

»Okay, Megan, sagen Sie ihm, dass ich gleich unten bin.«

Ich legte meinen römischen Kragen an – wer weiß, vielleicht als eine Art abergläubischen Zauber gegen Russen, die abgesägte Schrotflinten unter ihrem Mantel tragen.

Wie durch ein gnädiges Wunder hatte ich den Lake Shore Drive während der Hauptverkehrszeit überwunden, obwohl sich in meinem Kopf alles drehte, weil ich versuchte, die Ereignisse des Tages zu sortieren und die Spreu vom Weizen zu trennen. Ich wusste jetzt sehr viel mehr als noch am Morgen, als ich in die umgekehrte Richtung an *die* Universität gefahren war. Allerdings wusste ich nicht, *was* ich eigentlich wusste.

Im Pfarramt fand ich eine Menge Nachrichten vor: Notrufe aus dem Krankenhaus, Anrufer, die zurückgerufen werden wollten, Schecks, die unterschrieben werden mussten, sowie eine ungeheure Menge E-Mails. Als Erstes fuhr ich ins Krankenhaus und schaffte es, mich auf dem neu geschaffenen Nord-West-Labyrinth mehrmals zu verfahren. Ich kam zu spät zum Abendessen, in dessen Verlauf Seine Eminenz Cronin die versammelte Mitarbeiterschaft fragte, ob sie der Meinung waren, dass Bischof Ryan einen langen Urlaub nötig hatte. Sie sprachen sich einstimmig und mit großer Begeisterung dafür aus.

Der bescheidene, kleine Hilfsbischof antwortete, dass er sich schon morgen fröhlich auf den Weg nach Bora-Bora machen wolle, wenn der erhabene Kardinal bereit sei, seinen angestammten Platz als Dompastor einzunehmen. Besagter Hilfsbischof erklärte sich sogar freiwillig dazu bereit, ihm eine Einführung in das Computerprogramm zu geben, von dem die Existenz sämtlicher Veranstaltungen im Dom abhing.

Damit war die Diskussion beendet.

»Ein harter Tag an *der* Universität?«, fragte der Kardinal, als wir im Fahrstuhl nach oben fuhren.

»Zu viel und keine Zeit, um das ganze Durcheinander zu sortieren.«

»Der Lösung ein Stück näher gekommen?«

Ich überlegte.

»Ich bin eigentlich recht zuversichtlich, dass ich das Rätsel des abgeschlossenen Zimmers gelöst habe. Ich habe eine klare Vorstellung davon, wer dahintersteckt, auch wenn ich nicht weiß, wieso. Außerdem glaube ich, mit einiger Gewissheit sagen zu können, dass es sich bei dem Erschossenen nicht um Seine Eminenz Semjon Kardinal Popow handelt. Allerdings weiß ich weder, wo er sich dann befindet, noch, ob er überhaupt noch am Leben ist oder wer für den Austausch verantwortlich war und aus welchem Grund.«

»Oh«, sagte der Kardinal und klang dabei irgendwie milde. Für seine Verhältnisse.

»Das Ganze wird immer schwieriger und, so glaube ich, immer gefährlicher.«

»Ist das FBI für dieses Feuerwerk gestern Nacht verantwortlich?« Er hatte wieder seinen Lieblingsplatz am Türrahmen meines Arbeitszimmers eingenommen.

»Zweifellos. Ausländische Schlapphüte wären effizienter gewesen.«

»War dieser Mann, den man im Wald in der Nähe der Holy Virgin Protection Cathedral gefunden hat, tatsächlich der Mörder?«

Den hatte ich völlig vergessen, wie ich auch die Schießerei von gestern Nacht schon fast völlig vergessen hatte.

»Schon möglich. Die Polizei wird es mit Sicherheit so darstellen, weil sie dann die Ermittlungen im Mordfall Bruder Semjon einstellen können. Aber mir persönlich fällt es schwer zu glauben, dass wirklich das Syndikat dahintersteckt, obwohl sie die Tat allem Anschein nach sogar zugeben.«

»Weil es gute Katholiken sind?«

»Was sonst?«

Seine Eminenz hatte sich daraufhin zu einer Firmung in einer Gemeinde in Wrigleyville verabschiedet und ich hatte mich meinen Telefonaten gewidmet. Es kam mir so vor, als wollten sich heute noch mehr Durchgeknallte als sonst über irgendetwas beschweren. Schließlich hatte ich gerade den Computer eingeschaltet, um mich meinen E-Mails zuzuwenden, als Megan mich von der Ankunft dieses nett aussehenden Profiwrestlers mit russischem Akzent unterrichtete.

Sie hatte ihn im »Wohnzimmer« platziert – einem warm

und gemütlich eingerichteten Büroraum mit Sofas, indirekter Beleuchtung, Tapete und sogar einem unbenutzten Fernseher.

Ihr Wrestlervergleich traf den Nagel auf den Kopf. Der Mann hatte genau denselben Körperbau und auch den kahlen Schädel wie der ehemalige Gouverneur von Minnesota. Selbst die Stirn runzelte er auf dieselbe Art und Weise. Sein Gesicht allerdings wirkte quadratisch und hart, sehr osteuropäisch. Er trug einen sorgfältig geschneiderten, dreiteiligen Anzug, ein schneeweißes Hemd sowie eine rot-blaue Krawatte.

»Iwanow«, sagte er knapp, verbeugte sich respektvoll und reichte mir eine Visitenkarte.

Darauf stellte er sich als Rodion Petrowitsch Iwanow vor, Präsident von Iwanow & Co., Import & Export.

Genau das Etikett, das sich die Russenmafia verpasst hatte. Es war allerdings niemals eindeutig festzustellen, was genau da importiert und exportiert wurde.

»Ich bin sehr glücklich darüber, dass Sie die Zeit gefunden haben, mich zu empfangen, Euer Lordschaft«, sagte er mit einer tiefen Bassstimme, die ohne Probleme noch bis Leningrad zu hören war.

Verzeihung. St. Petersburg.

»Es ist mir ein großes Vergnügen, Rodion Petrowitsch«, erwiderte ich und verbeugte mich ebenfalls.

Wenn ich Russe wäre, ich würde mich Iwan Iwanowitsch nennen. Nicht besonders aufregend.

»Ich gehöre nicht Ihrem Glauben an«, fuhr er fort. »Ich möchte Euer Lordschafts Zeit nicht ungebührlich in Anspruch nehmen.«

Irgendwo hatte ich einmal gehört, dass die Russen sich gerne in langatmigen und komplizierten Entschuldigungen ergingen.

»In diesem Pfarramt«, erwiderte ich, »ist jeder willkommen, ungeachtet seiner Religion, seiner Rasse, seines Geschlechts, seiner sexuellen Orientierung oder seines Vorstrafenregisters. Bitte, setzen Sie sich doch.«

Er setzte sich, ohne zu versuchen, den Sinn meiner letzten Bemerkung zu ergründen. Eigentlich hätte ich ihm wohl ein Glas Wodka anbieten müssen, wenn ich welchen im Haus gehabt hätte.

»Was ich mit Ihnen zu besprechen wünsche«, sagte er steif, »ist der unglückselige Tod von Bruder Semjon Iwanowitsch Popow.«

»Auch wir haben großes Interesse an dieser Angelegenheit«, pflichtete ich ihm bei.

»Er war ein weiser und heiliger Mann, Euer Lordschaft. Es gibt Gerüchte, dass meine Partner und ich für seinen Tod verantwortlich sein sollen. Ich möchte Ihnen versichern, dass diese Anschuldigungen nicht wahr sind.«

Das russische Syndikat hatte also anscheinend den Eindruck, es müsste gegenüber Sean Cronins harmlosem kleinem Hilfsbischof seine Unschuld beteuern. Sähr, sähr interessahnt.

»Ich freue mich sehr, das zu hören.«

»Wir alle sind gute Russisch-Orthodoxe. Wir würden niemals einen Priester oder einen Mönch umbringen.«

»Natürlich nicht – es sei denn, es gäbe einen guten Grund dafür.«

»Ganz genau. Ich weiß wirklich nicht, weshalb die Konkurrenz so eine Geschichte in die Welt setzt.«

»Vielleicht neiden sie Ihnen den Erfolg?«

Megan Kim klopfte an die Tür.

»Mein verehrter Vater ist jetzt da, Bischof Blackie. Ich gehe nach Hause.«

»Gute Nacht, Megan. Danke. Grüßen Sie Ihren verehrten Vater von mir.«

»Koreanerin, Euer Lordschaft?«

»Ja.«

Er seufzte laut.

»Ein sehr begabtes Volk. Wir haben viele davon in Ostrussland.«

Er sagte das mit traurigem Unterton, vielleicht, weil man als Russe einfach sehr oft traurig sein muss. Oder er bedauerte, dass er keine koreanischen Russen hatte, die für ihn arbeiteten. Sondern zweifellos eine medizinische Fakultät besuchten.

»Dieser Mann, der angeblich den Mönch ermordet haben soll, dieser Sergei Borisewitsch Smirnoff, hat früher einmal für uns gearbeitet. Allerdings nicht, ääh, zu unserer Zufriedenheit. Deshalb mussten wir ihn leider entlassen. Wir hatten etliche Monate lang nichts von ihm gehört. Dann plötzlich taucht sein Name in der Zeitung auf und wir müssen lesen, dass sein Leichnam am Tag der Begräbnisfeier in der Nähe der Holy Virgin Protection Cathedral gefunden worden ist. Das hat uns in tiefe Sorge gestürzt.«

Mein Freund Ivanoff war offensichtlich ein *capo*, oder wie immer die Russkies ihre Führungskräfte nennen mochten. Gut möglich, dass er sogar die Entsprechung zum *capo di tutti capi*, also zum Paten persönlich, bildete. Wenn er eine Botschaft für die katholische Kirche hatte, dann würde er den entscheidenden Gesprächspartner persönlich aufsuchen, anstatt seine Nachricht von »Freunden von Freunden« überbringen zu lassen. Anderer Stil. Falls es einmal zu einem Konflikt zwischen den beiden Syndikaten kommen sollte, dann war der sizilianische Stil wahrscheinlich der effektivere.

»Das kann ich verstehen.«

»Wir glauben, dass unsere Konkurrenten diesem Sergei Borisewitsch Smirnoff den Auftrag gegeben haben, den Mönch zu töten und ihn anschließend selbst umgebracht haben, damit der Verdacht auf uns fällt.«

»Ihre Konkurrenten sind durchaus fähig zu solchen Tricks«, sagte ich.

»Die haben auch ihren Machiavelli gelesen, nicht?«

Ein belesener Mafiaboss.

»Das bezweifle ich, Rodion Petrowitsch. Das müssen sie gar nicht. Er hat nur das in Worte gefasst, was ihnen sowieso im Blut liegt.«

Er lachte herzhaft über meine Bemerkung.

»Sehr gut, Euer Lordschaft, sehr gut!«

Mein Instinkt sagte mir, jetzt müsste eine Bombe platzen. Was hatte ich zu verlieren? Also ließ ich sie platzen.

»Diese Affäre hat uns ebenfalls in tiefe Sorge gestürzt, mein Freund. Wir glauben, dass der Mann, der getötet wurde, in Wirklichkeit ein Hochstapler war.«

»Ein Hochstapler! Wie ist das denn möglich?«

»Wir haben Grund zu der Annahme, dass der echte Bruder Semjon irgendwann im Verlauf des Sommers in Paris entführt und dieser Hochstapler an seiner statt nach Chicago geschickt worden ist. Für viele Amerikaner sieht ein Russe mit einem weißen Bart, einer Mönchskutte und einem Stab aus wie jeder andere auch. Irgendwann wäre der Betrug sicherlich aufgeflogen, aber anscheinend hat er für seinen Auftrag nicht sehr viel Zeit benötigt.«

Der Gedanke war mir bisher noch nie gekommen.

»Das ist gut möglich«, stimmte Rodion Petrowitsch mir zu. In seinem Blick loderte jetzt die Paranoia, die ein Teil des russischen Charakters ist. »Der FSB, die Sûreté, das FBI, die CIA, der MI6 – jeder von denen könnte es gewesen sein. Sie bräuchten nicht einmal einen Grund dafür.«

»Möglicherweise haben sie nach etwas gesucht, was sie in Bruder Semjons Besitz vermutet haben.«

»Ja, das klingt wirklich sehr vernünftig.«

Auch, wenn ich selbst gerade eben erst darauf gekommen war. Aber wonach könnten sie gesucht haben? Irgendjemand hatte im Verlauf der vergangenen Tage doch gesagt, dass in Bruder Semjons Arbeitszimmer überall Papiere verstreut gewesen waren. Aber wer?

Ich brauchte Zeit zum Nachdenken. Morgen Früh vielleicht.

»Man darf auch die Männer aus Transnistrien nicht vergessen«, sinnierte Rodion Petrowitsch.

Das war mir neu.

»Wer sind sie?«

»Moldawien ist Ihnen natürlich bekannt, nicht wahr?«

»Das auch Bessarabien genannt wird. Ein Gebiet, das Sie und die Rumänen einander Jahrhunderte lang immer wieder gegenseitig weggenommen haben.«

»Bemerkenswert! Nach dem Großen Vaterländischen Krieg hat Genosse Stalin dort die Moldauische Sozialistische Sowjetrepublik gegründet. Offizielle Sprache war russisch, obwohl die meisten Einwohner rumänischer Abstammung sind. Außerdem hat er das lateinische Alphabet verboten und durch das kyrillische ersetzen lassen. Nach dem Zusammenbruch der Sowjetunion haben die Moldawier natürlich die rumänische Sprache und das lateinische Alphabet wieder eingeführt, sehr zum Missfallen der Russen und Ukrainer, die am Ostufer des Dnjestr lebten. Sie haben daraufhin mithilfe der russischen 14. Armee, die dort stationiert war, einen eigenen Staat ausgerufen. Es wurde sogar davon gesprochen, dass die Armee in Richtung Moskau losmarschieren und die Sowjetunion wieder errichten wolle. Wodkagerede.«

Er zuckte bedeutungsvoll mit den Schultern.

»Aber sie haben sehr schnell gemerkt, dass ihre Zukunft weniger auf militärischem, sondern viel mehr auf wirtschaftlichem Gebiet liegt. Sie sind zu sehr erfolgreichen Geschäftsleuten geworden.«

Export-Import-Geschäfte, ganz ohne Zweifel.

»Manchmal jedoch«, er erhob sich, seine Aufgabe war erfüllt, »bedienen sie sich, aufgrund ihrer militärischen Vergangenheit, recht brutaler Mittel. Außerdem verfügen sie über eine sehr rege Sicherheitsabteilung. Ich glaube sogar, dass dieser Sergei Borisewitsch Smirnoff in der Vergangenheit für sie gearbeitet hat.«

Ich versicherte Rodion Petrowitsch, dass ich diese Nachricht an Kardinal Cronin weiterleiten würde, dankte ihm für seinen Weitblick, uns auf dem Laufenden zu halten, und versicherte ihm, er könne sich jederzeit wieder an mich wenden, sei es persönlich oder telefonisch. Er strahlte über das ganze Gesicht. Mission erfolgreich abgeschlossen.

Wieso, so fragte ich mich, waren wir ihm bloß so wichtig?

Ich begleitete ihn bis zur Tür. Davor stand eine schwarze Limousine, ein Rolls-Royce. Ein Mann im Wagen, zwei davor. Sobald ich die Tür des Pfarramtes aufgemacht hatte, kamen die beiden – bullige Typen, die garantiert bei einer Eliteeinheit gedient hatten – herbeigeeilt, um Rodion Petrowitsch zu seinem Wagen zu begleiten. Er winkte mir vor dem Einsteigen noch einmal schwungvoll zu.

Ich überlegte, ob das amerikanische Militär nicht einen schweren Fehler begangen hatte. Diese Leute, die Crème de la Crème der Roten Armee, hätte man einstellen müssen, noch bevor sie sich – ursprünglich aus dem Impuls heraus, sich und ihre Familien zu ernähren – dem organisierten Verbrechen zugewandt hatten.

»Wer waren diese Leute?«, wollte Seine Eminenz Cronin wissen, der die Szene beobachtet hatte.

»Russkies«, sagte ich. »Ich glaube, der Boss des Syndikats. Er wollte uns versichern, dass sie an der Ermordung Bruder Semjons nicht beteiligt waren.«

»Warum uns?«

»Keine Ahnung.«

»Das ist wirklich alles sehr seltsam, Blackwood. Ich will nicht, dass sich irgendwelche russischen Gangster in meinem Dom herumtreiben. Sorgen Sie dafür.«

»So einfach ist das nicht. Denken Sie mal nach: Gibt es unter all den Kerlen da drüben einen, der mir wirklich die Wahrheit sagen würde, wenn ich bei ihm im Büro auftauche?«

»Sie haben vor, nach Rom zu reisen?«

Er kannte meine Abneigung gegen das Reisen.

»Zweifellos.«

Ich hätte zu Bett gehen sollen. Aber die E-Mails beantworten sich eben nicht von selbst. Also schaltete ich den Computer ein und arbeitete mich durch an die sechzig Schreiben, von denen ich die meisten ohne die Spur eines schlechten Gewissens löschen konnte.

Da klingelte das Telefon. Hatte ich etwa Bereitschaft?

»Pater Ryan.«

»Flip White hier, Herr Bischof.«

»Aha.«

»Was sollen wir mit diesem purpurrotem Talar machen? Wollen Sie ihn haben?«

»Wir verwahren die Gewänder bei uns, so lange, bis der echte Bruder Semjon zurückkehrt.«

»Sie glauben also immer noch, dass der Ermordete nicht Bruder Semjon war?«

»Ich betrachte das als gesicherte Tatsache.«

»Ja, schon, aber meine Chefs wollen mit der ganzen Geschichte nichts mehr zu tun haben. Wir legen die Akte jetzt zu den ungelösten Fällen. Bis zum jetzigen Zeitpunkt wissen wir ja nicht einmal, wer eigentlich ermordet wurde oder wer der Mörder war ...«

»Ich dachte, das war der unglückliche Sergei Borisewitsch Smirnoff, dessen Leichnam die Polizei am Tag der Beerdigung in Des Plaines gefunden hat.«

»Ach, so heißt er also? Woher wissen Sie das?«

»Die Russenmafia bestreitet, dass er für sie gearbeitet hat.«

Flip dachte einen Augenblick lang nach.

»Na ja, dass sie das abstreiten, ist ja eigentlich klar, nicht wahr? Aber meine Chefs hier sind mit so einer Erklärung vollauf zufrieden. Die werden sich bestimmt darüber freuen, wenn ich ihnen den Namen der Leiche von Des Plaines sagen kann. Unsere Akte wandert zu den ungelösten und bleibt dort so lange liegen, bis ein neuer Aspekt auftaucht, falls das jemals geschehen sollte. In dem Fall werden die Ermittlungen noch eine Zeit lang fortgeführt, und dann verschwindet er einfach von der Bildfläche.«

»In der Tat.«

»Was sollen wir mit seinen ganzen Unterlagen machen?«

»Rufen Sie Dekanin Keane an und sagen Sie ihr, dass Sie davon ausgehen, dass *die* Universität sie haben möchte ...«

Das erinnerte mich an eine Frage, die sich in die tieferen Schichten meines Erinnerungsvermögens zurückgezogen hatte.

»Ach, übrigens: Wie sahen diese Papiere eigentlich aus, als Sie sein Arbeitszimmer betreten haben?«

»Sie waren überall im Zimmer verteilt. Andere waren in den Aktenschrank gestopft worden, als hätte sie irgendjemand durchwühlt, und vielleicht hatte auch der Sturm einen Stapel vom Tisch geweht.«

»Ich dachte, die Fenster waren geschlossen?«

»Bei unserem Eintreffen waren sie das.«

»Der Mann, der sich das ganze Material durchgelesen hat, hat auch nichts entdeckt?«

»Er hat mehr über die russische Mystik erfahren, als er jemals erfahren wollte. Nichts weiter. Aber natürlich kann es auch sein, dass etliche Dinge schon vor dem Mord gestohlen wurden.«

»Und an irgendjemanden geschickt wurden, der sich dafür interessiert hat?«

»Ja, genau ... Sie müssen verstehen, Herr Bischof, dass wir auf eine solche Art von Verbrechen eigentlich gar nicht richtig eingerichtet sind.«

»Das FBI?«

»Zu beschäftigt und nicht interessiert.«

»Natürlich.«

Zu beschäftigt damit, einen ungeschickten Anschlag auf mein Pfarrhaus zu planen.

»Ach, übrigens, der junge Dave Dolan hat einen Waterford-Schwenker gefunden, auf dem er die Fingerabdrücke und die DNA des echten Bruder Semjon vermutet. Ich glaube, er will ihn seinem Vater übergeben.«

Flip White ächzte.

»Das hat mir gerade noch gefehlt.«

Ich war so müde, dass ich mir nicht einmal meinen üblichen winzigen Schluck Bushmills genehmigte, bevor ich ins Bett fiel und mich bei der Gottheit dafür entschuldigte, dass ich kein angemessenes Nachtgebet mehr sprechen konnte, aber schließlich hatte *Er* mir ja all diese Aufgaben geschickt und so war es schließlich *Seine* eigene Schuld.

Ich bekam keine Antwort, bildete mir aber ein, ein wohlwollendes Lachen zu hören.

Als ich im Reich der Träume landete, ging plötzlich die Fahrstuhltür auf. Ich war in tiefster Bewusstlosigkeit versunken. Im Inneren des Fahrstuhls funkelte und leuchtete die Lösung des ganzen Rätsels. Ich juchzte vor Freude. Also das war es. Natürlich. Was sonst? Jetzt musste ich schlafen, aber wenn ich morgen Früh aufwachte, dann würde mir alles klar sein, richtig?

11

Falsch!

Am Morgen war meine prächtige Lösung, um es mit den Worten kleiner Kinder zu sagen, »futschikato«. Um ehrlich zu sein, erinnerte ich mich erst während meiner morgendlichen Besuchszeit im Northwestern Hospital wieder an meine hypnagogische Erkenntnis der vergangenen Nacht. Wir verfügen zwar über eine ansehnliche Armee von Laienpriestern, die in den Krankenhäusern das Heilige Abendmahl austeilen dürfen, aber die meisten Kranken möchten lieber von einem richtigen Priester besucht werden. Das ist ihr gutes Recht, auch wenn die Führer unserer Institution nicht bereit sind, die für ausreichenden Priesternachwuchs notwendigen Änderungen in die Wege zu leiten. Ich verabschiedete mich gerade von einer reizenden, neunzig Jahre alten Dame und versprach ihr, dass wir uns bald wieder sehen würden, da glitt die Fahrstuhltür noch einmal auf und das Licht drang heraus. Dann war es wieder weg.

Würde es noch einmal zurückkehren? Manchmal war es so und manchmal nicht.

Noch bevor ich die melancholischen Berichte über die neuesten Schwierigkeiten der Chicago Bears in der *Sun-Times* lesen konnte, war Dorie Keane am Telefon.

»Herr Bischof, die Polizei möchte uns Bruder Semjons Unterlagen übergeben. Wir nehmen sie auf jeden Fall erst einmal in Verwahrung, so lange, bis jemand anders sie haben möchte. Dann katalogisieren wir sie und nehmen sie ins Universitätsarchiv auf.«

»Anscheinend waren die Sachen ziemlich durcheinander, als hätte sie jemand durchwühlt.«

»Ich kann mir nicht vorstellen, welche Geheimnisse da zu Tage gekommen sein sollen.«

»Es sei denn, er besaß eine geheime Geheimakte.«

»Genau deshalb rufe ich an, Bischof Blackie. Er besaß tatsächlich so eine Akte. Er hat sie mir bei seiner Ankunft im letzten Jahr gegeben und ich habe sie in unseren Geheimsafe gelegt.«

Dabei gab es doch schon jetzt genügend Geheimnisse. Wer brauchte noch mehr davon?

»Ist sie immer noch da?«

»Ja. Wir dürfen Ihnen die Akte nicht aushändigen, aber ich habe mit Präsident Alan gesprochen und er hat gesagt, Sie könnten hierher kommen und sie lesen, wenn Sie wollen.«

»Mein Russisch ist nicht besonders gut.«

»Sie könnten zumindest einen Blick darauf werfen ...«

Die Akte enthielt augenscheinlich bestimmte Informationen, die der Grund für die Entführung des echten Bruder Semjon waren und die der falsche Bruder Semjon gesucht hatte. Wer immer dahinterstecken mochte, er war offensichtlich zu allem bereit, um sie in ihre Hände zu bekommen. Irgendjemand aus dieser Organisation würde mit Sicherheit erfahren, dass da an der theologischen Fakultät vielleicht interessantes Material aufbewahrt wurde. Sie könnten am helllichten Tag einen Überfall inszenieren, wie die James Brothers angeritten kommen und das ganze Haus zusammenschießen. Aber ein nächtlicher Überfall war wahrscheinlicher. Sie würden jeden einzelnen Safe, den sie entdecken konnten, sprengen, sich die Beute unter den Nagel reißen und aus allen Rohren feuernd die Stadt verlassen.

Das gefiel mir nicht.

»Das gefällt mir nicht, Dorina. Irgendjemand sucht nach dieser Akte und ist sogar bereit, dafür zu töten. Sie werden es garantiert wieder versuchen. Würden Sie Ihren Freund, den Präsidenten der Universität, bitten, mich anzurufen?«

»Auf der Stelle, Herr Bischof.«

Nach nur fünf Minuten hatte ich Reed Alan an der Strippe.

»Dorina Keane hat mich gebeten, Sie anzurufen, Herr Bischof. Sie hat mir Ihre Befürchtungen mitgeteilt, und ich bin vollkommen einer Meinung mit Ihnen. Wir geben heute noch eine Pressemitteilung heraus, in der wir bekannt geben, dass wir Bruder Semjons Unterlagen vorübergehend im geschlossenen Archiv im Keller der Regenstein Library unterbringen. Und wir werden die Wachen vor der Bibliothek eine Zeit lang verstärken.«

»Ausgezeichnet. Allerdings wird es wohl eine gewisse Zeit dauern, bis all die Unterlagen aus seiner Wohnung und seinem Arbeitszimmer zusammengetragen und irgendwo verwahrt werden können, nicht wahr?«

»Ein paar Tage schon ...«

»Dann würde ich vorschlagen, dass Sie Swift Hall von Wachleuten umstellen lassen, die jeden Eindringling in die Flucht schlagen können.«

»Ich habe gehört, dass die Firma *Reliable* einen sehr guten Ruf haben soll. Und ich glaube, ich habe den Geschäftsführer, Mr Casey, einmal bei einer Gelegenheit kennen gelernt. Wenn ich mich richtig entsinne, dann ist er ein durchaus anerkannter Künstler.«

Weil man sich an solche Dinge erinnerte, wurde man Universitätspräsident. Genau wie Bürgermeister.

»Sagen Sie ihm, dass Sie davon ausgehen, dass die Büroräume der Dekanin und ihre Tresore das wahrscheinlichste Ziel für einen Angriff sind.

Außerdem teilen Sie dem Lehrkörper der theologischen Fakultät unauffällig mit, dass das Gebäude bis auf Weiteres um achtzehn Uhr geschlossen wird.«

»Das wird denen zwar nicht passen, aber den genauen Grund möchte ich ihnen lieber nicht verraten.«

»Außerdem könnten Sie die Dekanin darauf hinweisen, dass sie weder die Queen noch Grace O'Malley ist und dass die Aussperrung auch für sie gilt.«

»Herr Bischof, man hat mir gesagt, dass irische Frauen es nicht besonders schätzen, Anordnungen zu befolgen. Nichtsdestoweniger werde ich darauf bestehen ... Doch das Problem der geheimen Akte ist damit noch nicht vom Tisch. Was sollen wir damit machen? Wenn es sich wirklich um sensible Informationen handelt, dann würde ich sie angesichts des Anrufs, den ich zu Beginn von Bruder Semjons Aufenthalt bei uns bekommen habe, nur ungern in der Regenstein Library lagern.«

Falls jemand die Akte nur zerstören wollte, dann konnte er Swift Hall oder die Regenstein Library auch einfach in die Luft jagen. Oder die ganze Universität. Falls sie aber noch gelesen werden sollte, dann würden sie sich wohl einer anderen Taktik bedienen.

»Ich denke eigentlich, dass Sie unter den gegebenen Umständen von Bruder Semjons Einverständnis ausgehen und die Akte öffnen können.«

»Vermutlich. Ich hoffe allerdings auf Ihre Anwesenheit. Ihr Rat wäre sehr wertvoll.«

»Als Mitglied des Lehrkörpers kann ich mich dagegen wohl kaum wehren.«

»Wir könnten gezwungen sein, Ihr Honorar zu verdoppeln.«

»Ich würde vorschlagen, Sie besprechen das Ganze mit Mike Casey und erwähnen dabei auch die geheime Akte. Wenn er einverstanden ist, dann wäre ich sehr gerne dabei.«

Als ob Flambeau seinem Pater Braun den Zugang zu solchem Material verwehrt hätte!

»Ich melde mich bei Ihnen!«

»Wir werden jemanden brauchen, der russisch lesen kann.«

»Oh«, sagte er leichthin, »ich glaube, das kriege ich hin.«

Na ja, ich wette, Latein würde er nicht hinkriegen!

Welche Geheimnisse konnte ein mutmaßlicher Kardinal der Heiligen Römischen Kirche wohl kennen? Welches Material konnte er zusammengetragen haben, für das andere bereit waren zu töten?

Das gefiel mir nicht, ganz und gar und ganz und gar nicht.

Die Sekretärin rief an und richtete mir aus, dass Captain White eine Kleidertüte für mich abgegeben habe. Ich ging nach unten und holte sie. Dann ging ich nach oben in das Zimmer des ehrenwerten Kardinals, der gerade in seinem Brevier las.

»Ich habe ein Geschenk für Sie«, sagte ich. »Es könnte allerdings nur von vorübergehender Natur sein.«

Er hob den Kopf und runzelte die Stirn. »Bruder Semjons geweihtes Purpur?«

Wie ich schon bei zahlreichen anderen Gelegenheiten hatte bemerken dürfen: Sean Cronin ist kein Dummkopf.

Ich zog den Reißverschluss auf. Er befühlte den Stoff.

»Authentisch, Blackwood ... was soll ich damit anfangen? Ich brauche keine zweite Garnitur.«

»Sie behalten ihn hier, falls Kardinal Popow wieder auftauchen sollte. Niemand wird etwas dabei finden, dass Sie einen solchen Talar besitzen. Wenn die Sachen in meinen Schränken gefunden würden, dann könnte man vielleicht meinen, ich würde irgendwelche Pläne und Hoffnungen hegen.«

»Außerdem könnte es passieren, dass sie für immer in den geheimen Tiefen Ihrer Schränke verschwinden ... Nun ja, ich weiß nicht, Blackwood. Man weiß ja nie, wann der Heilige Geist von diesem ganzen Blödsinn die Nase voll hat und die Order ausgibt, Sie in den Rang des geweihten Purpurs aufsteigen zu lassen. Wir könnten die Garnitur jederzeit ändern lassen.«

»Der Heilige Geist mag eine Komödiantin sein, aber so verzweifelt muss *Sie* nicht um Lacher kämpfen.«

Er griff nach der Kleidertasche und hängte sie in den Schrank, wo er seine diversen Purpurgewänder aufbewahrte.

»Sagen Sie niemals nie, Blackwood. Niemals ist eine lange Zeit.«

»Harry Truman«, sagte ich und flüchtete aus seiner Suite.

Ich musste telefonieren. Mit wem?

Es fiel mir einfach nicht mehr ein.

Meine Familie würde mich enterben, falls ich jemals im geweihten Purpur herumstolzieren sollte.

Dann fiel es mir wieder ein. Noch ein Telefonat nach Übersee. Wieder mit Frankreich.

»Jeanne-Chantal«, meldete sich eine ruhige Stimme am anderen Ende der Leitung.

»Nennen Sie mich Blackie.«

»Ah, *Monsieur l'Evêque*. Sie rufen noch einmal an. Es gibt Schwierigkeiten, *n'est-ce pas?*«

»Und was macht *l'enfant?*«

»*Le petit* Jean-Claude wird zu schnell erwachsen. Seine Gegenwart ist für seinen Vater und mich ein großer Trost und eine große Freude zugleich.«

Jean-Claude war nach seinem Onkel benannt worden, ihrem Zwillingsbruder, dessen Stelle sie bei seiner Ordination eingenommen hatte. Aber das war eine andere Geschichte.

»Und Jean-Laurence erfreut sich an seiner Kanzlei?«

»*Mais certainement!* Aber mittlerweile liebt er seine Familie noch mehr.«

»Ein weiser Mann.«

»Und *mes amis*, Marie-Bernadette und Jacques-Yves?«

»Sie machen sich prächtig. Ihre erste CD ist gut angekommen, und sie bekommen viele Auftrittsangebote. Außerdem sammeln sie am Konservatorium gute Zensuren. Sie wissen ja bestimmt, dass die beiden ein Kind erwarten.«

»*La petite* Marie-Bernadette hat mir versprochen, das Kind Chantal zu taufen, falls es ein Mädchen wird. Sagen Sie ihr, dass ich auf die Einhaltung dieses Versprechens poche, wenn Sie sie sehen ... Also, was möchten Sie wissen?«

»Ist Ihnen in letzter Zeit in Paris einmal der Name eines russischen Mönchs, eines gewissen Bruder Semjon Iwanowitsch Popow, begegnet?«

»Aber natürlich! Er hat hier an der Sorbonne über die russische Mystik gelesen, unter großem Beifall. Jean-Laurence hat mich einmal zu einer Vorlesung mitgenommen. Ich habe kein einziges Wort verstanden. Aber Jean-Laurence hat gesagt, es sei brillant gewesen. Und dann, puff, hieß es mit einem Mal, er könne die Vorlesungsreihe nicht fortsetzen. Manche behaupten, er sei einfach verschwunden. Sie sind mit solchen Angelegenheiten ja in gewisser Weise vertraut, wenn ich mich recht entsinne, nicht wahr?«

»Ich glaube nicht, dass Bruder Semjon eine Zwillingsschwester hat.«

»Seien Sie sich niemals sicher, *Monsieur l'Evêque.*«

Selbst durch das Telefon war ihr Charme zu spüren. Deshalb hatte sie als *Frère* Jean-Claude ja auch Frankreich im Sturm genommen. Aber, wie gesagt, das ist eine andere Geschichte.

»Die Polizei sucht bereits nach ihm, nicht wahr?«

»Mit demselben Eifer, mit dem sie nach *Frère* Jean-Claude gesucht hat«, entgegnete sie sarkastisch.

»Was wohl heißen soll, dass sie ihn in Wirklichkeit gar nicht finden will?«

»*C'est vrai.* Verschwundene Mönche sind eine große Schande, nicht wahr?«

Die kleine Hexe lachte mich aus.

»Aber Sie finden ihn bestimmt, falls er überhaupt irgendwo ist, nicht wahr?«

»Ich werde mich sehr genau umhören. An der Sorbonne gibt es immer irgendwelche Gerüchte. Ich glaube kaum, dass Bruder Semjon so listig ist wie *Frère* Jean-Claude.«

»Und Sie sind sehr viel listiger als derjenige, der Letzteren entdeckt hat?«

»Nicht ganz, *Monsieur l'Evêque*, nicht ganz!«

Also war er in Paris gekidnappt worden. Von wem? Hielt der Vatikan Kontakt zu seinen heimlichen Kardinälen? Wusste man dort, dass er entführt worden war? Suchte der

Vatikan nach ihm oder beschützte er ihn? Alles keine Fragen, die die Beteiligten, die Geheimdienstler der Kurie, gerne beantworten würden. Wussten sie von seiner Geheimakte? Wenn sie ihn in Gewahrsam hatten, dann hätte er ihnen sagen können, wo sie war, es sei denn, er wollte nicht, dass sie sie zu sehen bekamen. Oder er verleugnete ihre Existenz.

Und wieso war sie überhaupt so wichtig?

Dann meldete sich Mike Casey. Wir bedienten uns wieder einer abhörsicheren Verbindung mit Hilfe einer Telefonzelle.

»Sieht fast so aus, als müsste ich dir langsam Provision bezahlen, Blackie.«

»Und die hier könnte richtig kräftig ausfallen, Mike.«

»Du meinst, deine Freunde könnten mit einem T-54-Panzer oder einer Kosakenkavallerie auf dem Unigelände einfallen?«

»Das sind sehr gefährliche Leute, Mike. Bring deine härtesten Männer mit und sag ihnen, sie sollen kugelsichere Westen tragen.«

»Du rechnest also tatsächlich mit einem ernsthaften Angriff?«

»Heute Nachmittag, wenn wir die Akte gelesen haben, wissen wir mehr. Ich gebe dir mal die ganzen Fakten dieses Falles, alles, was ich im Augenblick weiß.«

Also erzählte ich ihm die Geschichte. Als ich fertig war, pfiff er durch die Zähne.

»Haben die Sizilianer sich nach dem Besuch des Russkies schon gemeldet?«

»Noch nicht. Ich glaube nicht, dass sie das Pfarramt oder Rodion Petrowitsch beschatten. Aber trotzdem wissen sie wahrscheinlich ganz genau über alles Bescheid, was passiert. Nicht, dass das ein Grund wäre, mich zu warnen ...«

»Da sind eine Menge Leute mit im Spiel.«

»So sieht es aus ... Sagen dir diese Transnistrientypen was?«

»Allerdings. Das sind die durchgeknalltesten Kriminellen

auf der ganzen Welt. Die hätte der Präsident auf die Al-Quaida hetzen sollen. Wenn die loslegen, kennen die nur zwei Geschwindigkeiten: volle Pulle und noch schneller.«

»Sie könnten versuchen, die theologische Fakultät in die Luft zu jagen.«

»Oh, ja, das kann ich mir gut vorstellen. Wenn wir es wirklich mit denen zu tun haben, dann liegt unser größter Vorteil darin, dass sie nicht besonders helle sind ... Hat Sean schon mal versucht, dem Vatikan irgendwelche Informationen zu entlocken?«

»Bis jetzt ohne großen Erfolg. Ich glaube aber nicht, dass er sich besonders stark gemacht hat – wobei, der Ehrlichkeit halber muss man auch sagen, dass amerikanische Bischöfe da drüben sowieso nur sehr wenig Einfluss haben.«

»Sean wahrscheinlich noch mit am meisten, nehme ich an.«

»Zweifellos ... Je nachdem, was wir heute Nachmittag alles erfahren, verlasse ich mich darauf, dass er alle Hebel in Bewegung setzt, die er da drüben zur Verfügung hat.«

»Mal angenommen, der Hochstapler hätte die Akte gefunden und an seine Auftraggeber geschickt, was hätte er anschließend wohl gemacht?«

»Er wäre höchstwahrscheinlich von der Bildfläche verschwunden.«

»Oder wäre so oder so umgebracht worden?«

»Vielleicht.«

»Glaubst du, der echte Bruder Semjon ist immer noch am Leben?«

»Ich weiß gar nicht genau, wer der echte Bruder Semjon überhaupt ist oder war. Im Augenblick denke ich, es könnte sein, dass er nicht mehr am Leben ist, aber es könnte auch sein, dass er sich in den Händen einer Gruppierung befindet, die es relativ gut mit ihm meint.«

»Zu viele Beteiligte.« Mike seufzte. »Also gut, wir sehen uns im Dekansbüro, um vier. Ich werde wohl ein paar von meinen Jungs gleich mitbringen, zusätzlich zu denen, die dich sowieso nicht aus den Augen lassen.«

Ich hatte schon wieder vergessen, dass ich ja bereits unter heimlicher Beobachtung stand.

»Mike, dieser Rat mit der kugelsicheren Weste, der gilt auch für dich.«

Einen Augenblick lang herrschte Stille.

»Du meinst es wirklich ernst, stimmt's?«

»Wie heißt es so schön in unserer Muttersprache? *Sicut grex, sicut rex.*«

»Du hast zwar die Reihenfolge vertauscht, Blackie, aber ich werde auf deine Bitte hören.«

»Meinen Befehl«, erwiderte ich und überlegte mir dabei, ob unsere Gegenspieler, wer immer sie auch sein mochten, vielleicht auch im Stande waren, Telefongespräche aus öffentlichen Zellen abzuhören.

Sobald ich mich von Mike verabschiedet hatte, war Dekanin Keane in der Leitung.

»Was ist denn los, Bischof Blackie? Warum treffen wir uns um vier in meinem Büro, wieso wird die Fakultät um sechs geschlossen, wieso ist hier überall Polizei?«

»Fragen Sie nicht.«

»Wir öffnen diese Akte, nicht wahr?«

»Ich habe gesagt, fragen Sie nicht.«

»Oh.«

»Und lassen Sie keinen der einheimischen Silberrücken an Ihren Vermutungen und Ahnungen teilhaben.«

»Ein richtig dickes Ding, hmm?«

»Zweifellos.«

»Okay ... Können wir heute mit Ihnen im Q-Club zu Mittag essen? Ich stelle auch keine ungezogenen Fragen.«

»Wir?«

»Meine Person und der Silberrücken. Noch nichts Entscheidendes. Vielleicht kommt es ja gar nie so weit.«

»Letztendlich ist das Ihre Entscheidung.«

Sie gab keine Antwort. Vielleicht hatte sie jetzt verstanden, dass der letzte, entscheidende Schritt immer den Weibchen vorbehalten war.

Ich bestellte Mr Woods, um mich abholen und zur Universität fahren zu lassen. Mike, der Cop, würde mich nach getaner Arbeit vermutlich wieder zurück ins Dompfarramt bringen.

Dann stattete ich Seiner Eminenz Cronin einen Besuch ab und informierte ihn über die neuesten Entwicklungen. Er stand an seinem Schreibtisch und blätterte eine Akte durch. Das billige Papier darin sagte laut und vernehmlich: »Vatikan«. Er trug seine Kanzleikleidung: schwarzer Anzug, Klerikerweste und einen Kragen mit kaum wahrnehmbarem rotem Rand.

»Idioten, Blackwood«, explodierte er. »Sie haben Recht. Wir sind meilenweit von der Jüngerschar entfernt, und zwar bergab.«

»Und wenn mich meine Kenntnisse der Heiligen Schrift nicht im Stich lassen, dann waren auch sie alles andere als gute Läufer.«

Er lachte grimmig.

»Haben Sie den Fall Bruder Semjon schon aufgeklärt?«

»Wir machen Fortschritte, wenn auch sehr langsame.«

Ich weihte ihn in die neuesten Entwicklungen ein.

»Glauben Sie wirklich, dass ein Kommandotrupp versuchen will, *die* Universität zu stürmen, um an eine Akte aus dem Besitz eines russischen Mönchs zu kommen?«

»Ich halte das nicht für ausgeschlossen ... Sie erinnern sich vermutlich, dass dieser russisch-orthodoxe Mönch außerdem auch ein Bruder Kardinal der Heiligen Römischen Kirche ist, oder?«

»Mag sein ... Mag aber auch sein, dass das alles nur ein riesengroßer Schwindel ist ... Haben Sie auch daran schon einmal gedacht?«

»Ein Schwindel, bei dem Menschen ermordet werden und

unser ehrwürdiges Dompfarramt mit automatischen Waffen beschossen wird, allem Anschein nach im Auftrag des FBI?«

»Was glauben Sie, Blackwood, was steht in der Akte?«

Ich hatte mir noch nicht die Zeit genommen, darüber zu spekulieren.

»Zweifellos eine geheime und über Jahre sich erstreckende Geschichte vertraulicher Absprachen zwischen gewissen Elementen aus den Reihen unserer lieben Freunde im Vatikan und gewissen Elementen aus der russisch-orthodoxen Kirche, dazu noch die Verwicklung diverser Geheimdienste aus aller Welt in diese Absprachen. Und vielleicht auch ein paar Informationen über gewisse Aspekte der Situation in Polen, die uns nach wie vor verborgen sind.«

Anschließend stieß ich einen Seufzer aus. Für eine Spekulation aus dem hohlen Bauch heraus klang das sehr einleuchtend. Zur Hälfte glaubte ich es schon selbst.

Seine Eminenz Cronin legte seine Kurienakte auf den polierten Eichenschreibtisch und starrte zum Fenster hinaus auf den Verkehr in der Superior Street.

»Ich würde es nicht ausschließen, Blackwood. Manche Dinge machen die nicht etwa deshalb, weil sie irgendein Interesse daran hätten, sondern nur, weil es in ihrer Natur liegt ... Ich finde, wir sollten uns nicht länger in dieser Sache engagieren.«

»Zweifellos. Dennoch sollte ich aber zumindest erfahren, was in dieser Akte steht, oder etwa nicht?«

»Ja, ich denke schon.«

»Und darüber hinaus – wenn Kardinal Popow noch am Leben ist, dann sollten wir auch versuchen, ihn zu schützen, nicht wahr?«

»Da wäre ich mir nicht so sicher. Wir können sicherlich das eine oder andere Mal deren Spuren verwischen, aber wenn wir dabei immer wieder Risiken eingehen müssen, gibt es irgendwann eine Grenze.«

»Da stimme ich Ihnen zu«.

»Wir besprechen die ganze Angelegenheit also morgen Früh, richtig?«

»In der Tat.«

»Zumindest«, sagte er, während er die Vatikanakte in seine verzierte, lederne Aktentasche steckte, »ist das interessanter als diese Scheiße hier.«

»Und als der größte Teil meiner E-Mails.«

Wir fuhren zusammen im Fahrstuhl nach unten, er war auf dem Weg in seine Kanzlei und ich auf dem Weg an *die* Universität.

»Ich will nicht, dass Sie erschossen werden, Blackwood«, sagte er, als die Fahrstuhltüren im Erdgeschoss aufglitten. »Sorgen Sie dafür.«

Crystal erwartete mich bereits. Sie hatte einen Teenagerzeitplan erstellt und bestand unbedingt auf meiner Zustimmung. Es war völlig unmöglich. Die Gemeinderäume würden mit den schwitzenden Jugendlichen aus allen Nähten platzen.

»Gut«, sagte ich.

»Seien Sie vorsichtig, Bischof Blackie«, warnte sie mich, als ich die Tür zur Wabash Avenue hin aufmachte. »Ich weiß nicht, was wir ohne Sie machen würden.«

»So ungefähr das, was Sie jetzt auch machen«, erwiderte ich und versuchte, meiner Stimme einen beiläufigen Klang zu geben.

Wenn sowohl der Kardinal als auch die gute Crystal ihrer Besorgnis Ausdruck verliehen, dann war das voll und ganz ausreichend, um ein eisiges Frösteln in meiner Magengegend zu verursachen. Die dunklen Wolken und der peitschende Oktoberregen trugen auch nicht gerade zur Steigerung meines Selbstvertrauens bei.

Dank Mr Woods' großartiger Fähigkeiten beim Durchfahren des Baustellenbereichs auf dem Lake Shore Drive war ich zu früh im Quadrangle Club und gesellte mich zu den anderen, die auf dem Steinfußboden des Eingangsbereichs herumstanden und in klösterlichem Schweigen auf ihre Tischbegleitung warteten. In solch einer Situation durfte man auf keinen Fall die wichtigen Gedanken der Kollegen stören.

Ich spazierte in das Billardzimmer, wo tatsächlich ein paar Männer Billard spielten – seltsame Beschäftigung an einem Ort, der dem Gewinn von Nobelpreisen gewidmet war.

Anschließend kehrte ich ins Foyer zurück. Ein kleiner Mann mit blinzelnden Augen hinter dicken Brillengläsern, spärlichem Haarwuchs und rotem Gesicht kam auf mich zu. Er sah aus wie ein Gnom oder vielleicht wie ein Kobold, wenn auch ein sehr unglücklicher.

»Sie sind doch Bischof Ryan, oder etwa nicht?«

»Ich fürchte, ja«, gab ich zu.

»Ich möchte Ihnen sagen, dass Sie und Ihresgleichen, die Sie das gegenwärtige Chaos in der katholischen Kirche zugelassen haben, der Welt damit einen schlimmen Dienst erwiesen haben.«

Er drohte mir mit seinem zitternden Zeigefinger und hetzte weiter.

»Sie und die anderen Bischöfe sind zu dumm, um zu wissen, was los ist, aber trotzdem tragen Sie die Verantwortung dafür, dass eine der mächtigsten Institutionen aller Zeiten in ihre Bestandteile zerfallen ist. Sie haben der ganzen Welt damit einen enormen Schaden zugefügt. Eigentlich haben wir nichts nötiger als Frieden und Ordnung, aber Sie haben stattdessen Konflikte und Unordnung geschaffen.«

»Sind Sie katholisch, Sir?«

»Nein, bin ich nicht. Aber ich habe die Kirche immer geschätzt, weil sie die Kontinuität gewahrt und die Traditionen des Westens bewahrt hat. Und jetzt zerstören Sie sie. Ich bin empört.«

Mit einem solchen Angriff hatte ich hier an *der* Universität eigentlich nicht gerechnet. Ich suchte nach einer Erwiderung, während er weiterschimpfte.

»Sie sind ganz offensichtlich ungebildet und nicht einmal

Teil des Lehrkörpers dieser Universität, die immer noch für Ordnung und Stabilität steht. Wir stehen hier unter ständigem Druck. Sie haben unsere Aufgabe noch schwieriger gemacht. Ich schlage vor, Sie verlassen uns jetzt.«

Wenn einem die Worte fehlen (genau wie wenn sie einem nicht fehlen), dann ist es das Beste, dem Rat unseres Kirchengründers zu folgen und die andere Wange hinzuhalten.

Also sagte ich, beseelt von meiner eigenen Tugendhaftigkeit: »Ich weiß es zu schätzen, Sir, dass Sie mir Ihre Meinung mitgeteilt haben.«

Dann fiel mir wieder ein, wo ich ihn schon einmal getroffen hatte.

»Ach, übrigens, Sir, kenne ich Sie nicht aus einem Roman von Saul Bellow?«

Er wurde rot und stapfte davon. Ich hatte ihm die andere Wange hingehalten und das letzte Wort gehabt und war dementsprechend ungeheuer stolz auf mich.

Da ließ sich der einheimische Silberrücken blicken.

»Hat der Kerl Ihnen die Laune vermiest?«

»Wenn ich ihn richtig verstanden habe, glaubt er, dass die Veränderungen in der Kirche, für die ich die Verantwortung trage, *die* Universität destabilisieren.«

»Das sagt er eigentlich praktisch zu jedem Thema. *Die* Universität ist eine Festung, die von allen Seiten unter Beschuss steht. Ihr Überleben ist unwahrscheinlich. Feinde überall ... Hat er gesagt, Sie sollen das Gelände verlassen?«

»Das hat er und ich habe abgelehnt.«

»Es ist noch gar nicht lange her, da hatte er hier sehr viel zu sagen. Jetzt nicht mehr, aber das begreift er anscheinend nicht ... Haben Sie ihm gesagt, dass Sie Gastdozent an der theologischen Fakultät sind?«

»Nein. Ich habe ja keinen Ausweis.«

»Auch egal. Er hätte sowieso nur den nächsten Streit vom Zaun gebrochen. Natürlich hätte er ihn verloren. Aber er ist keinen Streit wert.«

Just in diesem Augenblick tauchte die Frau Dekanin in einem dunklen Wollkleid auf, außer Atem und mit roten Wangen, und wir gingen die Treppe in den Speisesaal hinauf.

»Unser alter Freund hat versucht, den Bischof vom Gelände zu verweisen«, sagte der Galan zur Dekanin.

»Oh, was für ein schrecklicher Mensch ... Es tut mir leid, Bischof Blackie, er ist einfach ein bisschen verwirrt. Wir haben eine Menge eigenwilliger Figuren hier. Er kämpft immer noch gegen die Achtundsechziger. Haben Sie ihm erzählt, dass Sie demnächst zum Lehrkörper der theologischen Fakultät gehören?«

»Wie ich schon dem einheimischen Silberrücken gesagt habe, ich hatte keine Papiere bei mir, um das zu beweisen.«

»Oh, die besorgen wir Ihnen schnell. Wenn er das wüsste, würde er Ärger machen. Aber es wäre zwecklos. Außer ein paar Alteingesessenen nimmt ihn niemand mehr ernst. Aber wir wollen auch nicht in irgendwelche Hahnenkämpfe mit ihm verstrickt werden. Ich sage heute Nachmittag dem Präsidenten Bescheid ...«

Ein Hahnenkampf würde mir vielleicht weitere Auftritte in den Seminarräumen der theologischen Fakultät ersparen. Ich könnte als Märtyrer zurücktreten. In unserer Gesellschaft ist nichts erfolgreicher als das Scheitern, abgesehen vielleicht vom Märtyrertum.

Wir verfielen in liebenswürdiges Geplauder. Über die Kirche. Über *die* Universität. Über die Chicago Bears. Aber weder über Bruder Semjon noch über die beiden. Und doch wirkten sie wie ein entspanntes Paar. Daves außergewöhnlicher Esprit gab den Ton an, und Dorie ließ ihn freundlich-amüsiert gewähren.

Das Problem bei immer wieder verschobenen Eheschließungen liegt darin, dass die Frauen und Männer immer vorsichtiger werden, je mehr sie mitbekommen, was in den Ehen ihrer Freunde und Bekannten alles schief gelaufen ist. Aber eine Entscheidung, die mit fünfundzwanzig oder gar mit zweiundzwanzig getroffen wird, ist nicht unbedingt weniger weise als eine mit zweiunddreißig. Meine beiden jungen Freunde jedenfalls waren eindeutig damit beschäftigt, die Risiken und Kosten aufzulisten.

Als wir dann nach Swift Hall hinübergingen, fing Dave an, Scherze über das geheime Treffen und die frühe Schließung des Fakultätsgebäudes zu machen. Dorie, das musste man ihr lassen, hielt einfach den Mund.

»Jetzt kommen Sie schon, Blackie, Sie glauben doch nicht wirklich, dass heute Abend in Swift Hall eine Bombe hochgeht oder irgend so was, oder?«

»Ich kann Ihnen sagen, was ich glaube, Professor David Dolan. Ich glaube, Sie werden heute Abend um sechs Uhr die liebenswerte Dekanin unter Ihre Fittiche nehmen und mit Ihr zum Abendessen nach Hause zu Ihren Eltern fahren, um sie anschließend im Zimmer Ihrer Schwester zur Nachtruhe zu betten.«

»Aber wenn sie wieder die Tür abschließt?«

»Sei es, wie es will.«

»Das ist Ihr voller Ernst, nicht wahr?«

»In der Tat!«

»Dorie?« Er zog eine seiner mächtigen schwarzen Augenbrauen in die Höhe.

»Ich glaube, ich hätte Lust auf ein selbst gekochtes Abendessen von deiner Mutter.«

»Dann machen wir das.«

»Sie rufen uns an, Herr Bischof, falls irgendetwas passiert?«

Vor dem Eingang zu Swift Hall blieben wir stehen.

»Höchstwahrscheinlich«, sagte ich, »wird es ein vollkommen ruhiger Abend werden, auf den die Gründerväter dieser Universität stolz sein könnten. Aber ich verspreche, Sie im Fall der Fälle anzurufen.«

Wir brachten Dave Dolan zu seinem Arbeitszimmer.

»Die letzten paar Male, als wir dort waren, habe ich die

Tür gar nicht abgeschlossen«, sagte Dorie. »Er ist einfach nicht aufgetaucht.«

»Haben Sie ihn dazu ermuntert?«

»Natürlich nicht! Seine Eltern schlafen auf demselben Flur!«

»In der Tat.«

»Finden Sie, ich hätte ihm sagen sollen, dass die Tür nicht abgeschlossen ist?«

»Auf keinen Fall. Da gibt es subtilere Methoden, mit denen sich das gleiche Ergebnis erzielen lässt.«

»Ich verstehe nicht.« Mit gerunzelter Stirn schaute sie mich an.

Aber natürlich verstand sie sehr gut.

Ich seufzte.

»Ich unterstelle, dass Ihr gegenwärtiges Beziehungsmodell gleichermaßen unangebracht wie unpassend ist. Es setzt nämlich voraus, dass David derjenige ist, der auf eine Heirat drängt, während Sie die Zögerliche sind. In Wirklichkeit ist es aber genau anders herum. Er ist der Zauderer, wie die meisten Männer, und Sie müssen den letzten Schritt machen, der immer das Vorrecht der Frauen ist.«

Sie senkte den Kopf und den Blick. Dann seufzte sie beinahe so laut wie ich selbst.

»Wir sollten jetzt besser unseren Termin wahrnehmen«, sagte sie, schon während sie sich ihrer Bürotür zuwandte.

Und dann, im Nachhinein: »Sie haben Recht.«

»In der Tat.«

Im Vorraum lungerten unauffällig zwei von Mike Caseys Getreuen herum. Eine davon war meine alte Freundin Tina, eine Latina mit einem Herzen wie ein ganzes Rudel Löwen. Sie schenkten uns absichtlich keinerlei Beachtung, was ein fester Bestandteil ihrer Aufgabe war.

Wir waren die Ersten. Dann tauchten Reed Alan und Mike, der Cop, auf. Der Präsident machte Dorie mit Mike bekannt.

»Ich glaube, sie wird eines Tages Präsidentin dieser Universität werden.«

»Das haben Sie davon, dass Sie eine Irin zur Tür hereingelassen haben«, sagte ich. »Schon ist die Gegend nicht mehr das, was sie mal war.«

Wieder ein Brüller. Ich hatte den Spruch mittlerweile wahrscheinlich bis zum Äußersten strapaziert und sollte mir wohl mal etwas Neues ausdenken.

Wir versammelten uns in einem Konferenzzimmer, das nicht zu den Räumen der Dekanin gehörte. Dorie ging in ihr Büro und holte ein schmales, nachlässig eingepacktes und kreuz und quer mit Tesafilm überzogenes Päckchen. Feierlich, als wären es die Gaben des Heiligen Abendmahls, legte sie es in die Mitte des großen Tisches, um den wir uns gruppiert hatten.

Der Präsident nahm es in die Hand und untersuchte die kyrillischen Schriftzeichen, mit denen es beschriftet war.

»Hier steht ›Persönlich und vertraulich. Nur im Fall meines Todes oder Verschwindens zu öffnen.‹«

»Dann scheint es jetzt zu passen«, bemerkte Mike.

»Ich gehe davon aus, dass uns allen bewusst ist, wie vertraulich dieses Treffen ist und bleiben muss«, sagte der Präsident mit feierlicher Stimme, noch feierlicher als Sean Cronins Stimme gewesen wäre. »Kein Wort zu unseren Ehefrauen beziehungsweise …« – ein Blick zu Dorina – »zu unseren Liebsten … Sie, Herr Bischof, dürfen sich aber gerne mit Ihrem Kardinal austauschen. Wissen Sie was, Dorie, wir lassen am besten eine Kopie für den Kardinal anfertigen.«

Niemand schien etwas dagegen zu haben.

12

Dorina legte neben dem Präsidenten einen Brieföffner auf den Tisch. Er griff danach und fing mit entschlossenen Schnitten an, Bruder Semjons durchsichtiges Klebebanddurcheinander aufzutrennen. Alle anderen schauten schweigend, fast schon ehrfürchtig zu. Es war ein höchst weihevoller Augenblick.

»Ich würde vorschlagen, wir bewahren das Einwickelpapier auf«, wagte ich mich vor. »Darauf werden wahrscheinlich die Fingerabdrücke der verehrten Dekanin zu finden sein und außerdem zweifellos auch solche, die nicht mit denen aus Bruder Semjons Arbeitszimmer und Wohnung übereinstimmen. Wir könnten auch gleich heute noch ein, zwei Manuskriptseiten bestäuben.«

»Gute Idee«, meinte Mike, der Cop, zustimmend.

Jetzt schaltete sich die Dekanin ein und sagte in ausgesprochen neutralem Tonfall: »Mr Dolan, dessen Vater ein pensionierter Polizeioffizier ist, hat mir gesagt, dass weder die Fingerabdrücke noch die DNA des Toten mit den Spuren auf einem Glas übereinstimmen, aus dem Bruder Semjon trank.«

»Ich kann mir nicht vorstellen, dass seine ehemaligen Vorgesetzten darüber erfreut sein werden«, meinte Mike.

Vorsichtig holte der Universitätspräsident einen dünnen, vielleicht fünfzig, maximal sechzig Seiten starken Stapel Papier aus der Hülle, die er anschließend zu Mike hinüberschob. Dann fing er an zu lesen, wobei er die einzelnen Seiten vorsichtig an den Ecken anfasste, um nicht auch seine Fingerabdrücke darauf zu hinterlassen.

Er schluckte ein paar Mal, während er die ersten drei Seiten überflog.

»Das ist wirklich absolut außergewöhnlich«, sagte er und rieb sich dabei das Kinn.

»Offensichtlich war Bruder Semjon Pole«, sagte ich und gab damit einer wilden Vermutung Ausdruck.

Der Präsident starrte mich verwundert an.

»Das stimmt genau. Er schreibt hier, dass er in Lublin als Sohn eines polnischen Katholiken und einer russisch-orthodoxen Mutter zur Welt gekommen ist. Er wurde nach seinem Vater Jan Sobieski Ostrowski benannt. Er ist in beiden Konfessionen groß geworden. Sein Vater und seine Mutter, die seine Ordination zum katholischen Priester nicht mehr erlebt haben, haben einander sehr geliebt und hatten keinerlei konfessionelle Auseinandersetzungen. Auch wenn er sich eher zum Katholizismus hingezogen fühlte, hatte er keine großen Schwierigkeiten damit, beides zu sein. Er hat 1965 während seiner Ausbildung am San-Anselmo-Seminar in Rom auch nur wenig darüber gesprochen.«

Ein Mann, der jetzt Anfang sechzig war, also älter, als seine Kollegen gedacht hatten, und auch älter als der Ermordete.

»Ein Benediktinerkollege«, schaltete ich mich ein. »Vielleicht war er da schon katholischer Mönch.«

Diese Mutmaßung war keine großartig Leistung, da ich bereits wusste, dass er wahrscheinlich Kardinal war und daher eher Pole als Russe sein musste.

»Er hat nach seiner Ordination ein Jahr mit dem Studium der russischen Mystik in Rom verbracht. Seine Lehrer waren erstaunt darüber, wie gut er die Sprache und sogar die Denkweise beherrschte. Für ihn selbst war es eine Selbstverständlichkeit, dass er aufgrund seiner persönlichen Geschichte den Rest seines Lebens dieser Arbeit widmen wollte. Dann, eines Tages im Jahr 1966, wurde er an den Sitz des damaligen Sekretariats zur Förderung der Einheit der Christen bestellt.

Die Männer, mit denen er dort sprach, lobten seine Arbeit, aus der ein einfühlsames Verständnis der russischen Sprache und Kultur spreche. Er war zwar durchaus misstrauisch, hielt sie aber letztendlich für vertrauenswürdig. Aber er fügt hinzu, dass er sich jetzt, wo er diese Zeilen aufschreibt, nicht mehr so sicher sei.

Sie haben ihm gesagt, dass es infolge des Zweiten Vatikanischen Konzils zu einer Öffnung der katholischen Kirche gegenüber anderen christlichen Konfessionen kommen werde, zu Meinungsaustausch und Dialog und schließlich zur Einheit der Kirche. Er selbst war diesbezüglich eher skeptisch. Ein Dialog mit den Russisch-Orthodoxen würde sehr schwierig werden. Die Trennung zwischen Ost- und Westkirche hatte noch vor dem Entstehen einer organisierten Orthodoxie in Russland stattgefunden. Die russische Kirche hatte also zu keinem Zeitpunkt in Union mit Rom existiert und besaß ein tiefes Misstrauen gegenüber möglicherweise häretischen Päpsten. Sie erwiderten, dass es aber auch in vielen Bereichen des Glaubens, ja, sogar der Gebräuche, Übereinstimmungen gebe. Ob seine persönliche Erfahrung nicht genau das bestätigten könne?

Er war überrascht, dass sie von seinen Eltern wussten. Er hatte nur mit wenigen Menschen darüber gesprochen. Er entgegnete, dass seine Eltern einfache Bauern gewesen seien, die an Gott und die Jungfrau Maria und die Heiligen geglaubt hatten und einander in tiefer Liebe verbunden gewesen waren. Sie hatten keine Ahnung vom Streit um das *filioque*. Die uralten Animositäten aus vergangener Zeit interessierten sie nicht.«

Er machte eine Pause um mir Gelegenheit zu geben, den *filioque*-Streit zu erläutern.

»Das ist eine Debatte zwischen uns und ihnen, bei der es um das Verhältnis der drei Naturen des dreieinigen Gottes zueinander geht«, sagte ich. »Wir behaupten, der Geist kommt vom Vater und dem Sohn, sie sagen, er kommt ausschließlich vom Vater. Das Thema ist im Lauf der Jahrhunderte vielfach diskutiert worden, für gewöhnlich begleitet von gegenseitigen Vorwürfen der Unehrlichkeit und der

Dummheit. Ich könnte mir durchaus vorstellen, dass man die Debatte heutzutage mit ein bisschen gutem Willen abschließen könnte, aber der gute Wille ist im Augenblick noch nicht vorhanden.«

Mein persönlicher Eindruck freilich ist der, dass die Mitglieder der Heiligen Dreifaltigkeit angesichts der menschlichen Dummheit, von der auch sie irgendwie vereinnahmt worden waren, vielleicht ein wenig missgestimmt sein könnten – im übertragenen Sinn natürlich.

»Pater Simon – das war sein damaliger Name – machte also deutlich, dass er seine Zweifel an der Bereitschaft der beiden Parteien habe, die Kontroversen eines ganzen Jahrtausends beizulegen. Aber er schreibt, dass er auch seiner persönlichen Überzeugung Ausdruck verliehen habe, dass die Geschichte ein größeres Hindernis für die Einheit sei als die Theologie und die verschiedenen religiösen Kulturen.

Seine Gesprächspartner waren da sehr viel optimistischer. Der Papst habe den leidenschaftlichen Wunsch, die Einheit zwischen Katholizismus und Orthodoxie noch in diesem Jahrhundert Wirklichkeit werden zu lassen. Und er glaube, dass seine Sondierungsgespräche mit Repräsentanten der russisch-orthodoxen Kirche, die nach Rom gekommen waren, durchaus Anlass zu solcher Hoffnung gebe …

Pater Simon schreibt, er hätte ihnen gesagt, dass diese Leute wahrscheinlich KGB-Agenten waren und dass man ihren Worten mit größtem Misstrauen begegnen sollte. Und dass man sehr viel Geduld benötige, um den Schutt der Geschichte abzutragen.

Dann haben sie ihn gefragt, welcher Konfession er sich denn in seiner Kindheit zugehörig gefühlt habe. Er meinte, er habe sich sowohl als Katholik wie auch als Orthodoxer gefühlt, auch wenn er katholisch getauft worden war. Er habe keine Schwierigkeiten damit gehabt, die Feiertage beider Konfessionen zu begehen, im Gegenteil. So hatte er ja den Vorteil gehabt, zwei Mal Weihnachten feiern zu können.

Wieso hatte er sich für die Laufbahn eines katholischen Priesters entschieden, anstatt orthodoxer Mönch zu werden? Er schreibt hier, dass er kurz gezögert und dann geantwortet hat, dass wahrscheinlich sein polnischer Name dafür den Ausschlag gegeben habe.

Dann hätten sie ihm die Frage gestellt, die sie sich während des gesamten Gesprächs aufbewahrt hatten: Ist es denn möglich, gleichzeitig katholischer Priester und orthodoxer Mönch zu sein?

Weiter schreibt er, dass er, wenn er gewusst hätte, was sie vorhaben, geantwortet hätte, dass das völlig unmöglich war. Aber eigentlich sei es für jemanden, der beide religiösen Kulturen verstehen konnte, wahrscheinlich gar nicht so schwierig. Sie sagten, es sei der Wille des Heiligen Vaters, dass er versuchte, ein solches Leben zu leben. Da dachte er, sie sprachen von einem Leben in einem unierten Kloster …«

»Es gibt da eine kleine russische Gruppierung, die seit dem Unionsdekret des Konzils von Florenz im 15. Jahrhundert eine Union mit Rom bildet«, erläuterte ich. »Das sind sture Menschen, die im einstigen Ostpolen und heutigen Weißrussland leben und sehr stolz auf ihre Tradition sind. Aber bei den Orthodoxen sind sie verhasst und von den Polen, die dem lateinischen Ritus folgen, werden sie ebenfalls verachtet. Den Begriff ›unierte Kirche‹ fassen sie als Beleidigung auf, daher lautet die offizielle Bezeichnung auch ›katholische Ostkirche‹. Das Ganze ist eine sehr deprimierende Angelegenheit.«

»Sie sagten ihm, dass sie das orthodoxe Kloster der Heiligen Katharina und der Jungfrau am Fuß des Ural ins Auge gefasst hatten, nahe der Stadt Swerdlowsk. Die Mönche dort widmeten sich sehr ernsthaft der Erforschung der mystischen Traditionen der Orthodoxie. Sie wurden von der Regierung toleriert, weil ihre historischen Arbeiten außerhalb Russlands auf große Anerkennung stießen. Er sagte, auch er hätte schon einige Arbeiten dieser Mönche gelesen. Sie sagten, sie hätten Papiere mitgebracht, mit deren Hilfe er in die damalige Sowjetunion einreisen und ins Kloster eintreten könne. Er wollte wissen, wie sie das geschafft hatten, erhielt aber keine Antwort. Außerdem sagten sie, das Ziel sei nicht, die Orthodoxie auszuspionieren, sondern sie von innen heraus zu verstehen. Der Papst hätte sehr großes Interesse an einem Berater, der genau dies leisten könne. Fünf Jahre vielleicht, auf keinen Fall mehr als acht oder neun. Pater Simon schreibt, er habe sich unter Zögern darauf eingelassen. Sie versicherten ihm, dass sie die Möglichkeiten hatten, um weiterhin mit ihm in Verbindung zu bleiben. Dann hatte er ein zehnminütiges Gespräch mit dem Papst. Er schreibt, der Papst habe seinen Mut gepriesen, die Hände gerungen, Gebete versprochen und sich einen gequälten Segensspruch abgerungen.«

»Klingt das sehr unwahrscheinlich, Blackie?«, wollte Mike wissen.

»Allerdings. Was nicht heißen soll, dass es in der Aufbruchsstimmung gegen Ende des Vatikanischen Konzils nicht ein paar Leute aus der ökumenischen Arbeit gegeben haben könnte, die sich so etwas hätten ausdenken können.«

»Er schreibt hier«, fuhr der Präsident fort, »dass das die erste von vielen weiteren Lugen gewesen sei. Er hat nie wieder etwas vom Sekretariat zur Förderung der Einheit der Christen gehört. Außerdem habe er sich aus Angst vor einer Entdeckung durch einen der KGB-Mönche keine Notizen gemacht. Stattdessen habe er als Gedächtnisstütze einzelne Wörter auf irgendwelche Papierschnipsel geschrieben, die ihm dabei helfen sollten, seine Erfahrungen aufzuschreiben. Seine Einleitung endet damit, dass er während der ersten Jahre im Kloster glücklich und zufrieden war. Es war ein sehr spirituelles Kloster, das sich gleichzeitig der ernsthaften wissenschaftlichen Forschung verschrieben hatte. Später, während der Gorbatschow-Ära, hat die Kirche ihn erneut angelogen und ihm ein schweres und gefahrvolles Leben bereitet.«

»Was für eine grässliche Geschichte!«, rief Dorina Keane.

»Und damit endet die Einleitung?«, wollte ich wissen.

»Ja«, sagte der Präsident. »Der Text wurde offensichtlich schon vor einiger Zeit geschrieben. Der Rest, der zu meinem großen Erstaunen in Englisch verfasst wurde – und mit Schreibmaschine – ist jüngeren Datums. Die Stadt Swerdlowsk wird darin bei ihrem alten und mittlerweile wieder gebräuchlichen Namen Jekaterinburg genannt, Katharinas Stadt.«

»Dort wurden der Zar und seine Familie ermordet«, merkte ich an.

Der Präsident reichte das Manuskript Seite für Seite an uns weiter. Wir lasen schweigend. Abgesehen vom Umblättern der Seiten und einem gelegentlichen erstaunten Luftholen – nicht von mir – war kein einziges Geräusch zu hören.

Auszüge aus den Aufzeichnungen
von Bruder Semjon Iwanowitsch Popow

Irgendwann zu Beginn der Siebzigerjahre

Ich habe den Verdacht, der Vatikan hat mich vergessen. Die Erinnerung an meine Benediktinerzeit verblasst immer mehr. Das Klosterleben hier in den Tannenwäldern ist in gewisser Hinsicht anders, in gewisser Hinsicht aber auch ähnlich. Ich habe mich mittlerweile an die langen Liturgien und die häufigen Unterbrechungen meiner Arbeit durch die Lobgesänge gewöhnt.

Der Speiseplan ist kärglich, sogar strikter als in den westlichen Trappistenklöstern, und besteht hauptsächlich aus Brot und Kartoffeln, die wir, genau wie den Weizen für das Mehl, selbst anbauen. Gemessen an den klimatischen Bedingungen, die ich aus meiner Heimat Polen kenne, ist es hier im Sommer unerträglich heiß und im Winter unerträglich kalt. Das Kloster selbst ist kaum beheizt. Wir halten uns mit dicken Kleidern und großen Decken und Wodkatrinken (aber nur im Winter) warm. Manchmal kann ich nicht einmal schreiben, so kalt sind meine Finger. Die meisten meiner Mitbrüder sind fröhliche Menschen. Das Leben ist einfach, Gott ist uns nahe, wir tun unsere Arbeit und gehen den lauernden Blicken der Mönche, die für den KGB spionieren, aus dem Weg.

Und doch bin ich ein Anhänger des Jesusgebetes geworden. Ich bete es viele Male am Tag, und es vertreibt die Angst und die Traurigkeit aus meinen Knochen. Vielleicht ist es eine Art Droge. Und doch hilft es:

Herr Jesus Christus,
Sohn Gottes,
hab Erbarmen mit mir Sünder.

In regelmäßigen Abständen kommt der zuständige Religionsbeauftragte vorbei und befragt uns alle zwanzig nach unserer politischen Neigung. Da wir keine Ahnung haben, was jenseits der Mauern unseres Klosters geschieht, haben wir auch keine politische Neigung. Während dieser Verhöre ist er grundsätzlich misstrauisch und macht Andeutungen, dass wir alle lügen und dass er die Wahrheit kennt und dass er das Kloster schließt, falls wir nicht besser aufpassen. Ich habe sehr schnell begriffen, dass das Ganze nur Theater ist, ein Ritual, dass es ihm gestattet, seinen Vorgesetzten einen Bericht zu liefern. Meine Mitbrüder nehmen ihn auch nicht weiter ernst. Da ich relativ neu bin, ist er sehr streng zu mir. Was ich über die neue Regierung in Moskau weiß? Ich sage, dass ich nichts weiß und dass ich ins Kloster der Heiligen Katharina und der Jungfrau gekommen bin, um genau diesen Sorgen zu entfliehen. Er erkundigt sich nach meiner Arbeit. Aufgrund seiner mangelhaften Bildung kann er nicht einmal meine Antworten verstehen – ein unwissender Bauer, aus dem man einen Bürokraten gemacht hat.

Als er wieder weg ist, kehre ich an meine Arbeit zurück.

Im Lauf der Jahre beginne ich allerdings, mich zu fragen,

wieso ich so ungehindert in dieses Kloster hatte eintreten können. An der polnisch-russischen Grenze hatte ein junger Grenzsoldat einen Blick in meine Papiere geworfen und mich mit glücklichem Lächeln durchgewinkt. Im Zug nach Moskau und dann auf dem Weg durch die Steppe bis in den Ural musste ich mehrfach meine Papiere vorzeigen. Und jedes Mal nicht die geringste Skepsis, niemand bezweifelte, dass ich, Semjon Iwanowitsch Popow, geboren in Lviv, das einst zu Polen gehörte und heute in der Ukrainischen SSR liegt, russischer Abstammung war. Selbst im Kloster Zagorsk vor den Toren Moskaus schien niemand zu bezweifeln, dass Gott mich zum Klosterleben hier am östlichen Rand Europas auserwählt hatte.

Moskau war eine triste, eintönige Stadt. Die Menschen ärmlich gekleidet und ohne Lächeln. Die Russen, das hatte mir meine Mutter beigebracht, waren ein wildes und etwas verrücktes Volk – genau wie die Polen (dabei nickte sie jedes Mal lächelnd zu meinem Vater hinüber), allerdings anders verrückt. Weder in Moskau noch in Zagorsk ist mir eine Spur ihres Wortwitzes und ihres Humors begegnet. Warschau war auch grimmig, aber die Polen bleiben immer Polen, vielleicht zynisch und bitter, aber immer mit einem Lachen im Gesicht. Die Bauernhöfe, die ich durch das Zugfenster hindurch zu sehen bekam, waren arm, aber auf den Feldern stand noch das Getreide. Die Bauernhäuser waren meist armselige Hütten und die Felder der Kolchosen oftmals karg. In Polen gehört das Land den Bauern, in Russland nicht. Vor meiner Abreise habe ich irgendwo gelesen, dass in den kleinen privaten Gärten, die die Bauern mittlerweile haben dürfen, mehr Nahrungsmittel produziert werden als auf den riesigen Feldern der Kolchosen.

Russland war deprimierend. Der Zug nach Jekaterinburg fuhr langsam über die endlosen Ebenen zwischen Moskau und dem Ural. Wir überqueren den Dnjepr, den Don, die Wolga, doch die Steppe schien niemals enden zu wollen. Das müsste doch eigentlich eines der ertragreichsten Gebiete der Welt sein, dachte ich, und doch ist es so gut wie unfruchtbar. Irgendetwas läuft hier schrecklich schief.

Ich war vielleicht groß und stark, aber ich war auch jung und unerfahren. Ich wusste, dass der Kommunismus ein Übel war, aber ich begriff nicht, welche Verbindung zwischen dieser Erkenntnis und den dürren Feldern bestand.

Ich machte mir auch keine Gedanken darüber, dass es so einfach war, von Rom bis nach Jekaterinburg, aus einem Benediktinerkloster in ein orthodoxes Kloster zu gelangen. Erst später, als ich zeitweise wieder in die Welt außerhalb des Klosters der Heiligen Katharina und der Jungfrau zurückkehrte und entdeckte, welche Hindernisse sich dem Reisenden in Osteuropa in den Weg stellten, fing ich an, mich zu fragen, wieso das alles so einfach gewesen war. Ich schrieb es den Jesuiten zu, die viele Jahre lang eine geheime russische Mission unterhalten hatten. Jetzt erst wird mir klar, dass irgendein ausländischer Geheimdienst mich auf dem Weg in den Ural geführt und geleitet haben musste.

Etliche Menschen aus der Nachbarschaft des Klosters bieten uns Lebensmittel aus ihren privaten Gärten an, obwohl sie nicht einmal selbst genug zu essen haben. Außerdem besuchen sie an hohen Feiertagen unsere Kapelle. Die meisten sind schon älter und sehr fromm, so ähnlich wie viele der alten Bauern in Polen in der Zeit meiner Kindheit und Jugend.

Es gibt hier nur wenige junge Menschen, darunter auch ein hübsches Mädchen. Ich halte bei jeder öffentlichen Liturgie sehnsüchtig nach ihr Ausschau. Aus großer – und sicherer – Distanz liebe ich sie, so wie ich Schwester Modesta im Anselmo geliebt habe. Und doch bin ich hier mit meiner Arbeit und meinem spirituellen Wachstum sehr glücklich. Manchmal frage ich mich, falls der Vatikan mich anweisen sollte, nach Rom zurückzukehren, ob ich ihn nicht besser ignorieren sollte. Denn das ist die Welt, vor der uns die Heiligen Väter der Frühkirche immer gewarnt haben.

Meine Arbeiten werden in Frankreich veröffentlicht. Es hat etliche Jahre gedauert, bis ich das erfahren habe. Schon seit einiger Zeit habe ich Manuskripte in französischer Sprache verschickt. Ich weiß gar nicht, ob sie jemals bei der auf der Adresse angegebenen Zeitschrift angekommen sind. Sie hätten irgendwo in der Bürokratie verloren gehen können. Ich weiß nicht, welche Aufsätze veröffentlicht wurden. Allerdings erreichen mich gelegentlich Briefe, die nahe legen, dass der eine oder andere von ihnen ein wenig Aufmerksamkeit erregt hat. Ich empfinde Begeisterung angesichts dieser Reaktion. Und dieses Glücksgefühl bereitet mir Kummer. Man sollte jederzeit so arbeiten, als würde das, was man geschrieben hat, nie wieder gelesen werden. Und gleichzeitig will man doch wissen, dass man keine allzu großen Fehler gemacht hat. Ich schreibe jetzt nicht nur um der Ehre Gottes, sondern auch um meiner Ehre willen. Das ist eine große Sünde, so glaube ich, auch wenn der Abt sagt, dass das nicht der Fall sei.

Herr Jesus Christus.
Sohn und Wort des lebendigen Gottes.
Durch die Bitte deiner allerreinsten Mutter und aller Heiligen
Hab Erbarmen mit uns und rette uns.

Der Abt ist ein glücklicher Mann, genau wie die meisten Mönche. Einmal hat er mit, wie mir heute klar wird, großer Weisheit zu mir gesagt: »Semjon Iwanowitsch, du bist hier im Kloster glücklich, weil du auch außerhalb des Klosters glücklich wärst. Jemand, der in der Welt nicht glücklich ist, kann auch hier niemals glücklich sein. Du bist glücklich, nicht, weil du an einem bestimmten Ort bist, sondern weil du eine russische Mutter hast. Du hast Glück gehabt. Die russischen Frauen können heute nicht mehr so glücklich sein, wie sie einmal waren.«

Ich gehe immer noch ganz in der segensreichen, weihevollen Routine des Klosters auf. Ich lebe den Wechsel der Jahreszeiten, das Länger- und Kürzerwerden der Tage, und bin die meiste Zeit von einem inneren Frieden erfüllt. Ich weiß nicht, welches Jahr wir haben, und weiß daher auch nicht, wie alt ich bin. Wenn ich gewusst hätte, dass Rom mich fallen lässt, dann wäre ich nicht hierher gekommen. Doch jetzt bin ich damit zufrieden. In der Kapelle suche ich nicht mehr nach hübschen jungen Gesichtern. Nun ja, manchmal schon.

Die junge Frau, die so attraktiv war, als ich sie das erste Mal gesehen habe, kommt an hohen Feiertagen immer noch, zusammen mit einem Mann und zahlreichen Kindern. Sie ist immer noch schön. Sie macht einen glücklichen Eindruck, so wie meine Mutter früher. Vielleicht ist sie eine Ausnahme.

Es heißt, es gebe einen neuen Papst, einen Polen dieses Mal. Ich kann es nicht glauben, aber ich hoffe, es ist die Wahrheit. Die meisten anderen Mönche, und seien sie noch so heilig, hassen den Katholizismus und den Papst. Sie halten es für einen Witz, dass ein Pole angeblich Papst geworden sei.

Die frühen Achtzigerjahre

Ich fahre nach Paris, um dort einen Aufsatz über die Beziehung zwischen den mystischen Gebeten der Altorthodoxie und der Mystik der Wüstenväter vorzustellen. Ich glaube, dass die Altorthodoxie die religiösen Einsichten der Vorväter in mancherlei Hinsicht stärker geprägt hat als die orthodoxe Hauptströmung. Ich bekomme mittlerweile genügend Zeitschriften aus dem Westen zugesandt, um mit den neueren Entwicklungen auf meinem Forschungsgebiet vertraut zu sein. Außerdem erfahre ich, dass wir tatsächlich einen polnischen Papst haben.

Das verrät mir der Bürokrat, als er mir die Einladung überbringt, der die Regierung großzügigerweise zugestimmt hat. Sie bezahlen mir sogar den Flug mit Aeroflot von Moskau nach Paris. Ich werde während dieser Woche bei den Dominikanern am Mont Saint-Jacques wohnen.

Ich habe gemischte Gefühle. Ich freue mich auf die intellektuellen Anregungen und, ja, auch darauf, wieder mit der Welt in Kontakt zu kommen. Was ist aus der Kirche geworden, seitdem ich sie verlassen habe? Ist die Begeisterung aus der Zeit des Konzils erhalten geblieben? Wächst und gedeiht die Kirche?

Was mag in Polen alles geschehen sein? Und was hier in Russland? Die Bürokratie scheint nicht mehr ganz so stark zu sein wie früher. Als ich gezögert habe, die Einladung überhaupt anzunehmen, da sagte der Bürokrat, es sei meine feierliche Pflicht als loyaler Sowjetbürger, weil die Einladung eine Ehre für den sowjetischen Staat bedeutet.

Stalin ist schon lange tot.

Und dennoch möchte ich den Kokon meines Klosterlebens nicht verlassen. Hier habe ich Frieden und Freude gefunden. Der Besuch in Paris ist eine große Versuchung. Er wird mich von der immer währenden Schönheit, der ich hier begegne, genauso wegreißen wie von der Schönheit, die ich nur gelegentlich zu Gesicht bekomme.

Und auch der Verlockung einer Rückkehr in meine alte Welt werde ich ausgesetzt sein. Wenn ich den Dominikanern von Saint-Jacques sage, wer ich bin, finden sie bestimmt einen Weg, mich nach Rom zu bringen. Doch was würde dann dort geschehen? Ich bin sicher, dass die Männer, die mich auf diese verrückte Mission geschickt haben, mich schon längst vergessen haben. Der Papst, der mich gesegnet hat, ist tot. Der neue Papst ist ein Pole. Ich könnte mich in meiner Muttersprache mit ihm unterhalten, obwohl ich nicht einmal weiß, ob ich sie noch verständlich sprechen kann. Ich bin mir sicher, dass ich der Versuchung widerstehen werde. Jetzt muss ich mich der französischen Fassung meines Vortrages widmen, den zwar kein Mensch verstehen wird, aber zumindest haben dann alle die schriftliche Vorlage.

Der Abt sagt mit einem Lächeln, dass wir in allem, was geschieht, die Hand Gottes erkennen müssen. Diese Reise nach Paris ist sehr wichtig, anderenfalls hätte Gott sie gar nicht geschehen lassen.

Ich frage mich, wie meine Augen, die immer noch nach dem Anblick schöner Frauen lechzen, auf die Pariserinnen reagieren werden.

Paris, Oktober 1983, Mont Saint-Jacques

Zum ersten Mal nach siebzehn Jahren bin ich zurück in der Welt. Nicht nur in der Welt, sondern sogar in der westlichen Welt und ihrer verführerischsten Stadt. Bei meiner Ankunft trage ich die Mönchskutte und den Stab. Ich sehe aus wie ein echter russischer Mönch. Ich spreche laut, stampfe mit meinem Stab auf den Boden und trinke Wodka. Aber ich nehme an der Messe in der Klosterkapelle teil und empfange das Heilige Abendmahl. Meine Gastgeber sind verwundert, aber tolerant.

Zu den Versuchungen dieser Stadt sage ich nur, dass ich ununterbrochen mit den Augen blinzele. Die größte Versuchung jedoch sind nicht die allgegenwärtigen verführerischen Frauen, sondern die Betten hier im Dominikanerstift. Mögen sie nach westlichem Standard auch hart sein, gemessen am Maßstab der Heiligen Katharina und der Jungfrau sind sie sündhaft weich.

In der Kirche hat sich vieles verändert. Ich kann nicht alles verstehen, eigentlich nicht einmal besonders viel. Aber es ist offensichtlich, dass die Führer der Kirche den Kontakt zu den einfachen Gemeindemitgliedern verloren haben. Man kann keine Reform beginnen und den Reformprozess dann einfach abbrechen. Wenn man nach einer Reformphase versucht, die Zügel wieder straffer zu ziehen, dann riskiert man eine Revolution. Die Männer in der Kurie verstehen das nicht.

In Zeitungen wie *Le Monde* lese ich, dass Russland wirtschaftlich sehr unter Druck steht, dass das »geriatrische« Regime unter den Fehlern der Vergangenheit leidet und damit nicht zurechtkommt. Und doch hatte ich in Moskau den Eindruck, als trügen die Menschen dort modischere – und wärmere – Kleidung als vor siebzehn Jahren.

Das alles ist so verwirrend.

Das Beten fällt mir schwer. Ich sehne mich nach dem Frieden und der Frömmigkeit im Kloster der Heiligen Katharina und der Jungfrau.

Herr Jesus Christus,
Sohn Gottes,
hab Erbarmen mit mir Sünder.

Und doch muss ich zugeben, dass ein Teil von mir nie wieder zurück möchte. Was ist Gottes Wille? Er wird dir schon sagen, was du tun sollst, sagt der Abt. Ich hoffe, er behält Recht.

Die neue Liturgie in den französischen Kirchen ist wunderschön. So vieles hat sich verändert. Doch unter den Dominikanern hier im Kloster Saint-Jacques herrscht viel Wut und Bitterkeit. Manche sagen sogar, sie wünschten, mein polnischer Papst hätte das Attentat nicht überlebt. Sie wissen natürlich nicht, dass ich Pole bin. Seit meinem Weggang aus Rom ist irgendetwas schief gegangen, schrecklich schief gegangen.

Ich denke über meine Mission in Swerdlowsk nach. Ist die Orthodoxie zu einer Union mit Rom bereit? Meine Antwort lautet nein. Sie wird eine Reform durchlaufen müssen, die noch tiefgreifender ist als das Zweite Vatikanum. Es wird noch Jahre, vielleicht sogar Jahrzehnte dauern, bis die Männer aus Zagorsk überhaupt bereit sind, an die Möglichkeit einer Reform zu denken.

Kann ich das sagen und dann in ein Benediktinerkloster in Rom zurückkehren? Oder gar in Paris?

Wen könnte ich fragen? Wer weiß von meiner Existenz?

Später

Mein Vortrag an der Sorbonne am heutigen Nachmittag ist gut angekommen. Ich werde irgendwie beiläufig gefragt, ob ich vielleicht regelmäßig einmal im Jahr wiederkommen möchte. Ich erwidere, dass das von meinem Abt und vom Staat abhängt. Man befragt mich nach dem Zustand der Orthodoxie in Russland. Ich sage, dass sie nach wie vor lebt und dass ich den Eindruck habe, als seien die meisten Menschen nach wie vor gläubig. Man begegnet dieser Antwort mit Skepsis. Was weiß ich denn schon?

Am selben Abend bekomme ich Besuch von drei Männern. Einer von ihnen war auch schon bei meinem ersten Zusammentreffen mit dem Sekretariat zur Förderung der Einheit der Christen dabei. Er entschuldigt sich dafür, dass sie »aufgrund gewisser Umstände« nicht in der Lage gewesen seien, Kontakt zu mir zu halten. Sie glauben, dass sich das in Zukunft anders gestalten könnte. Ich habe kein Vertrauen mehr zu ihnen und spreche das auch aus.

Außerdem sage ich ihnen, dass ich nun auch ihre ursprüngliche Frage beantworten könne. Eine Vereinigung von Orthodoxie und Rom ist zum gegenwärtigen Zeitpunkt ausgeschlossen und wird so lange ausgeschlossen bleiben, bis die Orthodoxie ihr eigenes Tridentinum und ihr Zweites Vatikanum in Kombination erlebt hat. Darüber hinaus würde die gegenwärtige Staatsführung so etwas sowieso nicht zulassen.

Ein jüngerer Mann, von seiner Art zu reden her vermutlich Amerikaner, sagt, dass Rom mittlerweile fest überzeugt sei, dass der Vatikan sich zu schnell bewegt habe und dass eine gewisse Restauration vonnöten sei. Er redet mit dem Enthusiasmus eines ehrgeizigen jungen Mannes. Ich zucke mit den Schultern.

Dann redet er wie ein Cowboy aus einem amerikanischen Film. Der Heilige Vater weiß von mir. Als Pole ist er sehr stolz auf meine Arbeit. Er hat jetzt einen neuen Auftrag für mich.

Ich soll zum Bischof ordiniert werden und nach Russland zurückkehren, um dort eine Untergrundkirche ins Leben zu rufen. Der Zusammenbruch des Kommunismus kann sich gut noch ein halbes Jahrhundert lang hinziehen. Es wird ein langer, harter Kampf werden. Und es könnte zahlreiche Märtyrer geben …

Seine Augen strahlen hell. Er selbst wird bestimmt nicht zu den Märtyrern gehören.

Ich sage ihm, dass es in der Sowjetunion nur sehr wenige Katholiken gibt. Sie brauchen keine organisierte Kirche und könnten sie auch nicht finanzieren.

Er erwidert – in einem Tonfall, als wüsste er mehr als ich – dass es infolge des Verfalls der Orthodoxie sehr viel mehr werden würden, weil die Menschen ohne Konfession auf der Suche nach einem Glaubensinhalt seien. Ich bestehe darauf, sehr deutlich wie ich meine, dass die meisten Russen nach wie vor in gewisser Weise orthodox seien und dass viele sich heimlich taufen lassen haben. Sie gehen davon aus, dass die Orthodoxie den Bolschewismus überdauern wird. Der Katholizismus ist etwas anderes, Fremdes. Sie werden ihn nicht akzeptieren.

Der junge Mann hört mir nicht zu. Er sagt, der Glaube und der Mut der katholischen Märtyrer werde sie genauso beeindrucken wie die Bewohner des antiken Rom. Das Blut der Märtyrer, sagte er, als hätte ich den Spruch noch nie zuvor gehört, ist die Keimzelle des Glaubens.

Ich versuche es noch einmal. Ich sage, dass es in Russland keine Kandidaten für das Priesteramt oder den Bischofsstab gebe, abgesehen von ein paar Unierten in der westlichen Ukraine, die bereits ihre eigenen Bischöfe haben. Und ihre eigenen Märtyrer.

Der Cowboy versichert mir, dass es mit der Zeit viele Kandidaten geben werde. Und es sei wichtig, einen Bischof für die gesamte Sowjetunion zu haben, der sie ordinieren könne.

Ich sage, dass Swerdlowsk östlich des Ural liegt, unmittelbar vor den asiatischen Weiten. Abgesehen von einigen offiziellen Repräsentanten des Staates kommt niemand hierher. Es ist eine ausgelaugte Stadt, die immer noch unter dem Tod des Zaren leidet. Ich kann das Kloster der Heiligen Katharina und der Jungfrau nicht verlassen und durch das Land ziehen, um Männer ausfindig zu machen, die Bischöfe werden wollen. Genauso wenig, wie sie zu mir kommen könnten, ohne die Aufmerksamkeit des KGB auf sich zu ziehen. Es ist nicht die Gefahr, die mich davon abhält, Bischof der Sowjetunion werden zu wollen. Es ist die Unmöglichkeit dieses Amtes.

Erzbischof, sagt dann einer der anderen. Als ob das einen Unterschied machen würde.

Die Sowjetunion verändert sich, argumentiert der Cowboy. Ihre Führer sind alt, die Bürokratie schlampig. In den kommenden Jahren werden unsere Möglichkeiten sich verbessern. Die Details besprechen wir später. Jetzt wollen wir Sie einfach nur ordinieren und Sie als katholischen Erzbischof in Ihr Kloster zurückschicken.

Bezüglich der Dauer des Regimes lag er falsch, genau wie alle anderen auch. Bezüglich der Möglichkeiten einer Ausbreitung des Katholizismus lag er auch falsch, und zwar, wie ich glaube, ganz im Gegensatz zu allen anderen.

Sie zeigen mir die Dokumente, die mich als Erzbischof von Jekaterinburg und ganz Russland ausweisen. Über die anderen Sowjetrepubliken steht nichts in den Papieren, vielleicht, weil diejenigen, die die Dokumente ausgestellt haben, sie gar nicht kennen. Außerdem liegt noch ein herzlicher Brief des Papstes bei, adressiert an »meinen tapferen Sohn«. Mir ist klar, dass ich keine Wahl habe.

Ich erkläre mich bereit, mich noch am selben Abend im Keller des Saint-Jacques ordinieren zu lassen. Ich sage ihnen, dass ich keines der Dokumente mitnehmen kann. Die Polizei wird mich nach der Landung auf dem Flughafen in Moskau gründlich durchsuchen. Sie versuchen, mir eine katholische

Liturgie in russischer Sprache aufzudrängen. Ich sage, dass sie dann einen Märtyrer und keinen Bischof hätten. Falls ich jemals jemanden ordinieren müsste, dann würde ich das nach orthodoxem Ritus tun.

Sie wissen nicht so genau, ob die Ordination dann überhaupt gültig wäre, kommen aber schließlich zu dem Schluss, dass dem wahrscheinlich so sei. Auch den Ring und das Brustkreuz weise ich zurück. Dafür, dass sie Verschwörer sein wollen, legen sie eine bemerkenswerte Dummheit an den Tag. Ich frage mich, ob die Leute, die für Geheimdienstorganisationen wie zum Beispiel den KGB arbeiten, auch so dumm sind. Vermutlich. Allerdings ist es nicht recht, dass die katholische Kirche – um ein Wort zu benutzen, das ich erst sehr viel später kennen gelernt habe – ihre eigenen Schlapphüte hat. Oder mit irgendwelchen anderen Schlapphüten zusammenarbeitet.

Herr Jesus Christus.
Sohn und Wort des lebendigen Gottes.
Durch die Bitte deiner allerreinsten Mutter und aller Heiligen
Hab Erbarmen mit uns und rette uns.

Jetzt kehre ich also nicht nur als katholischer Mönch in mein orthodoxes Kloster und in meine Wälder zurück, sondern als katholischer Erzbischof. Es macht keinen Unterschied, da ihre närrischen Pläne zu nichts führen werden.

1985

Ich habe den Frieden wieder gefunden, den mein Besuch in Paris zerstört hat. Ich habe meine Arbeit, mein Kloster, meine Mitbrüder, den Wechsel der Jahreszeiten, die Süße der Kontemplation. Mit Gottes Hilfe wird sie mir durch nichts und niemals mehr genommen werden.

Die Mönche, die ein wenig Kontakt nach draußen haben – die KGB-Spione –, flüstern uns zu, dass es in Moskau einen neuen Führer gibt, einen jüngeren Mann, der von Öffnung und Wandel spricht. Ich kann nicht glauben, dass sich irgendetwas ändert, solange die Partei am Ruder sitzt.

Von dem wahnsinnigen Plan des Cowboys, Russland zum Katholizismus zu bekehren, höre ich keinen Mucks mehr. Sie haben mich schon wieder vergessen.

Das macht mich sehr glücklich. Am liebsten würde ich den Rest meines Lebens hier verbringen, betend und arbeitend.

1986, Paris

Ich bin hier, um ein kurzes Seminar zu geben, nicht auf Anweisung meines neuen Abtes, der nichts von zu viel wissenschaftlicher Forschung hält, sondern des Patriarchen persönlich. Im Namen der Glasnost, der Öffnung, muss die Orthodoxie zum Dialog mit anderen Religionen bereit sein. Er meint es eigentlich gar nicht so. Irgendjemand in der Regierung hat es ihm vorgesagt. Ich bin drei Wochen lang hier, lange genug, um den Verstand ebenso zu verlieren wie die Seele.

Die Frauen sind noch attraktiver als bei meinem ersten Aufenthalt, und die Betten in Saint-Jacques sind noch bequemer. Außerdem ist es trotz des Winters warm im Dominikanerkloster, auch wenn die meisten Brüder sagen, es sei zu kalt.

Ich spreche immerhin so gut Französisch, dass meine Studenten mich verstehen können. Ihre Fragen drehen sich jedoch nicht um die russische Mystik, sondern um die russische Politik. Kann der Sozialismus Glasnost und Perestroika überdauern?, wollen sie wissen. Ich entgegne, dass ich Mönch und Wissenschaftler sei und kein Politiker. Doch das Land hat sich seit meinem letzten Besuch in Paris stark verändert. Der Generalsekretär Gorbatschow hat Sympathien für die Orthodoxie. Es gibt keine Verfolgung mehr, abgesehen von kleineren Störmanövern.

Natürlich, so sagen sie, hat die Säkularisierung dafür gesorgt, dass die Orthodoxie ihre Anziehungskraft auf das Volk verloren hat. Ihre althergebrachten Sitten und abergläubischen Vorstellungen und Zeremonien werden kein Dreivierteljahrhundert Sozialismus überlebt haben.

Ich antworte mit einem Achselzucken und sage, dass an den Feiertagen mehr und mehr Menschen zu uns ins Kloster der Heiligen Katharina und der Jungfrau kommen.

Tief im Inneren glaube ich, dass der Sozialismus im Sterben liegt, wenn er nicht schon tot ist, und dass die Orthodoxie schon bald aus ihrem Grab steigen wird. Oder aus ihrem Versteck. Fast hätte ich gesagt »Katakomben« und mich dadurch verraten.

Ich werde oft zum Abendessen eingeladen. Ich weiß, dass ich eigentlich in Saint-Jacques bleiben und beten müsste, aber ich nehme die Einladungen trotzdem an. Ich möchte mehr über die ganz normalen Pariser erfahren. Zumindest sage ich mir das.

Ich erfahre, dass diejenigen, mit denen ich das Abendmahl teile, keine praktizierenden Katholiken sind und kaum noch an Gott glauben. Sie haben für die Bischöfe und Kirchenmänner nur Verachtung übrig und halten meinen polnischen Papst, bei allem Charisma, für eine Katastrophe für die katholische Kirche. Ich vergesse für einen kurzen Augenblick, dass ich ein Teil der katholischen Hierarchie bin.

Ich erfahre, dass diese französischen Intellektuellen und Aristokraten intelligent, geistreich, gebildet und hohl sind. Ich erfahre, dass viele der Frauen schön, zerbrechlich und verbittert sind – Worte, die ich nicht verwenden würde, würde ich diese Erinnerungen nicht in englischer Sprache aufschreiben. Sie flirten mit mir, weil sie nichts Besseres zu tun haben. Glücklicherweise bin ich gegen sie immun – meistens wenigstens.

Bei einem dieser Abendessen nimmt mich ein Amerikaner mit silbergrauem Haar und blinzelnden blauen Augen beiseite und fragt mich, ob wir am nächsten Tag zusammen zu Mittag essen wollen. Zuerst lehne ich ab und sage, dass ich mich auf mein Seminar vorbereiten muss. Doch er lässt nicht locker. Ich gebe nach.

Wir treffen uns im *Les Deux Magots,* gegenüber von St-Germain-des-Prés. Er sagt, er sei katholisch, mit einem Abschluss an der berühmten Universität von Notre Dame, von der ich nie zuvor gehört habe. Er behauptet, er arbeite für die amerikanische Regierung, und dann sagt er, dass er weiß, wer ich in Wirklichkeit bin.

Ich bin zu Tode erschrocken. Ich hatte kein Vertrauen zu den Männern aus Rom, die darauf bestanden hatten, mich zu ordinieren. Aber ich hätte nicht gedacht, dass sie mit der amerikanischen Regierung über mich gesprochen haben.

Er erklärt mir, dass der Vatikan und die amerikanische Regierung eng mit der Gewerkschaftsbewegung Solidarnosc in Polen zusammengearbeitet hatten und dass sie deren baldige Wiederauferstehung erwarten. Der polnische Papst, so argumentiert er, stößt den Sozialismus immer weiter auf den unvermeidlichen Abgrund zu. Es dauere nur noch ein paar Jahre.

Dann sagt er, dass ich in Kürze von Swerdlowsk nach Zagorsk verlegt werde, ins wichtigste Zentrum der Orthodoxie in Russland. Die sowjetische Regierung wird keine Schwierigkeiten machen. In regelmäßigen Abständen soll ich von einem amerikanischen Botschaftsattaché angerufen werden, der mir verschlüsselte Botschaften aus dem Vatikan überbringt.

Ich höre ihm genau zu, zeige nach außen hin aber kein Interesse, so, als würde ich das Meiste sowieso nicht glauben. Aber leider glaube ich es doch. Ist es möglich, dass der Vatikan und die CIA – so heißt die amerikanische Geheimpolizei, wie ich mittlerweile erfahren habe – zusammenarbeiten? Und macht mich das dann nicht zu einer Art Spion?

Bei meiner Rückkehr nach Saint-Jacques zittere ich und

falle in der Kapelle auf die Knie. Haben meine Freunde aus dem Vatikan jetzt einen amerikanischen Spitzel aus mir gemacht?

Soll ich nach Rom zurückkehren und um eine Audienz beim Papst persönlich bitten und ihm diesen Wahnsinn berichten?

Würde er mir überhaupt glauben?

Einmal mehr sehne ich mich nach der Einsamkeit meiner Tannenwälder mit dem klaren blauen Himmel und sogar nach der Winterkälte.

Das Fest der Auferstehung, 1989, Zagorsk

Der Herr ist auferstanden, Halleluja!

Er ist wahrhaftig auferstanden, Halleluja!

Heute hat das ganze Land sich verwandelt. Männer und Frauen und Kinder sind auf die Straße und in die Kirchen geströmt, um die Auferstehung des Herrn zu feiern! Sie haben die traditionellen Grußformeln ausgetauscht, haben die alten Choräle gesungen, haben Kerzen getragen. Die Mönche hier in Zagorsk sind voller Begeisterung und Freude. Nicht nur Jesus, sondern auch die Orthodoxie ist auferstanden.

Manche tun so, als hätten sie es schon die ganze Zeit über gewusst. Aber das stimmt nicht, niemand von uns hat etwas gewusst. Während der nunmehr vergangenen zwei oder drei Jahre Glasnost und Perestroika haben die Russen begriffen, dass ihre Regierung sich nicht in die Ausübung der Religion einmischen will. Man darf religiös sein. In ein paar Jahren schon werden wir Russen verlangen, dass alle religiös werden. So sind wir eben. Wir werden auch die Verbreitung antireligiöser Literatur verbieten.

»Wir Russen« schreibe ich viele Jahre nach dem großen Tag. Ich weiß immer noch genau, wie ich angefangen habe, so zu denken. Ich weiß auch noch, welche Angst es mir eingejagt hat, dass einige Mönche die Meinung äußerten, die

Kirche werde die gleiche Macht erlangen wie 1915, nur noch mehr, weil die Regierung uns jetzt nicht mehr unter Kontrolle hat. Das ist nicht der Glaube, den die Männer und Frauen heute in unserem Kloster feiern. Es ist die Religion des Vatikan, die hierher in den russischen Vatikan übertragen wurde. Müssen wir dieselben Fehler machen, die sie gemacht haben? Oder werden sie dieselben Fehler machen, die wir gemacht haben? Das hier ist eine riesige Chance, vergleichbar der, die die Katholiken nach dem Vatikanischen Konzil hatten. Sie haben sie verpasst. Werden wir unsere auch verpassen?

Ich hätte eigentlich »wir Katholiken« schreiben müssen. Aber ich habe nicht mehr die geringste Vorstellung davon, wer ich eigentlich bin.

Manche Mönche behaupten, dass die Kirchen wieder geöffnet und wieder aufgebaut werden und dass die Kuppeln mit den goldenen Blättern bald in ganz Russland zu sehen sein werden. Der Zar und seine Familie werden in St. Petersburg ihre letzte Ruhe finden und zu orthodoxen Heiligen und Märtyrern erklärt werden. Am Ort ihrer Ermordung in Jekaterinburg – sie benutzen schon wieder die alten Namen – wird ein Denkmal errichtet werden.

Ich glaube, sie sind maßlos in ihren Hoffnungen. Der Sozialismus wird nicht so schnell zugrunde gehen. Doch der Überschwang in diesen Tagen ist so gewaltig, dass man fast alles zu glauben bereit ist. Der Prozess, für den der Cowboy ein halbes Jahrhundert einkalkuliert hatte, hat nur ein halbes Jahrzehnt gedauert.

Hier in Zagorsk gibt es keinen blauen Himmel, nur den Moskauer Smog. Es gibt keine Tannen, nur brach liegende Felder. Es gibt keine glücklichen Mönche, nur beflissene Bürokraten. Niemand hat auch nur ein gutes Wort für den Katholizismus oder meinen polnischen Papst übrig.

Ich empfinde die ganze Freude und Hoffnung dieser wunderbaren Auferstehung, obwohl ich erst vor wenigen Tagen, am Gründonnerstag, wie er bei den Römern heißt, zum ersten Mal mein Amt als Erzbischof von Jekaterinburg und ganz Russland ausgeübt habe.

Ein junger Mann aus der amerikanischen Botschaft stattete mir einen kurzen Besuch ab. Er reichte mir einen versiegelten Umschlag und machte sich schnell wieder davon. In dem Umschlag fand ich eine Moskauer Adresse, eine Kellerwohnung, in der vier Männer mich erwarten sollten. Zukünftige Bischöfe? Das fragte ich mich. Kann ich das machen? Kann ich etwas tun, das sich gegen den orthodoxen Teil meiner Seele richtet?

In dieser Wohnung angekommen, stellte ich fest, dass ich es kann. Es waren nette junge Männer Mitte dreißig. Ein Koreaner aus Sibirien, ein Russe aus Leningrad (beziehungsweise St. Petersburg, wie mittlerweile alle sagen), einer aus Odessa und einer aus Moldawien. Sie sollten nicht mit dem byzantinischen oder dem unierten, sondern mit dem lateinischen Ritus zu Priestern und anschließend zu Bischöfen ordiniert werden. Das ist die erste Welle römischer Geistlicher, die nach Russland vorstoßen soll. Ich befragte sie vorsichtig nach ihrem Glauben und ihren Zielen. Sie betrachteten sich weder als Missionare noch als Revolutionäre. Und noch viel weniger sahen sie sich als Konkurrenz zur Orthodoxie. Das Feld sei reif für die Ernte, sagte einer, voller Menschen, die keinerlei religiöse Wurzeln besaßen. Sie stimmten alle darin überein, dass sie bereit waren zu sterben, ja, dass sie eigentlich fest damit rechneten.

Wie kann man kein Missionar sein und gleichzeitig von Feldern, die reif für die Ernte waren, sprechen. Waren sie sich denn gar nicht im Klaren über die Widerstandskraft der Orthodoxie?

Noch vor wenigen Jahren hätte ich die Erwartung des Martyriums für eine realistische Einschätzung gehalten. Jetzt war ich mir nicht mehr so sicher. Die Sowjetunion hatte sich so sehr gewandelt, dass sie nicht mehr als ein paar Jahre Gefängnis zu erwarten hatten. Die wirklich schmerzhafte Erfahrung würde darin bestehen, dass nur sehr wenige Menschen überhaupt zum Katholizimus übertreten würden. Sie mussten sich dem Versagen stellen, nicht dem Martyrium.

Im Anschluss gab es eine kleine Feier: eine Flasche Wodka, etwas braunes Brot, ein paar leise Gesänge. Dann fuhr ich mit dem Bus zurück nach Zagorsk. Ich war mir durch und durch unsicher in Bezug auf das, was ich getan hatte. Und doch konnte ich in meinem Herzen keinen Grund finden, warum ich sie hätte zurückweisen sollen.

Nun, nach diesem prachtvollen russischen Osterfest, glaubte ich nicht einmal mehr, dass sie ins Gefängnis gesteckt werden würden. Vielleicht würde man sie einfach des Landes verweisen.

Ich ging in die Kapelle, um für sie zu beten, betete in einem orthodoxen Kloster für frisch ordinierte katholische Bischöfe. Zagorsk ist eine fromme Stadt, weil sie eine fromme Tradition verkörpert, aber es ist keine betende Stadt. Ich sehne mich nach den Tannen von Jekaterinburg, wie ich die Stadt von nun an nennen werde, und nach Gottes Nähe. Ich werde sie nie wieder zu Gesicht bekommen. Das Kloster der Heiligen Katharina und der Jungfrau wird sich wandeln, genau wie alles andere auch.

Oktober 1992, Paris

Seit meinem letzten Aufenthalt in Paris hat die Sowjetunion aufgehört zu existieren. Meine Pariser Freunde gratulierten mir zu unserer neuen Welt. Während des Putschversuchs war ich gerade in Moskau und hielt eine Vorlesung. Ich bin, wie viele andere auch, sofort zum Weißen Haus geeilt, dem Sitz der Russischen Föderation und ihrem Präsidenten Jelzin. Die Mönche haben gesagt, er sei gläubig, aber auch ein entsetzlicher Trinker. Ich habe gesehen, wie er auf einen Panzer geklettert ist und den Anführern des Putschs die Stirn geboten hat. Das war ein großer Augenblick in der Geschichte Russlands, auch wenn Jelzin betrunken war. Das heilige Russland brach mit dem Sozialismus und der Sowjetunion. Die rot-weiß-blaue russische Fahne flatterte im Wind. Ich jubelte genauso laut wie alle anderen auch.

Die Menge war außer sich vor Freude. Wir wussten, dass die Streitkräfte der Putschenden kommen und uns alle umbringen würden. Und doch, für das heilige Russland wären wir alle gerne gestorben. Glücklicherweise scheiterte der Putsch aber. Gorbatschow kehrte vom Schwarzen Meer in ein ausgeweidetes Reich zurück.

Der Putsch hatte nicht den alten kommunistischen Machthabern gedient, die versucht hatten, das alte bolschewistische Spiel der Gewalt zu spielen. Stattdessen hatten sie Jelzin an die Macht gebracht, der bereits im Fernsehen zu sehen gewesen war, wie er eine Kirche besucht hatte.

Und so brach der Sozialismus in der Sowjetunion zusammen. Innerhalb weniger Wochen war das Riesenreich in seine Bestandteile, die einzelnen Republiken, zerfallen. In der westlichen Ukraine holten die Katholiken sich mit Gewalt die Kirchengebäude zurück, die Stalin den ukrainischen Orthodoxen überlassen hatte.

Als ich in einem überfüllten Bus nach Zagorsk zurückfuhr, war ich so erfüllt von den Ereignissen des Tages, dass ich gar nicht daran dachte, was die Tatsache, dass die Religionen sich nun nicht mehr länger im Untergrund bewegen mussten, für meine eigene katholische Untergrundkirche bedeutete.

Sofort nach meiner Ankunft ging ich in die Kapelle, dankte Gott für die Befreiung der Religion in Russland und bat ihn um seinen Schutz für alle Konfessionen.

Ich hatte drei weitere Bischöfe und vierundzwanzig Priester in Sechsergruppen ordiniert. Sie machten alle den gleichen Eindruck wie ihre Vorgänger – junge Männer, opferwillig und zielstrebig. Wo hatten sie wohl ihre Ausbildung gemacht? Vermutlich in Polen. Die Ausbilder hatten gute Arbeit geleistet. Zu der letzten Gruppe gehörten auch drei

Frauen, die ebenfalls ordiniert werden wollten. Mein Papst wäre damit nicht einverstanden gewesen. Doch ich konnte sie nicht zurückweisen. Wenn Gott sie zu Priesterinnen machen wollte, dann war das *Seine* Entscheidung.

Das war zumindest so ungefähr das, was ich *Ihm* im Kloster nach meiner Rückkehr aus unserer Kellerkapelle gesagt habe. Beim Verlassen der Klosterkapelle begegnete ich dem Abt. Wir nickten einander höflich zu. Ich musste innerlich lachen bei der Vorstellung, dass sein glattes, besänftigendes Äußeres tiefe Risse bekäme, wenn er wüsste, was ich gerade gemacht hatte.

Dann, an meinem ersten Tag in Paris, bekam ich in Saint-Jacques Besuch von dem lächelnden Mann mit den silbergrauen Haaren. Die russische katholische Kirche gibt es nicht mehr, sagte er. Der Vatikan möchte die byzantinischen Katholiken nicht verärgern.

Und was ist mit denen, die ich ordiniert habe?

Man wird sie finanziell unterstützen und sich um sie kümmern. Das war alles.

Als er gegangen war, saß ich in dem Zimmer, wo wir uns unterhalten hatten, und mir wurde klar, dass ich das Opfer einer Verschwörung der CIA geworden war, die unter Mithilfe des Vatikans zu Stande gekommen war. Oder zumindest einiger Leute aus dem Vatikan, denen es gelungen war, die Unterschrift des Papstes unter ein paar Dokumente zu erschleichen. Waren die, die ich ordiniert hatte, CIA-Agenten? Oder waren es Männer – und Frauen – mit einer echten Berufung, die der CIA als Quellen in einem, wie sie gedacht hatten, lang andauernden Wettbewerb mit der Sowjetunion dienen sollten?

Und jetzt, wo die Sowjetunion nicht mehr länger existierte, wurden sie nicht mehr gebraucht.

Da die Religion sich nicht mehr in den Untergrund zurückziehen musste, gab es auch keine Notwendigkeit für eine katholische Untergrundkirche. Diejenigen im Vatikan, die dieser Idee sowieso missbilligend gegenüberstanden – und von ihnen musste es etliche geben –, sahen in einer durchaus möglichen Verstimmung der leicht zu verstimmenden Unierten eine Möglichkeit, ihre Karriere zu fördern und das ganze Vorhaben abzubrechen.

Für alle Beteiligten eine verständliche Entscheidung – abgesehen von den Priestern und Bischöfen, die ich ordiniert hatte. Würde der Vatikan sich ihrer wirklich annehmen?

Hatte er sich auch meiner angenommen?

Ich ging den Gang entlang in die Kapelle von Saint-Jacques und sank müde auf die Knie. Was hatte ich getan! Die neue Religionsfreiheit in Russland hatte das ganze Unternehmen, das ich mit solchem Widerwillen begonnen hatte, zerstört und würde diejenigen, die mich als ihren Erzbischof betrachteten, auch wenn ich sie seit ihrer Ordination nie wieder gesehen hatte, mit Sicherheit vor den Kopf stoßen. Unschuldige Menschen waren durch die Winkelzüge von Verschwörern aus Washington und London zu Schaden gekommen.

Dann erkannte ich, dass sie keine Verwendung mehr für mich hatten. Wahrscheinlich würden sie mich einfach in Ruhe lassen, der Cowboy-Priester genauso wie der Mann mit dem silbergrauen Haar. Und wieder einmal würde ich für Rom aufhören zu existieren.

Dafür dankte ich Gott.

Ich verabscheute den Vatikan. Ich verabscheute das, was sie mir angetan hatten. Meinen polnischen Papst jedoch, den verabscheute ich nicht. Wie könnte ich? Aber mir wurde klar, dass die Bürokraten mit meinem Leben gespielt hatten. Und dass sie es mir gestohlen hatten.

Nikolaustag, 1995, Zagorsk

Es ist jetzt dreißig Jahre her, dass ich Rom verlassen habe, um zu erfahren, ob man zugleich katholischer Priester und orthodoxer Mönch sein kann. Ich komme zu dem Schluss, dass es gar nicht so schwierig ist, auch wenn die eine Identität mit der Zeit die Oberhand über die andere gewinnt. Ich denke mittlerweile meistens auf Russisch. Polnisch ist eine der Sprachen, die ich außerdem noch spreche, genauso wie Italienisch, Englisch und Französisch. Oft sage ich »wir Russen«.

Eine Weile war ich auch katholischer Erzbischof und habe während dieser Zeit Priester und Bischöfe ordiniert, die vermutlich in irgendeine Art Verschwörung verstrickt waren. Unschuldige Menschen, die von den Amerikanern unter Mithilfe des Vatikans benutzt worden waren. Ich hoffte, dass Gott mir meine Torheit vergeben hatte.

Aus Rom hatte ich kein Wort mehr gehört und rechnete auch nicht mehr damit. Man hatte mich einfach vergessen. Falls ich gefangen genommen und vor Gericht gestellt werden sollte, dann würden sie sich zu meiner Verteidigung erheben, weil sie Märtyrer gerne haben. Und falls nicht, dann hofften sie, dass ich sie nicht in Verlegenheit brachte.

Ich mache mir Gedanken über den FSB, wie der KGB heutzutage genannt wird. Wie viel hatten sie von alledem gewusst? Hatte es sie interessiert? Gab es so etwas wie Zusammenarbeit zwischen bestimmten Elementen im FSB und solchen in der CIA? In meiner russischen Seele steckt genügend Verfolgungswahn, um dahinter eine groß angelegte Verschwörung zu vermuten.

Und ausreichend dickköpfiger polnischer Realismus, um mir selbst zu sagen, dass das Geschehene sehr viel mehr mit Dummheit und Inkompetenz zu tun hatte als mit Bösartigkeit.

Und doch genoss ich die Vorstellung, in den Vatikan zu marschieren und die Namen derjenigen, die mich ausgenützt hatten, ebenso zu nennen wie die der Russen, die ich ordiniert hatte.

Aber das würde ich nicht tun, weil das niemandem helfen würde und ich nichts beweisen konnte.

Die Beziehungen zwischen Moskau und Rom haben sich verschlechtert. Der Patriarch fühlt sich mächtiger. Er braucht keine Unterstützung aus Rom. Er knüpft das freundschaftliche Verhältnis zu meinem polnischen Papst an die Unterdrückung der Unierten. Das kann der Papst nicht zulassen. Keine der beiden Seiten wird oder kann sich bewegen.

Viel Zeit ist vergangen, seitdem wir in Rom miteinander gesprochen haben und uns einig waren, dass die Glaubensinhalte der orthodoxen und der katholischen Kirche weitgehend übereinstimmen. Das mag nach wie vor der Fall sein, aber es ist leider nicht von Bedeutung.

Wie ich schon vor langer Zeit gesagt habe: Wir haben zu viel Geschichte und zu viel Kultur. Die Geschichte hat zu viele lang anhaltende Erinnerungen geschaffen. Die Eroberung Konstantinopels durch die Kreuzzügler hat erst gestern stattgefunden. Die Verfolgung der Orthodoxie im katholischen Polen ist gerade einmal eine Stunde her. Die Stimmung in Zagorsk, die der im Vatikan so ähnlich ist, bildet eine riesige Barriere. Der Papst hat schon zu lange als Sündenbock gedient. Der Katholizismus hat einige seiner schlimmsten Engstirnigkeiten aufgegeben, aber das wird hier drüben niemand glauben. Die Unfehlbarkeit dürfte nach wie vor ein Problem darstellen, ebenso wie das *filioque*, und sie sind nicht bereit, darüber zu verhandeln. Wir Katholiken (ich schlüpfe nun für einen Augenblick in meine katholische Identität) halten sie für rigide und engstirnig. Wir vergessen, dass genau diese Beschreibung noch vor wenigen Jahren auf uns selbst zugetroffen hat.

Ich habe keine Hoffnung auf eine einfache oder baldige Lösung. Allerdings ... ich hätte auch nicht gedacht, dass die Partei ihre Macht so schnell verlieren würde.

Meine Arbeit macht Fortschritte. Ich veröffentliche viel. Ich werde zu Vorlesungen nach England und nach Amerika eingeladen. Vielleicht besuche ich die Universität von Harvard. Würde ich immer noch unter den Tannen des Ural wohnen, dann würde ich nein sagen. Doch der Umzug vor die Tore Moskaus hat mich korrupt gemacht. Ich war in jeder Hinsicht sehr neugierig und lese sehr sorgfältig alle Zeitungen und schaue sogar BBC und CNN im Fernsehen.

Ich bin nicht vor der Welt geflohen und versuche es auch nicht länger. Und doch kämpfe ich noch immer darum, das Leben eines Mönchs zu führen und dicht bei Gottes Liebe zu bleiben.

Manchmal glaube ich, dass es Gottes Wille war, dass mir all dies widerfahren ist, und dass *Er* mich trotz all meiner dummen Fehler liebt. Ich hoffe, das ist die Wahrheit. Dann war mein Leben nicht umsonst.

Jedoch bin ich sehr müde.

1998, Harvard

Ich bin hier freundlich aufgenommen worden, auch wenn einige russische Priester meine Vorlesungen nur deshalb besuchen, weil sie mit mir streiten wollen. Sie sind ungebildet und können nicht genau sagen, worin sie nicht mit mir übereinstimmen. Ich versuche, mich in Geduld zu üben, doch ich fürchte, ich stoße meinen Stab auf den Boden und werde laut. Ich habe es zwar abgelehnt, Abt zu werden, aber jetzt benehme ich mich die meiste Zeit genau wie einer. Ich fürchte, ich wäre ein strenger und wilder Abt.

Der Patriarch behauptet, meine Bücher zu lesen und möchte mich zum Metropoliten, zum Erzbischof, machen. Dann wäre ich also ein Erzbischof beider Kirchen. Und wieder taucht die alte Frage auf, ob das überhaupt möglich wäre. Sie ist genauso dumm wie jene ähnliche Frage vor langer Zeit.

Es könnte aber Spaß machen. Da spricht der heimliche Pole in mir!

Die katholische Erzdiözese Boston schickt einen Priester in meine Vorlesungen, der beurteilen soll, ob ich Häresien verkünde. Er ist kein kompletter Dummkopf wie die russischen Priester, aber dennoch ein Dummkopf. Er versucht mir Fangfragen zum *filioque* zu stellen. Ich weiche ihm ohne Schwierigkeiten aus. Ich sage ihm, dass die Union von Brest ein weit größeres Problem sei. Er weiß nicht, wovon ich spreche. Wieso sollte sich die Erzdiözese meinetwegen Gedanken machen? Vielleicht, weil ihre Macht so groß ist, dass sie das Gefühl hat, sie manchmal auch anwenden zu müssen. Genau deshalb hatten wir vor dreißig Jahren ein Konzil!

Ich schreibe diese Überlegungen ausführlich auf, ein Wagnis, das ich zum ersten Mal eingehe. Jetzt gibt es niemanden mehr, der mein Gepäck durchsuchen will. Es könnte durchaus sinnvoll sein, meine Lebensgeschichte aufzuschreiben. Ich muss ernsthaft darüber nachdenken, das zu tun, was mit der Redensart »reinen Tisch machen« gemeint ist. Der Verrat des Vatikan und der CIA ist eine Geschichte, die vielleicht erzählt werden müsste.

Auf dem Weg nach Amerika habe ich den Bauernhof vor den Toren Lublins besucht, wo ich geboren wurde. Er hat sich kaum verändert, ist immer noch ärmlich und kommt mir noch kleiner vor. Ich habe zu meinen Eltern gebetet und sie gebeten, bei Gott für mich Fürsprache zu leisten. Ich weinte, genau wie später auf dem Friedhof. Ich war ihr Leben. Ich hoffe, sie schämen sich nicht für mich.

Auf dem Bauernhof kann ich das Lachen meiner Mutter hören, strahlend hell und klar und rein wie jedes Mal. Ich sehe das breite Lächeln meines Vaters, ein polnisches Lächeln, wie es schöner nicht sein kann. Ich sage ihnen, dass ich sie immer noch liebe.

Nach diesem Besuch muss ich oft denken, dass es grausam war, sie zu verlassen, erst, um das Priesterseminar zu besuchen, und später, um nach Rom zu gehen. Was, wenn ich mich nicht für die Priesterlaufbahn entschieden hätte? Sie hätten vor ihrem Tod noch ihre Enkelkinder gesehen. Ich hätte eine Frau geliebt. Ich wäre arm gewesen, wenn auch nicht so arm wie meine Eltern. Wahrscheinlich hätte ich in Krakau gewohnt und an der Universität gelehrt. Meine Arbeit hätte sich wohl kaum von meiner jetzigen unterschieden. Bin ich Priester geworden, um dem Bauernhof und seinen Entbehrungen zu entfliehen? Ich habe damals nie darüber nachgedacht. Aber vielleicht ja doch, und vielleicht war das Priesteramt ein Ausweg. Wäre es denn wirklich so schrecklich gewesen, Bauer zu sein so wie sie? Wenn meine Frau und ich uns so geliebt hätten wie sie, dann wäre es das vielleicht wert gewesen.

Gott weiß es. Wahrscheinlich gefallen *Ihm* diese Gedanken nicht, aber wer weiß ... vielleicht ja doch.

Trotz des Spions in den Diensten von Kardinal Law bin ich von der katholischen Kirche in diesem Land beeindruckt, so sehr, dass ich feststelle, dass meine gespaltene Persönlichkeit eher katholisch als orthodox denkt. Ich lese einige ihrer Theologen und finde sie hervorragend, ganz besonders diesen David Tracy. Die Laien in meinen Vorlesungen stellen intelligente Fragen. Sie verlangen von mir, die russische Mystik nicht nur mit Johannes vom Kreuz zu vergleichen – eine nahe liegende Frage – sondern auch mit Juliane von Norwich – eine sehr viel speziellere Frage. Stimmen »unsere« Mystiker mit ihr darin überein, dass »alle Dinge gut sein werden, die Eigenschaften aller Dinge gut sein werden«?

Ich erwidere, dass eine große Ähnlichkeit im Denken und eine etwas weniger große Ähnlichkeit im Ausdruck dieses Denkens besteht. Wir bevorzugen etwas komplexere Begrifflichkeiten. Ich sage auch, dass ich, wenn ich gezwungen wäre, einen einzigen Mystiker aus der gesamten christlichen Tradition auszuwählen, mich dann für sie entscheiden würde.

Sie fragen mich auch, wieso keine Einigkeit zwischen Rom und Moskau, ja nicht einmal zwischen Rom und Konstantinopel besteht. Ich entgegne wie üblich, dass wir denselben dreieinigen Gott verehren, denselben Jesus und dieselbe Jungfrau haben, dieselben Heiligen und dieselben Engel. Der

Papst ist eigentlich auch nicht das Problem, und noch viel weniger die verheirateten Priester. Das Problem sind die Kultur und die Geschichte. Dann sage ich, dass die Orthodoxie ein eigenes Konzil braucht und dass der Katholizismus den durch das Zweite Vatikanum eingeleiteten Reformprozess fortsetzen müsse, der aber leider unterbrochen worden sei.

Sie applaudieren und jubeln, alle bis auf den Priester, den der Kardinal zum Spionieren hergeschickt hat.

Amerika lässt mich sehr leichtsinnig werden. Vielleicht sollte ich dem Patriarchen sagen, dass ich liebend gerne Metropolit werden möchte. So wäre ich ein Erzbischof beider Traditionen. Ich habe das Gefühl, dass das weder ihm noch meinem polnischen Papst gefallen würde. So wenig, wie es dem Papst gefallen würde, dass ich Frauen ordiniert habe.

Also erzähle ich es ihm lieber nicht.

Später. Ich weiß, was ich tun werde. Ich werde ein Buch über die Einheit von Rom und Moskau schreiben, und zwar unter einem Pseudonym – als Simon Sobieski. Ich habe bereits zwei Identitäten. Also erschaffe ich noch eine dritte, von der kein Mensch etwas wissen wird. Das ist Gottes Wille. Nur ein komischer Gott kann auf solch einen Gedanken kommen. Ich werde alle meine Erfahrungen in beiden Kirchen einfließen lassen, um so einen Weg in Richtung Einheit zu weisen.

Es wird, da bin ich mir sicher, keinen Menschen interessieren, was dieser obskure Theologe zum Thema Einheit zu sagen hat. Man wird seinen Ratschlag komplett ignorieren. Aber vielleicht wird irgendjemand ihm eines Tages Gehör schenken.

Rom

Ich hatte Boston noch nicht einmal verlassen, um nach Paris und Moskau zurückzukehren, als ich einen Anruf vom Patriarchen persönlich erhielt. Er will, dass ich als sein persönlicher, wenn auch inoffizieller Gesandter nach Rom fahre. Der Vatikan hat informelle Gespräche angeregt, um die Möglichkeit eines langfristigen Dialogs zwischen den beiden Kirchen auszuloten. Der Patriarch war misstrauisch. Das ist nur wieder einer von ihren Tricks, sagt er. Aber wir können es nicht riskieren, völlig ausgeschlossen zu werden. Würden Sie also bitte nach Rom fahren und mit ihnen sprechen. Mit einem gewissen Monsignore Agostino.

Was soll ich ihm sagen?

Es wird keinen Dialog geben, nicht jetzt und nicht in Zukunft, wenn Sie die Anerkennung der Unierten nicht zurückziehen?

Glauben Sie denn, dass das für Rom überhaupt möglich wäre?

Pause.

Das ist nicht unser Problem. Wenn es unmöglich ist, dann müssen wir eben das Unmögliche fordern.

Ich verstehe.

Und so bin ich nun als Verhinderer hierher gekommen. Ich muss dem Patriarchen gegenüber loyal sein und gleichzeitig dem Vatikan vielleicht den einen oder anderen Hinweis geben, was er tun müsste, wenn es ihm mit der Einheit ernst ist – etwas, worüber ich mir nicht hundertprozentig sicher bin. Ich muss daher wild und charmant zugleich sein. Ich werde meinen Stab auf den Boden stoßen und ich werde lächeln.

Rom hat sich in den letzten fünfunddreißig Jahren nicht sehr verändert. Die Laien auf der einen und die Kleriker und Gläubigen auf der anderen Seite ignorieren einander nach wie vor, wenn sie sich auf der Straße begegnen. Niemand lächelt. Die Priester, die im Vatikan arbeiten, versuchen immer noch den Eindruck zu erwecken, als wären sie sehr wichtig und als kennten sie Geheimnisse, die sie nicht verraten dürfen.

Ich ging ins Anselmo und stellte fest, dass sich auch dort

nicht viel verändert hatte, auch wenn der Enthusiasmus der späten Sechzigerjahre verflogen ist. Die jungen Mönche starrten mich an, als sei ich mit meinem orthodoxen Talar und meinem Stab, den ich oft nur zu meinem eigenen Vergnügen auf den Boden stoße, ein Besucher von einem anderen Stern.

Ich frage mich, ob dieser düstere orthodoxe Mönch mit dem fließenden Talar und dem langen Bart tatsächlich vor so langer Zeit ein viel versprechender Student hier am Seminar gewesen sein kann. Offensichtlich nicht. Innerlich lächele ich milde und – vollkommen unbedeutende Person, die ich bin – gehe wieder weg.

Ich muss jedoch zugeben, dass, wenn ich mich frage, ob ich dieses Kloster hier mehr vermisse als das der Heiligen Katharina und der Jungfrau, ob ich die sonnige Wärme Roms mehr vermisse als den strahlend blauen Himmel und die Tannen des östlichen Ural, die Entscheidung dann beinahe unentschieden ausfällt. Aber ich bin immer noch Pole und immer noch Benediktiner.

Manchmal zumindest.

Wir begegnen uns wieder in jenem Büroraum des Rates zur Förderung der Einheit der Christen. Monsignore Agostino jedoch arbeitet im Staatssekretariat. Das heißt, dass unsere Konsultation zwar informell, aber trotz alledem von Bedeutung ist.

Ich erkundige mich diskret nach den drei Männern, die mich nach Russland gesandt haben. Meine Gastgeber machen einen überraschten Eindruck. Alle drei sind bereits tot. Und der Cowboy? Er ist aus dem Priesteramt ausgeschieden, um zu heiraten und lebt nun mit seiner Frau in Boston. Ich frage mich im Stillen, ob er vielleicht meine Vorlesung in Harvard besucht hat?

Unwahrscheinlich.

Agostino ist ein interessanter Mann – gut aussehend mit lockigen schwarzen Haaren und erstaunlich leuchtenden blauen Augen. Er lächelt schnell und wohlwollend und ist offensichtlich sehr intelligent und sehr mächtig. Der Eifer jedoch, der den ambitionierten kirchlichen Bürokraten jeder Konfession eigen ist, geht ihm ab. Ich nehme an, dass ihm solche Dinge einfach gleichgültig sind.

Ich erkundige mich, ob er vielleicht eine polnische oder russische Mutter hat. Er lacht freundlich und sagt: Nein, noch schlimmer. Eine irische. Alle im Raum lachen, die beiden anderen Priester eher nervös.

Ich teile ihm mit, dass die inoffizielle Botschaft des Patriarchen die gleiche sei wie die offizielle. Der Papst muss sich von den Byzantinern abwenden, falls er weiterhin im Dialog mit der russisch-orthodoxen Kirche bleiben möchte. Wir unterhalten uns eine ganze Weile, mindestens eine Stunde, und kommen dabei auf die meisten auffälligen Unterschiede zwischen den beiden Traditionen zu sprechen. Wir stimmen darin überein, dass die meisten vermutlich geklärt werden können, selbst der *filioque*-Streit, falls der Wille da ist. Ich sage, dass das Problem in der Geschichte, der Tradition und zwei unterschiedlichen Vatikanen besteht. Ich wiederhole, dass wir eine Kombination aus Tridentinum und Zweitem Vatikanum benötigen, während sie (womit in diesem Fall die Katholiken gemeint sind) ihre vatikanische Erneuerung wieder aufnehmen müssen.

Er zuckt mit den Schultern und signalisiert seine Zustimmung.

Zum Schluss sage ich, dass, auch wenn wir beide persönlich weitgehend einer Meinung sein mögen, die Antwort des Patriarchen unverändert bleibt: Keine Gespräche, solange Rom nicht die Byzantiner verstößt.

Ich habe nicht »die Unierten« gesagt. Ein leichtes Flackern in seinem Blick bei meinem Versprecher, aber er versucht nicht, einen Vorteil daraus zu schlagen.

Können Sie uns denn gar keinen inoffiziellen Hinweis geben?, will er wissen.

Ich denke darüber nach, denke an das Buch, das ich nun mit Sicherheit schreiben werde.

Nehmen Sie uns an, obwohl wir so sind, wie wir sind, sage ich. Geben Sie irgendwann bekannt, dass alle Exkommunikationen vergangener Tage aufgehoben sind. Sagen Sie, dass Sie uns als Teil der unsichtbaren katholischen Kirche begreifen, dass Sie auch den Patriarchen als Teil dieser Kirche begreifen und dass Sie nicht die Absicht haben, in seinen Zuständigkeitsbereich einzugreifen, dass Sie nichts gegen interkonfessionelle Eheschließungen und das Besuchen des Abendmahls haben und dass Sie nach einer gewissen Anzahl von Jahren ein weiteres ökumenisches Konzil einberufen wollen, zu dem die russisch-orthodoxe und alle anderen orthodoxen Kirchen eingeladen werden. Sie könnten sogar Ihrer Hoffnung Ausdruck verleihen, dass der Patriarch sich an der Einladung beteiligt.

Während sie sich meine Vorschläge durch den Kopf gehen lassen und die anderen beiden auf Agostinos Antwort warten, herrscht vollkommenes Schweigen im Raum.

Das ist eine gute Idee, sagt er dann mit einem Seufzer. Aber ich fürchte, die Zeit ist noch nicht reif für solch eine Geste.

Womit er sagen will, dass er das bei meinem polnischen Papst und den Männern in seiner Umgebung nicht durchsetzen könnte. Ich drücke ihm mein Verständnis dafür aus.

Wir gehen unter ausgiebigem Händeschütteln und dem Versprechen, dass wir uns wiedersehen und füreinander beten wollen, auseinander. Auf dem Rückweg in das winzige russische Kloster in Rom, wo ich wohne, frage ich mich, was der begnadete und intelligente Pater Agostino wohl dazu sagen würde, wenn ich ihm von meinem vorangegangenen Gespräch in eben diesem Rom berichtet hätte. Und ich frage mich, wieso ich das nicht getan hatte.

Ich wusste darauf keine Antwort. Vielleicht fürchtete ich mich vor den Konsequenzen, wenn ich ihm meine Geschichte erzählt hätte. Wahrscheinlicher aber ist, dass ich das Gefühl gehabt habe, ich dürfte das Vertrauen des Patriarchen nicht enttäuschen.

Wieder nach Moskau zurückgekehrt, berichtete ich ihm in allen Einzelheiten von dem Gespräch mit Agostino. Er verlor schnell die Geduld. Er wollte nichts von den Parallelen in den beiden Traditionen hören. Er wollte lediglich versichert sein, dass ich wirklich mit Nachdruck auf seiner Position bestanden hatte, dass es nämlich niemals zu einem Dialog zwischen ihm und dem Papst kommen wird, solange der Papst die Unierten nicht verstößt. Als ich ihm versicherte, weitgehend bei der Wahrheit bleibend, dass ich genau dies wiederholt getan hatte, entspannte er sich und nickte zustimmend.

Was, wenn der Vatikan meinen Ratschlag tatsächlich befolgte? Wie würde dieser Mann reagieren?

Er würde es wahrscheinlich als einen weiteren Trick des Papstes abtun.

An diesem Abend begann ich mit der Arbeit an meinem Buch über die Probleme und die Möglichkeiten einer Wiedervereinigung und über das tief sitzende und mächtige und keineswegs ungerechtfertigte Misstrauen der Orthodoxie gegenüber dem Papsttum.

Simon Sobieski, der ich mit Beginn des Schreibens geworden war, fragte sich, wie lange es wohl dauern würde, bis die Orthodoxie Theologen wie diejenigen hervorbringen konnte, die das Zweite Vatikanische Konzil gestaltet hatten. Ohne solche Männer wären nicht einmal die vorbereitenden Weichenstellungen für eine Wiedervereinigung möglich.

Ich befürchtete, es würde Generationen dauern.

2000, Paris

Mein Buch – oder sollte ich lieber sagen: Simon Sobieskis Buch – über die Wiedervereinigung der russischen Orthodoxie und der katholischen Kirche ist in Amerika erschienen. Es wurde von The Liturgical Press veröffentlicht, dem Buchverlag der St. John's Abbey in einem Ort namens Minnesota. Es hat einige positive und einige negative Kritiken erhalten. Die negativen haben mir entweder zu viel Optimismus oder zu viel Pessimismus vorgeworfen. Ich denke, das ist ausgezeichnet.

St. John's ist, welche Ironie, ein Benediktinerkloster. Sie wissen nicht, dass der Autor dieses Buches einer der Ihren ist! Und wahrscheinlich werden sie es niemals erfahren. Die Paradoxien meines Lebens potenzieren sich permanent. Als ich das erste Exemplar des Buches erhalten habe, war ich plötzlich wieder ein Benediktiner.

Jetzt ist es beschlossene Sache. Ich werde für zwei Jahre nach Amerika gehen – einen Sommer lang an die Notre Dame, anschließend zwei Jahre an die University of Chicago. Der Abt hat mir mit großer Freude die Genehmigung erteilt. Er hat angedeutet, dass er nichts dagegen hätte, wenn ich in Amerika bliebe. Im Kloster bin ich ein Störfaktor. Ich stelle zu viele Fragen über den Kurs der Kirche. Ich spreche über die Notwendigkeit einer Reform. Die Kirche hat gerade erst eine fünfundsiebzigjährige Phase der Unterdrückung hinter sich, es ist noch zu früh, um von Reformen zu sprechen. Worauf ich entgegne – respektvoll, wie ich hoffe – dass wir jetzt reformieren müssen, noch bevor es zu spät ist. Unsere Leute sind nicht mehr länger unwissende und ungebildete Bauern. Wir müssen ihnen Substanz liefern, aber auch feierliches Zeremoniell. Er versteht mich nicht. So wenig wie der Patriarch. Wir müssen zuerst unsere alte Macht wiedererlangen, bevor wir über Reformen reden können. Wir werden diese Macht nie wiedererlangen, erwidere ich, und selbst wenn das möglich wäre, sollten wir es nicht tun.

Ich mag die Amerikaner. Sie sind reich, vielleicht reicher, als gut ist für sie. Aber sie sind großzügig. Und überschwänglich. Sie sind uns Russen ähnlicher als die Franzosen oder die Italiener oder die Engländer. Wenn ich in Amerika bin, dann spüre ich, dass ich Amerikaner bin. Noch eine Identität.

Außerdem fühle ich mich hier katholischer, vielleicht weil es hier viel mehr Katholiken gibt. Und weniger Russen.

Ich frage Gott, ob ich das Richtige tue. Wie kann ich Gewissheit erlangen? Vielleicht habe ich vor langer Zeit, als ich beschlossen habe, Priester zu werden, einen Fehler begangen, und den nächsten Fehler, als ich Wissenschaftler wurde, und einen schweren Fehler, als ich mich einverstanden erklärt habe, nach Russland zu gehen, und einen tragischen Fehler, als ich zugelassen habe, dass sie mich zum Erzbischof machen. Ich weiß es nicht, sondern nur Gott allein. In den Jahren, die mir bleiben, muss ich versuchen, der Gnade Gottes zu folgen. Falls ich in der Vergangenheit wirklich Fehler gemacht habe – und oftmals bin ich sicher, dass das so ist –, dann ist es vielleicht nicht zu spät, meinen Kurs noch zu ändern.

Doch habe ich mich in letzter Zeit oftmals nach den Tannen und dem blauen Himmel und der eisigen Luft und den Chorälen im Kloster der Heiligen Katharina und der Jungfrau gesehnt.

Auch weine ich häufig um meine Eltern.

Ich bin ein sentimentaler alter Mann geworden. Letzten Endes bin ich eben doch ein Pole.

Notre Dame

Dies ist ein äußerst katholischer und sehr amerikanischer Ort zugleich, voller Symbole aus beiden Traditionen. Die große vergoldete Statue der Jungfrau über der Kuppel. Das riesige Wandgemälde an der Seitenwand der Hesburgh-Library, das »Touchdown-Jesus« genannt wird. Die Grotte, in der junge Menschen verheiratet werden. Die Footballmannschaft, die Paraden, die Musikkapellen, die jubelnden Studenten, alle klug, manche sogar sehr klug. Diesen Sport, den sie Football nennen, verstehe ich nicht, es scheint mir ein sehr brutales Spiel zu sein. Viele Kunstwerke sind entsetzlich schlecht. Und doch sind die Studenten lebhaft und offen und die Mitglieder des Lehrkörpers oft intelligent. Man hat mich hier freundlich aufgenommen und ich bin so etwas wie ein »Uni-Original«, so heißt es, glaube ich, geworden. Die jungen Menschen rufen mir russische Begrüßungsworte zu, und ich winke mit meinem Stab und rufe etwas zurück. Ich genieße diese Wortwechsel. Unter so vielen jungen Menschen fühle ich mich selbst fast wieder jung. War ich jemals so jung wie sie? Ich bezweifle es.

Ich habe gegenüber einigen Menschen beiläufig diese »Aufzeichnungen« hier erwähnt. Das war vermutlich keine gute Idee. Diejenigen, die von meiner Vergangenheit wissen, könnten sich Sorgen machen, wenn sie davon erfahren. Wieder einmal bin ich leichtsinnig geworden.

Vor meiner Abreise aus Moskau bin ich auf der Straße einem meiner Priester begegnet. Er trug Arbeiterkleidung, ohne jedoch arm zu wirken. Ich versuchte, mit ihm zu sprechen. Zuerst hat er so getan, als würde er mich nicht erkennen. Dann weigerte er sich, mit mir zu sprechen. Ich weiß nicht, was ich davon halten soll. Ich mache mir Sorgen, und manchmal habe ich sogar Angst.

2001, Chicago

An dieser Universität geht es nicht so überschäumend zu wie an der Notre Dame, sondern sehr viel ernsthafter. Zu ernsthaft vielleicht. Die Studenten sind extrem intelligent und meine Kollegen gehören zu den besten Wissenschaftlern, mit denen ich jemals zusammengearbeitet habe. Und doch macht die Universität einen irgendwie trockenen Eindruck. Vielleicht liegt es daran, dass es hier kein Footballteam gibt. Oder daran, dass sie kein, wie ein Kollege an der Notre Dame einmal über seine Einrichtung gesagt hat, katholischer Freizeitpark ist. Vielleicht liegt es auch nur daran, dass ich mich so trocken fühle. Das Leben, das ich hier führe, lässt mich ein

Stück meiner klösterlichen Einsamkeit wieder erringen, auch wenn das Beten als Einzelner schwieriger ist als in einer Kapelle voller Mönche.

Einmal habe ich eine polnische Kirche besucht, um an einem Gottesdienst in meiner Muttersprache teilzunehmen. Es ist wunderschön und ich weine. In den letzten Tagen weine ich oft. Der junge Priester weiß nicht so recht, ob er jemandem, der wie ein russischer Mönch gekleidet ist, das Abendmahl geben darf. Doch dann lächelt er und zuckt mit den Schultern.

Ich habe mir diese Aufzeichnungen noch einmal durchgelesen und erkenne jetzt, wie gefährlich sie sein könnten. Manchmal habe ich das Gefühl, ich werde verfolgt. Sicherlich hat der FSB keine Agenten hier in Chicago. Vielleicht ist es die CIA. Oder vielleicht auch die russische Paranoia.

Russische Paranoia und polnische Tränen. Ich bin ein wahrhaftiger Nachfahre beider Traditionen.

Ich werde jetzt aufhören zu schreiben. Vielleicht fange ich eines Tages wieder damit an. Ich packe alles ein und übergebe es der schönen und tüchtigen Dekanin – einer groß gewachsenen, bleichen Frau mit rotem Haar, die in Osteuropa entweder als Hexe oder als Vampir oder als Erzengel gelten würde. Ich werde ihr sagen, sie soll es in einen Safe legen. Auf den Umschlag schreibe ich, dass es im Falle meines Todes oder meines Verschwindens geöffnet werden soll. Ich erwarte aber weder das eine noch das andere. Und doch will ich nicht, dass meine Geschichte in Vergessenheit gerät. Und ich werde meinen Memoiren ein Dokument hinzufügen.

Am Tag vor meiner Abreise von der Notre Dame besuchte mich ein irgendwie offiziell aussehender junger Priester auf meinem Zimmer in Sorin Hall. Er hatte eine Tasche bei sich, in der sich möglicherweise ein paar Kleidungsstücke befanden. Er sagt, er käme von der päpstlichen Nuntiatur in Washington und zeigt mir seine Vollmacht. Ich muss die Dokumente, die er mir geben wird, vertraulich behandeln.

Der Heilige Vater, so sagt er feierlich, hat sich in seiner Gnade entschlossen, Sie in den heiligen Purpurstand zu erheben. Ich lache ihn aus. Das ist doch mit Sicherheit ein Witz. Er ist beleidigt. Die Ernennung, so sagt er, geschehe »in petto«, falls ich wisse, was das heißt. Ich lache noch einmal. Sie meinen damit, dass ich ein heimlicher Kardinal bin? Er nickt salbungsvoll. Der Heilige Vater wird die Ernennung öffentlich bekannt geben, sobald es ihm gefällt.

Ich werfe einen Blick auf das Dokument. Dort heiße ich Monsignore Jan Sobieski Ostrowski. Doch dieser junge Mann ist schon vor langer Zeit gestorben. Sie wissen nichts von Simon Sobieski.

Ich lache immer weiter. Wer war der letzte orthodoxe Theologe, der zum Kardinal ernannt worden ist? Bessarion, nicht wahr?

Nachdem er mir gesagt hat, dass weder meine »Beförderung« noch die Sache mit der Geheimhaltung zum Lachen sei, spricht mir der junge Mann seine Gratulation aus und verabschiedet sich mit großem Ernst.

Ich lache weiter. Das Ganze ist wahrscheinlich nur ein Witz, aber ein sehr guter Witz. Und, falls es doch kein Witz sein sollte, dann ist es ein noch viel besserer Witz.

Einer meiner Kollegen kommt herein. Ich schiebe ein Manuskript über die Ernennungsurkunde. Ich hoffe, Sie haben keine Schwierigkeiten mit dem Vatikan, Bruder Semjon, sagt er.

Ich beruhige ihn. Dort werden meine Arbeiten gar nicht gelesen, da bin ich mir sicher. Außerdem bin ich ein orthodoxer Mönch. Sie haben mir gar nichts zu sagen. Noch nicht, jedenfalls. Ich habe diesen fetten Fatzke schon einmal gesehen, erwidert er. Er ist zweiter Sekretär in der Nuntiatur. Er hat mich nach einem Schriftstück gefragt, das sie zu brauchen glauben, sage ich.

Es ist also wirklich wahr. Es hat nichts zu bedeuten. Es ändert nichts. Es ist ein Geheimnis wie alles andere in meinem

Leben auch. Meine armen Eltern im Himmel sind vielleicht stolz auf mich. Meine Mutter, als Orthodoxe, ist sicherlich glücklich. Mein Vater, als Pole, wahrscheinlich argwöhnisch und zynisch.

Als mein Kollege wieder weg ist, fällt mir der Kleidersack auf, den der junge Priester an den Haken hinter der Tür gehängt hat. Ich ziehe vorsichtig den Reißverschluss auf. Im Inneren befindet sich ein Talar aus Moiréseide, der Talar eines Kardinals. Und das Pallium eines Erzbischofs.

Ich werfe noch einmal einen Blick auf die Ernennungsurkunde. Ich werde dort als Jan Sobieski Ostrowski aus dem Orden der Benediktiner bezeichnet.

Mein Landsmann im weißen Talar kennt meine Geschichte. Wie alle polnischen Intellektuellen einschließlich meiner Person ist er ein Romantiker.

Und auch er hat einen Sinn für Humor. Ich lache weiter.

Falls jemals jemand meine kleinen Erinnerungen lesen sollte, dann hoffe ich, dass auch er darüber lachen wird.

Herr Jesus Christus.

Sohn und Wort des lebendigen Gottes.

Durch die Bitte deiner allerreinsten Mutter und aller Heiligen

Hab Erbarmen mit uns und rette uns.

13

Niemand am Tisch im Büro der Dekanin lachte.

»Wo könnte denn bloß dieser Talar sein?«, sagte der Präsident.

»Diese Frage kann ich beantworten. Er hängt in Kardinal Cronins Schrank, direkt neben seinem eigenen. Kardinal Ostrowski kann ihn jederzeit zurückbekommen.«

»Er ist bestimmt tot«, sagte Präsident Alan.

»Das kann ich nicht glauben«, beharrte die wackere Dorina.

»Blackie?« Mike Casey schaute mich an.

»Oh, er lebt, ganz bestimmt. Wer immer ihn in seiner Gewalt hat, will dieses Schriftstück in seinen Besitz bringen. Da wir es aber haben und nicht sie, ist er auch noch am Leben.«

»Wo?«, wollte Dorina wissen.

»Ich biete mich an, das herauszufinden.«

»Bin ich eine Hexe oder ein Vampir?«, fragte sie lachend.

»Höchstwahrscheinlich ein Erzengel«, antwortet der Präsident.

»Oder die Madonna«, werfe ich ein.

Wir hatten die Memoiren Seite für Seite gelesen und sie einzeln im Kreis weitergegeben. Als wir damit fertig waren, machte Dorie davon eine Kopie für Seine Eminenz Cronin.

»Falls niemand etwas dagegen hat«, sagte ich, »dann lassen Sie uns doch auch eine Kopie dieses ziemlich kunstvollen päpstlichen Dokumentes zu Kardinal Cronins Exemplar legen. Ich finde, das Original kommt mit dem Kardinalstalar besser zur Geltung.«

Niemand hatte etwas dagegen. In meinem Kopf schwirrten die unterschiedlichsten Pläne herum, wie ich Bruder

Semjon oder Kardinal Jan ausfindig machen und befreien konnte.

»Eine erstaunliche Geschichte«, sagte die Dekanin. »Ich gehe davon aus, dass das alles der Wahrheit entspricht?«

»Ausgehend davon, dass die ganze Geschichte sehr unwahrscheinlich klingt, muss sie wohl wahr sein«, sagte ich. »Stellen Sie sich doch bloß einmal die kleine Szene vor, die sich da vor einem Jahr in Sorin Hall an der Notre Dame abgespielt hat! Hoch dramatisch! Dieses kleine Büchlein würde ein großer kommerzieller Erfolg werden.«

»Wollen Sie es veröffentlichen?«, wollte Mike wissen.

»Diese Entscheidung liegt ganz bei ihm«, erwiderte ich.

Der Präsident rieb sich die Stirn. »Der Doppelgänger sollte nach diesen Aufzeichnungen suchen.«

»Höchstwahrscheinlich«, pflichtete ich ihm bei.

»Und irgendjemand hat ihn umgebracht, bevor er sie gefunden hat?«

»Vielleicht. Vielleicht wurde der Doppelgänger aber auch umgebracht, weil man ihn für Bruder Semjon gehalten hat. Die Auftraggeber dieses Mordes wollten verhindern, dass dieses Dokument an die Öffentlichkeit gelangt. Jetzt müssen wir davon ausgehen, dass sie danach suchen.«

»Aber wer könnte das sein?«

»Alle, die über ihn Bescheid wussten und erfahren haben, dass er eine Art Tagebuch geschrieben hat – die CIA, der Vatikan, der FSB, diverse katholische Wichtigtuer.«

»Das ist ein explosives Dokument«, bemerkte die Dekanin.

»Hoch explosiv«, stimmte ich zu, »und außerdem sehr vorsichtig geschrieben. Keine Namens- oder Datumsangaben. Vielleicht lässt es sich erraten, wer der CIA-Mann in Paris oder die Priester aus dem Vatikan waren. Bruder Semjon – man könnte ihn auch Pater Jan nennen – besitzt immerhin genug slawisches Blut, um jedem Leser zu misstrauen. Ein paar von denen, die hinter diesen Aufzeichnungen her sind, wären gar nicht zufrieden damit, dass darin keinerlei Daten, Zeiten oder Namen genannt werden.«

»Ich packe das Ganze mal wieder ein«, sagte Dorie.

»Und wenn Sie einverstanden sind«, sagte der Präsident, »dann bringe ich das Dokument an einen weit entfernten Ort, wo es absolut sicher ist.«

»Ich stelle Ihnen einen meiner Wagen zur Verfügung«, bot Mike Casey an. »Weniger auffällig als die der Unipolizei.«

»Gute Idee, Mike«, stimmte der Präsident zu.

»Und wir Übrigen räumen jetzt lieber schleunigst das Gebäude«, sagte ich. »Es geht so langsam auf achtzehn Uhr zu.«

»Glauben Sie wirklich, dass sie es heute Abend probieren werden?«, sagte Dorie.

»Indem die Universität bekannt gegeben hat, dass Bruder Semjons sämtliche Papiere in die Eingeweide der Regenstein Library geschafft werden sollen, hat sie die entsprechenden Leute aufgeschreckt. Die denken jetzt, dass sie dieses Dokument in die Finger bekommen können. Wenn sie überhaupt reagieren wollen, dann werden sie es schnell tun.«

Sie und ich waren die Letzten, die das Gebäude verließen. Wir vergewisserten uns, dass alle Zimmer leer waren, und holten Dave Dolan in seinem Büro ab.

»Na, toll!«, meinte er, als Dorie die Eingangstür abschloss.

»Man hat mir ausdrücklich gesagt, dass ich diese Angelegenheit nicht mit meinem Schätzchen besprechen darf.«

»Wer ist es?« Dave tat so, als wäre er durcheinander. »Einer der anderen Dozenten?«

»Das weiß ich nicht, aber ich weiß sehr wohl, wen der Präsident für mein Schätzchen hält.«

»Verschwindet schon, Ihr beiden«, sagte ich. »In den sicheren Schoß von Evergreen Park.«

»Rufen Sie uns an?«, bat Dorie.

»Das mache ich bestimmt.«

Während sie in seinem altertümlichen Ford davonfuhren, schlenderte ich zu Mike Caseys Kommandowagen hinüber.

»Was glaubst du, werden sie es am Haupteingang oder am Hintereingang probieren?«

»Hintereingang, da bin ich mir so gut wie sicher. Da können sie die 58th Street hochrasen, die Fahrzeuge abstellen, den kleinen Innenhof stürmen, die Tür aufsprengen und in das Gebäude eindringen.«

»Dann stellen wir rund um den Innenhof Scheinwerfer auf, und wenn sie dann angestürmt kommen, schalten wir sie ein und teilen ihnen mit, dass sie umstellt sind und dass sie die Waffen fallen lassen sollen.«

»Sie werden sofort anfangen zu schießen«, sagte ich.

»Dann schießen wir zurück. Was geschieht dann?«

»Sie werden die Hände hochnehmen und sich ergeben. Es sind ja keine Helden, die für die Sache sterben wollen, sondern lediglich angeheuerte Söldner.«

»Und was machen wir dann mit ihnen?«

»Wir übergeben sie der Polizei, die sie wegen ordnungswidrigem Verhalten und unerlaubtem Schusswaffengebrauch festnehmen wird. Sie werden Freilassung auf Kaution beantragen und in Vergessenheit geraten. Oder vielleicht auch gleich des Landes verwiesen.«

»Klingt vernünftig ... Blackie, ich habe dir eine Schutzweste und einen Helm mitgebracht.«

»Nein«, protestierte ich schwach. »So etwas habe ich noch nie getragen.«

»Zieh die Sachen an. Ich musste meiner Frau versprechen, dass ich dich dazu zwinge.«

Welche Wahl hat man als Bischof in solch einer Situation schon, selbst als Bischof, der grundsätzlich seine Schwierigkeiten mit dem Befolgen von Anweisungen hat? Gehorsam zog ich die Kevlarweste über und setzte mir den blauen Helm des Chicago Police Department auf. Ich war mir sicher, dass ich damit noch absurder aussah als sonst.

Ich setzte ihn wieder ab. »Setz ihn wieder auf«, sagte Mike. »Ich hab's Annie versprochen.«

Um neun Uhr war es so dunkel, wie es in Chicago nur sein kann. Im Oktober setzt die Dunkelheit viel zu früh ein, dank einer bedauerlichen Entscheidung des Allmächtigen bezüglich der Verteilung der Jahreszeiten auf unserem Planeten sowie der Weigerung der örtlichen Verantwortlichen, anzuerkennen, dass wir eigentlich nicht in die zentrale, sondern in die östliche Zeitzone gehören. Außerdem regnete es – ein milder Tag, wie sie in der Heimat sagen würden – stetig nieselnd, als ob der Regen sich vor sich selbst schämte.

»Ein schöner, nebliger Abend, nicht wahr, Hochwürden?«, sagte Mike Casey, als wir aus seinem Wagen stiegen. »Und außerdem, Blackie, setz deinen Helm auf!«

»Damit sehe ich aus wie ein Außerirdischer mit einem blauen Kopf.«

»Aber immerhin ein lebendiger Außerirdischer.«

Folgsam setzte ich den blauen Polizeihelm auf. War das nicht ein unangebrachtes Überschreiten der Grenze zwischen Staat und Kirche?

»Du wartest hier.« Mike deutete auf den Durchgang zwischen Bond Chapel und Swift Hall. »Und lass den Kopf unten, sobald die Schießerei anfängt.«

Ich hatte natürlich nicht daran gedacht, einen Schirm oder einen Regenmantel mitzunehmen ... typisch. Also kauerte ich mich mit Kevlarpanzerung und Schutzhelm bekleidet an die grauen Steinmauern von Swift Hall, die Schultern zum Schutz vor dem Regen hochgezogen – für einen Nachfolger der Apostel eine höchst unwürdige Haltung, so dachte ich.

Während ich darauf wartete, dass etwas passierte, dachte ich über Bruder Semjons Tagebuch nach. Es war im Grunde genommen ein sehr mildes, wenn auch faszinierendes Dokument. Es würde der CIA und dem Vatikan ein paar peinliche Momente bescheren, aber nichts, was sich länger als einen Tag in den Nachrichten halten würde. Der FSB würde ziemlich alt aussehen, weil seine Vorgänger Semjons Maskerade nicht von Anfang an durchschaut hatten. Wozu also die ganze aufgeregte Aktivität, die nur veranstaltet wurde, um diese Aufzeichnungen zu stehlen oder zu vernichten?

Weil die verschiedenen betroffenen Parteien nicht wussten, dass das Tagebuch ein relativ harmloses Dokument war. Schlapphüte rechnen immer mit dem Schlimmsten, vielleicht, weil sie selbst immer das Schlimmste tun würden, wenn sie es für notwendig oder ratsam hielten. Wie zum Beispiel einen unschuldigen Priester in Russland stranden zu lassen. Zweimal.

Da wurde ich durch einen anderen Gedanken abgelenkt. Bruder Semjon konnte zwar nichts dafür, aber er verstand nichts von keltischer Mythologie. Die gute Dorina – groß gewachsen, schlank, blass und mit langem, rotem Haar – war in Wirklichkeit Kathleen ni Houlihan, das uralte Symbol Irlands. Das musste ich ihr unbedingt sagen, falls diese Höllennacht jemals zu Ende gehen sollte.

Dann sah ich die Lösung des ganzen Rätsels vor mir. Wie dumm, dass ich nicht von Anfang an darauf gekommen war! Alle notwendigen Hinweise waren ja da, auch ohne Bruder Semjons hilfreiches Tagebuch. Dann glitten die Fahrstuhltüren wieder zu und die Lösung war verschwunden.

Jedoch, bemerkenswerterweise, öffneten sich die Türen erneut und blieben offen. Dieses Mal setzte sich die Lösung direkt in meinem Bewusstsein fest. Natürlich! Unverzeihlich, dass ich das übersehen hatte.

Ich kroch vorsichtig um die Ecke, um Mike, dem Cop, die Lösung des Rätsels zuzuflüstern.

Genau in diesem Augenblick ertönte seine Stimme in der Dunkelheit: »Schwarzer Lieferwagen hält an der 59th Street ... sechs Bewaffnete kommen heraus ... Alarmstufe rot.«

Die Männer rannten in den schmalen Gang zwischen Goodspeed Hall und Wieboldt Hall, zögerten einen Augenblick und rannten dann auf mich zu. Ich hätte meinen Standort verlagern sollen.

»Licht!«, befahl Mike.

Augenblicklich war der gesamte Innenhof hell erleuchtet. Der Kommandotrupp blieben ruckartig stehen, vollkommen überrascht von den gleißenden Strahlern.

Ich verlegte meinen Standort doch nicht. Allerdings, im Gegensatz zu meinem Vater, dem braven Ned Ryan, ging ich auch nicht zum Angriff über, so wie er mit seinem Zerstörer die japanischen Schlachtschiffe angegriffen hatte. Ich blieb vielmehr wie in Beton gegossen am Rand des Lichtkegels stehen.

»Die Waffen weg! Sie sind umstellt!«, befahl Mike über die Lautsprecheranlage, die zuvor noch installiert worden war.

Irgendjemand wiederholte diese Anweisung in einer fremden Sprache, vermutlich russisch.

Aus den Reihen des Sturmtrupps wurden ein paar automatische Waffen abgefeuert. Dabei ging ein Suchscheinwerfer zu Bruch.

»Feuer!«, befahl Mike.

Unsere Freizeitpolizisten feuerten eine Vielzahl von Waffen ab – Revolver, Schrotflinten, Maschinengewehre, überwiegend in die Luft. Ein Söldner stürzte zu Boden. Der Rest ließ die Waffen fallen und warf die Hände in die Luft.

Ich stellte fest, dass ich, an Swift Hall gelehnt, im Matsch saß. Dann fiel mir wieder ein, dass ich das Summen einer Biene gehört und gespürt hatte, wie etwas an meiner linken Kopfseite vorbeigestreift war. Ich befühlte meinen blauen Helm. Er hatte eine Delle.

»Blackie am Boden!«, schrie Tina.

Es sind sehr viele falsche Berichte darüber im Umlauf, was ich als Erwiderung darauf gesagt haben soll.

Ich bin nicht in die Kapelle gerannt und habe »Zuflucht« geschrieen.

Ich habe nicht gerufen: »Noch einmal, für England, Harry und St. George!«

Ich habe nicht »Sanitäter!«, gerufen.

Ich sagte lediglich »Blackie steht wieder auf«, und kam

mühsam auf die Beine. Zu meinem großen Erstaunen war ich sogar in der Lage, mich gerade zu halten, wenn auch etwas wackelig.

Ein paar Polizisten legten den Möchtegerneinbrechern Handschellen an. Andere trugen den Verletzten nach draußen. Wieder andere sammelten die Waffen ein.

»Sind Sie verletzt, Blackie?«, wollte Tina leicht hysterisch wissen.

In der Ferne hörte ich Sirenen. Die Siebte Kavallerie, ohne Zweifel.

Dann gab ich die, unter Berücksichtigung sämtlicher Umstände, angemessene Antwort.

Ich deutete auf die Delle in meinem Helm.

»Übertriebene Härte. Fünfzehn Yards Strafe. Klammern.«

Dazu lieferte ich eine, wie ich fürchte, schlechte Imitation eines dieser Footballschiedsrichter im Zebrakostüm, der mit einem Schlag auf den rechten Oberschenkel ein regelwidriges Klammern anzeigt und reckte zum Beweis den demolierten Helm in die Höhe. Tina hielt meinen Arm fest, damit ich nicht zurück auf die Erde fiel, aus der ich gemacht war.

Mike kam herbeigeeilt.

»Was ist denn passiert?«

Ich zeigte ihm den Helm.

»Ein Splitter von Swift Hall!«, sagte er und bückte sich, um einen Stein aufzuheben. »Ein Querschläger muss ihn aus der Wand geschlagen haben! Gott sei Dank hast du diesen Helm getragen!«

»Theologische Fakultät tötet Bischof«, murmelte ich.

»Wie viele Finger?« Er hielt die ausgestreckte Hand nach oben.

»Vier«, sagte ich ohne Zögern.

Tina kicherte.

»Vier?«

»Plus ein Daumen.«

»Wie heißen deine Schwestern?«

»Mary Kate, Eileen und Tracy«, erwiderte ich postwendend.

»Und meine Frau?«

»Annie.«

»Ich bringe dich trotzdem zur Untersuchung ins Krankenhaus.«

»Ins Northwestern«, beharrte ich. »Da bin ich zu Hause.«

»Tina, bring Bischof Ryan rüber zu meinem Auto.«

Zu meiner Überraschung war ich in der Lage zu gehen.

»Lassen Sie's mich mal für ein paar Sekunden alleine probieren.«

Sie ließ meinen Arm los. Ich schwankte zwar, konnte aber gehen. Sie nahm ihre Hilfestellung wieder auf.

Die zuständigen Polizeieinheiten packten die Mitglieder des Sturmtrupps in einen dieser Mannschaftswagen, die ursprünglich »Paddy Wagon« genannt worden waren, und fuhren los. Mikes Leute hatten die Waffen und die Scheinwerfer eingepackt und waren ebenfalls weggefahren. Der einzige Hinweis auf das kurze, aber unüberhörbare Feuergefecht war mein eingedellter Helm.

»Lass mich mal sehen!« Mike untersuchte mich auf dem Rücksitz seines Kommandowagens. »Beule, nichts weiter.«

»Kein Blut?«

»Kein Blut.«

Ich seufzte.

»Kein Orden.«

In der Notaufnahme des Northwestern wurde ich wie ein heimkehrender Kriegsheld gefeiert.

Jubelgeschrei inklusive.

Der Dienst habende Arzt spielte sämtliche Diagnoserituale für Gehirnerschütterungen durch, nur um anschließend – zögerlich, wie ich meine – zu gestehen, dass ich wahrscheinlich gar keine Gehirnerschütterung hatte.

»Wir behalten Sie über Nacht hier«, sagte er.

»Ja«, pflichtete ich ihm bei, »aber in meinem Schlafzimmer im Pfarramt.«

Er akzeptierte diesen Kompromiss und sagte, dass ich sofort anrufen solle, falls sich Symptome wie zum Beispiel Übelkeit oder Atemnot einstellen sollten. Sie würden sich dann auf den Weg zu mir machen. Offensichtlich betrachteten sie das Pfarramt als eine Art Krankenhausanbau.

Sie gaben mir ein paar Tabletten, falls ich Kopfschmerzen bekam, und sprachen ein vierundzwanzigstündiges Alkoholverbot aus.

»Fasten im Oktober.« Ich seufzte.

Wieder zurück im Auto, setzte ich mich auf meine Aktentasche. Erst jetzt fiel mir wieder ein, dass sie ja das Tagebuch von Bruder Semjon Iwanowitsch Popow enthielt. Die Dienst habenden Schutzengel hatten sie offensichtlich behütet.

Ich entdeckte mein Handy, schabte die Schlammschicht ab und wählte Dave Dolans Nummer draußen in Evergreen Park. Einer der Engel, die an diesem Abend Swift Hall umschwärmten, muss sie mir ins Ohr geflüstert haben.

»David Dolan.«

»Blackie am Apparat. Feindliche Truppen zurückgeschlagen und gefangen genommen. Keine Verletzten. Swift Hall ist gesichert. Bitte informieren Sie Dekanin Keane. Sagen Sie ihr, dass der arme Bruder Semjon keine Ahnung von keltischer Mythologie und daher verständlicherweise kein Auge für die offensichtliche Tatsache hatte, dass sie Kathleen ni Houlihan ist.«

Er lachte.

»Sind Sie ein bisschen angeschlagen, Herr Bischof? Sie klingen nicht hundertprozentig fit.«

»Ein Vorwurf, den ich schon einmal zu hören bekommen habe. Ich wurde von einem Steinsplitter von Swift Hall attackiert. Richten Sie der Dekanin Houlihan aus, dass sie am Morgen von meinen Rechtsanwälten hören wird.«

Wir hielten vor der Tür der North Wabash Avenue 730.

»Ich bringe dich zum Fahrstuhl, dann begleite ich Tina nach Hause«, sagte Mike.

Da fiel mir wieder ein, dass ich mich als Christ meiner Feinde annehmen sollte.

»Wie geht es dem verletzten Russen?«

»Nichts Ernstes. Man wird sie ohne großes Federlesen ausweisen.«

Mir wurde klar, dass die bedrohliche Kugel genauso gut von einem unserer eigenen Leute hätte stammen können. *BISCHOF RYAN VON VERBÜNDETEN NIEDERGESTRECKT!* hätte die Überschrift lauten können.

Ich fummelte mit meinem Schlüssel im Schloss herum. Er nahm ihn mir aus der Hand und schloss auf.

»Sogar ohne Verletzung habe ich damit meine Schwierigkeiten.«

»Das glaube ich dir sofort.«

Dann versicherte ich ihm, dass ich die Fahrt mit dem Fahrstuhl nach oben alleine bewältigen konnte.

Das Licht in meiner Suite brannte. Ich hatte es nicht angelassen. Ein guter Pastor verschwendet keinen Strom, nicht wahr? Offensichtlich erwartete Seine Eminenz Cronin seinen ungehorsamen Sohn bereits.

»Blackwood!«, rief er und legte einen Stapel Post beiseite. »Sie sehen ja schrecklich aus! Was ist denn passiert?«

»Im Kampf verwundet!«, sagte ich und zeigte ihm zum Beweis meinen verbeulten Helm, während ich mich auf die Couch fallen ließ.

»Sie gehören ins Krankenhaus.«

»Hab ich schon hinter mir.«

»Keine Gehirnerschütterung?«

»Sehr zu deren Enttäuschung. Sie haben gesagt, ich soll mich unbedingt melden, falls ich Übelkeit oder Atemschwierigkeiten verspüren sollte, und haben mir Tabletten gegen die Kopfschmerzen gegeben.«

»Einzelheiten!«, sagte er fordernd.

»Morgen Früh. Für den Augenblick nur Folgendes: Die Kerle mit den weißen Pferden haben gewonnen, ich habe das

Rätsel gelöst, hier ist das kostbare Tagebuch, dass Sie vor dem Zubettgehen noch lesen und anschließend in Ihren Safe legen sollten. Außerdem sollten Sie sich Gedanken darüber machen, welchem vertrauenswürdigen, ehrlichen, intelligenten Kurienbeamten ich diese Geschichte anvertrauen könnte.«

Er blätterte die Akte mit dem Daumen durch und zuckte zusammen, als er die päpstliche Urkunde entdeckte.

»Er war tatsächlich Kardinal!«

»Er ist. Und jetzt gehe ich ins Bett.«

»Vielleicht sollten Sie vorher noch duschen. Sie sind ja völlig durchnässt und voller Schlamm.«

»Morgen.«

Ich kann mich überhaupt nicht mehr daran erinnern, wie ich in mein Bett gekommen bin.

14

»Sie atmen noch«, sagte Seine Eminenz Cronin und rüttelte sanft an meiner Schulter.

»Offensichtlich.« Ich seufzte.

»Kopfweh?«

»Ich habe gar keinen Kopf mehr, der wehtun könnte.«

»Drüben im Krankenhaus hat man mir gesagt, Sie sollen alle drei Stunden zwei von denen da nehmen.«

Er reichte mir zwei Kapseln und ein Glas Wasser.

»Frühstück?«

»Nie wieder.«

»Crystal meint, Sie sollen diese Tasse Tee hier trinken. Das würde Ihre Nerven beruhigen.«

Crystal Lane war nicht nur unsere Jugendbeauftragte, sie war der Schutzengel der gesamten Belegschaft des Pfarramtes.

»Kräutertee«, sagte ich.

»Sie sagt, Koffein sei im Moment nicht das Richtige für Sie ... Die Ärzte aus dem Northwestern sind in einer halben Stunde hier.«

»Dann versuche ich, vorher noch zu duschen ... Richten Sie Ms Lane meinen Dank für den Tee aus.«

»Ich habe das Tagebuch gelesen«, sagte er und erhob sich von meiner Bettkante.

»Ach?«

Sein Verhalten am Krankenbett, das fiel mir im Nachhinein auf, war angenehm und formvollendet. Natürlich.

»Die verrückteste Geschichte, die ich je gehört habe! Und da ich die Kerle da drüben kenne, glaube ich jedes Wort. Idioten!«

»In der Tat. Haben Sie die Ernennungsurkunde gesehen?«

»Oh, ja! Was er über den polnischen Hang zur Romantik sagt, stimmt, aber er hat es mehr verdient als die meisten meiner anderen Brüder im Purpurgewand ... Ist er denn noch am Leben?«

»Ich glaube schon.«

»Gestern Abend haben Sie sich bei mir nach einer vertrauenswürdigen Kontaktperson in Rom erkundigt. Was haben Sie denn vor?«

»Jan Sobieski Kardinal Ostrowski, Angehöriger des Ordens des Heiligen Benedikt, zu befreien.«

Er nickte.

»Hab' ich mir gedacht.«

»Jan Sobieski war der polnische König, der 1681 Wien von den Türken befreit hat.«

»Ich bin nicht völlig ungebildet, Blackwood ... Dieser Kerl, mit dem er sich in Rom getroffen hat, Erzbischof Rick Agostino, dem können Sie vertrauen. Ehrlicher Mann. Hochanständiger Kerl, wie Ihr Freund Mike Casey sagen würde.«

»Je nachdem, welche Neuigkeiten ich heute erfahre, mache ich mich morgen oder übermorgen auf den Weg nach Paris und Rom.«

»Ich rufe ihn an, sage ihm, dass Sie ihn besuchen kommen, und dass er am besten ehrlich zu Ihnen sein soll, weil Sie zu viel wissen und zu gefährlich sind.«

»*Moi?*«

»*Vous.*«

Nicht ein einziges Wort der Ermahnung, auch ja vorsichtig zu sein, ganz zu schweigen von dem Ratschlag, die ganze Sache fallen zu lassen.

Ich war gerade fertig mit Duschen, Schlafanzug und frischem Morgenmantel, als vier Menschen – ein Stationsarzt, eine Spezialistin für Kopfverletzungen und zwei Krankenschwestern – aus dem Northwestern bei mir eintrafen.

»Hochamt«, sagte ich und wandte mich von den E-Mails ab.

Sie bewunderten die Beule an meinem Kopf, nötigten mir Kühlkissen auf, zeigten sich erfreut darüber, dass ihre Medikamente gegen meine Kopfschmerzen geholfen hatten und empfahlen mir, ein paar Tage lang vorsichtig zu sein. Ich sah keinen Sinn darin, übermäßige Besorgnis auszulösen, sodass ich kein Wort über meinen geplanten Flug nach Rom, vielleicht mit Zwischenstopp in Paris, verlor.

»Woher haben Sie denn diese Beule?«, wollte die Kopfspezialistin wissen.

»Von der Arbeit im Weinberg des Herrn«, antwortete ich, was, genau genommen, durchaus der Wahrheit entsprach, wenn auch nicht der ganzen Wahrheit.

Seine Eminenz Cronin versprühte seinen Charme, als er den Kopf zur Tür hereinstreckte. Er trug einen schwarzen Anzug und einen Klerikerkragen mit einem Hauch von Purpur (sowie die Manschettenknöpfe mit den Rubinen). Dann verabschiedeten sie sich, nicht ohne mich noch einmal zu ermahnen, es während der nächsten paar Tage ruhiger angehen zu lassen. Ich war einverstanden. Zum Glück bemerkte niemand Sean Cronins skeptischen Gesichtsausdruck.

»Könnten Sie Ihre Freundin Ms Lane bitten, meine E-Mails abzuschicken?«, sagte ich, nachdem die Mediziner gegangen waren.

Er zuckte mit seinen breiten Schultern.

»Klar ... Ich rufe meinen lieben Freund Erzbischof Ricardo Agostino an und rate ihm, sich während Ihres Besuchs im Staatssekretariat von seiner besten Seite zu zeigen.«

»Keine versteckten Hinweise, bitte ... Ich möchte ihn überraschen.«

»In der Tat«, sagte er und rauschte aus meinem Zimmer wie der Schnellzug von Rom nach Mailand.

»Bischof Blackie?« Crystal Lane am Haustelefon.

»Wie geht es Ihnen?«

»Es geht.«

»Sie riskieren zu viel«, sagte sie mit ihrer sanftesten Stimme.

»So lange Sie für mich beten, Crystal«, sagte ich, »kann mir nichts passieren.«

»Nun, Sie haben ja eine Menge interessanter Bekannter. Da wäre dieser Mann von der Mafia und der von der CIA und dieser russische Mensch und diese süße Dekanin von *der* Universität und Mr Casey und diese nette Französin aus Paris.«

»*La Belle* Chantal.«

»*Oui*. Sie hat sich nach *Monsieur l'Evêque* erkundigt und ich habe gefragt, ob sie Kardinal Cronin meint, und da hat sie gelacht und gesagt: Oh, nein, nicht Sean. Nur Blackie.«

»Das traue ich ihr zu.«

»Mit wem soll ich Sie zuerst verbinden?«

»Was meinen Sie denn?«

»Chantal.«

»Gut.«

»Ah, *Monsieur l'Evêque Blackie* (es klang eher nach Blocky, wie ›Blockade‹), Ihre Sekretärin war so nett, Sie ist sehr fromm, nicht?«

»Ja.«

Ein glückliches Kichern.

»Sehen Sie, ich weiß so etwas ... Mein Mann, Jean-Laurence, ist ja Bretone, wie Sie wissen, und der Spießer schlechthin, wie die Amerikaner wohl sagen würden.«

»Aber nicht so spießig, dass er nicht eine Frau geheiratet hätte, die zur Priesterin ordiniert worden ist.«

Ein sanftes Lachen.

»Er fand mich unwiderstehlich und das tut er immer noch, *n'est-ce pas?*«

»Wieso überrascht mich das nicht?«

»*Bien* ... Er ist ein äußerst ehrlicher und anständiger Rechtsanwalt. Aber manchmal macht es ihm Spaß, gewisse Kontakte zur Polizei zu pflegen, nicht?«

»Das kann sehr nützlich sein.«

»*Oui … précisément.* So hat er erfahren, dass einige sehr weit rechts stehende Katholiken *Frère* Semjon gekidnappt haben, wie Sie sagen würden. *Les flics* wissen, wo er sich befindet, unternehmen aber nichts, weil sie keinen Streit mit der Kirche haben wollen.«

»So, wie sie auch nicht ernsthaft nach *Frère* Jean-Claude gesucht haben.«

Sie kicherte.

»Dazu brauchte es jemanden, der die Geheimnisse des menschlichen Herzens verstehen kann … *Eh, bien*, der gute Jean-Laurence bleibt jedenfalls am Ball. In ein, zwei Tagen weiß er mehr.«

»Gut. Ich werde in ein, zwei Tagen auf dem Weg nach Rom in Paris vorbeischauen.«

Sie würden mich am Flughafen Charles de Gaulle abholen. Ich würde bei ihnen wohnen. Sie hatten ein wunderhübsches, kleines Apartment einschließlich einem eigenen Badezimmer und einem Fernseher, extra für durchreisende Bischöfe. Sogar besser als das Ritz. Der kleine Jean-Claude würde sich vor Freude überschlagen. Widersprüche würden nicht akzeptiert.

Daher wurden auch keine geäußert.

Ich würde drei Sweatshirts mitbringen, die die Träger als Mitglieder meiner kriminalistischen Hilfstruppe, der North Wabash Avenue Irregulars, auswiesen. In der französischen Version, die noch aus der Zeit meiner Suche nach ihrem flüchtigen Bruder stammte: *Les Irregulars d'Avenue Wabash du Nord*.

Ich saß an meinem Schreibtisch und drückte mir einen Eisbeutel auf meine Beule. Dort ließ ich ihn auch, solange ich telefonierte.

»Versuchen wir's mal mit dem CIA-Mann«, sagte ich zu Crystal.

Ich hatte ihr nicht verraten, was das für Leute waren. Sie wusste es einfach.

»Was ist denn da letzte Nacht passiert?« fing er an. »Wir waren es jedenfalls nicht, das schwöre ich.«

»Das waren Ihre lieben Freunde vom FSB, die dazu ein pensioniertes Einsatzkommando aus Transnistrien eingesetzt haben. Wir haben sie ohne Mühe eingefangen und schieben sie in aller Stille ab. Ich muss sagen, dass die sich ähnlich ungeschickt angestellt haben wie neulich Ihr Freund mit der Automatik auf der Wabash Avenue.«

»Der FSB macht so etwas normalerweise nicht, zumindest nicht hier, in diesem Land.«

»In diesem Fall aber schon. Sie haben auf die alten Methoden zurückgegriffen, weil sie hinter dem legendären Tagebuch von Bruder Semjon her sind, genau wie Ihre Leute. Sorgen Sie dafür, dass sie damit aufhören. Wir haben das Dokument gelesen und es an einen sicheren Ort gebracht. Außerdem, trotz all der Aufregung, die es anscheinend ausgelöst hat, enthält es nur sehr wenige Dinge, die länger als einen Tag lang auf das Interesse der Nachrichtenagenturen stoßen würden. Eine Veröffentlichung wäre weder für Ihre Vorgesetzten noch für den Vatikan besonders peinlich. Der FSB hat sogar noch weniger zu befürchten, es sei denn, sie belästigen uns noch einmal.«

»Ich bin sehr froh, das zu hören. Es gibt keinen Grund, weshalb wir Ihnen nicht vertrauen sollten.«

»Alles andere wäre höchst unklug. Ich gehe davon aus, dass Sie das so an Ihre Vorgesetzten weitergeben, und zwar bis hinauf an die Spitze.«

»Genau das wird geschehen, und zwar noch heute.«

Legt euch nicht mit Blackie Ryan an, sonst werdet ihr es ein Leben lang bereuen.

In Wirklichkeit glaubte ich nicht eine Sekunde lang daran. Aber es war wichtig, dass sie es mir abkauften.

»Vielleicht möchten Sie diejenigen, die an dem Fall interessiert sind, darauf hinweisen, dass der Mann von der Notre Dame mit den blauen Augen und dem silbergrauen Haar, der

Bruder Semjon in Paris angesprochen hat, nicht namentlich erwähnt wird. Aber ich könnte mir vorstellen, dass es möglich wäre, ihn zu identifizieren.«

Er schluckte.

»Bestimmt. Ich gebe das weiter.«

»Ich möchte Ihnen noch einmal versichern, dass wir kein Interesse daran haben, dass dieses Dokument zum gegenwärtigen Zeitpunkt in die Öffentlichkeit gelangt.«

Als das Gespräch zu Ende war, seufzte ich. Ich hatte meinen Standpunkt klar gemacht.

Wir würden das Tagebuch in der gegenwärtigen Form tatsächlich nicht veröffentlichen. Die gegen die herrschende Lehre verstoßenden Abschnitte über die Ordination von Frauen würden garantiert dazu führen, dass Jan Ostrowskis so genannte Erhebung in den Stand des heiligen Purpurs für alle Zeiten »in petto« bleiben würde.

Unsere nächste Station war Mike Casey.

»Ich glaube nicht, dass wir noch länger abhörsichere Telefone benutzen müssen«, sagte er zur Einleitung.

»Falls mich tatsächlich irgendjemand verwanzt hat, dann hat er mich sagen hören, dass das Tagebuch viel Lärm um nichts ist.«

»Aber wenn die Schlapphüte erst einmal davon Wind bekommen, dann müssen sie danach suchen, und wenn es einen Mord kostet.«

»In der Tat.«

»Hier bei uns läuft alles gut. Unsere gemeinsamen Freunde vom gestrigen Abend werden heute Abend in ein Flugzeug Richtung Moskau gesetzt. Sollen sich doch die Drahtzieher selber darum kümmern, wie sie sie in die Ukraine befördern. Geht's dir gut?«

»Wird besser. Der erhabene Kardinal hat sich persönlich meiner angenommen.«

»So soll es sein … Ich nehme an, die Akte wird jetzt geschlossen?«

»Erst, wenn wir Bruder Semjon oder wie immer er jetzt heißen mag, gefunden haben.«

»Soll ich die Leute, die dich und das Pfarramt überwachen, abziehen?«

»Morgen, sobald ich meine Reise nach Paris und Rom angetreten habe.«

»Klingt vernünftig ... Meine bessere Hälfte sagt, du sollst vorbeikommen und dir deinen Zimttee und die Rosinenkekse abholen.«

»Morgen Früh«, versprach ich ihm.

»Versuchen wir's bei Dekanin Keane«, sagte ich zu Crystal.

»Sie ist so wundervoll.«

Crystal mag Menschen. Und ist überdies Realistin. Also erfreute sich Dekanin Keane ihrer offiziellen Anerkennung.

»Geht es Ihnen gut?«, fragte die tapfere Dekanin atemlos. »Ein paar Polizisten haben Daves Dad erzählt, dass Sie verletzt sind!«

»Ich wurde von einem Steinsplitter aus der Swift Hall attackiert. Ich werde Sie verklagen!«

»Falls Sie für die Schäden am Gebäude verantwortlich sind, werden wir Sie verklagen!«

»Wie könnte eine große protestantische Universität einen Prozess gegen einen armen, harmlosen, kleinen Bischof gewinnen?«

»Daves Dad hat gesagt, dass Sie ohne Polizeihelm schwer verletzt worden wären.«

»Ohne den Helm hätte ich mich im Schutz der Bond Chapel versteckt.«

»Überall schwirren Gerüchte über eine Schießerei am gestrigen Abend herum. Es gibt zwar keine sichtbare Spuren, aber ein paar Leute, die in der Harper Library gesessen haben, behaupten, sie hätten Feuerstöße aus automatischen Waffen gehört.«

»Sie wissen doch, wie das mit Gerüchten ist, Dekanin

Keane. Ich würde jedoch eine Umbenennung Ihres stillen, kleinen Hinterhofs in OK-Corral – Sie erinnern sich, wo die berühmte Schießerei zwischen Wyatt Earp, Doc Holliday, Virgil und Morgan Earp und den Clanton-Brüdern stattgefunden hat – vorschlagen.«

»Wir könnten Ihnen auch ein Denkmal als Doc Holliday Ryan errichten.«

Die junge Frau hatte Haare auf den Zähnen, stimmt's? Armer Dave Dolan.

»Der Doc ist als Katholik gestorben«, sagte ich um der historischen Wahrheit die Ehre zu geben. »Und zwar aufgrund der Gebete einer Barmherzigen Schwester, die sein Kindheitsschwarm gewesen war.«

»Ist es jetzt endgültig vorbei, Bischof Blackie?«, fragte sie, nun wieder ernst.

»Wir glauben schon. Alle beteiligten Parteien haben erfahren, dass in dem Tagebuch nichts steht, worüber sie sich Sorgen zu machen bräuchten, und dass es sich außerhalb ihrer Reichweite befindet, selbst, wenn sie immer noch dahinter her wären.«

Nicht die volle Wahrheit. Der Vatikan wusste es nicht, würde es aber in wenigen Tagen erfahren.

»Und Bruder Semjon ist tatsächlich immer noch am Leben?«

»Es sieht ganz danach aus. Wir hoffen, ihn bald befreien zu können.«

»Wird er wieder hierher zurückkehren?«

»Das wird sich zeigen«, erwiderte ich vorsichtig.

»Sie bleiben mit uns in Verbindung?«

»Oh, ja. Für den Augenblick sollte die offizielle Version so lauten: Das Problem ist beseitigt und Bruder Semjon gilt als tot.«

»Soll ich es dem Präsidenten der Universität sagen?«

»Das hat Superintendent Casey bereits erledigt.«

Eines Tages würde irgendeine von Jan Sobieskis Persönlichkeiten aus dem Dunkel ins Licht treten. Und eines späteren Tages konnte dann ein Großteil der Wahrheit enthüllt werden.

»Und Davids Bemühungen um eine feste Stelle?«

»Ich stelle keine Fragen. Aber nach allem, was ich höre, hat er sie sicher.«

»Und dann?«

Lange Pause.

»Das wird sich zeigen, nicht wahr, Bischof Blackie?«

Ich musste mich immer noch mit dem italienischen und dem russischen »Syndikat« herumschlagen.

Da ließ sich Seine Eminenz Cronin sehen, der gerade auf dem Weg in seine Kanzlei war. Sein abweisender, geschäftsmäßiger Gesichtsausdruck deutete darauf hin, dass er den einen oder anderen Sturm zu entfachen hatte.

»Ich habe mit Rick Agostino gesprochen. Habe ihm alles über Sie erzählt und ihn gewarnt, dass er sehr vorsichtig sein soll, da Sie ein extrem gefährlicher Mensch seien und dass wir uns glücklich schätzen können, dass Sie immer noch auf unserer Seite stehen.«

»Hervorragend!«, sagte ich.

Launische Kardinäle müssen stets ausreichend gehätschelt werden.

»Er wollte wissen, worum es überhaupt geht, und ich habe gesagt, das sei zu vertraulich, als dass man es am Telefon besprechen könnte ... Welche Strategie wollen Sie verfolgen?«

»Eine einfache und respektvolle. Ich werde ihm die ganze Geschichte, na ja, den Großteil jedenfalls, erzählen und verlangen, dass Jan Sobieski Kardinal Ostrowski bis spätestens am Abend des zweiten Tages freigelassen wird. Anderenfalls tragen wir die Angelegenheit in die Öffentlichkeit.«

Ich glaube, Sean Cronin verschluckte sich.

»Und wenn er sagt, die Zeit sei noch nicht reif dafür?«

»Dann zeige ich ihm das hier.«

Ich zeigte ihm das Schriftstück, das Jans Berufung in den

Stand des geheiligten Purpur dokumentierte und das ich ihm am gestrigen Abend nicht anvertraut hatte.

»Und ich erzähle ihm von den Gewändern, die wir im Windemere gefunden haben.«

Seine Eminenz nickte feierlich.

»Damit bekommen Sie garantiert die nötige Aufmerksamkeit ... Rick ist ein Mann, dem jedes falsche Spiel fremd ist, Blackwood. Er weiß, dass er eines Tages vielleicht sogar Papst werden könnte, aber es interessiert ihn nicht die Bohne. Er kann mit allen das Machtspiel spielen, aber für ihn ist und bleibt es immer nur ein dummes Spiel.«

»Muss wohl an seiner irischen Mutter liegen.«

»In der Tat ... Also, kümmern Sie sich darum, Blackwood.«

Er entschwebte, hochzufrieden mit sich selbst.

Ich entschied mich für meinen Freund draußen auf der West Side.

»Alles okay, Herr Bischof? Ich hab' gehört, dass gestern in der South Side was passiert ist und dass Sie verletzt worden sind. Die Freunde meiner Freunde sind sehr beunruhigt.«

In Chicago gab es keine Geheimnisse.

»Kleine Beule. Alles in Ordnung.«

»Ich sage meinen Freunden, sie sollen es ihren Freunden ausrichten. Sie werden darüber sehr erleichtert sein.«

»Vielen Dank.«

»Außerdem haben sie mir gesagt, dass ihre Freunde befürchten, man könnte sie in irgendeiner Weise mit dem, was da passiert ist, in Verbindung bringen.«

»Ich glaube kaum, dass so etwas passieren wird.«

»Soweit ich gehört habe, fragen sie sich, ob nicht vielleicht gewisse Konkurrenten der Freunde meiner Freunde dahinter stecken.«

»Aha.«

»Sie wissen schon ... gewisse osteuropäische Konkurrenten.«

»Sie liegen sicherlich nicht vollkommen daneben, wenn Sie weitergeben, dass die beteiligten Individuen tatsächlich osteuropäischer Herkunft sind, dass sie aber aus einer anderen Stadt kommen.«

»Das ist sehr interessant ... Dürfte ich vielleicht auch den Namen dieser Stadt weitergeben?«

»Moskau.« Damit war das erledigt.

»Falls Sie irgendwelche Schwierigkeiten bekommen sollten, Pater, egal, was es ist, lassen Sie's uns einfach wissen.«

Wieso musste ich eigentlich bei organisierten Kriminellen Händchen halten, nur um ihnen zu versichern, dass die Kirche nichts gegen sie hatte? Nicht gerade die angemessene Aufgabe für einen unnützen, kleinen Hilfsbischof. Wirklich nicht. Ich nahm den Eisbeutel von einer Hand in die andere. Eigentlich müsste ich ja meine E-Mails beantworten, anstatt mit diesen merkwürdigen Figuren zu telefonieren.

Als ich gerade die Nummer meines alten Freundes Rodion Petrowitsch – Repräsentant der Konkurrenten des »Syndikats« – wählen wollte, war die Pfarramtssekretärin, die die Vertretung für Crystal Lane hatte, am Telefon.

»Ihre Schwester, Dr. Murphy, Herr Bischof.«

Ich hätte den Verlauf des folgenden Gesprächs Wort für Wort aufschreiben können, noch bevor es angefangen hatte.

»Punk, wo, zum Teufel, bist du da gestern Abend reingeraten? Ich habe auf der Straße gehört, du hättest eine Kugel in den Kopf bekommen!«

»Du weißt doch, man darf nicht alles glauben, was man auf der Straße hört.«

»Wo Rauch ist, ist auch Feuer, besonders bei dir.«

»Eine weise Beobachtung.«

»Dir fehlt also nichts?«

»Nicht mehr als sonst.«

»Warst du in Seans Auftrag auf Gangsterjagd?«

»Sozusagen.«

»Hast du die bösen Buben erwischt?«

»Blackie Ryan erwischt die bösen Buben immer!« Meine Geschwister locken jedes Mal meine schlechtesten Seiten ans Tageslicht.

»Außer, wenn sie ihn erwischen … Was soll ich denn den Kindern erzählen, wenn sie solche Gerüchte aufschnappen?«

»Dass ich für ein paar Tage nicht in der Stadt bin.«

»Gehst du irgendwo in ein Krankenhaus?«

»Kaum.«

»Wohin dann?«

»Paris, Rom.«

»Was hast du dort vor?«

»Ein wenig mehr Schöpfungsordnung ins Chaos bringen.«

»Ja, genau, so wie immer … Hast du Medikamente gegen deine Kopfschmerzen bekommen?«

»Ich nehme bei Gelegenheit eine Tylenol.«

So formuliert entsprach es durchaus der Wahrheit. Auch, wenn ich im Moment keine nahm. Wenn ich ihr verraten hätte, was ich nahm, ich hätte einen kompletten, neuen Katechismus zu hören bekommen.

»Aha, na ja, wissen die Ärzte, dass du nach Europa fliegst?«

»Würde ich so etwas machen, ohne ihnen Bescheid zu sagen?«

»Ich hoffe nicht … na ja, sei auf jeden Fall vorsichtig.«

»Das bin ich immer.«

»Gestern Abend nicht.«

Eine letzte Ermahnung. Von der Sorte, wie sie das älteste Muttertier in unserer Familie seit jeher für sich beansprucht.

Ich rief meine Ärzte an, noch bevor meine Schwester mir zuvorkommen und sie bezüglich meiner Europareise befragen konnte.

Wie ich mich fühlte? Ziemlich gut.

Bekommen die Medikamente die Schmerzen in den Griff? Allem Anschein nach.

Die Schwellung läst nach? Spürbar. Eindeutig.

Ist diese Reise notwendig? Das Leben eines Mannes hängt davon ab. Zögern. Also gut, aber rufen Sie uns an, falls Sie irgendwelche ungewöhnlichen Symptome bekommen. Gewiss doch. Und nur ein Glas Wein am Tag. Nur eines? Na ja, zwei, wenn Sie in Paris sind. Herzlichen Dank.

In Wirklichkeit hätte ich mich am liebsten wieder ins Bett gelegt.

Ein einziges Telefonat musste ich noch führen. Mit wem gleich noch? Ach, ja, Rodion Petrowitsch.

»Ivanoff«, bellte er in den Hörer.

»Bischof Ryan.«

»Herr Bischof, ich hoffe, Sie wurden nicht ernsthaft verletzt. Ich habe gehört, es hat gestern Abend einigen Ärger gegeben.«

»Sie sollten nicht alles glauben, was Sie hören, Rodion Petrowitsch.«

»Bitte glauben Sie mir, war waren es nicht.«

»Aber natürlich nicht.«

»Diese Transnistriengangster, vielleicht?«

Ich überlegte.

»Es hat den Anschein.«

»Man sollte sie nach Moldawien zurückschicken. Da gehören sie hin.«

»Ich glaube, genau das wird geschehen.«

Er murmelte ein paar Worte in seiner Muttersprache vor sich hin, Flüche, wenn mich mein Ohr nicht täuschte.

»Für wen haben sie gearbeitet?«

»Mein Eindruck ist, dass sie im Auftrag gewisser Individuen aus Moskau gehandelt haben.«

»FSB?«

»Allem Anschein nach.«

Noch mehr unverständliche Flüche.

»Diese Individuen geben nicht so schnell auf. Sie werden es noch einmal versuchen.«

»Ich nehme das zur Kenntnis. Allerdings gibt es berechtigten Grund zu der Annahme, dass sie es nicht noch einmal versuchen werden. Etliche ihrer amerikanischen Gegenspieler sind ziemlich aufgebracht.«

»Nun, dann, Gott sei gepriesen, wird es auch keine weiteren Probleme geben.«

»Dessen bin ich mir sicher.«

»Falls Sie irgendwelche Schwierigkeiten bekommen sollten, Pater, egal, was es ist, lassen Sie's uns einfach wissen.«

Sollte noch einmal jemand versuchen, das Dompfarramt einzukreisen, dann konnte ich auf meine Reserven zurückgreifen – sowohl auf die Jungs in Blau, als auch auf die Jungs in Grau.

Ich rief mein Reisebüro an. Flug in der Business Class (infolge eines Upgrades) morgen von Chicago nach Paris und dann am darauf folgenden Nachmittag weiter nach Rom. Vier Tage im *Atlante Star* in Rom – ganz in der Nähe der Via Concilliazione. Tickets liegen am Flughafen zur Abholung bereit.

»Sie kommen am Montag um die Mittagszeit in Rom an, Blackwood?«

Seine Eminenz Cronin, der zum Mittagessen aus der Kanzlei zurückkam, schlenderte in mein Büro, während ich die Flüge reservierte.

»*Si, Eminenza* ... Könnten Sie noch am selben Nachmittag einen Termin bei Ihrem Freund Rico arrangieren?«

»Rick, nicht Rico. Und nein, kann ich nicht. Am Montag werden Sie noch so durcheinander sein, dass Sie nicht einmal den Petersdom finden würden. Ich lege den Termin auf Dienstagvormittag.«

»Ich muss möglichst schnell wieder zurück sein.«

»Wozu die Eile? Ich übernehme die Vertretung.«

Ein Tag als Priester der Domgemeinde würde Seine Eminenz Cronin in die Frühpensionierung treiben.

»Die E-Mails können Sie nicht für mich erledigen ... Was hatte der gute Erzbischof denn zu sagen?«

Ich würde natürlich meinen Laptop mitnehmen, um mit den E-Mails auf dem Laufenden zu bleiben.

»Ich habe seine Neugier geweckt.

»Wie haben Sie das gemacht?«

»Indem ich ihm erzählt habe, dass die Geschichte, die Sie zu erzählen haben, die erstaunlichste und erschreckendste ist, die ich in meinen fünfzig Jahren als Priester zu hören bekommen habe.«

Ich ließ mir diesen Satz durch den Kopf gehen.

»Und was hat er gesagt?«

»Dass er ein paar Geschichten kennt, in denen er und ich eine Rolle spielen, und dass er daher glaubt, dass diese hier ein echter Schocker sein muss – beziehungsweise die italienische Entsprechung dafür.«

»Ich würde sagen: verrückt.«

»Das auch ... Nehmen Sie irgendjemanden mit auf die Reise, einen Neffen oder eine Nichte oder sonst einen netten Aufpasser?«

»Wozu sollte das gut sein?«

»Damit Sie Ihre Tickets und Ihren Reisepass und Ihr Handgepäck und Ihre Brieftasche nicht verlieren und dadurch nicht in das falsche Flugzeug steigen oder das falsche Taxi nehmen – solche Dinge eben.«

Ein guter Punkt. Ich bin bekannt dafür, dass ich mich außerhalb der Grenzen der Dompfarrei oder des Beverly-Viertels, wo ich aufgewachsen bin, nur äußerst schwer zurechtfinde. Selbst in den Nebenstraßen von Grand Beach, Michigan, könnte ich leicht als eine Art Fliegender Holländer von der irischen South Side enden.

»Ich rufe sofort an, wenn ich mich verlaufen habe.«

Er rümpfte die Nase.

»Nun ja, rufen Sie mich täglich an und lassen Sie mich wissen, wo Sie sind, falls Sie es wissen ... Sorgen Sie dafür, Blackwood.«

Und damit schlenderte er davon.

Der nächste Anruf aus dem Büro: »Ms Mary Jane Mulhern von Channel Six möchte Sie sprechen, Herr Bischof.«

Aha, die schöne Mary Jane hatte die Geschichte also auch schon gehört.

»Sagen Sie ihr, dass Bischof Ryan nach Rom gerufen worden ist und stellen Sie sie zum Kardinal durch.«

Daraufhin eilte ich in die Suite des Kardinals und fand ihn mitten in einem entspannten – und natürlich charmanten – Telefonat mit Ms Mulhern.

»Ja, er ist nach Rom gerufen worden ... Ich glaube, sie sind ihm endlich auf die Schliche gekommen ... Vielleicht brauchen wir ja auch einen zweiten Kardinal hier in Chicago ... Ich denke, es wird Zeit, dass wir noch einen bekommen, meinen Sie nicht? ... Natürlich können Sie mich zitieren ... Das wird niemand glauben ... Sie wollen die WAHRHEIT hören? ... Na, warum sagen Sie das denn nicht gleich? ... Bischof Ryan berichtet dem Vatikan über etliche sehr delikate Einzelheiten in einer Angelegenheit, in der ihm dort drüben enormer Respekt entgegengebracht wird ...«

Er drehte sich um und zwinkerte mir zu.

»Er ist nicht nur klug, Mary Jane, sondern offensichtlich der klügste Bischof der Vereinigten Staaten, ja, zweifellos der ganzen Welt ... Alle wissen das ... Sie finden, er würde in Kardinalsrot hinreißend aussehen? ... Das sehe ich ganz genauso.«

Er legte den Telefonhörer mit manischem Grinsen auf die Gabel.

»Gekonnte Verwirrtaktik«, bemerkte ich.

»Ein Lob aus berufenem Munde ... Sie verlassen uns morgen Nachmittag?«

»Ich muss hier noch ein paar lose Enden zusammenfügen.«

»Und die Beule an Ihrem Kopf schrumpfen lassen.«

Da fiel mir auf, dass ich mir noch immer den Eisbeutel an den Schädel drückte.

»Nun denn, *bon voyage* und meine besten Grüße an Chantal und Jean-Laurence.«

Ich stolperte in mein Zimmer zurück und fiel ins Bett. Dann dachte ich an die mittelalterliche Statue der Madonna in meinem Arbeitszimmer und konnte die Flüsterstimme meiner Mutter hören: »Johnny, du hast den Verstand verloren.«

Mary Kathleen Ryan Murphy, meine penetrante Schwester und Medizinerin, ist ein laues Frühlingslüftchen im Vergleich zu unserer Mutter.

Ich schaltete sie ab, indem ich einschlief. In meinen Träumen verteidigten Mike Casey und ich mit gelegentlicher Unterstützung durch die tapfere Dekanin die Wieboldt Arch gegen gewaltige Massen angreifender russischer und sizilianisch-amerikanischer Mafiosi.

15

Ich wusste, dass ich am Flughafen Charles de Gaulle war, aber ich hatte nicht die geringste Ahnung, in welcher Richtung sich der Ausgang befand. Ich dachte an *Le Général,* wie er immer genannt wurde, auch wenn er nie mehr als zwei Sterne hatte. Es hieß, dass er sich selbst für Frankreich hielt – eine Verkörperung, vergleichbar Jeanne d'Arc. Und aufgrund seiner Leistungen hatte er auch das Recht, sich dafür zu halten. Etliche Male, als die französische Führung aus inkompetenten Jammerlappen bestanden hatte, hatte nur er standhaft *la gloire* verteidigt. Als Mann mit großer Loyalität sowohl der Republik als auch dem Katholizismus gegenüber, hatte er auch den Konflikt zwischen Kirchentreuen und Kirchengegnern entschärft.

Nichtsdestoweniger war es ihm nicht gelungen, dafür zu sorgen, dass *La Belle France* Flughäfen baute, auf denen man sich zurechtfinden konnte.

Meine Abreise war mit großem Zeremoniell begangen worden. Crystal hatte die Megans und ein paar von deren trotteligen Jungen um sich versammelt, um mir ein Abschiedsständchen zu singen.

Ich fand zwar nicht, dass »Johnny, We Hardly Knew Ya!« das angemessene Stück war, aber sie versicherten mir, dass sie alle täglich für mich beten würden. Leider waren ihre Gebete nicht stark genug, um mich aus dem Flughafen hinauszugeleiten. Und zu allem Unglück waren auch Chantal und Jean-Laurence nicht zu meiner Rettung aufgetaucht.

American Airlines hatte mir großzügigerweise noch ein Upgrade zugute kommen lassen und mich in der ersten Klasse der Boeing 767 platziert. Für einen Nachtflug über den Atlantik ist das das Optimum, zumindest so lange, bis man sich wie die Besatzung von *Raumschiff Enterprise* einfach hinüberbeamen kann. Ich hatte es sogar bis ins Flugzeug geschafft, bevor die Türen unwiderruflich geschlossen worden waren.

Meine Kopfschmerztabletten ermöglichten mir einen tiefen Schlaf über dem Atlantik. Und trotzdem hatte die Stewardess in der ersten Klasse große Mühe, ihren einzigen Passagier bei der Landung in Charles de Gaulle aufzuwecken.

Außerdem hielt sie es für notwendig, mich an mein Handgepäck zu erinnern. Sonst hatte ich nichts weiter dabei, weil niemand im Dompfarramt mir zutraute, dass ich mein Gepäck auf dem Gepäckband wiederfand. Ich war ziellos und kopflos und kreuz und quer durch die Ankunftshalle gestolpert, bis ich schließlich zufällig auf einen Einreiseschalter gestoßen war. Der Mann, der mich und mein Passfoto so ungläubig anstarrte, murmelte irgendetwas Französisches, was im Wesentlichen bedeutete, dass man von der katholischen Kirche auch nichts anderes erwarten konnte als einen Pferdearsch als Priester. Dadurch brachte ich wenigstens genügend Energie auf um – in exzellentem Französisch, wenn ich das so sagen darf – zu antworten, dass es schon eines anderen Pferdearsches bedurfte, um als solcher erkannt zu werden.

Er stempelte meinen Pass und reichte ihn mir zurück.

Ich ging weg, solange ich noch im Vorteil war, auch wenn mir eine ganze Anzahl zusätzlicher Erwiderungen auf der Zunge lagen, so zum Beispiel die Vermutung, dass seine Mutter eine Eselin gewesen sein könnte. Nicht gerade eine nette Bemerkung für einen Bischof, auch nicht einem Franzosen gegenüber.

Dann stellte ich fest, dass ich ziellos herumstreifte. Ich wusste, dass ich in Paris war, ich wusste sogar, dass ich auf dem Flughafen Charles de Gaulle war. Aber ich wusste nicht, wo ich war oder was ich als Nächstes tun sollte. Mit dem

Handy hätte ich jemanden anrufen können – wenn ich es hätte finden können. Die tugendhafte Chantal zum Beispiel. Allerdings kannte ich ihre Nummer nicht auswendig, und im Telefon war sie auch nicht gespeichert. Abgesehen davon waren sie und der treue Jean-Laurence ohne Zweifel hier am Flughafen und suchten nach mir.

Ich könnte zurück auf »Start« gehen und noch einmal von vorne anfangen, aber mein »Start« war der O'Hare International Airport, und der lag in unangenehm weiter Ferne.

»Blockie!«, hörte ich da eine bekannte Stimme rufen.

Ich drehte mich um. Chantal spähte um die Ecke einer grünen Wand, die vermutlich einen »Nichts-zu-verzollen«-Ausgang darstellte. Sie winkte aufgeregt. Wie klug von ihr! Ich winkte zurück. Sie lächelte den Zollbeamten an, der ihr erlaubt hatte, ins Innere zu schielen, um nach *le pauvre petit prêtre* Ausschau zu halten. Ich dachte daran, mein Handgepäck in die Hand zu nehmen und trottete gehorsam in Richtung Ausgang.

Ich war geistesgegenwärtig genug, um dem Zollbeamten ein *Merci, Monsieur* zu entbieten. Er salutierte.

Jeanne-Chantal, Zwillingsschwester und Ordinationsdouble ihres Bruders Jean-Claude, war eine schlanke kleine Person mit langen, schwarzen Haaren, lebhaften braunen Augen und einer enormen Begeisterungsfähigkeit, deren Quelle, so hatte ich den Verdacht, in ihrer sexuellen Energie bestand. Paradoxerweise erweckte sie gleichzeitig den Eindruck eines ausgesetzten Kindes, eines zerbrechlichen und verletzlichen kleinen Mädchens.

Als junge Frau hatte sie der Kirche den Rücken gekehrt, doch in der Zeit, in der sie vorgab, Frère Jean-Claude zu sein, hatte sie sich ihr wieder angenähert. Die Anziehungskraft des Mannes, den sie zu ihrem Ehemann erwählt hatte – des groß gewachsenen, breitschultrigen Jean-Laurence – speiste sich zu einem Teil aus der Tatsache, dass er Bretone und daher per Definition ein ergebener Katholik war. Er hielt einen vielleicht achtzehn Monate alten Jungen im Arm, der über das ganze Gesicht strahlte.

Sie umarmte mich und küsste mich auf beide Wangen. Jean-Laurence lächelte stolz – wie scheinbar jedes Mal, wenn seine Frau irgendetwas machte – und schüttelte mir energisch die Hand.

»*Pauvre petit evêque*. Ein schrecklicher Flug, *n'est-ce pas?*«

Der kleine Junge streckte seine Arme nach mir aus. Sein Vater übergab ihn mir vorsichtig.

»*Bonjour*, Monsieur Jean-Claude«, sagte ich.

»*Bonjour, Monsieur l'Evêque*«, sagte er und gab dabei genau Acht, dass er die Worte richtig aussprach.

Solche Kontaktaufnahme mit Kindern, selbst mit den ganz scheuen, ist für mich eine Selbstverständlichkeit. Auch mit Hunden, selbst von der wildesten Sorte. Meine Geschwister behaupten deshalb, dass diese beiden Formen von Gottes Schöpfung mich als Ihresgleichen betrachten. Seine Eminenz Cronin schreibt es hingegen meinem – wie er es nennt – »aufgesetzt-milden irischen Lächeln« zu.

Egal.

Chantal nahm ihren Sohn wieder an sich. Jean-Laurence griff nach meiner Tasche. Die beiden gingen mit mir zum Parkhaus.

»Sie haben einen wunderschönen Sohn«, sagte ich zu Jean-Laurence.

»*Merci, Monsieur l'Evêque*. Er ist deshalb so wunderschön, weil er seiner Madame Mutter ähnlich sieht.«

Chantal rümpfte unwirsch die Nase.

Sie waren immer noch sehr verliebt ineinander, mehr als je zuvor. Wie konnte man in eine Frau wie Chantal nicht verliebt sein?

Ich wurde neben Jean-Laurence auf den Beifahrersitz des Mercedes gesetzt. Jean-Claude wurde neben seiner Mutter auf der Rückbank festgeschnallt. Er schlief unverzüglich ein.

Meines Erachtens musste es ein Sonntagmorgen sein. Es hätte in Paris eigentlich keine Verkehrsstaus geben dürfen. Aber es gab sie. Die Stadt des Lichts war in graue Nebelschwaden gehüllt. Schließlich war es Herbst in den Gefilden, die vom Golfstrom umspült wurden. Es würde bis in den März hinein so neblig bleiben. Auf den Inseln bis Mai.

Wir sprachen über ihre Freunde Marie-Bernadette und Jacques-Yves, die mit Geige und Bratsche keltische Folklore spielten und allem Anschein nach am Beginn einer erfolgreichen Karriere standen, und über deren ungeborene Tochter, die auf den Namen Chantal getauft werden sollte.

»Hat nicht *La Belle* Nuala Anne vorhergesagt, es würde eine Tochter werden? Hat sie sich jemals geirrt?«

Nuala Anne, die manche Menschen für die beste Kriminalbeamtin in ganz Chicago halten, hat ein klein wenig von einer irischen Hexe. Sie hat sogar das Geschlecht von Kindern, die noch nicht einmal gezeugt waren, schon richtig vorhergesagt.

Dann sprachen wir über Chantals Engagement in der *Comédie Français* im Odeon. Nach Jean-Laurences Worten war sie besonders in der Rolle der naiven Jugendlichen erfolgreich. »Ist es nicht genau das, was sie im Grunde genommen auch ist?«

»Bald werde ich die liebe alte Großmutter spielen.« Sie lachte. »*Bon!* Das alles macht mir großen Spaß.«

Schließlich schafften wir es auf das linke Seineufer und durch das Quartier Latin und die Rue Napoleon hinauf bis zum Jardin de Luxembourg, an dessen Rand sich ihr Haus befand. Es war ein schmuckloses Gebäude aus der Zeit vor der Revolution.

»Es liegt dicht an der Sorbonne«, erläuterte Chantal atemlos, »in der Nähe des Odeon und nur zwei Metrostationen vom Büro meines Mannes entfernt. Die Wohnung am Montmartre habe ich verkauft.«

»Zu viele Erinnerungen«, bemerkte Jean-Laurence.

Ihre Wohnung lag im zweiten Stock – nach unserer sehr viel vernünftigeren Zählung im dritten Stock – und hätte von der Einrichtung her auch gut einer Herzogin zu Zeiten des *Roi-soleil* gehören können – zuzüglich all der Annehmlichkeiten wie Klimaanlage, Großbildfernseher, etlichen Computern, CD-Spielern und einer beeindruckenden Ansammlung elektrischer Küchengeräte, von denen die Herzoginnen zu Zeiten des Sonnenkönigs nicht einmal hatten träumen können.

Jean-Laurence war offenkundig ein erfolgreicher Rechtsanwalt.

Man brachte mich in meine Gemächer am Ende eines Flurs und teilte mir mit, dass sowohl *le petit* Jean-Claude wie auch *le pauvre petit evêque* jetzt ein kleines Nickerchen machen würden.

Für mich bestand daran keinerlei Zweifel, anderenfalls wäre ich im Stehen eingeschlafen. Das ist mir bei Überseemissionen schon gelegentlich passiert, einmal sogar mitten auf einer Herrentoilette.

Mit einiger Erleichterung stellte ich fest, dass zwischen meinem Zimmer und der Tür, hinter der sich offenkundig das Elternschlafzimmer befand, etliche andere Zimmer lagen. So würde ich nicht durch Liebeslaute wachgehalten werden.

Was sonst sollte man an einem nebligen Herbstnachmittag in Paris unternehmen? Besonders mit einer so bezaubernden kleinen Frau wie Chantal.

Zum Abendessen gab es eine kalte Suppe, Kalbfleisch mit einer französischen Soße und einen gewaltigen Berg Kopfsalat mit einem überwältigenden Dressing. Alles, *mais naturellement*, von Madame zubereitet.

Ich verabscheue die grässliche Angewohnheit der Franzosen, statt eines Desserts den Salat zu servieren. Weil sie das wusste, beglückte Chantal mich mit einem Schokoeisbecher, *pour l'Americain!*

Beim Dessertwein, einem Sautèrne, wandten wir uns dem Grund meines Besuches zu, *le pauvre* Bruder Semjon.

»Ist Ihnen eine Gruppierung bekannt«, sagte Jean-Laurence in jenem belehrenden Tonfall, den Rechtsanwälte gleich welcher Sprache anschlagen, wenn sie einem etwas erklären wollen, »die sich ›Bruderschaft Gregors VII.‹ nennt?«

»Die muss meiner Aufmerksamkeit entgangen sein.«

»Wissen Sie noch, wer Gregor VII. war?«

»Ich habe damals noch nicht gelebt. Allerdings meine ich mich zu erinnern, dass er ein recht durchsetzungsstarker Benediktinermönch auf dem Papstthron war, der unter anderem einen deutschen Kaiser – einen Sizilianer, um genau zu sein – dazu gezwungen hat, um die Weihnachtszeit auf Knien durch den Schnee bis zu einem Schloss namens Canossa zu rutschen, auch wenn dieser Bußgang, wie sich herausstellen sollte, alles andere als ernst gemeint gewesen war.«

»Die Bruderschaft, die sich nach ihm benannt hat«, fuhr Jean-Laurence fort, »ist eine Gruppe junger Franzosen vom äußersten rechten Rand des politischen Spektrums, die sich der Aufgabe verschrieben hat, Klöster wieder zu errichten, die der Regel des Heiligen Benedikt folgen, und zwar in all ihrer Strenge, noch rigoroser sogar als vom Abt de Rancé gefordert.«

»Dem Begründer der Trappisten aus dem Zisterzienserkloster La Trappe.«

Die gute Chantal lächelte verschmitzt angesichts dieses zwar amüsanten, aber doch zähen Wortwechsels zweier Männer.

»Sie sind vom Vatikan nicht offiziell anerkannt worden, was den Verdacht eines gewissen, wie soll ich sagen, *fanatisme* nahe legt. Sie haben sich ihrerseits äußerst kritisch gegenüber dem gegenwärtigen Stil und Auftreten der römischen Kurie geäußert, den sie für viel zu locker halten.«

»Aha! Tod den Häretikern!«

»Und den Ungläubigen, Blackie. Sie haben etwas gegen Moslems.«

»*Naturellement.*«

»Nichtsdestoweniger«, fuhr Jean-Laurence fort, »sind sie sehr eifrig in ihrer Verehrung des gegenwärtigen Papstes. Sie sind zuversichtlich, dass sie schlussendlich seine Anerkennung bekommen werden, weil Gott mit ihnen ist.«

»›Gott mit uns‹, das hatte doch schon eine andere Nation auf die Gürtelschnallen ihrer Soldaten geschrieben.«

»*Précisément*. Das sind Faschisten im Benediktinergewand.«

»Und sie haben Bruder Semjon gekidnappt?«

»Ohne jeden Zweifel. Nach einer Abendvorlesung an der Sorbonne. Sie haben ihn in ihr Kloster in den Alpen gebracht, östlich von Aix-les-Bains auf dem Mont Coin, wo vor langer Zeit schon einmal ein Kloster gestanden hat. Ein roh gezimmertes Holzhaus, ihrer Ansicht nach ganz nach dem Vorbild der ersten Klöster errichtet. Sie halten ihn dort fest, in einer Zelle, bei Wasser und Brot, bis er ihnen verrät, wo er ein Dokument aufbewahrt hat, das sie für sehr wichtig halten. Außerdem behaupten sie, er sei für den Tod eines ihrer Mönche verantwortlich.«

»Eines Mannes, der geschickt wurde, um Bruder Semjons Stelle einzunehmen und nach diesem Dokument zu suchen, und der in diesem Zusammenhang vom FSB exekutiert wurde.«

»*Incroyable!*«

»Ich stimme zu … Wie erfährt man bloß all diese Dinge?«

»*Les flics* wissen genau Bescheid. Die *Sûreté* hat ihre Leute da unten, die das Kloster beobachten, auch schon vor der Entführung von Frère Semjon. Dadurch wissen sie überhaupt, wo er ist. Einige Händler, die jeden Morgen Dinge wie zum Beispiel Zeitungen in das Kloster bringen, haben für *La Sûreté* spioniert.«

»Zeitungen! Das klingt aber nicht nach St. Benedikt oder St. Bernhard!«

»*D'accord!* Sie gestehen sich diesbezüglich eine gewisse Flexibilität zu. Dennoch essen sie selbst kaum etwas anderes als das, was sie ihrem Gefangenen geben. Er bleibt standhaft, sagen *les flics*. Weigert sich, auch nur ein einziges Wort zu sagen.«

»Das klingt ganz nach Bruder Semjon.« Ich seufzte. »Aber warum befreit ihn die Polizei nicht?«

Jean-Laurence zuckte mit seinen eleganten Schultern.

»In Frankreich ist alles politisch, sogar die Polizei – vor allem die Polizei. Es spielt gar keine Rolle, ob etwas nicht politisch ist, sie machen etwas Politisches daraus. Sie haben Angst vor einem Konflikt zwischen der Kirche und den Kirchengegnern, zum Beispiel jenen, die die Dritte Republik überlebt haben.«

»Aber Premierminister Chirac steht doch nicht auf Seiten der Kirchengegner!«

»Noch ein Grund mehr, ihn nicht in eine peinliche Situation zu bringen.«

»Ich verstehe«, sagte ich.

»Nein, das tun Sie nicht, *Monsieur l'Evêque*«, schaltete sich Chantal ein. »Das würden Sie nur verstehen, wenn Sie Franzose wären, und auch dann nur vielleicht. Wir haben unsere eigene Logik, die wir oft selbst nicht begreifen.«

»Aber trotzdem ist es immer logisch!«

»*C'est vrai.*« Sie kicherte.

»Falls Frère Semjon Gefahr läuft, ermordet zu werden, dann würden sie selbstverständlich eingreifen und ihm das Leben retten«, sagte Jean-Laurence mit verschmitztem Grinsen.

Einen Augenblick lang überlegte ich, ob ich vielleicht einen Hilfstrupp zusammenstellen, über den Mont Coin herfallen und Bruder Semjon befreien sollte. Dann wurde mir klar, dass meine jüngsten Erfahrungen mich wie einen Cowboy denken ließen und nicht wie den harmlosen kleinen Gemeindepriester, der ich in Wirklichkeit bin.

»Das hilft mir sehr viel weiter, Jean-Laurence«, sagte ich. »*Merci.*«

»Können wir sonst noch etwas für Sie tun?«, schaltete sich nun Chantal ein. Sie hatte bereits etliche Minuten auf eine Gelegenheit gewartet, das Gespräch an sich zu reißen.

»Ich glaube nicht ...« Ich dachte immer noch über die ganze Situation nach, als ich in der Ferne die Lichter des Eiffelturms bemerkte. Hässliches Bauwerk, und wenn er noch so berühmt war.

»Wissen Sie eigentlich, warum diese Bruderschaft hinter dem Dokument her ist, das in Frère Semjons Besitz sein soll?«

»Es ist denkbar, dass die römische Kurie damit in Verlegenheit gebracht werden könnte, und dazu wollen sie alles in ihrer Macht Stehende beitragen.«

»Wie könnten sie davon erfahren haben?«

»Es heißt, dass einige der Mönche früher einmal Mitglieder des *Deuxième Bureau* gewesen sind, des französischen militärischen Geheimdienstes.«

Schlapphüte verbreiten ihre Geschichten auf der ganzen Welt.

»Wieso wundert mich das nicht?«

»Was haben Sie nun vor, Blackie?«, wollte Jeanne-Chantal wissen.

»Ich gehe dorthin, wo die ganze Geschichte vor fünfunddreißig Jahren ihren Anfang genommen hat.«

»In den Vatikan?«

»*Mais oui* ... Jean-Laurence, könnten Sie Ihren Quellen ein paar Hinweise geben, die bis zu den entscheidenden Leuten in der *Sûreté* durchdringen?«

»Aber selbstverständlich!«

»Sagen Sie ihnen, dass einer, der das Dokument tatsächlich gelesen hat, bezeugen kann, dass es kaum etwas enthält, was irgendjemanden länger als einen einzigen Tag lang in Verlegenheit bringen könnte.«

»Eine Nachricht, die bestimmt auf großes Interesse stoßen wird.«

An dieser Stelle wurden wir von einem äußerst schläfrigen

Jean-Claude unterbrochen, der auf dem Schoß von *Monsieur l'Evêque* sitzen wollte. Ein, zwei Minuten lang gönnte ihm seine Mutter dieses Vergnügen, dann brachte sie ihn zurück in sein Zimmer. Sie bemerkte gar nicht, dass ich ihn bereits wieder zum Einschlafen gebracht hatte.

Das ist meine einzige wirklich nachweisbare magische Fähigkeit.

Am nächsten Morgen, nach einem erbärmlichen europäischen Frühstück, an dem der Abt de Rancé seine helle Freude gehabt hätte, ging Jean-Laurence ins Büro, brachte Jean-Claude mir bei, mit seinen Autos zu spielen, traf das Kindermädchen ein und brachte Chantal mich zum Flughafen. Wir mussten frühzeitig los, damit ich rechtzeitig durch die Kontrollen kam, um meine Air-France-Maschine nach Rom zu bekommen.

Während der langweiligen und komplizierten Fahrt kämpfte die Sonne gegen den Nebel und schaffte es schließlich, ihn aufzureißen.

Paris war wieder einmal wunderschön. Wenn auch in der Tat bei Weitem nicht so schön wie Chicago.

Chantal erging sich während der Fahrt in ausgedehnten Lobeshymnen auf ihren Mann.

»Er ist der wunderbarste Mann auf der Welt«, sagte sie immer wieder, als ob ich diese Wahrheit irgendwie in Zweifel ziehen wollte.

»Ich habe den Eindruck, als würde er genau dasselbe für Sie empfinden.«

Das war unwichtig.

»Als ich für *tout le monde* die Stelle meines Bruders, des Priesters, angenommen habe, da war mir nicht bewusst, dass ich mich selbst in zwei Teile gespalten habe. Ich hatte tiefe Wunden aufgerissen, die schon mein ganzes Leben lang existiert haben. Mein Psychiater und mein Mann haben mir dabei geholfen, wieder gesund zu werden.«

»Da können Sie sich wirklich glücklich schätzen«, meinte

ich zustimmend. »Wenn ich allerdings Jean-Laurence fragen würde, dann würde er sagen, dass auch er sich glücklich schätzen kann.«

Einen Augenblick lang herrschte Schweigen.

»Kann sein, dass ich in einigen unbedeutenden Punkten auch für ihn gut bin.«

»Chantal!«

»Ihr Priester!«, rief sie aus. »Ihr lasst uns überhaupt keine Ausflüchte durchgehen.«

»Précisément.«

»Also gut, *Monsieur l'evêque*«, sagte sie mit dem stolzen Lachen einer Mutter, »wir können uns beide glücklich schätzen. Ich habe durchaus gewisse ehefrauliche Qualitäten vorzuweisen.«

»Auf jeden Fall sind Sie eine gute Köchin.«

Dann lachten wir beide und sprachen anschließend über die absolut einzigartigen Wunderbarkeiten von *le petit* Jean-Claude.

Am Flughafen merkte ich, dass die drei Sweatshirts der *Irregulars d'Avenue Wabash du Nord* sich immer noch in meiner Tasche befanden – einmal in Größe XXL, einmal in Größe M und einmal in Kindergröße. Etwas umständlich holte ich sie hervor und überreichte sie Madame so feierlich, wie es mir eben möglich war.

Sie reagierte mit zwei Küsschen auf jede meiner Wangen.

Die Sicherheitskontrolle der Air France war eine genaues Abbild der französischen Regierung – inkompetent, grob und arrogant. Schließlich flüchtete ich mich in den Admiral's Club, von wo ich *Monsieur le Cardinal* Cronin in Chicago anrief.

»Dompfarramt, Cronin.«

»Ach, Sie haben Telefondienst!«

»Irgendjemand muss ja die ganze Arbeit machen, während Sie in der Weltgeschichte herumreisen und Ihr Mittagsmahl mit einer schönen Frau genießen.«

»Und ihrem Mammut von Ehemann … die alle beide ihre herzlichsten Grüße ausrichten lassen.«

»Sind sie glücklich?«

»Ganz so, wie Gott es für Mann und Frau vorgesehen hat.«

»Ihr Kopf?«

»Ich fürchte, es ist genau das geschehen, was die gute Dr. Mary Kate Murphy immer wieder prophezeit hat. Ich habe ihn, genau wie der Heilige Denis, verloren.«

»Sehr witzig. Nehmen Sie noch Tabletten?«

»Ich brauche sie nicht mehr.«

»Nun, wenn die Schmerzen nicht ganz verschwunden sind, dann nehmen Sie sie weiter. Wir sind ja schließlich keine Scientologen.«

»In der Tat.«

»Was haben Sie über Bruder Semjon herausgefunden?«

Ich berichtete ihm, was ich *chez* Chantal erfahren hatte.

»Warum müssen die Franzosen nur so merkwürdig sein?«

»Das ist eine gute Frage.«

»Es überrascht mich, dass Sie keine kleine Armee mobilisiert und sich auf den Weg dorthin gemacht haben.«

»In diesem Land hat schon ein anderer kleiner Mann im grauen Mantel genug Schaden für ein ganzes Jahrtausend angerichtet.«

»Ja, richtig … Sie lassen nach, Blackwood. Das ist das Alter.«

»Haben Sie schon etwas von unserem gemeinsamen Freund im Vatikan gehört?«

»Um ehrlich zu sein, ja, das habe ich. Ich habe gestern mit ihm telefoniert … Ausgerechnet am Sonntag. Hat schon Angst bekommen, dass es sich um eine schwere Krise handelt.«

»Und, haben Sie es ihm erzählt?«

»Ich habe ihm unmissverständlich klar gemacht, dass er Ihnen ganz genau zuhören soll, weil nämlich ansonsten eine gewaltige Welle Scheiße den Tiber heruntergeschwommen kommt.«

»In so vielen Worten?«

»Ja, warum nicht?«

»Und seine Reaktion?«

»Er hat eine Art nervöses Lachen hören lassen.«

»Gar nicht so schlecht.«

Meine Verabredung mit Erzbischof Ricardo Agostino am morgigen Vormittag würde zweifellos sehr interessant werden. Das Schicksal von Bruder Semjon alias Jan Sobieski Kardinal Ostrowski würde sich nicht in den Bergen östlich von Aix-les-Bains entscheiden, sondern in den Büroräumen einer vatikanischen Kongregation.

16

Am nächsten Morgen bummelte ich die Via Concilliazione hinauf in Richtung Petersdom, der im sanften Licht der Herbstsonne erstrahlte. Viele sagen, sie würden den Ehrfurcht gebietenden Augenblick, als sie das Bauwerk zum ersten Mal erblickt haben, niemals vergessen. Als Mensch, der sich von Menschen immer stärker beeindrucken lässt als von der Architektur, entgegne ich dann, dass mein erster Gedanke war, dass es uns Deutschland gekostet hat.

Am Abend zuvor, vor dem Einschlafen, hatte ich den Verlauf des vor mir liegenden Gesprächs in Gedanken durchgespielt. Ich hatte nicht die Absicht, mir die Fäden aus der Hand nehmen zu lassen, ganz gleich, als wie charmant und mächtig der Erzbischof sich erweisen sollte. Ich hatte sämtliche Trümpfe in meiner Aktentasche, die ich nachträglich noch aus dem *Atlante Star* holen musste, weil ich sie zunächst vergessen hatte. Zum Glück hatte ich den Palast des Vatikan noch nicht betreten, als mir aufgefallen war, dass ich sie nicht bei mir hatte. Und noch ein Glück war es, dass meine Kopfschmerzen verschwunden waren. Ich musste also diesem sagenhaften Kirchenmann nicht mit, wie Monsieur Poirot es ausgedrückt hätte, vernebelten kleinen grauen Zellen gegenübertreten.

So stand ich also um 9.50 Uhr vor dem richtigen Tor zum Belvedere-Hof des Vatikan und teilte der Wache auf Englisch mit, dass ich Bischof Ryan aus Chicago war und dass ich um 10 Uhr eine Verabredung mit Erzbischof Agostino hatte. Er betrachtete mich voller Verachtung. Die beiden Schweizergarden kreuzten ihre Speere, um so ein mögliches Attentat auf den Palast des Vatikan zu unterbinden.

Der Wachsoldat griff zum Telefon und wählte eine Nummer. Am anderen Ende der Leitung war allem Anschein nach belegt, auch wenn er mir keine weitere Erklärung gab. Ich wartete zwei Minuten lang ab. Blackie Ryan kommt nicht zu spät, sagte ich mir, und verlangte: »Noch einmal!«

Der Schock für den Wachsoldaten hätte auch dann nicht größer ausfallen können, wenn ich den Papst des Inzests beschuldigt hätte. Aber er rief noch einmal an. Dieses Mal erreichte er jemanden. Er murmelte etwas in den Hörer, was nach Flüchen klang, und starrte mich dabei die ganze Zeit über feindselig an.

Dann legte er auf, machte ein Gesicht, als wäre er erschüttert angesichts des miserablen Geschmacks derjenigen, die die Kirche leiteten, und winkte mich durch. Die Schweizergarden präsentierten ihre Waffen. Ich grüßte zurück, indem ich mit der Hand die Stirn berührte.

Das alles war im Grunde genommen nichts anderes als das laute Pfeifen im dunklen Wald – nur dazu da, um meine männliche Hormonproduktion für die bevorstehende Auseinandersetzung auf Trab zu bringen.

Blackie Ryan, zentraler Linebacker.

Ein älterer Palastdiener – mit abgeknickter Hüfte wie alle Palastdiener im Vatikan – brachte mich in ein Vorzimmer. Ein jüngerer Priester, offenbar keltischer Herkunft, saß an einem Computer, der auf einem kleinen und mit Papieren übersäten Tisch stand.

»Gott und Maria seien mit diesem Haus«, sagte ich auf irisch.

»Gott und Maria und Patrick«, erwiderte er grinsend, »seien mit allen, die dieses Haus betreten.«

»Ryan«, sagte ich und streckte ihm die Hand hin.

»McCaffery«, erwiderte er, erhob sich von seinem Stuhl und drückte mir kräftig die Hand. »Ich weiß, wer Sie sind.«

Nun kam noch ein junger Mann mit dem Aussehen eines Filmstars aus dem inneren Büro.

»Ich glaube, ich habe hier draußen eine irische Verschwörung bemerkt ... Agostino!«

Er nahm meine Hand.

»Ryan«, sagte ich zurückhaltend.

»Liam ...« Er wandte sich an den jungen Kerl. »... bist du so nett und setzt uns einen Tee auf? Sie trinken doch Tee, oder etwa nicht, Monsignore Ryan?«

»Bis der Tag so weit fortgeschritten ist, dass ein winziges Schlückchen Bushmills angemessener wird, Monsignore Agostino.«

In Amerika und Irland ist »Monsignore« eine Form der Anrede speziell für Oberhirten, die zwar violette Knöpfe tragen dürfen, aber keine Bischöfe sind. In Rom wird sie gewöhnlich für Oberhirten verwendet, die im Normalfall keine violetten Knöpfe tragen, aber dennoch Bischöfe beziehungsweise, noch wahrscheinlicher, Erzbischöfe sind.

Ricardo Agostino war etwas größer als der Durchschnitt, also etliche Zentimeter größer als ich. In Chicago hätte ihn der Bürgermeister wahrscheinlich gern in einer exponierten Position in der Stadtverwaltung gesehen. Seine hüpfenden blauen Augen, das dichte, lockige Haar mit einem Hauch Silber an den Ohrläppchen, ein schnelles, leichtes Lächeln, das perfekte, gleichmäßig weiße Zähne entblößte, schmale Hüften, blasse Haut, intelligente Stirn und singende Stimme – alles das deutete auf einen sympathischen Mann hin, der sein Gegenüber im Verlauf eines Streitgesprächs um den Finger wickeln konnte. Darüber hinaus war ich in eine Situation geraten, in der sich allem Anschein nach irische Wortmächtigkeit mit römischem Charme – wahrscheinlich römischer Adel – verbanden.

Okay, das Spielfeld war nur ein klein wenig zu meinem Vorteil geneigt.

»Darf ich Ihnen den Mantel abnehmen, Monsignore Ryan?«, sagte er, während er mich in sein Büro brachte – ein ziemlich einfaches, kleines Zimmer mit einem Computer, einem Handy, einem Festnetztelefon, einer Herdplatte und einem ordentlichen Papierstapel auf einem gewöhnlichen Holzschreibtisch. Keine Aktenschränke und keine Bilder an den Wänden, abgesehen von einem Foto, das den Papst und Monsignore Agostino zeigte. Links vom Schreibtisch wies ein Fenster auf den Innenhof hinaus, und an der Wand hing das übliche Kruzifix. Zwei halbwegs bequeme Stühle und ein kleiner Tisch füllten den Raum weitgehend aus.

Alles sehr puritanisch. Wer die Macht hat, muss sich nicht damit brüsten, so lautete die Botschaft.

Der Besitzer des Büros trug ein schwarzes Klerikerhemd ohne Kragen (der lag neben dem Handy auf seinem Schreibtisch), also das, was ich normalerweise auch trug, wenn ich im Dompfarramt war.

»Sehr hübsches Brustkreuz«, sagte er. »Ich bekomme viele davon zu sehen, aber ein Brigidkreuz ist mir bisher noch nicht begegnet.«

»Angefertigt von meiner Cousine Catherine Collins Curran, die auch den Ring gemacht hat.«

»New Grange«, sagte er anerkennend.

Wir setzten uns und trafen letzte Kampfvorbereitungen.

»Kardinal Cronin hat gesagt, Sie seien ein sehr gefährlicher Mann, Monsignore Ryan.«

»Er übertreibt ganz offensichtlich«, erwiderte ich.

»Warten wir's ab, Monsignore.« Er hob zweifelnd die Augenbrauen.

»Blackie«, sagte ich.

»Rick«, entgegnete er und machte eine Handbewegung, die alle sinnlosen Formalitäten beiseite wischte.

Sein Mienenspiel war fast so abwechslungsreich wie das meiner Kollegin Nuala Anne McGrail. Wie alle Italiener redete er mit ausladenden Gesten, die Finger und Hände wurden jedoch nur sparsam eingesetzt.

In diesem Augenblick betrat Liam das Zimmer und schenkte uns Tee ein.

»Sie nehmen ihn bestimmt mit Milch, nicht wahr, Bischof Ryan?«

»Bestimmt nicht. Ich vergifte meinen Tee nicht mit solchem Zeug.«

Fröhliches Gelächter im Raum.

Das Teeservice stammte aus Limoges.

»Ich stelle ihn auf die Heizplatte, Monsignore«, sagte Liam beim Hinausgehen.

Jetzt würden wir ernsthaft in die Verhandlungen einsteigen.

»Sean Cronin sagt, Sie hätten da eine interessante Geschichte für mich, Blackie.«

»Es handelt sich, um genau zu sein, um drei Männer. Einer von ihnen ist Bruder Semjon Iwanowitsch Popow, ein russisch-orthodoxer Mönch, mit dem Sie selbst vor einigen Jahren drüben in den Räumen des Sekretariats zur Förderung der Einheit der Christen bereits eine Begegnung gehabt haben. Er war damals inoffizieller Delegierter des Patriarchats, der Ihnen einen noch inoffizielleren Plan zur Förderung der Einheit zwischen Rom und Moskau unterbreitet hat. Dieser Plan sah vor, dass Rom die russische Kirche nolens volens in die Arme schließen sollte.«

»Ich kann mich gut an den Mann erinnern, sehr charmanter Kerl, ein Experte auf dem Gebiet der Altorthodoxie, soweit ich noch weiß. Ich habe gehört, dass er erst kürzlich gestorben ist.«

Er rutschte ein wenig unruhig hin und her und nippte dabei an seinem Tee. Keine Bemerkung jedoch über die Chicagoer Verbrechensraten.

Kein Hefegebäck. Fehler.

Ich nippte ebenfalls an meinem Tee. Mit meiner Anspielung auf Bruder Semjons Vorschlag hatte ich ihn ein klein wenig verunsichert.

»Mein zweiter Mann hat ein Buch über die Einheit zwischen Moskau und Rom geschrieben«, fuhr ich fort. »Sein

Name ist, wie Sie feststellen werden, Pater Simon Sobieski, O.S.B.«

»Ich habe es gelesen«, sagte er. »Gutes Buch ... Ich fürchte, ich habe gar nicht gemerkt, dass es die gleiche These vertritt wie Bruder Semjon.«

»Sie haben die Buchstaben hinter dem Namen des Autors gelesen?«

»Ordo Sancti Basilii, der Orden des Heiligen Basilius?«

»Des heiligen Benedikt.«

»Derselbe Mann«, sagte er, und seine Miene wurde zu einem besorgten Stirnrunzeln.

»Zweifellos. Bei dem dritten Mann handelt es sich um einen jungen Benediktinermönch aus Polen, der Russisch, Polnisch und etliche andere Sprachen fließend beherrschte. Einige Ihrer Kollegen oder vielleicht eher Ihrer Vorgänger haben sich im Herbst 1965 in dem bereits vorhin erwähnten Büroraum des Sekretariats zur Förderung der Einheit der Christen mit ihm getroffen. Was ihre Namen angeht: Ich glaube, Bruder Semjon hat bei jenem Gespräch mit Ihnen vor etlichen Jahren drei Namen erwähnt. Sie haben sich gewundert, weshalb er sich nach ihnen erkundigt, aber es schien nicht weiter wichtig zu sein.«

»Wäre es das denn gewesen?«

»Vielleicht ... Der Name dieses jungen Mönchs war jedenfalls Jan Sobieski Ostrowski. Die Männer, die damals mit ihm gesprochen haben, hatten eine brillante Idee. Sie wollten ihn in ein orthodoxes Kloster im Ural schicken, damit er dort in der orthodoxen Tradition leben und sie besser verstehen lernen konnte. Zu irgendeinem unbestimmten Zeitpunkt sollte er wieder nach Rom zurückkehren und von seinen Erfahrungen berichten.«

»Ich nehme an, dass es ein und derselbe war?«

Er stellte seine Tasse auf der Untertasse ab und stützte den Kopf auf die Fingerspitzen.

»Wir haben hinreichenden Grund zu dieser Annahme.«

»Ich habe kein Problem damit«, er hob den Kopf und starrte mich durchdringend an, »die 1965er-Geschichte zu glauben, so absurd sie auch sein mag. Es waren damals, so habe ich gehört, aufregende Zeiten. Hamlet Chicognani war Staatssekretär, ein netter alter Mann, der nur vormittags gearbeitet und die meiste Zeit im Rat verbracht hat. Es wäre sicherlich möglich gewesen, so eine Sache auszuhecken, ohne dass er davon gewusst hat.«

»Aber sicher nicht die Segnung Pater Semjons durch Papst Paul VI.«

Er machte eine abwehrende Handbewegung.

»Ich fürchte, auch das. Hamlet hat wohl gar nichts darüber gewusst und der Papst vielleicht nur wenig mehr. Er hatte zu jener Zeit eine ganze Menge heißer Eisen im Feuer – Geburtenkontrolle und Ähnliches.«

Ich schlug die Einladung zum Themenwechsel aus.

»Also könnte sich das Ganze durchaus so abgespielt haben?«

»Ich würde es jedenfalls nicht ausschließen. Wie in jeder Bürokratie überall auf der Welt, so gibt es auch im Vatikan kleine Grüppchen von Menschen, die eine in ihren Augen brillante Idee haben. Manchmal sind diese Ideen tatsächlich brillant. Manchmal sind sie auch verrückt. Zu jener Zeit, vor vierzig Jahren, gab es vielleicht mehr Möglichkeiten, die verrückten auch in die Tat umzusetzen. Vielleicht war es ja auch gar nicht verrückt. Ich weiß es nicht.«

Er hob beide Hände – eine Geste, die so viel bedeutete wie ein Achselzucken.

Er schenkte mir frischen Tee ein und füllte anschließend auch seine eigene Tasse auf.

»Was ist dann mit Pater Jan geschehen?«

»Er reiste in das Kloster der Heiligen Katharina und der Jungfrau im Ural, nahe der Stadt Swerdlowsk, die heute wieder ihren eigentlichen Namen Jekaterinburg trägt. Dort wurden der Zar und seine Familie hingerichtet. Er war zum Klosterleben berufen, und obwohl die Lebensbedingungen extrem hart waren, vor allem im Winter, war es ein fröhliches Kloster. Er fügte sich dort problemlos ein und führte ein glückliches Leben als Mönch und als Forscher, der sich mit der geheimnisvollen Bruderschaft der Altorthodoxen beschäftigt hat.«

»Er hat nichts mehr von denjenigen gehört, die ihn ausgesandt haben?«

»Viele Jahre lang hatte es den Anschein, als hätten sie ihn vergessen.«

»Typisch ... Wie haben sie ihn denn nach Russland und in das Kloster eingeschleust?«

»Als er nach Russland gegangen ist, da war er ein junger und unerfahrener Mann, dem sich solch eine Frage einfach nicht stellte. In späteren Jahren, als er mit Erlaubnis der Regierung ungehindert ein- und ausreisen konnte, hat er sich selbst darüber gewundert.«

»Und seine Schlussfolgerung?«

»Dass entweder die Jesuiten, die eine Art russische Mission unterhielten, oder aber ein ausländischer Geheimdienst das alles arrangiert hatten.«

»Narren!«, rief er unwillig aus.

»Zweifellos.«

Er fasste sich wieder und lehnte sich zurück.

»Ich möchte nicht respektlos erscheinen, Blackie«, sagte er leichthin. »Aber ich kann doch davon ausgehen, dass Sie in der Lage sind, mir Beweise für all diese Geschichten vorzulegen.«

»Oh, ja.«

Er lächelte trocken. »Das habe ich befürchtet. Und weiter?«

»Im Jahr 1983 wird er zu einer Gastvorlesung an die Sorbonne eingeladen. Sowohl die Kirche als auch der Staat raten ihm, die Einladung anzunehmen. Siebzehn Jahre nach jenem ersten Gespräch stellt er fest, dass man sich in der Kongregation immer noch an ihn erinnert. Nach seiner Vorlesung wird er von drei Priestern angesprochen. Einer davon war schon bei seiner Aussendung nach Jekaterinburg dabei gewesen, die anderen beiden nicht. Sie teilen ihm mit, dass er zum Erzbischof ernannt worden sei und als Oberhaupt einer lateinisch-russischen Kirche nach Russland zurückgeschickt werde. Er soll Bischöfe und Priester ordinieren, die mit der Bekehrung Russlands beginnen sollen, wie sie Unsere Liebe Frau von Fátima versprochen hat. Einer der Priester, bedauerlicherweise ein junger Amerikaner, sagt, dass die Menschen, da die Orthodoxie tot sei und sie eine Religion brauchten, sich während der noch kommenden langen Jahre der kommunistischen Herrschaft dem Katholizismus zuwenden werden. Sie werden zwar alle zu Märtyrern werden, sagt dieser junge Mann mit dem feurigen Glühen des Zeloten im Blick, aber das Blut der Märtyrer ist die Keimzelle des Glaubens. Vielleicht erinnern Sie sich ja an den Namen des vierten Priesters. Bruder Semjon hat sich bei seinem Besuch hier nach ihm erkundigt und Sie haben ihm gesagt, er hätte geheiratet, habe das Priesteramt hinter sich gelassen und sei nach Boston gezogen. Bruder Semjon hielt das Ganze für einen verrückten Plan, aber er war der Kirche und seinem polnischen Papst gegenüber loyal und willigte in die Ordination ein. Er glaubte nicht, dass irgendetwas dabei herauskommen würde.

Als er aber 1987 erneut nach Paris kam, da traf er sich mit einem amerikanischen Laien, ausgerechnet im *Les Deux Magots*. Dieser hatte an der Notre Dame studiert und teilte ihm mit, dass er von Jekaterinburg nach Zagorsk versetzt werden sollte und dass ein Attachée der amerikanischen Botschaft ihm in regelmäßigen Abständen Listen mit den Namen von Männern, die ordiniert werden sollten, sowie dem Ort, wo die Ordination stattfinden sollte, überbringen werde. Bei dem Ort handelte es sich in aller Regel um den Keller einer Moskauer Wohnung.«

»Er hat sie ordiniert?«

»Selbstverständlich. Er war der Überzeugung, das sei der Befehl des Papstes, was ja durchaus möglich ist. Die Kandidaten machten allesamt einen gut ausgebildeten und engagierten Eindruck. Was hätten Sie an seiner Stelle getan?«

Er schob seine Teetasse beiseite und ließ dabei die ersten Anzeichen von Ärger seit dem Beginn unseres Gesprächs erkennen.

»Der Mann, der in diesen Räumen hier gesessen und dann dem Priesteramt den Rücken gekehrt hat, war krankhaft ehrgeizig, aber, zu seinem Unglück, auch ein Besserwisser. Er ist zu vielen Leuten hier auf die Füße getreten und wurde nach Hause geschickt. Alles, was Sie erzählt haben, ist ihm zuzutrauen. Es passt alles zusammen, verdammt. Ich bin mir sicher, dass die Akten irgendwo hier im Haus zu finden sind ... Sie haben mir den Tag versaut, Blackie, vielleicht sogar die ganze Woche.«

Dann schenkt er mir ein breites und irgendwie ironisches Grinsen.

»An Ostern 1989, als die Orthodoxie sich aus ihrem Grab erhebt, ist er in Moskau. Als er 1992 wieder nach Paris kommt, teilt ihm der Mann mit den silbergrauen Haaren mit, dass die Pläne für eine russische Kirche nach lateinischem Ritus aufgrund der enormen Popularität der Orthodoxie ad acta gelegt worden seien. Er fragt sich, wie es jeder gute Erzbischof getan hätte, was nun aus den Bischöfen und Priestern werden soll. Der CIA-Mann sagt, dass sich die Kirche ihrer annehmen werde. Er hat seine Zweifel daran.«

»Aus gutem Grund«, bemerkt Rick bitter.

»Er kommt nach Amerika und es gefällt ihm dort. Er besucht Sie hier in Rom. Er fängt an, seine Erinnerungen an die letzten dreißig Jahre seines Lebens mit Hilfe eines selbst entwickelten Geheimcodes Stück für Stück zusammenzufügen. Unglücklicherweise machte er einigen anderen gegenüber entsprechende Andeutungen. Dann kommt er für die Dauer einer zweijährigen Gastprofessur an die Universität von Chicago. Dort spielt er die Rolle des orthodoxen Mönchs bis zum Gehtnichtmehr. Er brüllt herum, stößt seinen Stab auf den Boden, stapft mit schweren Schritten herum. Manche mögen ihn, andere können ihn nicht ausstehen. Insgeheim besucht er die Eucharistiefeiern in einer nahe gelegenen polnischen Kirche und beweint seine wehmütigen Erinnerungen. Er ist ja nach wie vor durch und durch ein sentimentaler Pole, verstehen Sie.«

»Seine Memoiren könnten gefährlich werden«, sagt Rick mit leichtem Unbehagen.

»Oh, ja ... Im Sommer geht er, wie gewöhnlich, nach Paris und kehrt Mitte September, zwei Wochen vor Vorlesungsbeginn, an die theologische Fakultät in Chicago zurück. Er macht den Eindruck, als ob er sich nicht recht wohl fühlt, ist nicht mehr so extravagant und extrovertiert. Dann, an einem stürmischen Abend Anfang Oktober sitzt ein junger Assistenzprofessor namens David Dolan an seinem Schreibtisch in Swift Hall, dem Sitz der Fakultät. Er hört eine Explosion, riecht Schießpulver, rennt zu Bruder Semjons Arbeitszimmer und stellt fest, dass die Tür verschlossen ist. Dann stoßen drei weiter Mitglieder des Lehrkörpers zu ihm. Er ruft mit seinem Handy die Dekanin an ...«

»Eine Frau?«

»Oh, ja. Sie hetzt also im wahrsten Sinn des Wortes zur Universität, um den Zweitschlüssel für Bruder Semjons Arbeitszimmer zu besorgen. Allerdings lässt sich die Tür trotzdem nicht öffnen, weil Bruder Semjon einen zusätzlichen Riegel hat anbringen lassen, der sich nur von innen bewegen lässt. Professor Dolan, dessen Vater Polizeibeamter im Ruhestand ist, ruft die Polizei. Dann schlägt er ein Loch in die Glasscheibe von Bruder Semjons Tür und schiebt den Riegel zurück. Sie stoßen die Tür auf und entdecken Bruder Semjons Leiche auf dem Schreibtisch. Er hat keinen Kopf mehr, aber sein Gehirn und sein Schädel liegen überall im Zimmer verteilt.«

Rick wurde weiß im Gesicht. »Wie schrecklich! Der Arme!«

»Die Dekanin läuft in ihr Büro, um den Universitätspräsidenten anzurufen. Professor Dolan eilt zur Haustür, um die Polizei hereinzulassen. Sie kommen in das Arbeitszimmer des Toten zurück und stellen fest, dass sie vor dem Rätsel des verschlossenen Zimmers stehen.

Wenn das Fenster verschlossen war, wie konnte der Mörder dann entkommen? Etwa, indem der Tote ihm die Tür aufgemacht und sie danach von innen verriegelt hatte?«

»Wie hat es sich abgespielt, Blackie?«

Er lächelte matt.

»Ich muss es wissen.«

»Der Mörder hat von draußen durch das geöffnete Fenster geschossen und ist sofort danach verschwunden. Während die Dekanin den Präsidenten angerufen und Professor Dolan der Polizei die Tür geöffnet hat, stellt eine der drei Personen vor Bruder Semjons Arbeitszimmer – eine Person mit einem zwanghaften Hang zu Ordnung und Sauberkeit – fest, dass Papiere durch das ganze Zimmer geweht werden. Sie eilt zu den Fenstern und verschließt sie sorgfältig. Ihre Kollegen wissen Bescheid, halten jedoch den Mund.«

»Und Bruder Semjons Mörder entkommt?«

»Nicht lange. Seine kopflose Leiche wird am Tag der Beerdigung Bruder Semjons in einem Wäldchen in der Nähe der Holy Virgin Protection Cathedral in Chicago gefunden. Er ist ebenfalls Russe.«

»Wer war es?«

»Ein Auftragskiller aus Transnistrien, verpflichtet von einer der vielen Organisationen, die glaubten, sein Tagebuch könnte ihnen gefährlich werden.«

Er schüttelte traurig den Kopf. Es passte alles zusammen und er würde etwas unternehmen müssen.

»Welche Organisationen?«

»Zum Beispiel die CIA, der FSB und auch Ihre Leute.«

Er wurde nicht wütend angesichts dieser Unterstellung.

»Wenn Ihre ganze Geschichte stimmt, dann kann ich verstehen, warum Sie auch uns verdächtigen. Allerdings haben wir schon vor langer Zeit damit aufgehört, Menschen zu ermorden.«

»Nun bekommt das Ganze einen neuen Aspekt. Es stellt sich nämlich heraus, dass der Mann, der da an der theologischen Fakultät erschossen wurde, gar nicht Bruder Semjon war. Er war etliche Zentimeter zu klein. Wir haben Spuren von Semjons DNA in seiner Wohnung gefunden. Irgendjemand hatte ihn durch einen anderen ersetzt und hatte in wildem Eifer alle seine Papiere nach irgendeinem Manuskript durchsucht.«

»Sind Sie sicher?«

»Absolut. Die Frage war: Was hat er gesucht? Da fiel der Dekanin ein, dass Semjon ihr ein sorgfältig verpacktes Paket übergeben hatte, das sie auf sein Bitten hin in einem speziellen Safe in ihrem Büro deponiert hat. Die Dekanin, der Universitätspräsident, ein Vertreter der Polizei und ich haben es gelesen. Dieses Tagebuch könnte eine enorme Sprengkraft besitzen. Wir haben es an einen Ort gebracht, zu dem unter normalen Umständen niemand Zugang hat. Niemand außer mir.«

Ein kleines Täuschungsmanöver, um Sean Cronin zu schützen.

»So haben Sie also von der Rolle erfahren, die meine Dienststelle gespielt hat?«

Ich machte mir nicht die Mühe, zu antworten. Wieso sollte ich ihm jetzt schon alles verraten? Es würde sowieso in Kürze ans Tageslicht kommen.

»Die Universität hat in einer Pressemitteilung bekannt gegeben, dass Bruder Semjons Papiere in ein geheimes Archiv gebracht werden sollten. Noch in derselben Nacht versuchte, wie erwartet, eine Gruppe ehemaliger russischer Elitesoldaten, Swift Hall zu überfallen. Sie wurden zurückgeschlagen, verhaftet und abgeschoben.«

»Und dabei haben Sie sich die Beule an der Schläfe zugezogen?«

Gute Reaktion.

»Die Kopfschmerzen sind verschwunden und die Beule wird immer kleiner.«

»Seine Eminenz muss äußerst aufgewühlt gewesen sein.«

»Ich würde eher sagen ›besorgt‹.«

»Natürlich.«

Ein kurzes Fingerzucken.

»Das ist der Schluss der Geschichte?

»Nein. Es bleibt zumindest eine Frage offen.«

Er runzelte nachdenklich die Stirn.

»Oh, ja, wer war der Doppelgänger und warum hat er nach den Aufzeichnungen gesucht? CIA?«

»Knapp daneben ... Eine Ihrer Grüppchen, die sich fröhlich die Bruderschaft Gregors VII. nennt.«

Er schlug sich die Hand an die Stirn.

»Natürlich. Diesen Vollidioten ist alles zuzutrauen! Sie haben den armen Mann umgebracht!«

»Nein, sie haben ihn nach einer Vorlesung in Paris gekidnappt und ihn in ihre Festung auf dem Mont Coin gebracht. Er ist immer noch dort. Sie lassen ihn bei Wasser und Brot langsam verhungern. Die Sûreté weiß Bescheid und lässt ihn von Aix-les-Bains aus überwachen. Sie werden aber keine Schritte unternehmen, um Bruder Semjon oder Pater Simon oder Bruder Jan Sobieski Ostrowski vom Orden des Heiligen Benedikt zu retten.«

»Wieso nicht?«

»Irgendwelche obskuren Skrupel, dass womöglich politische Probleme für die französische Regierung entstehen könnten.«

Er seufzte, ohne Zweifel genau wie seine irische Mutter, erhob sich von seinem Stuhl und trat ans Fenster.

Schließlich wandte er sich um und schaute mich an.

»Ich werde natürlich alles überprüfen. Das wird Tage dauern, vielleicht sogar Wochen. Ich bin mir sicher, dass wir auf entsprechende Unterlagen stoßen, die Ihre Geschichte stützen ...«

Jetzt war der richtige Zeitpunkt für den K.-o.-Schlag gekommen.

»Rick, ich fürchte, das wird nicht reichen.«

»Nicht reichen?«

»Heute ist Dienstag. Wenn Pater Simon Sobieski – so möchte ich ihn eigentlich nennen – nicht bis Donnerstagnachmittag freigelassen wird, dann wird diese ganze Angelegenheit publik gemacht. Im Augenblick habe ich nichts anderes im Sinn, als ihm das Leben zu retten. Und das sollte auch das einzige Ziel seiner Kirche sein, die ihn so schlecht behandelt hat.«

Er sank auf seinen Schreibtischstuhl.

»Sie können uns nicht drohen, Blackie«, sagte er mit fester Stimme. »Das tut man einfach nicht.«

»Bedaure, Rick. Man tut es, und ich habe es soeben getan.«

»So geht das nicht. Wir werden ihn schon noch befreien. Es wird seine Zeit dauern. Die Mühlen des Vatikans mahlen langsam.«

»Dieses Mal werden sie sehr schnell mahlen müssen.«

»Wieso? Weil Sie es sagen?«

So langsam wurde er wütend auf mich.

Gut so. Das gehörte zu meinem Plan.

»Ich habe Ihnen ein, zwei Kleinigkeiten verschwiegen.«

»Was denn?«, zischte er gereizt.

»Hilfsmittel, die zur Beschleunigung der Verhandlungen mit Ihren Vorgesetzten beitragen können.«

Ich holte das Dokument hervor, mit dem Pater Jan Sobieski Ostrowski vom Orden des Heiligen Benedikt in das geheiligte Kollegium der Kardinäle aufgenommen wird.

Er kam auf mich zugeschossen und griff danach. Ich zog es zurück.

»Ich will es Ihnen ja nicht wegnehmen.« Peinlich berührt wich er ein Stück zurück. »Ich wollte es mir nur anschauen ... im vorletzten Sommer.«

»Er war damals gerade an der Notre Dame. Laut seinen Aufzeichnungen wurde ihm die Urkunde von einem bulligen Funktionär der amerikanischen Nuntiatur übergeben – zusammen mit dem Talar eines Kardinals. Reicht Ihnen diese Fotokopie?«

Er warf einen Blick darauf.

»Ganz bestimmt.«

»Noch ein letzter Punkt. Als die Polizei nach dem Mord an Bruder Semjon dessen Wohnung durchsucht hat, da haben die Beamten in seinem Schrank eine Kleidertasche mit dem geweihten Purpur gefunden. Die Gewänder hat er von dem Mann aus der Nuntiatur erhalten. Sie waren für einen groß gewachsenen Mann gemacht, für Kardinal Cronin zum Beispiel. Aber nicht für den Mann von der Bruderschaft Gregors VII.«

»Der Papst hatte dabei seine Hand im Spiel?«

»Er ernennt doch die Kardinäle, oder? Sonst noch jemand?«

Rick nickte mürrisch.

»Außerdem kennt er nicht nur Bruder Semjons richtigen Namen, sondern weiß auch, dass er Benediktiner ist.«

»Der Mann hat das Purpur verdient«, gestand er. »Das ist das Mindeste, was wir für ihn tun können. Gut, dass Sie uns mit seiner Geschichte vertraut gemacht haben ... Wie viel Zeit haben wir noch? Zweieinhalb Tage?«

»Ich möchte nicht, dass der arme Mann verhungern muss.«

»Ich verstehe.«

Wir standen beide auf.

»Wir erledigen das«, sagte er sachlich.

»Sorgen Sie dafür«, erwiderte ich und stellte mir einen kurzen Augenblick lang vor, ich sei Sean Cronin.

Als ich die Tür zu seinem Büro schon hinter mir gelassen hatte, rief er mir nach.

»Waren Sie es, der hinter das Rätsel des verschlossenen Zimmers gekommen ist?«

Ich nickte.

»Kardinal Cronin hat mir erzählt, dass Sie bis jetzt noch jeden Fall aufgeklärt haben.«

»Bis jetzt.«

Der päpstliche Gendarm ignorierte mich, als ich wieder auf den Innenhof hinaustrat. Die Schweizergardisten salutierten zackig. Ich zwinkerte ihnen zu.

Wieder im Hotel angekommen, telefonierte ich mit Chicago, auch wenn es dort fünf Uhr früh war.

»Das konnte ja niemand anders sein, Blackwood.« Er seufzte. »Haben Sie's ihm beigebracht?«

»Habe ich.«

»Gut ... Was haben Sie gesagt?«

»Bruder Semjon wird bis Donnerstagnachmittag befreit oder wir gehen an die Öffentlichkeit.«

»Und er hat gesagt?«

»Er will es machen.«

»Hat die Kardinalsgeschichte den Ausschlag gegeben?«

»In der Tat.«

»Sie haben ihm aber nicht das Original gegeben, oder?«

»Wohl kaum. Er war mit der Farbkopie zufrieden.«

»Nehmen Sie Ihre Sachen und kommen Sie zurück, Blackwood. Sorgen Sie dafür. Freitag.«

Er legte auf, noch bevor ich etwas antworten konnte.

17

Den größten Teil des verbleibenden Tages widmete ich dem Schlaf und den Spaghetti Bolognese in einer Trattoria gleich an der Via Concilliazione. Einen Großteil des Mittwochs verbrachte ich im Gebet in einer kleinen Kirche am Borgo Pio. Ich betete für meine Familie, vor allem für die gute Mary Kate, der zweifellos zu Ohren kommen würde, dass ich in Übersee war und die Seiner Eminenz Cronin angesichts dieser neuesten Ausbeutung ihres armen kleinen Bruders ordentlich den Kopf waschen würde.

Le pauvre Punk!

Und für den Kardinal und die Mitarbeiter des Dompfarramtes und die Gemeinde und die Erzdiözese und für den Papst und die gesamte Kirche, insbesondere für Monsignore Agostino, dem ich einen riesigen Berg heißer Kartoffeln auf den Teller gekippt hatte.

Ich bat den Herrn, so schnell es ihm möglich war für eine Wiedervereinigung der beiden Traditionsstränge zu sorgen. Ich betete für Jean-Laurence und Jeanne-Chantal und ihren bewundernswerten kleinen Racker. Außerdem bat ich Gott, sich der jungen Liebenden an der theologischen Fakultät in Chicago anzunehmen und stellte dabei fest, dass es höchst unwahrscheinlich war, dass sie jemals im Leben einen passenderen Partner finden würden. Schlussendlich verlieh ich meiner Dankbarkeit für die Hilfe Ausdruck, die der Heilige Geist mir bei diesem ungewöhnlichen Fall bis jetzt hatte zuteil werden lassen. Und dann empfahl ich auch alle anderen Dinge, für die ich eigentlich hätte beten sollen, die ich aber vergessen hatte, *Seiner* Aufmerksamkeit.

Dann fiel mir Bruder Semjon wieder ein.

Wie Du wohl weißt, so sagte ich zum Herrn, ist er ein bemerkenswerter Mann. Er ist seiner Berufung auch unter äußerst schwierigen Umständen treu geblieben. Beschütze ihn und leite ihn auf seinen Wegen in der Freiheit, die er hoffentlich am Donnerstagnachmittag erlangen wird.

Niemand störte mich in meiner Einsamkeit, abgesehen von ein paar amerikanischen Touristen. Die Römer halten nicht so viel davon, in der Kirche zu beten. Die Oktobersonne tauchte die Ewige Stadt nach wie vor in einen Pastellnebel.

Am Abend rief Madame aus Paris an. *Le bon* Jean-Laurence berichtete, dass in Polizeikreisen spürbare Aufregung bezüglich der Situation bei Aix-Les-Bains ausgebrochen sei, und dass es gut sein könne, dass die ganze Angelegenheit der Nationalpolizei übertragen werde. Ich verlangte nach Jean-Laurence und erkundigte mich, ob Kardinal Cronin ihn als Rechtsbeistand engagieren könnte, damit er die Polizei begleiten und darauf achten konnte, dass Bruder Semjons Rechte gewahrt wurden. Er stimmte voller Begeisterung zu.

War Monsignore Agostino persönlich nach Paris geflogen?

Ich hätte nicht dagegen gewettet.

Den Donnerstag verbrachte ich, mit Ausnahme der Mahlzeiten, neben dem Telefon. Als ich in mein Zimmer zurückkehrte, hatte ich wieder einmal Madame an der Strippe. Der tapfere Jean-Laurence hatte sich aus Aix-les-Bains gemeldet und berichtet, dass die Bruderschaft nach einigem Zögern Bruder Semjon freigelassen hatte. Seine Stimmung schien gut zu sein, auch wenn er ein wenig dünner war als noch im Sommer in Paris. Ein junger Priester mit einem schwarzen Rollkragenpullover schien die Verantwortung für die Befreiungsaktion zu tragen.

Ich rief das Dompfarramt an und bat Crystal, die den Anruf entgegennahm, dem Kardinal bei Gelegenheit mitzuteilen, dass der Adler allem Anschein nach den Käfig verlassen habe.

Schließlich, um halb sieben, meldete sich Monsignore

Agostino. Er klang müde. Die Hintergrundgeräusche ließen darauf schließen, dass er sich auf dem Flughafen in Rom befand. Seine Arbeit war erfolgreich abgeschlossen. Ob er mich zum Essen einladen dürfe? Er würde mich abholen. Ich solle das Restaurant wählen.

»*Ristorante Sabbatini* in Trastevere.«

Er kicherte.

»Genau das richtige für eine Feier.«

»Blackie«, sagte er später, als ich in seinen Mercedes mit Chauffeur kletterte, »haben Sie eigentlich überall auf der Welt Ihre Leute?«

»Wir versuchen, vorbereitet zu sein ... Offenbar sind Sie *Monsieur l'avocat* begegnet.«

»Er ist ja kaum zu übersehen. Ein sehr guter Mann. Sehr stolz auf seine Frau und seinen Sohn.«

Mir fiel auf, dass Monsignore Agostino immer noch sehr angespannt war. Sein Tag war zweifelsohne lang und voller Schwierigkeiten gewesen.

»Nicht ohne Grund.«

»Er behauptet, sie seien allesamt Kelten.«

»Er als Bretone kann das mit Fug und Recht für sich geltend machen. Allerdings sind heutzutage alle Franzosen Kelten, Rick.«

Auf dem Weg flussabwärts den Tiber entlang bis zu der wunderbaren Piazza Santa Maria in Trastevere – dem Ort, an den all die schönen Menschen sich verzogen haben, nachdem amerikanische Touristen, die zu viele Fellinifilme gesehen hatten, die Via Veneto in Beschlag genommen hatten – tauschten wir kurialen Klatsch und Tratsch aus. Die Piazza war auch jetzt, am frühen Abend, schon voller Menschen. Die Geschäfte in den Seitenstraßen hatten geöffnet. Die Scheinwerfer, die das uralte Mosaik auf der Fassade der uralten Kirche anstrahlten, waren kaum notwendig, weil sich ein herbstlicher Vollmond dazu bequemt hatte, seine Aufwartung zu machen.

Die Ankunft des Monsignore Agostino und des beinahe unsichtbaren kleinen Hilfsbischofs von den Ufern des Michigansees sorgte für erhebliche Unruhe im *Ristorante Sabbatini*. Erst, nachdem der Weinkellner eine Flasche Frascati geöffnet und der Monsignore ihn mit zufriedenem Lächeln gekostet hatte, begann er sich zu entspannen.

»Dieser Wein reist nicht gern«, gestand er mir, ohne dass es notwendig war, »aber in Rom schmeckt er einfach köstlich.«

Nachdem auch ich einen feierlichen Schluck genommen hatte, pflichtete ich ihm bei.

»Wo ist Bruder Semjon?«, erkundigte ich mich.

»Pater Simon Sobieski – so wollen wir ihn im Augenblick einmal nennen – befindet sich hier in Rom im Kloster San Anselmo, das er 1965 verlassen hat. Er liegt in einem bequemen Bett im Krankenzimmer, scheint aber in guter Verfassung zu sein … Er hat sogar seinen Stab dabei, ohne den er den Mont Coin absolut nicht verlassen wollte. Wollen Sie ihn besuchen?«

Ein klarer Schnitt. Vom Mont Coin direkt ins San Anselmo.

»Das wird nicht notwendig sein«, sagte ich. »Ihre Aussage dürfte *il Signore Cardinale* als Bestätigung genügen … Pater Simon ist froh, wieder zu Hause zu sein?«

»Er sagt, es sei, als wäre er nie weg gewesen.«

»Und was hält die Zukunft für ihn bereit?«

»Was immer er wünscht. Er möchte weiterhin ein Leben als Mönch und Gelehrter führen. Er plant ein Buch über die historischen und kulturellen Kräfte, die die Beziehungen zwischen Rom und Moskau geformt haben.«

Auch wenn der Fisch im Wappen des *Sabbatini* ein Hinweis darauf war, dass die *specialità* des Hauses in Pasta mit Meeresfrüchten bestand, bestellte ich meine üblichen Spaghetti Bolognese.

»Hat er sich an Sie erinnert?«

»Sofort. Er war ein wenig überrascht, dass jemand in meiner Stellung an einer Gefangenenbefreiung beteiligt war. Ich habe ihm gesagt, dass das nur daran liegt, dass wir den Staatssekretär nicht hatten herschicken können, wie es Kardinal Cronin und Monsignore Ryan wohl am liebsten gewesen wäre. An diesem Punkt hat sich dann Ihr Freund, *l'avocat*, vorgestellt.«

»Ich habe Pater Simon niemals persönlich kennen gelernt.«

»Nun, er weiß jedenfalls, dass es Sie gibt.«

»Ich gehe davon aus, dass er nicht weiß, was mit seinem Tagebuch geschehen ist.«

»Ich habe ihm gesagt, dass die Universität alle seine Papiere in einem geheimen Archiv untergebracht hat. Falls er etwas davon braucht, dann kann er es sich vermutlich jederzeit abholen. Ich habe ihm gestanden, dass ich durch Sie von dem Tagebuch erfahren habe, dass ich es aber nie zu Gesicht bekommen habe. Das schien ihn zu beruhigen.«

»Und die Bruderschaft Gregors VII.?«

»Wir können mit Sicherheit davon ausgehen, dass sie sich auflösen wird.«

»Wie ist Bruder Semjon zu seinem roten Hut gekommen?«

»Polnische Benediktiner ... Dieser Teil der Geschichte ist wirklich faszinierend. Anscheinend hat er vor seinem Verschwinden einigen seiner jüngeren Mitbrüder erzählt, wohin er geht. Vielleicht hat er es auch nur angedeutet. Oder sie haben geraten. Jedenfalls haben sie all die Jahre über immer nach ihm Ausschau gehalten, zumal er ja mit seinen Publikationen wieder in der Öffentlichkeit aufgetaucht ist. Sie erkannten ihn an den Themen und am Stil. Der Abtprimas hat einen Appell an den Papst gerichtet, dass Simon – so lautet übrigens sein Mönchsname – für seine jahrelange, schwierige Arbeit geehrt werden sollte. Der Papst hat ihn dann, nachdem er die Akten gelesen und erfahren hatte, dass Paul VI. Simons Mission zugestimmt hatte, freudig befördert, allerdings immer noch in petto, so lange, bis es möglich wurde, seine Ernennung öffentlich zu machen.«

»Hat der Papst auch über seine Ernennung zum Erzbischof Bescheid gewusst?«

Rico lächelte, als er den Rotwein kostete – einen Barolo aus der Poebene.

»Er war schockiert, das können Sie sich vorstellen. Aber er hat verstanden, warum Monsignore Ostrowski, wie er ihn nannte, eine vermeintlich vom Heiligen Stuhl autorisierte Mission akzeptiert hat.«

»Übrigens habe ich kürzlich nicht erwähnt, dass der Patriarch ihn zum Metropoliten ernennen wollte. Dann wäre er in beiden Kirchen Erzbischof gewesen.«

Rick hob abwehrend die Hände.

»Es ist ja gut, dass wir das nicht auch noch mit einkalkulieren mussten ... Interessante Frage: Wie konnte ein Mann, der bereits Erzbischof war, noch einmal zum Erzbischof ernannt werden? ... Ach, was soll's, darüber müssen wir uns keine Gedanken machen, Gott sei Dank dafür.«

»Ich nehme an, Sie mussten die eine oder andere Schwierigkeit überwinden, bevor sich die beteiligten Parteien von der Richtigkeit meiner Geschichte überzeugen ließen.«

»Nur so lange, bis ich die Kopie dieser Urkunde vorgelegt habe, auf der Jan Sobieski Ostrowski vom Orden des Heiligen Benedikt in den Rang eines Kardinals erhoben wird. Niemand aus den höheren Etagen des Staatssekretariats hatte dann noch das Bedürfnis, zu diskutieren oder sich gegen eine sofortige Befreiung Kardinal Ostrowskis zu sperren.«

»Dann bestand also keine Notwendigkeit, meine Drohung zu wiederholen?«

Er grinste über das ganze Gesicht und wackelte mit allen zehn Fingern.

»Ich versichere Ihnen, dass ich sie ernst genommen habe. Es war absolut in Ordnung, sie auszusprechen. Ich habe nur gesagt, dass Sie es für notwendig hielten, sowohl Pater Simon das Leben zu retten, als auch dafür zu sorgen, dass das Tagebuch wieder in seine Hände gelangt. Dagegen hatte niemand etwas einzuwenden.«

Ich stürzte mich mit dem üblichen Appetit auf meine Spaghetti Bolognese.

Er schwenkte sein Weinglas.

»Alle waren sehr beeindruckt von Ihrer geschickten Herangehensweise. Und morgen, wenn ich ihnen von Ihrem *avocat* in Aix-Les-Bains erzähle, werden sie noch beeindruckter sein.«

»Das ist nicht notwendig«, sagte ich. Der unsichtbare kleine Hilfsbischof blieb in Rom am besten besonders unsichtbar.

»Der Heilige Vater sagt also: ›Wer ist denn dieser Monsignore Ryan?‹. Wir berichten ihm, dass es sich um einen Assistenten von Kardinal Cronin handelt. Er deutet mit der ausgestreckten Hand eine bestimmte Größe an und sagt: ›Ah, kleiner Mann mit freundlichen blauen Augen und einem verschlagenen Lächeln. Er ist sehr klug. Vielleicht sollte er *romans policiers* verfassen – Kriminalromane‹.«

Die päpstliche Unfehlbarkeit erstreckt sich zum Glück für uns alle nicht auf Urteile über beinahe unsichtbare kleine Hilfsbischöfe.

Verschlagenes Lächeln, also wirklich!

Ich winkte ab. Am besten blieb ich in Rom ein vollkommen Unbekannter.

»Es ist doch richtig, oder etwa nicht« – Rick ließ nicht locker – »dass Bruder Semjon in jener stürmischen Nacht an Ihrer Universität getötet worden wäre, hätte ihn die Gruppe Gregors VII. nicht durch einen Doppelgänger ersetzt.«

»Es ist zwar nicht meine Universität, zumindest *noch* nicht, aber … Sie haben trotzdem Recht. Sie haben ihn ausgetauscht, damit der Doppelgänger die Papiere suchen konnte. Dieser wurde dann vom FSB, oder, was wahrscheinlicher ist, von einer autonom operierenden Gruppe aus den

Reihen des FSB, ermordet, in der Annahme, er sei der echte Bruder Semjon und könnte die Aufzeichnungen vielleicht veröffentlichen.«

»Es kann nicht ganz einfach gewesen sein, einen Menschen auf diese Weise auszutauschen.«

»Ich nehme an, es handelt sich bei dieser Gruppierung um sehr kluge Menschen?«

»Oh, ja, sehr gebildete Männer, darunter zwei Mitglieder der *Académie française*. Sie streben die Rücknahme des Vatikanischen Konzils und die Rückkehr zur klösterlichen Schlichtheit hier im Vatikan an.«

Erneut hob er die Hände, als suchten sie nach der Quadratur des Kreises oder irgendeiner anderen Unmöglichkeit.

»Vielleicht war es ja gar nicht so schwierig. *Monsieur le Cardinal* Ostrowski hat in Paris Vorlesungen gehalten. Der unglückselige Doppelgänger, womöglich ein ausgebildeter Schauspieler, hatte also ausreichend Gelegenheit, ihn zu beobachten und zu imitieren. Darüber hinaus sollte sein Aufenthalt an *der* Universität ja nur von kurzer Dauer sein, und das auch noch zu Beginn des Lehrbetriebs, wenn die Lehrkräfte sich in der üblichen Anfangshektik befinden und mehr damit beschäftigt sind, ihre Vorlesungen vorzubereiten, als auf ihre Kollegen zu achten.«

»Und doch muss er dort einen Verbündeten gehabt haben, der ihn angeleitet und beraten hat.«

»Oh, ja. Jemand, der zum Zeitpunkt der Entführung in Paris gewesen ist und einen enormen Hass auf die amerikanische Regierung hegt. Diese Person war zweifelsohne hocherfreut über die Aussicht, dass die CIA sich bis auf die Knochen blamieren würde.«

»Ist diese Person bekannt?«

»Ja.«

Mir zumindest. Man würde ihr über kurz oder lang nahe legen, die Universität zu verlassen.

»Und diese Person wird ihre angemessene Strafe bekommen?«

»In der Tat.«

Mit einer Versetzung auf eine weniger angesehene Stelle in einer anderen Stadt.

Wir seufzten beide.

»Es ist zum größten Teil unsere Schuld.« Rick schenkte mir nach. »Wir haben uns seit dem Ende des Vatikanischen Konzils nicht immer richtig verhalten.«

»Bei allen haben die Nerven blank gelegen«, meinte ich.

»Das ist wahr. Wir haben zahlreiche Gelegenheiten verpasst. Wir haben zahlreiche Dummheiten begangen ...«

»Zweifellos.«

Ich schlürfte sehr langsam, aber kontinuierlich meinen Wein, damit der Kobold, der sich sonst immer aus meinem Glas bedient, keine Chance hatte.

»Ich war ja noch zu jung, um das Konzil mitzuerleben, aber im Rückblick hat man doch den Eindruck, als sei es ein sehr bemerkenswertes und eigentlich ziemlich unglaubliches Ereignis gewesen.«

»Relativ moderate Reformen« sagte ich, »die aber an den Grundpfeilern einer Kirche rüttelten, die so aufgebaut war, dass sie den Erschutterungen der Französischen Revolution die Stirn bieten konnte, und zwar unter der Prämisse, dass die Kirche sich niemals ändern konnte und wollte.«

»Wir sind gerade mit Fleiß dabei, diese Prämisse zu neuem Leben zu erwecken«, sagte er mit trauriger Stimme.

»Eine völlig verständliche Reaktion«, tröstete ich ihn, »wenn Männer in einem gewissen Alter mit noch so liberalen Trieben plötzlich erkennen, dass die einzige Welt, die sie kennen, kurz vor dem Zusammenbruch steht. Sie wissen sicherlich genauso gut wie ich, wen ich meine.«

»*Revera.*«

»Und doch dürfen wir die Hoffnung nicht aufgeben. Ebenso wenig wie unser Vertrauen in den Heiligen Geist. Es müsste doch eigentlich offensichtlich sein, dass *Sie* in jenen Tagen voller Enthusiamus durch die Aula des Petersdoms geweht ist. Man kann die Früchte *Ihrer* Arbeit vielleicht später ernten, aber man kann sie nicht ungeschehen machen.«

»Oder die alte Ordnung wieder errichten.«

»Wie meine kleinen Großnichten sagen würden: ›Futschikato‹!«

»*Revera* ... Dann liegen also aufregende Zeiten vor uns.«

»In der Tat.«

Auf Rick musste man achten. Seine Macht hatte ihn nicht korrumpiert, genau wie Seine Eminenz Cronin gesagt hatte. Noch nicht.

Jetzt waren jedoch noch alle Dinge gut, wie Juliane von Norwich vielleicht gesagt hätte.

Als wir den restlichen Wein und das Tiramisu verputzten und ich müde wurde, überdachte ich die ganze Situation noch einmal. Die Dinge hatten sich geordnet, um es mit Monsieur Poirots Worten zu sagen. Zwei Männer waren tot, aber daran ließ sich nun nichts mehr ändern, leider. Ich bat darum, dass *Er,* der Allmächtige, sich auch ihrer annahm.

Schließlich konnten auch die Geschehnisse an *der* Universität aufgeklärt werden, wohl eher früher als später. Diejenigen Dozenten, die eher der postmodernen Richtung zuneigten, würden keine Schwierigkeiten damit haben, dass jemand zugleich orthodoxer und katholischer Mönch war.

»Simon ist ein bemerkenswerter Mensch«, sagte Rick, als wir ins *Atlante Star* zurückfuhren. »Vermittelt sein Tagebuch das Bild eines großen, starken, freundlichen polnischen Bauern mit viel Witz?«

»Freundlichkeit und Witz«, sagte ich nach kurzem Nachdenken, »sind nur indirekt zu erkennen. Aber er hat bestimmt beides gebraucht, um sein Leben im Randbereich zweier Traditionen so gut zu ertragen, wie er es getan hat ... Was hat er als Nächstes vor?«

»Aus Sicht des Vatikans: Was immer er möchte.«

In meinem Hotelzimmer angekommen, rief ich das Dompfarramt an.

»Holy Name Cathedral, Megan am Apparat.«

»Father Ryan, Megan.«

»Bischof Ryan ist auswärts und kommt erst morgen wieder zurück.«

»Nein, Megan. Hier spricht Father Ryan.«

»Oh, hallo, Bischof Blackie. Sind Sie immer noch in Rom?«

»Ich glaube schon.«

»Ihre Schwester hat jeden Tag angerufen. Sie sucht Sie.«

»Warum überrascht mich das nicht? ... Kann ich den Kardinal sprechen?«

»Oh, er ist drüben im Northwestern – ein Notruf!«

»Bewundernswert ... Können Sie ihm einen Zettel mit einer Nachricht hinlegen?«

»Klar.«

»Haben Sie etwas zum Schreiben?«

»Einen Augenblick ... okay, ich bin so weit.«

»Bischof Blackie lässt ausrichten, dass der polnische Adler sicher in Rom gelandet ist.«

Sie wiederholte alles Wort für Wort.

»Gut, Megan. Sorgen Sie dafür, dass er das so schnell wie möglich zu lesen bekommt.«

Sehr viel mehr gibt es eigentlich nicht zu erzählen. Bei meiner Ankunft verlangte Seine Eminenz Cronin – angeblich erschöpft von seiner einen Woche Pfarrdienst (die er in Wirklichkeit sehr genossen hatte) – einen ausführlichen Bericht.

Er hörte schweigend zu.

»Haben Sie Rick Agostino Angst eingejagt?«

»Man konnte den Eindruck gewinnen.«

»Legt euch nicht mit Blackie Ryan an, hmm?«

»In der Tat.«

»Ich habe den einen oder anderen Anruf aus Übersee bekommen. Die haben allesamt Angst vor Ihnen gehabt.«

»Wie klug von ihnen.«

»Und sie haben alle meine Weisheit gepriesen, dass ich mir einen solch klugen und mutigen Hilfsbischof gesucht habe.«

»Haben Sie denn mittlerweile noch einen?«

Er machte eine unwirsche Handbewegung und ging nicht darauf ein.

»Ich habe sie nicht extra darauf hingewiesen, dass sie selbst ja diejenigen waren, die Sie ernannt haben, weil irgendjemand die Illusion verbreitet hatte, wir seien abgefallen.«

»Der Papst hat mich in einem seiner nicht unfehlbaren Momente als klein mit freundlichen Augen und einem hinterlistigen Lächeln charakterisiert.«

Seine Eminenz Cronin nickte weise.

»Er mag Sie, Blackie. Aber natürlich kennt er Sie nicht richtig.«

»Er ist ein alter und vergesslicher Mann.«

»So vergesslich auch wieder nicht.«

Es war Halloween und ich war gerade dabei, Bonbons an die Kinder aus der Gemeinde zu verschenken, da teilte mir die Dienst habende Megan mit, Professor Dolan sei am Telefon.

»Ordentlicher Professor, hoffe ich«, sagte ich gleich zu Beginn des Gesprächs.

»Ach so, das, ja, ich denke schon. Ohne Gegenstimme, wie ich gehört habe.«

»Die hatten wahrscheinlich alle nur Angst vor der Dekanin.«

»Da kann es keinen Zweifel geben ... Sie ist auch der Grund meines Anrufs.«

»In der Tat.«

»Wir haben uns gestern Abend heftig gestritten. Sie hat behauptet, dass unser Zuhause, falls wir heiraten sollten, nie mehr aufgeräumt oder ordentlich oder friedlich sein würde und dass ich ihr den Anstand und bei jeder sich bietenden Gelegenheit auch ihre gesamte Kraft rauben würde.«

»Zweifellos berechtigte Überlegungen.«

»Mag sein … Dann hat sie gesagt, dass wir an Thanksgiving heiraten müssten, damit das Kräfterauben während unserer Flitterwochen im Dezember beginnen kann, wenn der Universitätsbetrieb sowieso eine Pause macht.«

»Was hätten Sie dagegen einwenden können?«

»Nicht viel, schätze ich. Na ja, ich habe gesagt, es sei höchste Zeit, dass sie die Sache endlich zu Ende bringt.«

»Und was hat sie erwidert?«

»Sie hat ein bisschen die Nase gerümpft, als wäre sie stolz auf sich.«

»Aha.«

»Also habe ich zu ihr gesagt, sie soll Sie anrufen und fragen, ob Sie vielleicht am Thanksgivingwochenende in der Bond Chapel eine Trauung abhalten können. Sie hat immer wieder behauptet, es sei alles meine Schuld und dass ich Sie anrufen müsste. Ich schätze, ich muss mich wohl damit abfinden, dass ich in Zukunft das mache, was sie will.«

»Wie alle irischen Männer … Darf ich sagen, dass ich mich sehr für Sie beide freue? Erst kürzlich habe ich Gott erklärt, dass Sie mit großer Wahrscheinlichkeit niemals bessere Ehepartner finden würden.«

Er lachte. »Danke, Herr Bischof. Ich glaube, ich bin ein sehr glücklicher Mann.«

»Fragen Sie die Dekanin, wann die Bond Chapel zur Verfügung steht, und ich werde bei dem großen Anlass zur Stelle sein.«

»Na klar, das mache ich. So richtig glauben kann ich es immer noch nicht.«

»Das, Dave Dolan, wird wahrscheinlich nie geschehen.«

Daraufhin rief ich die Dekanin an, die gerade Tränen der Freude vergoss.

»Ich habe endlich genügend Mut zusammengekratzt, um die Ehe einzufordern, Blackie. Er ist ein so wunderbarer Mann. Ich kann mein Glück gar nicht fassen … dass ich ihn gefunden habe!«

Ich deutete das, was die beiden zu diesem Thema gesagt hatten, als gutes Omen für den Beginn ihrer Vereinigung.

Während des Hochzeitsgottesdienstes gab ich meine Erdbeer-Geschichte, die ich auch bei der Hochzeit von Marie-Bernadette und Jacques-Yves erzählt habe, zum Besten. Sie handelt davon, warum Gott die Erdbeeren erschaffen hat.

An einem ruhigen Wintertag mit ein paar winzigen Schneeflocken am grauen Himmel rief mich eine Megan an.

»Bischof Blackie, hier unten steht ein echt netter Priester. Er heißt Pater Simon und möchte Sie sprechen.«

»Schicken Sie ihn rauf.«

»Er sagt, er möchte nicht stören.«

»Setzen Sie ihn in den Salon.«

Ich schnappte mir seine Ernennungsurkunde und seinen roten Talar aus dem Zimmer des erhabenen Kardinals, der leider in der Kanzlei weilte, und ging nach unten.

»Eminenz«, sagte ich, noch während ich in das Zimmer stürmte. »Willkommen zu Hause in Chicago!«

Er sah aus wie ein stämmiger polnischer Automechaniker – breitschultriger, kräftiger Körperbau, schneeweiße Haare, Jeans, eine dunkelblaue Daunenjacke und ein Lächeln so breit wie die Michigan Avenue.

»Blackie!«, sagte er und nahm mich in seine mächtigen Arme. »Ihnen schulde ich alles!«

»Nein, ich schulde *Ihnen* ein Glas irischen Whiskey.«

Er lachte und versetzte mir einen Klaps auf den Rücken.

»Heute keine Zeit. Aber ich noch oft werde hier sein. Jetzt ich gehe an St. John's University in Minnesota.«

»Da sind die Winter nicht ganz so kalt wie im Ural«, sagte ich, »aber kalt genug.«

»Ich beginne mein neues Leben.«

»Das ist eine der bedeutendsten Institutionen der amerikanischen Kirche.«

»Junge Frau sagen, Kardinal nicht hier.«

»Arbeitet in der Kanzlei.«

»Wie schade. Ich sehe ihm nächstes Mal. Ich Sie vorher warnen.«

»Hier sind Ihre Gewänder und Ihre Urkunde. Falls Sie jemals ein Exemplar Ihres Tagebuchs benötigen, dann können wir eines beschaffen.«

Seine eisblauen Augen, die mich so sehr an die des Papstes erinnerten, blitzten.

»Nicht jetzt. Zu früh. Vielleicht später.«

»Wir freuen uns auf einen längeren Besuch.«

»Garantiert ... Junges Paar an Fakultät?«

»Ich habe sie vor einer Woche in der Bond Chapel getraut. Sie sind in den Flitterwochen. Es wird Sie nicht überraschen, dass sie beide mittlerweile eine Festanstellung haben.«

»Gut gemacht!« Er reckte beide Daumen nach oben. »Richten Sie Gratulation aus. Taxi wartet. Frohe Weihnachten.«

Als er zu dem wartenden Taxi hinauseilte, die Kleidertasche über dem Arm, das päpstliche Dokument in der anderen Hand, da dachte ich: Das ist wirklich ein Mordskerl von einem Priester.

»Wesołych Świąt Bożego Narodzenia!«, rief ich ihm auf Polnisch nach. »Frohe Weihnachten!«

Chicago
Oktober 2002

Das Werk einschließlich aller seiner Teile ist urheberrechtlich geschützt. Jede Verwendung außerhalb des Urhebergesetzes ist ohne Zustimmung des Verlages unzulässig und strafbar. Dies gilt insbesondere für Vervielfältigungen, Übersetzungen, Mikroverfilmungen und die Einspeicherung und Verarbeitung in elektronischen Systemen.

Weltbild Buchverlag
Deutsche Erstausgabe 2006
© 2003 by Andrew M. Greeley
© der deutschsprachigen Ausgabe 2006 by
Verlagsgruppe Weltbild GmbH
Steinerne Furt, 86167 Augsburg
4. Auflage 2007
Alle Rechte vorbehalten
Dieses Werk wurde im Auftrag von St. Martin's Press, L.L.C., durch die Literarische Agentur Thomas Schlück GmbH, 30827 Garbsen, vermittelt.

Projektleitung: Gerald Fiebig
Übersetzung: Leo Strohm
Redaktion: Ingola Lammers
Umschlag: Hauptmann & Kompanie Werbeagentur GmbH, München–Zürich
Umschlagabbildung: MedioImages/getty images
Satz: avak Publikationsdesign, München
Druck und Bindung: GGP Media GmbH, Pößneck

Gedruckt auf chlorfrei gebleichtem Papier

ISBN 978-3-89897-334-2